D1434340

LE CRI
DU HIBOU

ŒUVRES DE PATRICIA HIGHSMITH

Chez Calmann-Lévy :

Romans

L'INCONNU DU NORD-EXPRESS
LE JOURNAL D'EDITH
RIPLEY ET LES OMBRES
CEUX QUI PRENNENT LE LARGE
LE CRI DU HIBOU
L'EMPREINTE DU FAUX
LA RANÇON DU CHIEN
MONSIEUR RIPLEY (PLEIN SOLEIL)
EAUX PROFONDES
CE MAL ETRANGE (DITES-LUI QUE JE L'AIME)
JEUX POUR LES VIVANTS
LE MEURTRIER
RIPLEY S'AMUSE (L'AMI AMERICAIN)
SUR LES PAS DE RIPLEY
LES DEUX VISAGES DE JANVIER
CES GENS QUI FRAPPENT A LA PORTE
L'HOMME QUI RACONTAIT DES HISTOIRES
LA CELLULE DE VERRE

Nouvelles

LE RAT DE VENISE et autres histoires de criminalité
animale à l'intention des amis des bêtes
LA PROIE DU CHAT
L'AMATEUR D'ESCARGOTS
LES SIRENES DU GOLF
L'EPOUVANTAIL
LE JARDIN DES DISPARUS

Chez Julliard :

TOUTES À TUER

PATRICIA HIGHSMITH

LE CRI
DU HIBOU

roman

*Traduit de l'américain
par Marianne Gallet*

CALMANN-LÉVY

Titre original de l'ouvrage :

THE CRY OF THE OWL

© Calmann-Levy, 1964.

ISBN : 2 - 266 - 02121 - 4

Robert travailla une heure encore après la fermeture qui avait lieu à 17 heures. Rien ne le pressait de rentrer chez lui, et, restant à son bureau, il évitait la cohue des voitures d'employés qui, entre 17 heures et 17 heures 30, quittaient le parking de la Langley Aeronautics. Jack Nielson lui aussi travaillait tard, remarqua Robert, ainsi que le vieux Benson, qui partait généralement le dernier. Il éteignit sa lampe fluorescente.

« Attendez-moi », dit Jack. Sa voix résonna à travers la salle de dessin vide.

Robert décrocha son manteau.

Ils souhaitèrent une bonne nuit à Benson et se dirigèrent vers le long hall de réception vitré où se trouvaient les ascenseurs.

— Tiens, vous avez mis vos chaussures spatiales, remarqua Robert.

— Hum-m...

Jack baissa les yeux sur ses pieds encombrants.

— Vous ne les aviez pas à midi, il me semble ?

— Non, elles étaient dans mon casier. On ne doit pas les porter plus de deux heures par jour, au début.

Ils entrèrent dans l'ascenseur automatique.

— Elles vous vont bien, dit Robert.

Jack éclata de rire.

— Elles sont horribles, mais, au moins, elles sont

confortables. J'ai un service à vous demander. Pourriez-vous me prêter dix dollars jusqu'à la paye. C'est aujourd'hui...

– Bien sûr ». Robert chercha son portefeuille.

– C'est notre anniversaire de mariage, à Betty et à moi, et nous allons dîner dehors, mais voudriez-vous venir prendre un pot avec nous? Nous allons fêter ça au champagne.

Robert lui donna les dix dollars.

– Un jour d'anniversaire de mariage... Mieux vaut que vous restiez entre vous.

– Voyons, juste un verre de champagne. J'ai promis à Betty que je vous amènerais.

– Non merci, Jack. Vous êtes sûr que vous en avez assez, si vous sortez dîner?

– Certain, et d'ailleurs c'est seulement pour acheter quelques fleurs. Six dollars m'auraient suffi, mais dix font un compte rond. Je n'en aurais même pas eu besoin si je n'avais dû payer, aujourd'hui, le dernier versement pour ces chaussures. Soixante-quinze dollars. J'espère qu'elles seront confortables au moins. Allez, bon, venez avec nous.

Ils étaient arrivés dans le parking. Robert n'avait pas l'intention d'accepter son invitation, mais il n'arrivait pas à trouver d'excuse valable. Il observa le long visage ingrat de Jack, surmonté de cheveux noirs coupés en brosse et déjà grisonnants.

– Quel anniversaire est-ce?

– Le neuvième.

Robert hocha la tête.

– Je vais rentrer chez moi, Jack. Présentez mes meilleurs vœux à Betty.

– Quel rapport avec le neuvième anniversaire? cria Jack en courant après lui.

– Aucun! A demain!

Robert monta dans sa voiture et démarra avant Jack. Jack et Betty possédaient une petite maison ordinaire, modeste, à Langley, et leurs ressources s'épuisaient constamment à cause de la mère de Jack et du père de Betty qui tombaient malades à tour de rôle. Chaque fois qu'ils avaient mis un peu d'argent de côté pour leurs vacances ou la maison, ils étaient sûrs de le dépenser au profit des parents. Mais ils avaient une petite fille de cinq ans, et ils étaient heureux.

La nuit tombait rapidement, semblable à une mer sombre envahissant la terre de façon insidieuse. Tout en dépassant les derniers motels et stands de *hamburgers* qui précèdent Langley, Robert éprouva une répulsion physique à entrer une fois de plus dans la ville et à se retrouver chez lui. Il s'engagea dans une station d'essence, en fit le tour et rebroussa chemin. Ce n'était encore que le crépuscule, après tout. En été déjà, il ne l'aimait pas, alors qu'il descendait doucement et qu'il était plus facile à supporter. Mais en hiver, dans ce paysage désolé de la Pennsylvanie auquel Robert n'était pas encore habitué, il arrivait avec une vitesse terrifiante qui l'accablait. Il surprenait comme une mort violente. Les samedis et dimanches, lorsqu'il ne travaillait pas, Robert tirait ses stores à 4 heures de l'après-midi, allumait l'électricité et ne regardait dehors que bien après 6 heures, lorsque l'obscurité s'était définitivement installée et que tout était terminé.

Il se rendit à une petite ville appelée Humbert Corners, à quatorze kilomètres environ de Langley, et de là prit une route étroite qui s'engageait dans la campagne. Il voulait voir la jeune fille, encore une fois, la dernière peut-être, se dit-il. Mais chaque fois il pensait que ce serait la dernière, et ce ne l'était pas. Il se demanda si c'était à cause d'elle qu'il avait travaillé tard ce soir, ce qui n'était pas nécessaire, et s'il était resté plus longtemps pour être sûr qu'il ferait nuit quand il quitterait l'usine.

Robert laissa sa voiture dans un sentier au milieu des bois, non loin de la maison de la jeune fille, et continua son chemin à pied. Lorsqu'il atteignit l'allée, il ralentit le pas, dépassa le poteau de basket-ball et s'engagea sur l'herbe de la pelouse.

Ce soir encore, la jeune fille était dans la cuisine.

Sur la façade de derrière, les fenêtres découpaient deux carrés de lumière que la silhouette traversait de temps en temps. Mais, en général, elle restait du côté gauche, où se trouvait la table. Aux yeux de Robert, la fenêtre se présentait comme le champ réduit d'une caméra. Il ne s'approchait pas toujours de la maison, car il avait très peur qu'elle ne l'aperçoive et que la police ne l'embarque, le prenant pour un rôdeur ou un voyeur. Mais ce soir-là il faisait très sombre. Il s'approcha.

C'était la quatrième ou la cinquième fois qu'il venait. Le premier jour où il avait vu la jeune fille, c'était un dimanche – un dimanche éblouissant de soleil, à la fin du mois de septembre, après une longue randonnée dans la campagne. Elle secouait une carpette devant son portail alors qu'il passait en voiture. Il ne l'avait aperçue, peut-être, que l'espace de dix secondes, mais cette image était restée gravée en lui, telle une scène déjà vécue. A la vue des cartons empilés devant le portail et des fenêtres sans rideaux, il avait supposé qu'elle venait tout juste d'emménager. C'était une maison blanche à deux étages, dont les volets bruns et la charpente auraient eu besoin d'un bon coup de peinture. La pelouse était envahie par les mauvaises herbes, et la clôture peinte en blanc, qui longeait l'allée, s'était à moitié effondrée. La jeune fille avait des cheveux châtain clair et elle était plutôt grande. C'était tout ce qu'il avait pu discerner à une distance de vingt mètres environ. Etait-elle jolie ou non, il n'en savait rien, et d'ailleurs, quelle importance? Robert n'aurait pu dire ce qui l'attirait. Mais, après l'avoir vue deux ou trois fois en quelques semaines, il s'était rendu compte qu'il avait été séduit par l'égalité de son humeur, sa tendresse marquée pour cette maison plutôt délabrée et son accord tacite avec la vie. Tout cela, il l'avait deviné en regardant par la fenêtre de la cuisine.

A trois mètres environ de la maison, il s'arrêta et se posta en bordure d'un des carrés de lumière projetés sur le sol par les fenêtres. Il regarda attentivement tout autour de lui. Seule une lumière brillait à la fenêtre d'une ferme, loin derrière, à un kilomètre de là peut-être, à l'autre bout du champ. Dans la cuisine, la jeune fille mettait le couvert pour deux personnes, ce qui signifiait que son compagnon viendrait probablement dîner avec elle. Robert l'avait déjà vu deux fois. C'était un grand garçon aux cheveux noirs et ondulés. Ils s'étaient embrassés, l'autre jour. Il supposait qu'ils s'aimaient, qu'ils allaient se marier. Alors il espérait que la jeune fille serait heureuse. Robert se rapprocha doucement, en prenant bien garde de ne pas faire craquer des brindilles sous ses pieds, et se retint à la branche d'un arbuste.

Ce soir, la jeune fille faisait frire du poulet, et il y avait une bouteille de vin blanc sur la table. Elle portait un tablier pour se protéger, mais soudain, tandis que Robert l'observait, elle sursauta et se frotta le poignet où un peu de graisse brûlante avait giclé. Il pouvait entendre le petit appareil de radio, dans la cuisine, donner le bulletin d'informations. La dernière fois qu'il était venu, la jeune fille s'était soudain mise à fredonner un air diffusé par le poste. Elle ne chantait ni bien ni mal, simplement d'une voix naturelle et juste. Elle avait environ un mètre soixante-dix, une ossature assez forte, des pieds et des mains bien proportionnés. Son âge devait se situer entre vingt et vingt-cinq ans. Son visage doux et lisse semblait ne jamais se rembrunir et ses cheveux châtain clair retombaient en légères ondulations sur ses épaules. Ils étaient séparés au milieu par une raie et elle les retenait derrière ses oreilles avec deux barrettes dorées. Sa bouche, grande et fine, était empreinte de la même expression à la fois sérieuse et ingénue que ses yeux gris, plutôt petits : mais peu importait puisqu'ils s'harmonisaient avec l'ensemble. Telle qu'elle était, il la trouvait belle.

Les premières semaines, lorsque Robert portait

son regard sur elle, il sentait son cœur bondir dans sa poitrine et battre à tout rompre pendant quelques secondes. Une nuit, il y avait un mois de cela, il lui avait semblé qu'elle le regardait droit dans les yeux à travers la fenêtre, et son cœur avait cessé de battre. Il lui avait rendu son regard courageusement, sans essayer de se dissimuler et demeurant immobile. Mais ces quelques secondes l'avaient amené à prendre conscience de cette vérité désagréable : il était terrifié lorsqu'elle le regardait et il suffirait d'un rien pour que le pire arrivât; elle appellerait la police, le dévisagerait avec insistance, il serait arrêté comme rôdeur, et c'en serait fini de cette histoire absurde. Fort heureusement elle ne l'avait pas aperçu, et ce n'était que par hasard, sans doute, qu'elle avait regardé fixement dans sa direction, par la fenêtre.

Son nom de famille était Thierolf – il était inscrit sur la boîte aux lettres en bordure de la route – et c'était le seul détail vraiment personnel qu'il connût. Il savait aussi qu'elle conduisait une Volkswagen bleu clair, et la laissait dans l'allée car la maison n'avait pas de garage. Robert n'avait jamais essayé de la suivre, le matin, pour voir où elle travaillait. Le plaisir qu'il éprouvait à la contempler était inséparable de la maison elle-même. Il aimait son côté femme d'intérieur; il aimait la voir trouver quelque satisfaction à suspendre des rideaux, accrocher des tableaux. Mais il préférait par-dessus tout l'observer pendant qu'elle s'affairait dans la cuisine. Le hasard avait bien fait les choses, car la cuisine avait trois fenêtres, toutes trois ombragées d'arbres derrière lesquels il pouvait facilement se dissimuler. Dans la propriété se trouvait également un petit hangar haut de deux mètres, ainsi que le poteau de basket-ball à demi brisé au bout de l'allée, et derrière lequel il s'était abrité un soir que l'ami de la jeune fille était rentré, tous phares allumés.

Une fois, Robert l'avait entendue l'appeler : « Greg! Greg! » au moment où l'homme sortait de la maison. « J'aurais aussi besoin de beurre! Mon Dieu, quelle mémoire! » Et Greg était parti en voiture chercher les produits demandés. Robert inclina la tête sur son bras et regarda une dernière fois la jeune fille. Elle avait cessé de travailler et s'était appuyée contre l'étagère, près de la cuisinière, chevilles croisées, fixant le sol d'un air absent, comme si elle regardait à des milliers de kilomètres. Immobile, elle tenait un torchon bleu et blanc. Puis soudain, elle sourit, se redressa, plia le torchon, alla le suspendre à l'une des trois tringles rouges fixées sur le mur près de l'évier. Robert était présent le soir où elle avait posé elle-même le porte-serviettes. Voilà qu'elle se dirigeait maintenant tout droit vers la fenêtre près de laquelle il se tenait, et il n'eut que le temps de se dissimuler derrière l'arbuste. Il n'aimait pas du tout agir comme un criminel, et, combie de malchance, il venait de marcher sur une brindille! Il entendit tinter contre la fenêtre et reconnut le bruit de la barrette sur la vitre. Il ferma les yeux, de confusion, pendant quelques instants. Quand il les rouvrit, elle regardait en sens inverse, la tête appuyée contre la vitre, dans la direction de l'allée. Robert mesura du regard la distance qui le séparait du poteau de basket, se demandant s'il se précipiterait en courant jusque-là avant qu'elle sorte de la maison. Puis il entendit qu'elle mettait la radio plus fort et se sourit à lui-même; elle devait avoir peur, et la radio lui tenait compagnie – réflexe à la fois illogique et logique, très touchant. Il s'en voulait de lui avoir donné cette inquiétude. Et il savait bien qu'il y en avait eu d'autres. Il était vraiment très maladroit dans sa fonction de rôdeur. Une fois, son pied avait heurté une vieille boîte de conserve au bas de la maison, tandis qu'elle se faisait les ongles, toute seule dans le living-room. Elle s'était levée d'un bond, avait ouvert la porte d'entrée avec précaution et demandé : « Qui est là? Y a-t-il quelqu'un? » Puis la porte s'était refermée, il avait entendu le glissement d'un verrou. La fois précédente, il y avait eu du vent et une branche d'arbre avait raclé obstinément les volets. La jeune fille l'avait remarqué, elle s'était approchée de la fenêtre puis s'était ravisée, retournant à sa télévision. Mais le raclement n'avait pas cessé et, finalement, Robert avait saisi la branche, l'avait courbée, dans un dernier bruissement de feuilles, le long du mur. Puis il était parti, laissant la branche ainsi pliée, mais non brisée. Elle aurait très bien pu s'en apercevoir plus tard et le faire observer à son ami.

Il n'osait même pas imaginer la honte qu'il éprouverait si on l'arrêtait comme voyeur. Ces individus se complaisent généralement à regarder les femmes se déshabiller et ont d'autres manies d'un goût douteux. Ce qu'éprouvait Robert était l'ardent besoin de voir la jeune fille, de la contempler; et, ce besoin, il devait le satisfaire à tout prix. S'il admettait cela, il lui fallait admettre aussi le risque d'être, un prochain soir, démasqué. Il perdrait sa place. Sa charmante logeuse des appartements Camelot, Mrs Rhoads, serait horrifiée et le prierait de vider les lieux immédiatement. Quant à ses camarades de bureau – à l'exception peut-être de Jack Nielson – il imaginait leurs commentaires : « J'avais toujours dit que c'était un drôle de type... la preuve, c'est qu'il ne venait jamais jouer au poker avec nous... » Il fallait donc bien qu'il courût ce risque, même si personne ne devait jamais comprendre que le simple fait de regarder une jeune fille vaquer tranquillement à ses occupations ménagères lui procurait une impression d'apaisement. Elle lui prouvait que, pour certains, la vie offrait un sens et des satisfactions qu'il espérait presque retrouver un jour, pour lui-même. Oui, la jeune fille lui était vraiment d'un grand secours.

Robert frissonna en se rappelant son état d'esprit lors de l'arrivée en Pennsylvanie, en septembre dernier. Non seulement il n'avait jamais eu un moral aussi bas, mais il avait bien cru que sa dernière parcelle d'optimisme, et même de raison, l'abandonnait à jamais, comme un sablier qui se vide. Il avait dû se contraindre à suivre une discipline stricte, presque militaire : manger, chercher du travail, dormir, se laver et se raser, puis recommencer systématiquement le lendemain. Sans cela, il n'aurait jamais tenu le coup. Il se disait que son psychiatre de New York, le Dr Krimmler, aurait sûrement approuvé sa conduite. Ils avaient eu quelques discussions à ce sujet. Robert avait soutenu que, pour sa part, il avait la nette impression que, si l'on ne s'observait continuellement, on deviendrait détraqué. Laissés à eux-mêmes, les gens ne sauraient plus comment vivre. Le Dr Krimmler avait répondu solennellement et avec conviction : « Ces règles de vie dont vous parlez ne sont pas des règles arbitraires; ce sont les habitudes que la race humaine a acquises depuis des siècles. Nous dormons la nuit et nous travaillons le jour. Trois repas sont plus bénéfiques qu'un repas ou sept. Vous avez raison, ces habitudes sont indispensables à notre équilibre mental. » Mais ces explications ne comblaient pas Robert.

« Que se cache-t-il au-delà, se demandait-il : le Chaos, le Néant, le mal, la certitude d'un perpétuel état de dépression et de pessimisme? Ou bien la mort pure et simple, l'arrêt de toute activité, un vide tellement effrayant que personne n'ose le regarder en face? » Au fond, il ne s'était pas expliqué vraiment avec Krimmler, bien qu'il eût l'impression d'avoir parlé sans cesse. Mais Krimmler était avant tout un médecin, et non un analyste. De toute façon, ses arguments avaient porté leurs fruits, car Robert avait mis les conseils du médecin en pratique. Et, sans aucun doute, ils l'avaient aidé à surmonter les moments difficiles, en particulier lorsque Nickie l'avait assailli de coups de téléphone. En effet, elle était arrivée à retrouver sa trace, grâce aux renseignements téléphoniques, probablement,

15

ou par l'intermédiaire d'un de leurs amis de New York, à qui il avait laissé son numéro.

Robert, sans un regard autour de lui, sortit de sa cachette derrière l'arbuste, contourna le rectangle de lumière projeté par la fenêtre et se dirigea vers l'allée. La lumière de deux phares apparut sur la droite et se dirigea lentement vers la propriété. Robert n'eut que le temps d'atteindre en deux bonds le poteau de basket avant que la voiture s'engageât dans l'allée. La lumière des phares inonda de part et d'autre l'abri derrière lequel il se tenait et, se souvenant que les vieilles planches en bois étaient toutes craquelées, il se sentit exposé comme si sa silhouette se projetait sur le panneau.

Les phares s'éteignirent, une porte de l'auto s'ouvrit, puis celle de la maison.

— Hello, Greg! cria la jeune fille.

— Hello, chérie! Excuse-moi d'être en retard. Je t'apporte une plante verte.

— Oh! merci, Greg. Elle est splendide!

Puis la porte se referma et les voix s'estompèrent.

Robert soupira, peu désireux de partir immédiatement, bien qu'il eût été plus prudent de s'en aller pendant qu'ils s'extasiaient autour de la plante. Il avait envie de fumer et il était gelé jusqu'aux os. Il entendit alors une fenêtre s'ouvrir.

— Où? Là, dehors? demandait Greg.

— Juste à cet endroit, je crois. Mais je n'ai rien vu vraiment.

— Il faut dire que la nuit s'y prête, déclara Greg avec bonne humeur. Une belle nuit bien sombre... Il va peut-être se passer quelque chose.

— Pas si tu lui fais peur, répondit en riant la jeune fille, d'une voix aussi forte que celle de l'homme.

« Ils ne veulent pas vraiment chercher quelqu'un », pensa Robert. Qui l'aurait voulu? Les chaussures de l'homme résonnèrent lourdement devant la porte. Greg faisait le tour de la maison.

Robert fut soulagé en s'apercevant qu'il n'avait pas pris de lampe de poche, mais il était encore possible qu'il fît le tour du panneau de basket-ball. La jeune fille regardait à travers la fenêtre à guillotine, dont elle avait remonté la vitre d'au moins vingt-cinq centimètres. Greg revint de son tour d'inspection et entra par la porte de la cuisine. Il baissa la vitre, puis la remonta de nouveau, mais un peu moins qu'elle ne l'était auparavant, et s'éloigna. Robert quitta le poteau de basket pour se diriger vers la fenêtre entrouverte. Il marcha de façon presque arrogante, comme pour se prouver qu'il n'était nullement troublé d'avoir dû se cacher quelques instants. Il se tint au même endroit que tout à l'heure, de l'autre côté de l'arbre, à un mètre environ de la fenêtre. « Par bravade, pensa-t-il. Par simple bravade et par témérité. »

– ... la police, était en train de dire Greg d'un air contrarié. Laisse-moi d'abord jeter un coup d'œil tout autour. Je vais dormir dans le living-room, chérie; ainsi, il me sera plus facile de sortir que si je me trouve au premier. Je garderai mon pantalon et mes souliers, et si jamais quelqu'un me tombe sous la main... Il brandit d'un air féroce ses poings robustes devant lui.

– Tu veux une belle bûche en guise de gourdin? lui demanda la jeune fille avec un doux sourire.

Elle ne paraissait pas émue par les menaces de son compagnon. Robert devinait que c'était là le genre de fille qui garde son sourire et son naturel, même lorsqu'elle est inquiète, et il aimait cela. Elle semblait ne jamais perdre son calme. Elle dit encore quelque chose qu'il ne put saisir, mais il fut certain qu'elle allait chercher dans le living-room le morceau de bois en question pour le montrer à Greg. Il y avait un seau à charbon près de la cheminée, plein de bûches et de petit bois.

Le rire de Greg lui parvint du living-room, franc et sonore.

Robert haussa les épaules en souriant. Puis il

entrouvrit son pardessus, enfonça les mains dans les poches de son pantalon et s'éloigna de la maison la tête haute, en longeant l'allée.

La jeune fille habitait sur la route de Conarack, qui franchissait dix kilomètres de collines avant d'arriver à Humbert Corners, où Robert supposait qu'elle travaillait. Il traversa Humbert Corners pour se rendre à Langley, où il vivait, ville beaucoup plus importante, située sur la rivière Delaware. A Langley se trouvait le plus grand marché de voitures d'occasion de la région – la Red Redding's Used Car Riots – ainsi que la Langley Aeronautics, une usine qui fabriquait des pièces détachées pour des avions et des hélicoptères privés. Robert y travaillait comme ingénieur depuis la fin du mois de septembre. Ce n'était pas un travail très intéressant, mais il était bien payé et, à la Langley Aeronautics, on avait été ravi de l'engager, car il venait d'une entreprise renommée de New York où l'on redessinait des grils, des fers électriques, des appareils de radio, des magnétophones et la presque totalité des accessoires qui ont leur place dans les foyers américains. Robert avait conservé un travail d'appoint : il s'était engagé à compléter une série de deux cent cinquante et quelques croquis détaillés d'insectes et d'araignées, qu'un jeune homme avait commencée en France pour un certain professeur Gumbolowski. C'étaient les amis de Robert, Peter et Edna Campbell, qui l'avaient présenté à ce professeur de New York et avaient insisté pour que Robert apporte ses croquis d'iris lors de la rencontre. Le professeur, de son côté, avait présenté quelques-unes des illustrations destinées à son livre, pour lequel il avait déjà signé un contrat avec un éditeur américain. Le jeune Français qui avait commencé le travail était mort avant d'avoir pu le terminer. Cela eût suffi pour que Robert déclinât l'offre, non pas qu'il fût superstitieux, mais l'ensemble des circonstances était assez déprimant et il était déjà suffisamment déprimé lui-même. De plus, il n'éprouvait aucune passion particulière pour les insectes et les araignées. Mais le professeur avait été enthousiasmé par ses iris – simple fantaisie de la part de Robert, qui les avait dessinés d'après nature dans l'appartement qu'il partageait avec Nickie – et il était certain qu'il pourrait terminer les dessins du jeune Français dans le style qui leur avait été donné. Avant la fin de la soirée, Robert avait accepté l'engagement. Ce travail était très différent de tout ce qu'il avait fait jusqu'à ce jour. Or, il essayait justement de se créer une vie « différente ». Il s'était séparé de Nickie et vivait dans un hôtel de New York. Il était sur le point de quitter son emploi pour aller vivre ailleurs. Qui sait? Le livre sur les insectes lui apporterait peut-être d'autres travaux du même genre. Il pouvait aimer ce travail, ou le détester, mais au moins, il saurait à quoi s'en tenir. Ainsi donc, il était allé à Rittersville, en Pennsylvanie, où il avait séjourné dix jours sans trouver d'emploi. Puis il s'était rendu à Langley, pour proposer ses services à la Langley Aeronautics. La ville était triste, mais il n'était pas fâché d'avoir quitté New York. On a beau ne jamais sortir de sa peau, où qu'on aille, un changement de décor est toujours salutaire. Il devait toucher huit cents dollars à la remise des croquis, et il avait jusqu'à la fin du mois de février pour les terminer. Il décida d'en faire quatre par semaines. Il les exécutait d'après les esquisses du professeur et les agrandissements de photos que ce dernier lui avait donnés. Il s'aperçut que, finalement, le travail lui plaisait et l'aidait à passer les longs week-ends.

Robert entra dans Langley par l'est et passa devant la Red Redding's Used Car Riots. Les masses rectangulaires des berlines et des décapotables étaient éclairées de façon sinistre par la lumière des réverbères situés dans les petites allées pavées et étroites qui les séparaient. On aurait dit une armée de soldats morts revêtus d'armures, et Robert s'interrogeait sur les récits que chacune des voitures eût pu faire : celle-ci remise en état après un accident, mais dont le propriétaire avait été tué; celle-là mise en vente après la ruine d'un père de famille.

Les appartements Camelot où vivait Robert étaient situés dans un bâtiment de quatre étages à l'ouest de Langley, à un kilomètre et demi seulement de l'entreprise où il travaillait. Le vestibule était éclairé par deux lampes de chevet dont la lumière filtrait au travers de philodendrons en pot. Dans un coin, un standard hors d'usage n'avait jamais été enlevé. Mrs Rhoads lui avait confié qu'après tout ses « hôtes » préféraient avoir des lignes de téléphone privées, même si cela leur ôtait la possibilité de se faire transmettre des messages. Mrs Rhoads vivait au rez-de-chaussée à droite, et elle se tenait le plus souvent dans le vestibule ou le salon qui donnait sur la rue et dont la porte était toujours ouverte. Lorsque Robert arriva, elle arrosait un des philodendrons du vestibule, à l'aide d'un arrosoir en cuivre.

– Bonsoir, monsieur Forester. Comment allez-vous ce soir? demanda-t-elle.

– Très bien, merci, répondit Robert en souriant. Et vous?

– Pas mal. Vous avez travaillé tard, ce soir?

– Non, j'ai seulement fait un bout de promenade. J'aime flâner un peu dans la campagne.

Puis elle lui demanda si l'un des radiateurs de sa chambre chauffait suffisamment, et Robert la rassura, bien qu'il n'eût rien remarqué au sujet du radiateur. Il monta les escaliers. Il y avait six à huit appartements dans cet immeuble sans ascenseur. L'appartement de Robert était au dernier étage. Il ne s'était pas soucié de lier connaissance avec ses voisins : deux jeunes célibataires, une fille d'une vingtaine d'années, et une veuve entre deux âges qui partait travailler tôt le matin. Mais, chaque fois qu'il rencontrait quelqu'un, il saluait d'un signe de tête ou échangeait quelques mots. L'un des jeunes gens, Tom Shive, lui avait demandé une fois de venir jouer au bowling et Robert l'avait accompagné. Il se rendait compte que Mrs Rhoads, tout en ayant la curiosité traditionnelle de la concierge, avait un caractère bienveillant et, au fond, il aimait sentir que quelqu'un dans la maison se souciait de lui, ou du moins émettait un avis selon l'heure à laquelle il rentrait, seul ou accompagné. Pour la même somme d'argent – quatre-vingt-dix dollars par mois – Robert eût pu trouver une petite maison à louer aux environs de Langley, mais il ne voulait pas être seul. Même le modeste mobilier de ses deux pièces lui apportait une sorte de réconfort. D'autres gens avaient vécu là avant lui, avaient pris soin de ne pas mettre le feu au divan – seul un mégot de cigarette avait brûlé sur le bureau –, avaient foulé la même moquette vert sombre et s'étaient peut-être donné la peine de remarquer qu'on la nettoyait le mercredi et le samedi. Ces gens étaient repartis pour mener ailleurs une vie tout à fait banale, et peut-être plus heureuse. Il avait signé un arrangement au mois avec Mrs Rhoads. Il n'avait pas l'intention de rester plus d'un ou deux mois encore. Ou bien il prendrait une maison à la campagne, ou bien il partirait pour Philadelphie, siège de l'usine principale de la Langley Aeronautics, où l'on assemblait les pièces détachées. Il avait six mille dollars en banque et dépensait moins qu'à New York. Il n'avait pas encore reçu le montant des frais du divorce, mais Nickie s'en occupait avec ses avoués de New York. Elle allait se remarier et n'avait pas voulu qu'il lui versât une pension.

Robert alluma le four électrique de sa cuisine, parcourut rapidement le mode d'emploi de deux boîtes de nourriture congelée, puis les ouvrit et les glissa dans le four sans les faire chauffer d'avance. Il regarda sa montre, puis s'installa dans son fauteuil avec un livre de poche sur les arbres américains. Il lut le passage sur l'Orme ailé et l'Orme fauve d'Amérique. La prose plate et conventionnelle le délassait :

« Le liber des rameaux de l'Orme fauve d'Amérique était mâché autrefois pour soulager les maux de gorge. Les rameaux sont recouverts de poils et non pas de liège... Robuste, résistant et lourd, il est utilisé pour la fabrication des poteaux. »

Il feuilleta les pages avec plaisir, et lut jusqu'à ce qu'une odeur de brûlé le fît bondir de son fauteuil.

Dix jours plus tard, vers la mi-décembre, Jennifer Thierolf et Gregory Wyncoop prenaient le café dans le living-room de la maison de la jeune fille, tout en regardant la télévision. C'était un dimanche soir. Ils se tenaient assis sur le divan de style victorien qu'elle avait acheté d'occasion dans une vente aux enchères et rajeuni à l'huile de lin, puis tapissé de neuf. Leurs mains étaient enlacées. Le film au programme était un policier, moins bon que ceux qu'ils avaient vus précédemment dans la même émission.

Jenny regardait fixement l'écran sans le voir. Elle pensait au livre qu'elle était en train de lire, *les Possédés*, de Dostoïevsky. Elle n'arrivait pas à comprendre Kirilov, du moins sa dernière longue tirade, mais il était inutile d'interroger Greg à ce sujet. Greg prétendait bien avoir lu le livre, mais la question qu'elle voulait lui poser, si claire avant le dîner, lui apparaissait maintenant confuse et embrouillée. Pourtant, elle ne doutait pas que, sitôt le livre fini, ou quelques jours après, un soir, en prenant son bain ou en faisant sa vaisselle, tout redeviendrait clair et inévitable.

– A quoi penses-tu? demanda Greg.

Jenny, embarrassée, s'adossa au canapé et sourit.

– Dois-je toujours penser à quelque chose? Tu me poses sans cesse cette question.

– Du moment que tu ne penses pas encore à cette bon Dieu de maison et que tu ne te tracasses pas pour elle...

– Ne jure pas.

– Bon, d'accord.

Greg se pencha vers elle, ferma les yeux et enfouit son nez dans son cou. Un accord retentissant le fit bondir et fixer de nouveau l'écran, mais rien d'intéressant ne se produisait là.

– De toute façon, c'est une vieille baraque, et il y a toujours des bruits bizarres dans les vieilles baraques. A mon avis, si le grenier craque, c'est parce que le sommet de la maison tout entier est ébranlé par le vent.

– Je ne me tracasse pas. C'est toi, d'habitude, qui te fais plus de souci que moi pour la maison, dit Jenny sur un ton subitement agressif.

– A cause des bruits? Des bruits à l'extérieur, oui. Je soupçonne qu'il y a un rôdeur par ici. As-tu demandé à Susie si elle avait vu quelqu'un, comme je t'avais dit de le faire?

Susie Escham était la plus proche voisine de Jenny. Elle vivait avec ses parents.

– Non, j'ai oublié, répondit Jenny.

– Demande-lui donc. Il n'y a qu'une jeune fille romantique comme toi pour vivre dans une maison aussi isolée. Le jour où il y aura une véritable tempête de neige, où les fils seront coupés, tu verras.

– Tu crois que je n'ai jamais vu d'hiver à Scranton?

– J'imagine que tu ne vivais pas dans une maison pareille à Scranton. Je le sais, parce que j'ai vu la maison.

Jenny soupira en pensant à la confortable maison familiale à deux étages, si bien entretenue, tout entière construite en brique et que le vent, bien sûr, ne pouvait ébranler. Jenny avait vingt-trois ans. Elle

24

avait quitté l'université au bout de trois ans et pris un poste de secrétaire comptable dans un bureau de Scranton. Elle avait vécu chez ses parents jusqu'à la fin de l'été dernier. Puis, voulant faire acte d'indépendance, elle avait hésité entre le départ pour l'Europe avec l'argent qu'elle avait mis de côté et l'installation à San Francisco. Finalement, elle avait décidé d'aller vivre dans une petite ville, et c'est ainsi qu'elle avait choisi Humbert Corners. Elle voulait posséder une maison pour elle seule, une maison originale et qu'elle pourrait décorer à son goût, qui ne serait pas située à quinze mètres des habitations voisines, comme celle de ses parents. Cette maison, elle l'avait, et elle l'aimait, en dépit des bruits étranges qui la réveillaient parfois la nuit, et l'effrayaient.

– C'est une question d'habitude, voilà tout, déclara Jenny avec solennité. Il n'y a rien à reprocher à cette maison.

– D'accord, Jenny, mais tu ne crois pas que je vais vivre ici ou en tout autre lieu de ce genre quand nous serons mariés. C'est-à-dire avant juin, j'espère.

– Bon, je n'ai pas dit que je t'obligerais à y vivre; il n'empêche que je me plais dans cette maison.

– Je le sais bien, ma chérie.

Il l'embrassa sur la joue : « Tu es une vraie gamine. »

Cette remarque ne fut pas tout à fait du goût de Jenny. Après tout, il n'avait guère que cinq ans de plus qu'elle.

– Voilà les nouvelles, dit-elle.

Au milieu des nouvelles, ils crurent entendre quelqu'un tousser, dehors. Jenny bondit et Greg fut aussitôt debout, sa longue silhouette efflanquée se précipitant vers la cuisine pour saisir la lampe de poche posée sur la table. Il retraversa le living-room et ouvrit la porte d'entrée.

– Qui est là? appela-t-il d'une voix forte, dirigeant le faisceau de sa lampe vers le forsythia dénudé, le sapin haut de deux mètres, puis le long de l'allée jusqu'à la route.

Il éclaira l'autre côté, ne rencontrant que la clôture brisée et un triste réverbère surmonté d'une lanterne aux vitres cassées et accrochée de guingois.

– Tu as vu quelque chose? demanda Jenny, debout derrière lui.

– Non, mais je vais aller jeter un coup d'œil.

Il dévala les marches du perron, s'avança jusqu'à l'angle et dirigea la lumière vers le fond. Il continua plus lentement, regardant avec soin derrière les hauts taillis de la haie, où un homme pouvait aisément se dissimuler. Il marcha droit vers le poteau de basket-ball, fit le tour du hangar à outils et pénétra même à l'intérieur. Puis il dirigea brusquement la lumière de part et d'autre de l'allée.

– Rien, rien du tout, dit Greg en rentrant dans la maison.

La télévision était éteinte maintenant. Sur le front de Greg une boucle brune retombait.

– On aurait pourtant bien dit un bruit de toux?

– Oui, répondit-elle avec fermeté, mais sans émotion.

Il sourit de sa placidité, et pensa un instant passer de nouveau la nuit ici. Si seulement ils pouvaient rester étendus côte à côte sur le divan, en pyjama. Mais il savait qu'il n'arriverait pas à trouver le sommeil avant d'avoir fait l'amour. Et ils s'étaient mis d'accord là-dessus. Ils avaient fait l'amour deux fois et décidé d'attendre le mariage pour recommencer. C'était une décision théorique, dans le style de Jenny, sur laquelle il pourrait revenir. Mais pas ce soir. Alors qu'un inconnu tentait peut-être de les épier à travers les rideaux du living-room.

– J'ai une idée, dit-il soudain. Prends un chien. Je vais te trouver un chien. Le mieux est encore un doberman. Un chien de garde.

Elle s'appuya sur un des coussins du divan.

– Je ne suis pas assez souvent chez moi. Je ne

26

pourrais supporter l'idée de laisser un animal seul huit heures par jour.

Il savait que c'était sans espoir. On pouvait la persuader de n'importe quoi, sauf de laisser un animal, un être vivant, souffrir à cause d'elle.

– Il y aurait sûrement un chien à la fourrière qui serait ravi de trouver n'importe quel foyer. Ça vaudrait mieux pour lui que d'être abattu.

– N'en parlons plus, veux-tu.

Elle se leva pour aller à la cuisine.

Il la regarda s'éloigner, perplexe, se demandant s'il l'avait mise de mauvaise humeur. Il y avait trois ans, son jeune frère était mort d'une méningite cérébro-spinale. Jenny était restée longtemps à son chevet, à l'hôpital. Elle en avait été très impressionnée, trop même. Il n'aurait jamais dû faire allusion à la mort devant elle.

– Tu sais de quoi j'ai envie? cria-t-elle de la cuisine. D'un chocolat chaud. Tu en veux?

Il sourit, et ses craintes se dissipèrent.

– Bien sûr, si tu veux.

Il entendit le bruit du lait versé dans la casserole, le déclic de la cuisinière électrique – le seul objet moderne de la maison. Il alluma une cigarette et resta dans l'embrasure de la porte, à la regarder.

Elle remuait doucement le lait.

– Sais-tu quel est le pire forfait que l'on puisse commettre, à mon avis?

Il pensa au meurtre, mais sourit et demanda :

– Lequel?

– C'est d'accuser faussement quelqu'un de viol.

– Ha! Il rit en se frappant le front.

– Qu'est-ce qui te fait penser à ça?

– Un article que j'ai lu dans le journal. Une fille qui accusait quelqu'un. On n'a pas encore pu fournir de preuves.

Il l'observa tandis qu'elle surveillait attentivement le lait. Il détailla son jeune corps vigoureux jusqu'à ses souliers plats en daim noir, qui ne faisaient ni trop enfantins ni trop élégants, mais quelque chose entre les deux. Il pensa que si jamais quelqu'un la violait, il le tuerait, l'étranglerait avec plaisir.

– Dis-moi Jenny, tu n'as vraiment vu personne autour de la maison? Tu me le dirais, n'est-ce pas?

– Que tu es bête! Bien sûr, je te le dirais.

– Je ne suis pas bête. Tu as tellement de petits secrets. C'est ce qui te rend si fascinante.

Il l'enlaça et l'embrassa derrière la tête.

Elle rit, d'un rire doux et timide, se retourna vivement vers lui et, mettant les bras autour de son cou, l'embrassa.

Ils burent leur chocolat dans la cuisine, en l'accompagnant de petits gâteaux secs qu'ils prenaient directement dans la boîte. Jetant un coup d'œil à sa montre, Greg s'aperçut qu'il était presque minuit. Il devait se lever à 6 heures et demie afin d'être à 9 heures à Philadelphie. Il était représentant en pharmacie, ce qui l'obligeait à courir les routes. Le compteur de sa nouvelle Plymouth marquait déjà trente-quatre mille kilomètres. Il avait loué un appartement au-dessus d'un garage dans la maison de Mme Van Vleets, à Humbert Corners, à huit kilomètres seulement de chez Jenny et, quand il venait la retrouver le soir, ces huit kilomètres semblaient un véritable plaisir en comparaison des deux cent cinquante ou trois cents kilomètres de la journée. Voir Jenny aussi était un plaisir. Quel contraste avec toutes ces drogues qu'il vendait le jour : des pilules pour s'endormir, des pilules pour se réveiller, des pilules pour empêcher de trop boire, de trop fumer, de trop manger, des pilules pour stimuler certains nerfs et en calmer d'autres. On eût dit que le monde était positivement rempli de gens malades; sinon, il eût été sans travail. « Doux Jésus! » s'était écriée Jenny la première fois qu'il avait ouvert sa valise pour lui montrer les médecines qu'il colportait. Des centaines de bouteilles pleines de pilules, chacune d'une couleur et

28

d'une forme différentes, portant sur leurs étiquettes des noms abracadabrants et la liste imprononçable des produits qui les composaient. Les seuls médicaments que Jenny possédât dans son armoire à pharmacie étaient des comprimés d'aspirine, et elle disait qu'elle en prenait environ deux fois par an, lorsqu'elle sentait une grippe venir. C'était ce qu'il aimait chez elle, entre beaucoup d'autres choses : elle était en bonne santé. Ce n'était peut-être pas très romantique d'aimer une fille parce qu'elle était en bonne santé, mais cela lui conférait une beauté rayonnante. Cela lui donnait une supériorité incontestable sur les autres filles avec lesquelles il était sorti. Il y en avait eu seulement deux avant Jenny, deux filles de Philadelphie, et elles avaient toutes deux décliné son offre, quand il les avait demandées en mariage. A côté de Jenny, elles avaient un air maladif. Jenny voulait des enfants. Ils avaient l'intention de fonder une famille sitôt qu'ils seraient mariés. « *La mère de mes enfants* », avait l'habitude de penser Greg en la regardant. Il pouvait l'imaginer avec leur enfant de deux, ou trois, ou quatre ans, le traitant déjà comme une grande personne, même s'il avait fait une bêtise, riant avec lui, par-dessus tout patiente et enjouée, ne se mettant jamais en colère. Elle serait la meilleure des mères, pensait Greg.

Il prêta une attention irritée à l'histoire de Rita, sa collègue de la banque. Rita était caissière et elle avait pris l'habitude de rentrer en retard de son déjeuner, si bien que Jenny, qui devait l'attendre pour partir à son tour, perdait du temps sur son heure de liberté. Jenny ne se plaignait pas. Elle en riait au contraire. Elle riait maintenant en racontant que son patron, M. Stoddard, l'avait invitée à déjeuner hier. Elle n'avait pu partir avant le retour de Rita et, lorsque Rita était revenue chargée de paquets, M. Stoddard, énervé, lui avait fait remarquer qu'elle prenait plus d'une heure pour déjeuner.

Greg croisa les bras. De toute façon, ce travail idiot que Jenny faisait n'allait pas durer très longtemps. Jusqu'en février peut-être, ou jusqu'en mars, époque à laquelle ils se marieraient.

– Comment se fait-il que M. Stoddard t'ait invitée à déjeuner? Je ne suis pas sûr d'aimer ça.

– Allons! Il a quarante-deux ans!

– Marié?

– Je ne sais pas.

– Tu ne sais pas?

– Je ne sais pas parce que je ne m'en soucie pas.

– C'est la première fois qu'il t'invite?

– Oui.

Ne sachant que dire, Greg ne répondit rien. Au bout d'un moment, il se leva pour partir. Il l'embrassa tendrement, debout près de la porte de la cuisine.

– N'oublie pas de fermer cette porte à clé. J'ai fermé la porte d'entrée.

– Je n'oublierai pas.

– Le temps passera vite d'ici Noël.

Ils devaient passer la veille des fêtes chez lui, à Philadelphie, et le jour de Noël à Scranton chez ses parents à elle.

– Un Noël de plus, dit-elle en souriant, avec un soupir qui pouvait signifier n'importe quoi.

– Tu es fatiguée. Dors bien. Bonne nuit, chérie.

Il sortit précipitamment, trébucha un peu sur les marches sombres et trouva en tâtonnant la portière de sa voiture.

Jenny resta debout une heure encore avant d'aller se coucher. Elle mit la cuisine en ordre très lentement, rangea les assiettes après les avoir lavées. Elle ne pensait à rien. Parfois les idées les plus intéressantes et les plus agréables lui venaient lorsqu'elle n'essayait pas de penser à quelque chose. Ce soir elle se sentait lasse et heureuse. La seule pensée agréable qui lui vint à l'esprit ressemblait à une image, à une vision colorée : un poisson brillant comme un poisson rouge, mais plus grand et encore plus éclatant, nageait à travers une forêt d'herbes sous-marines d'une incomparable beauté. Le sable était jaune d'or comme si le soleil envoyait ses rayons directement jusqu'au fond de la mer. C'était un tableau charmant et silencieux, près duquel on avait envie de s'endormir. Il se présenta de nouveau à elle quand elle ferma les yeux dans son lit.

Robert avait espéré recevoir une lettre de Nickie samedi, ou une lettre de son avocat; mais le samedi, rien ne vint. Il porta ses draps et ses chemises à la blanchisserie, retira un habit chez le teinturier, resta dans l'antique bibliothèque de Langley, à lire pendant une heure, et rentra chez lui avec un roman de John O'Hara's et une biographie de Franz Schubert auquel, il ne savait trop pourquoi, il avait pensé ce matin. De 2 à 4 heures de l'après-midi, il dessina des *Collembola*, de la famille des insectes sauteurs. Un des croquis du professeur Gumbolowski représentant un *Collembola protura* était rendu très comique, sûrement de façon involontaire. Les deux pattes de devant de l'insecte se dressaient à la manière d'un toréador prêt à planter ses banderilles. Robert s'amusa à dessiner sur une carte postale un *protura* affublé de culottes courtes recouvrant ses pattes trapues, la tête coiffée de la cape triangulaire et tenant dans ses mains des banderilles gaiement décorées. Il l'envoya à Edna et Peter Campbell accompagné de ces mots : « En plein progrès! Amitiés à tous deux, Bob. »

Ce qu'il voulait, c'était retourner près de la maison de la jeune fille. Cela faisait six jours maintenant qu'il n'était allé chez elle. Mercredi dernier – ou mardi peut-être – il avait résisté à l'envie d'y revenir et s'était juré de ne plus jamais s'y rendre.

C'était par trop dangereux. Mon Dieu, si par hasard Nickie apprenait la chose! Comme elle rirait de lui! Comme elle s'esclafferait et se gausserait! Il devait remercier sa bonne étoile, pensait-il, de n'avoir pas encore été découvert, et il se disait qu'il ferait mieux d'abandonner. Mais il était intoxiqué, un peu comme les alcooliques qui jurent de ne plus toucher à une bouteille, et qui, cependant, y reviennent toujours. Peut-être était-ce parce qu'il n'avait rien d'autre dans sa vie, rien de plus intéressant que cette jeune fille dénommée Thierolf. C'est ce que l'on dit aussi des alcooliques : ils n'ont rien d'autre dans la vie, alors ils boivent. La tentation l'assaillait, tandis qu'il faisait les cent pas dans sa chambre en ce samedi après-midi, à 6 heures 10. Il se persuadait qu'il n'était pas impossible de résister. « Va voir un navet, si nécessaire. Ou mieux encore, va dîner quelque part et reviens passer la soirée à lire dans ta chambre. Ecris aux Campbell pour les inviter à te rendre visite, un de ces prochains week-ends. » Il ne pouvait pas les loger, mais l'auberge Putnam était tout à fait convenable. « Chasse cette fille de ton esprit. Ce n'est pas en étant assez fou pour épier une jeune fille chez elle que tu pourras avoir une vie bien ordonnée, ou retrouver ton équilibre mental. » Robert rit légèrement. Il allait contre les prescriptions du médecin.

Il faisait nuit maintenant. 6 heures 18. Il ouvrit la radio pour écouter les nouvelles.

Il s'assit sur son lit et ne prêta qu'une oreille distraite aux brèves informations. Il se demandait si, oui ou non, il irait là-bas cette nuit. Pour la dernière fois. Peut-être serait-elle absente en ce samedi soir. Robert sentait bien qu'une part de sa conscience plaidait sa cause, tel un orateur bondissant sur ses pieds et devenu éloquent après un long silence : « Quelle importance, si tu y vas une fois de plus? Tu n'as pas été pris jusqu'à présent. Et puis, ce n'est pas si dramatique si elle te voit. Tu n'as pas l'air d'un déséquilibré. » (Deuxième voix : « Les déséquilibrés ont-ils nécessairement l'air de déséquilibrés? Certainement pas. ») « De toute façon, peu t'importe d'être vu ou non. Qu'as-tu à perdre? N'est-ce pas ce que tu dis toujours? » L'orateur se rassit. Non, ce n'était pas ce qu'il disait toujours, et il aurait été très ennuyé que la jeune fille le surprenne. Cependant, rester enfermé chez lui ce soir ressemblait à une mort, à une mort lente, et la jeune fille représentait la vie. « De quel côté es-tu, Robert Forester? » Et pourquoi était-il si difficile de vivre?

Après la route principale, à la sortie de Langley, il prit une petite route mal entretenue qui était un raccourci jusqu'à Humbert Corners. Pas une seule lumière n'éclairait cette route, et les rares maisons qu'il dépassait étant situées loin à l'arrière-plan, il avait l'impression de circuler dans un univers de nuit compacte. Il roulait à moins de cinquante-cinq kilomètres-heure, essayant constamment d'éviter les trous. A Humbert Corners sa voiture fit une embardée en tournant à droite, au coin de la banque munie d'une boîte à lettres rouge et bleue, et il s'engagea sur une pente si raide qu'il fut obligé de passer en seconde. Il arriva enfin devant la sombre maison aux volets blancs, sur la gauche, se rappelant que le chemin où il laissait habituellement sa voiture n'était plus qu'à une cinquantaine de mètres. Il ralentit et baissa ses lumières, ne laissant que les veilleuses. Il s'avança encore d'une dizaine de mètres dans le chemin, stoppa et sortit de voiture. Sa main fouilla dans la poche de la portière à la recherche de la lampe électrique. Il s'en servait de temps à autre pour éclairer la route, afin de voir où il mettrait les pieds si une automobile venait à passer, bien qu'il y eût très peu de circulation.

La fenêtre sur le devant était allumée – c'était celle du living-room – ainsi que celle du fond, dans la cuisine. Robert s'avança lentement, se disant que, même maintenant, il pouvait encore revenir sur ses pas, et sachant pertinemment qu'il n'en ferait rien.

Un air de musique classique lui parvint faiblement de la maison. Il avait d'abord pensé à Schubert. Mais non. Ce devait être plutôt une symphonie de Schumann. Il passa rapidement devant la lueur que jetait la fenêtre du living-room, contourna le poteau de basket-ball et se dirigea vers les petits arbres, derrière la maison. A peine eut-il atteint les arbres que la porte de la cuisine s'ouvrait et que des pas résonnaient sur le parquet de la véranda. C'étaient les pas de la jeune fille, il en était sûr. Elle tourna dans la direction du poteau de basket-ball. Elle portait un grand panier. Son écharpe blanche volait dans le vent. Elle posa le panier par terre, et il comprit alors qu'elle voulait brûler des ordures dans la poubelle qui se trouvait située légèrement en arrière, à gauche de l'allée. Avec le vent, il ne lui fallut pas plus d'une minute pour enflammer le papier. La flamme monta, illuminant son visage. Elle se tenait en face de lui, les yeux baissés vers le feu. Dix mètres, peut-être, les séparaient. Elle prit le panier et vida ce qui restait sur le feu. Les flammes montèrent si haut qu'elle dut se reculer. Elle continuait à fixer le feu avec cette expression de fascination absente qu'il avait souvent observée sur son visage chaque fois qu'elle s'interrompait dans ses travaux ménagers.

Soudain, elle leva les yeux et l'aperçut. Ses lèvres s'entrouvrirent, elle laissa tomber le panier et resta pétrifiée.

Dans un geste involontaire d'impuissance et d'excuse, Robert écarta les bras.

– Bonsoir, dit-il.

Bouche bée, la jeune fille semblait prête à fuir. Pourtant, elle ne bougea point.

Robert s'avança d'un pas vers elle.

– Mon nom est Robert Forester, dit-il automatiquement, d'une voix distincte.

– Que faites-vous ici?

Robert resta silencieux et immobile, le pied avancé pour un pas qu'il n'osait faire.

– Etes-vous un voisin?

– Pas exactement. Je vis à Langley.

Robert sentit qu'il devait s'en remettre à son indulgence, et si elle n'en manifestait aucune, c'en était fait de lui.

– Je n'ai pas voulu vous effrayer, dit Robert, les bras toujours légèrement écartés.

– Voudriez-vous rentrer chez vous?

Mais la jeune fille ne fit pas un mouvement. On aurait dit qu'elle essayait de fixer ses traits dans sa mémoire, mais le feu s'était éteint maintenant. L'obscurité s'épaississait entre eux. Et Robert n'était plus dans la lumière de la fenêtre de la cuisine.

– Ne bougez pas d'ici, dit-elle.

– Bien.

Elle laissa son panier et s'éloigna lentement, sans le quitter des yeux. Robert, afin qu'elle ne le perdît pas de vue, s'avança jusqu'à dépasser l'angle de la maison. La jeune fille s'arrêta dans la véranda, la main sur la poignée de la porte.

– Quel est votre nom, déjà?

– Robert Forester. Je suppose que vous allez appeler la police.

Elle se mordit la lèvre inférieure, puis demanda :

– Vous êtes déjà venu ici, n'est-ce pas?

– Oui.

La poignée grinça sous sa main, mais elle n'ouvrit pas la porte.

– Je suppose que vous voulez appeler la police. Allez-y, appelez-la. J'attendrai.

Il se déplaça, de façon à se trouver dans la faible lueur de la fenêtre et regarda calmement la jeune fille. C'était vraiment réussi, pensa-t-il, se laisser surprendre la nuit même où il avait juré de ne plus venir, rester dans la clarté du feu alors qu'il eût pu aisément reculer dans l'obscurité, de l'autre côté de la maison, et promettre maintenant à la jeune fille d'attendre les policiers.

– Je ne veux pas appeler la police, dit-elle d'une voix douce et posée – il l'avait déjà vue s'exprimer ainsi mais c'était la première fois qu'il l'entendait –, mais je ne veux pas de rôdeur autour de ma maison. Si j'étais sûre que vous ne reviendrez pas m'ennuyer...

Robert esquissa un sourire :

– Vous pouvez être sûre.

Il était heureux de pouvoir lui promettre quelque chose.

– Je suis désolé de vous avoir effrayée auparavant. Vraiment désolé. Je...

Il resta en suspens, n'ayant pas préparé ses mots.

La jeune fille frissonna. Elle ne quittait pas son visage des yeux, mais son regard avait perdu cette expression d'effroi. Elle le fixait seulement avec intensité et d'un air perplexe.

– Qu'alliez-vous dire?

– Je voudrais vous prier de m'excuser. J'aimais... J'aimais vous observer faire la cuisine, poser des rideaux. Je ne peux pas vous expliquer. Mais vous ne devez pas avoir peur. Je ne suis pas un criminel. Je me sentais seul et déprimé, voilà tout, et je regardais une jeune fille aller et venir dans sa cuisine. Comprenez-vous?

Il vit à son silence qu'elle ne comprenait pas, qu'elle ne pouvait comprendre. Qui l'eût pu? Il claqua des dents. La sueur se glaçait sur son corps.

– Je ne vous demande pas de me comprendre. Je ne vous demande pas de m'excuser. J'essaye seulement de vous expliquer, mais je n'y arrive pas. Et je n'y arrive pas, parce que je ne comprends rien moi-même. Je ne connais pas mes vraies raisons.

Il humecta ses lèvres froides. La jeune fille allait le mépriser maintenant. Il ne pourrait plus jamais penser à elle sans penser en même temps qu'elle le connaissait et qu'elle le méprisait.

– Vous devriez peut-être rentrer. Il fait si froid.

– Il neige, dit la jeune fille d'un ton surpris.

Robert tourna rapidement la tête vers l'allée et aperçut les légers flocons. Un sourire se dessina sur ses lèvres. La neige semblait absurde, mais la voir tomber maintenant semblait encore plus absurde.

– Bonne nuit, mademoiselle Thierolf. Au revoir.

– Attendez...

Il se retourna.

Elle avait lâché la poignée de la porte et lui faisait face.

– Si vous êtes déprimé, vous ne devez pas l'être plus à cause de... parce que je...

Il comprit.

– Merci.

– Les dépressions peuvent être terribles. Ce sont comme des maladies. Elles peuvent vous rendre fou.

Il ne savait que répondre.

– J'espère que vous ne serez pas trop déprimé, ajouta-t-elle.

– J'espère que vous ne l'êtes jamais, dit-il, comme s'il exprimait un vœu. « Un vœu superflu », pensa-t-il.

– Oh! je l'ai été. Il y a trois ans. Mais pas ces derniers temps, Dieu merci.

L'application et la vigueur avec lesquelles elle détacha ces dernières paroles atténuèrent un peu sa nervosité. On aurait pu croire qu'elle s'adressait à une personne connue de longue date. Il n'avait plus envie de la quitter.

– Aimeriez-vous entrer? demanda-t-elle.

Elle ouvrit la porte, entra la première et la retint pour lui.

Il se dirigea vers elle, trop surpris d'abord pour faire autre chose. Il pénétra dans la cuisine.

Elle ôta son manteau, son écharpe blanche et les accrocha dans une petite penderie près de la porte, jetant un coup d'œil par-dessus son épaule, comme si elle n'était pas encore tout à fait rassurée.

Il restait au milieu de la pièce.

– J'ai pensé simplement qu'il était idiot de rester à parler dehors, dans le froid, dit-elle.

Il hocha la tête.

– Merci.

– Voulez-vous enlever votre manteau? Vous prendrez bien du café. Je viens de le faire.

Il enleva son pardessus, le plia à l'envers et le posa sur le dos d'une chaise, près de l'entrée.

– Merci beaucoup, mais je ne bois plus de café. Cela m'empêche de dormir.

Il la regardait fixement sans en croire ses yeux; ses doux cheveux, maintenant, si près de lui – à deux mètres seulement –, ses yeux gris tachetés de paillettes bleues. Là, si proches qu'il pouvait les toucher, se trouvaient les rideaux qu'il lui avait vu poser, le four de la cuisinière sur lequel elle s'était si souvent penchée. Autre chose le frappa : son plaisir et sa satisfaction n'étaient pas plus grands en l'approchant ainsi dans l'intimité que lorsqu'il l'observait à travers la fenêtre. Il devina que la connaître, même très peu, minimiserait ce qu'elle représentait pour lui – le bonheur, la tranquillité et l'absence de problèmes.

Elle faisait réchauffer le café. Tout en le surveillant, elle tourna la tête deux ou trois fois vers lui.

« Je suppose que vous me croyez folle de vous inviter chez moi, dit-elle, mais au bout de deux minutes je n'avais plus peur du tout. Etes-vous d'ici?

– Je suis de New York.

– Vraiment? Je suis de Scranton. Cela fait seulement quatre mois que je suis ici. » Elle versa une tasse de café.

Et qu'est-ce qui vous a amenée, allait-il dire. Mais il ne s'en souciait déjà plus. Il sortit un paquet de cigarettes.

– Puis-je me permettre?

– Oh! bien sû-ûr. Elle secoua la tête lorsqu'il lui offrit d'en prendre une.

– Vous travaillez à Langley?

– Oui. Je travaille à la Langley Aeronautics. Depuis trois mois. J'habite dans les appartements Camelot.

– Pourquoi avez-vous quitté New York? J'aurais pensé...

– Je voulais changer. Changer de décor.

– C'est ma seule raison, à moi aussi. Je gagnais plus à Scranton. Tout le monde a pensé que j'étais idiote de quitter mon travail, mais je vivais chez mes parents et je devenais trop viei-eille pour cela, dit-elle avec un sourire timide.

Il restait muet de surprise devant sa naïveté. Elle traînait sur certains mots, non par affectation, mais comme un enfant, sans le faire exprès ou par habitude. Elle devait avoir entre vingt et vingt-cinq ans, pensa-t-il, mais elle paraissait beaucoup plus jeune : une adolescente.

Elle transporta son café jusqu'au guéridon et le posa sur un napperon bleu foncé.

– Voilà un cendrier, dit-elle, en poussant légèrement vers lui ce cendrier qui se trouvait sur la table. Vous ne voulez pas vous asseoir?

– Merci.

Il s'assit sur une chaise en face d'elle. Aussitôt, il eut envie de se lever à nouveau et de partir. Il avait honte et ne voulait pas que la jeune fille s'en aperçût. Il s'en irait dès qu'il aurait fini sa cigarette, pensa-t-il. Il regardait la main longue et détendue de son hôtesse tourner doucement la cuiller dans la tasse de café.

– Croyez-vous aux rencontres insolites?

Il la regarda en face.

– Que voulez-vous dire?

– Je veux dire... les rencontres dues au hasard. Comme notre rencontre, ce soir. On en parle dans tous les grands livres. Enfin, pas dans tous, je suppose, mais dans bon nombre d'entre eux. Ceux qui se rencontrent par hasard sont destinés à se rencontrer. C'est tellement plus important que de se connaître par l'intermédiaire de quelqu'un, car il suffit que cette personne connaisse déjà celle à qui elle vous présente. J'ai connu Greg, mon fiancé, par l'intermédiaire de Rita, à la banque où je travaille, mais mes amis les plus intimes, je les ai rencontrés par hasard.

Elle parlait sur un ton calme et posé.

— Vous voulez dire... que vous croyez à la fatalité?

— Certainement. Et les gens représentent quelque chose.

Son regard avait une expression absente et triste.

— Oui, répondit-il vaguement, se disant que, pour lui, elle avait sûrement représenté quelque chose avant qu'il lui parle. » Mais maintenant? Elle ne semblait pas posséder cette sagesse, ce bon sens qu'il lui prêtait en la regardant à travers la fenêtre. « Et qu'est-ce que je représente pour vous?

— Je ne sais pas encore. Mais vous représentez quelque chose. Je le saurai bientôt. Peut-être demain, ou après-demain. »

Elle souleva enfin sa tasse de café et but à petites gorgées : « A l'époque où j'étais déprimée, il y avait un étranger à la maison, un ami de mon père venu passer quelques jours avec nous. Je ne l'aimais pas, et j'avais l'impression qu'il représentait la mort. Et puis, une semaine après son départ, mon petit frère s'est alité, atteint d'une méningite cérébro-spinale, et il est mort. »

Robert la dévisagea, muet de stupeur. La mort était bien le dernier sujet auquel il s'attendait. Et ses paroles lui remirent en mémoire son rêve, ce maudit rêve qui revenait si souvent.

— Qu'est-ce que je représente pour vous? demanda-t-elle.

Il se racla la gorge, embarrassé.

— Une jeune fille avec un foyer, un métier... un fiancé. Une jeune fille heureuse et satisfaite.

Elle eut un rire doux et grave.

— Je ne me suis jamais considérée comme satisfaite.

– Personne, je pense. Vous m'apparaissiez ainsi, voilà tout. J'avais mauvais moral, et vous aviez l'air heureux. C'est pourquoi j'aimais vous regarder.

Il n'y avait plus de raison de s'excuser ou d'avoir honte, maintenant. Elle n'était pas le genre de fille à soutenir qu'il la regardait se déshabiller. Elle semblait bien trop naïve pour cela.

– Pourquoi étiez-vous déprimé? demanda-t-elle.

– Oh! je ne peux guère vous expliquer.

Il se rembrunit : « Cela vous semblerait incompréhensible, à moins de vous dire que, pour moi, la vie n'a pas de sens si je ne vis pas pour quelqu'un d'autre. Je vivais pour vous depuis septembre... même si je ne vous connaissais pas. »

Il baissa les yeux vers la table d'un air renfrogné, se rendant compte qu'il venait de débiter un petit discours des plus solennels. La jeune fille allait sûrement rire, ou l'ignorer, ou faire « Hum-um ».

Elle soupira

– Je comprends ce que vous voulez dire. Vraiment.

Il leva les yeux, l'air grave.

– Vous travaillez à Humbert Corners?

– Oui, à la banque. Je suis caissière, et j'aide en même temps à la comptabilité, parce que je l'ai étudiée. Je m'étais orientée vers la sociologie, mais je n'ai jamais terminé mes études. Je suppose que je serai une de ces personnes qui fondent d'abord un foyer, puis retournent en classe pour passer leurs diplômes.

Elle devait être un peu paresseuse, pensa-t-il, nonchalante et paresseuse.

– Vous allez bientôt vous marier?

– Heu... oui, au printemps. Greg préférerait plus tôt, mais après tout, cela fait seulement quatre mois que nous nous connaissons. Il s'appelle Greg Wyncoop. Il est représentant en pharmacie.

Robert se sentit soudain mal à l'aise.

– Vous allez le voir ce soir?

– Non, ce soir il est sur les routes. Il revient demain.

Elle accepta d'un air absent la cigarette qu'il lui offrait, et prit du feu comme si elle n'avait pas l'habitude de fumer.

– Vous êtes très amoureuse de lui?

Il aurait voulu qu'elle le soit.

– Je pense, répondit-elle avec sérieux. Enfin, ce n'est pas le grand amour comme... Il y a deux ans, à Scranton, j'ai rencontré un garçon que j'aimais mieux, mais il en a épousé une autre. Greg est un garçon merveilleux. Il est terriblement gentil. Et nos familles s'entendent bien; c'est important. Mes parents n'aimaient pas l'autre garçon de Scranton. Ce n'est pas ce qui m'empêcherait d'agir à ma guise, mais cela rend les choses plus compliquées.

Robert trouvait ses paroles déprimantes, et il pensait que c'était dommage. Elle n'aimait pas suffisamment Greg, on le sentait bien à la façon dont elle en parlait. Elle pouvait tout de même faire un mariage heureux avec cet homme pour lequel elle n'éprouvait pas un sentiment passionné, mais qu'elle aimait bien. Il n'y avait qu'à voir Nickie et lui – ce qui était arrivé après l'enthousiasme du début. Il allait repousser sa chaise en arrière pour se lever lorsqu'elle déclara :

– Je crois que j'ai peur du mariage.

Elle regardait fixement le cendrier, la joue appuyée sur sa main aux longs doigts repliés.

– Les filles disent souvent ça avant d'être mariées. Les hommes aussi.

– Vous avez déjà été marié?

– Non.

– Je n'arrive pas à imaginer d'époux plus facile à vivre que Greg. Aussi, je présume que, si je dois me marier un jour, ce sera avec lui.

– J'espère que vous serez très heureuse.

Il se leva : « Je dois m'en aller. Merci... merci pour...

– Vous aimez les petits fours? »

44

Il la regarda détacher d'un rouleau un morceau de papier huilé. Chaque petit four avait un raisin sec au milieu. Elle en mit une demi-douzaine environ dans le papier.

– Je sais, dit-elle d'un air timide, vous devez me croire cinglée. Peut-être est-ce l'atmosphère de Noël. Mais il n'y a pas de mal à donner des petits fours à quelqu'un, n'est-ce pas?

– Je trouve que c'est très gentil, répliqua-t-il, et ils rirent en chœur.

Il mit délicatement les petits fours dans la poche de son pardessus. Merci beaucoup.

Il se dirigea vers la porte.

– Si jamais vous aviez envie de bavarder encore un peu... eh bien! téléphonez-moi et venez. J'aimerais vous présenter Greg. Ce n'est pas la peine de lui raconter la façon dont nous nous sommes rencontrés. Il ne comprendrait pas, très certainement. Je lui dirai... oh! par exemple, que je vous ai connu par l'intermédiaire de Rita.

Robert hocha la tête.

– Merci, mademoiselle Thierolf. Je ne pense pas, en effet, que Greg comprendrait. Je crois qu'il est tout aussi bien que je ne le rencontre pas.

Il vit aussitôt qu'elle prenait sa réponse pour un refus de la revoir, elle aussi. « Tant pis », se dit-il.

– J'espère que vous appellerez de temps en temps, ajouta-t-elle, sans plus, en le raccompagnant. Vous n'avez pas de voiture?

– Un peu plus bas sur la route.

A nouveau, il était submergé par la honte : « Au revoir!

– Au revoir! »

Elle donna de la lumière sous la véranda pour éclairer le chemin.

Il put s'avancer ainsi de quelques mètres dans l'allée, puis il sortit sa lampe de poche. Une fois sur la route, il se mit à siffloter, de nervosité, de honte ou de rage – ou pour ces trois causes à la fois.

Une demi-heure plus tard, il était chez lui. Il

alluma une cigarette, et la sonnerie du téléphone retentit. C'était Nickie qui l'appelait de New York.

– Hé bien, où étais-tu?

Robert s'assit et s'abandonna dans le fauteuil, afin d'avoir l'air enjoué et détendu.

– J'étais sorti un moment. Désolé. Tu essayais de m'avoir?

– Depuis des heures. Je t'annonce une nouvelle hautement réjouissante. Dans un mois, tu seras un homme libre. Et je vais épouser Ralph le plus tôt possible.

– C'est très bien. Je suis content que tout s'arrange. L'avocat ne m'a rien envoyé.

– Et pourquoi donc? Je lui dis ce qu'il doit faire.

Son ton s'élevait.

– Bon, merci beaucoup de m'avoir prévenu.

– Tu recevras la note en temps voulu. Moitié-moitié, ça te va?

– Oui, très bien.

– Comment va ton esprit, ces temps-ci? Encore détraqué?

– Je ne crois pas.

Il regrettait d'avoir parlé de sa « folie » à Nickie. Cela lui avait échappé, un jour, dans une conversation au sujet de ses dépressions nerveuses, il avait dit que leur torture pouvait rendre fou, ou quelque chose comme ça. Nickie s'était montrée compréhensive et lui recommandait de voir un psychiatre. Ce qu'il avait fait. Et puis, au bout de quelques jours, Nickie avait commencé à lui jeter ses propres paroles à la figure, à déclarer qu'il reconnaissait lui-même être fou, donc qu'il l'était sans aucun doute, et qu'elle avait peur de vivre sous son toit. Comment pouvait-on aimer un malade mental ou lui faire confiance?

– Tu t'enterres toujours dans ce trou? poursuivit-elle, et il entendit le déclic du briquet qu'elle fermait.

– Ce n'est pas une ville désagréable. Non que j'aie l'intention d'y passer le reste de mes jours...

– Tes projets ne m'intéressent pas.

– Bien, Nickie.

– Tu as rencontré des filles intéressantes?

– Véronique, si tu t'occupais de Ralph et de ta peinture et me laissais tranquille?

– Je te laisserai tranquille. Tu peux en être sûr. Tu es un raseur, et j'en ai par-dessus la tête des raseurs. Quant à ma peinture, j'ai peint deux toiles et demie aujourd'hui. Que dis-tu de cela? Ralph m'inspire, comme tu le vois. Il n'est pas comme toi, toujours en train de broyer du noir...

– Oui, je sais. Je comprends.

Elle eut un rire sarcastique. Elle cherchait ce qu'elle allait bien pouvoir ajouter, et il en profita pour dire :

– Merci encore, Nickie, de m'avoir appelé pour me prévenir.

– Au revoir!

Elle raccrocha avec colère.

Robert ôta sa cravate, se dirigea vers la salle de bains, se rafraîchit le visage. Pourquoi, se demandait-il, était-elle toujours prête à s'emporter, cingler, blesser? Il en avait assez de s'interroger, et pourtant il était bien naturel qu'il se posât la question. Même Peter Campbell – ou Vic McBain, il ne se souvenait plus – lui avait fait la même remarque un jour qu'il rapportait une de ses querelles avec Nickie. La querelle était partie d'un malentendu comique à propos de la couleur d'un dessus de lit, et c'est pour cela qu'il l'avait racontée. Mais la fin devait être beaucoup moins drôle, Nickie lui en ayant reparlé toute la journée, toute la nuit, et le jour suivant. Tout le week-end, Robert s'en souvenait. Et quand il l'avait dit à Peter, le sourire de celui-ci s'était effacé, il demandait : « Mais pourquoi était-elle donc si en colère? » Robert parvenait à trouver quelques réponses comme : Nickie ne l'aimait pas parce qu'il était souvent cafardeux, d'une humeur mélancolique, et il ne pouvait l'en blâmer, ou bien, Nickie avait beaucoup d'ambition pour sa peinture, et un homme dans sa vie représentait une menace, une menace de perte de temps, une menace de domination (la preuve en était son choix de Ralph Jurgen pour mari, caractère faible que Nickie pourrait aisément subjuguer). Ou encore, la personnalité de Nickie était si vulnérable, si susceptible, qu'elle ne pouvait supporter la moindre critique, et, à la fin, elle l'accusait de dire des choses qu'il ne disait jamais; s'en défendait-il, elle affirmait qu'il perdait la tête. Robert pouvait comprendre ces raisons, mais elles ne suffisaient pas à expliquer la rage avec laquelle sa femme s'acharnait contre lui, à l'expliquer de façon satisfaisante. Il manquait un lien quelque part, et il se demandait s'il le découvrirait un jour, si la lumière se ferait dans son esprit de telle sorte qu'il puisse s'écrier : « Ah! voilà, maintenant je comprends! Tout s'explique! »

Il resta près de sa fenêtre à regarder la maison d'en face, une maison blanche à deux étages. La fenêtre du haut était toute garnie de plantes vertes. Parfois, un homme d'un certain âge s'asseyait dans le fauteuil derrière les plantes pour lire son journal, mais ce soir, le fauteuil était vide. Il pouvait apercevoir un tricycle d'enfant à travers les ombres de l'entrée. Au coin, à gauche, se trouvait un *drugstore* d'où s'échappaient des effluves de chocolat chaud, et où il avait acheté une ou deux fois du dentifrice et des lames de rasoir. A l'angle opposé de la rue, s'élevait le bâtiment plutôt sinistre d'un YMCA (1). La gare était située au-delà de deux ou trois pâtés de maisons. Il était allé y prendre le colis d'objets divers que Nickie lui avait renvoyés. Non pas qu'il les eût oubliés, car il s'agissait surtout d'objets qu'il avait achetés pour la maison – une luxueuse brosse à habits, un vase, un grand cendrier de cristal, une

(1) YMCA : Young Men's Christian Association (Association de la Jeunesse chrétienne). (*N.d.T.*)

statuette maya, haute de vingt-cinq centimètres, dénichée chez un antiquaire de Greenwich Village (1). Mais c'était sa façon à elle de lui dire une fois de plus : « C'est fini entre nous, reprends toutes ces satanées bricoles apportées ici! » Oui, elle l'avait quitté brusquement, aussi brusquement qu'elle abandonnait les pseudonymes dont elle signait ses œuvres. Elle en était à son quatrième ou cinquième, maintenant : « Amat. » A moins que Ralph ne lui en ait inspiré un autre. Robert se demandait à quel moment Ralph aurait à subir le régime de la douche écossaise, le régime des disputes montées de toutes pièces, des éclats suivis de repentir. Quand en aurait-il assez de trouver des ivrognes endormis dans la baignoire, sur le divan du living-room, ou même dans son propre lit?

Robert alla dans la cuisine se verser un verre de whisky avec de l'eau. Il lui avait fallu presque six mois, les six mois derniers, pour se rendre compte que Nickie jouait un jeu, et le jouait si bien qu'elle arrivait à s'arracher des larmes de repentir, en disant qu'elle l'aimait, qu'ils pouvaient encore s'entendre. Chaque fois, l'espoir renaissait dans le cœur de Robert pour lui dire : « Mais bien sûr, on peut s'entendre. Enfin, quoi, on s'aime, tous les deux! » A la demande de Nickie, il quittait l'hôtel où il s'était installé, toujours sur ses injonctions. Puis le jeu recommençait, à la suite d'une nouvelle dispute montée de toutes pièces : « Retourne dans ton hôtel sordide! Je ne veux pas de toi à la maison ce soir! Va-t'en, et trouve-toi une p..., je m'en fiche! » Et, lentement mais sûrement, Ralph Jurgen était entré en scène. Au fur et à mesure que Nickie était plus sûre de Ralph, son intérêt dans le jeu avec Robert avait diminué.

Entre Nickie et lui, le début avait été si différent! Ils étaient très amoureux l'un de l'autre, et souvent Nickie lui disait : « Je t'aimerai toute ma vie. Tu es

(1) Greenwich Village : quartier de la bohème à Manhattan. (*N.d.T.*)

le seul homme au monde que j'aie aimé. » Et il avait toutes raisons de croire qu'elle le pensait. Leurs amis lui avait rapporté qu'elle leur disait la même chose à son sujet. C'était le second mariage de Nickie, mais ceux qui avaient connu Orrin Desch, son premier mari – ils étaient très peu nombreux, en fait deux ou trois seulement, car Nickie avait évidemment cessé de voir ses anciennes relations –, affirmaient qu'elle n'avait jamais été aussi attachée à Orrin. Robert et Nickie avaient projeté de faire le tour du monde dans deux ans. « Maintenant, cela n'en fait plus qu'un », se dit Robert. Il se rappelait qu'elle avait fait un jour le trajet jusqu'à Brooklyn, rien que pour lui acheter un crayon à dessin dont il avait besoin. Et pendant quelque temps, peut-être un an, Nickie l'avait aimé. Puis des petits incidents avaient surgi, des brouilles insignifiantes que Nickie transformait en tempêtes. Que faisaient les lettres de Marion au fond du tiroir de son bureau? Marion était une jeune fille dont il avait été amoureux quatre ans auparavant. Robert avait oublié ces lettres. Nickie les avaient toutes lues. Elle soupçonnait Robert de rencontrer Marion – qui s'était mariée depuis – de temps en temps à New York, pour déjeuner ou lorsqu'il prétendait accomplir un travail supplémentaire au bureau. Robert avait finalement saisi les lettres, pour les jeter dans l'incinérateur de l'immeuble. Plus tard, il l'avait regretté. De quel droit Nickie fouillait-elle dans son bureau? Robert supposait que son manque d'assurance – la raison semblait être là – provenait de ses déboires sur le plan professionnel. Il l'avait rencontrée à l'époque où elle commençait à voir qu'il ne suffit pas d'offrir d'onéreux cocktails aux journalistes et aux marchands pour accéder aux galeries en vogue. Elle jouissait d'un revenu modeste qui lui venait de sa famille : ajouté au salaire de Robert, il permettait de donner des réceptions assez luxueuses. Mais tous les directeurs de galerie, semblait-il, lui avaient conseillé d'exposer d'abord dans la 10ᵉ Rue (1), et Nickie s'était finalement rendue à l'évidence. Elle devait commencer par là. Ce n'était pas, déjà, si facile. Durant les deux années et six ou sept mois de leur mariage, elle avait présenté peut-être trois expositions. Il y avait eu peu de critiques.

Robert se dirigea vers la penderie pour tâter dans la poche de son pardessus les petits fours enveloppés dans le papier de paraffine. Ils étaient bien là. Il pouvait les toucher, et même les manger. Il sourit. Il y avait des gens aimables, sur terre, des gens accueillants, sympathiques, qui pouvaient être mari et femme et ne pas de disputer comme des ennemis mortels. Il se reprochait d'accorder une importance exagérée à sa rupture avec Nickie, simplement parce qu'elle le concernait, et à son chagrin parce que c'était le sien. Il fallait conserver une juste vue des choses. Là se situait la différence entre une personne normale et une personne déséquilibrée. « Souviens-toi de cela », se dit-il.

Tout en grignotant un petit four, il pensait à Noël. Jack Nielson l'avait invité à passer les fêtes avec lui et Betty. Il se dit qu'il allait accepter. Il achèterait beaucoup de jouets pour leur petite fille. Il aimait mieux cela que de faire le voyage jusqu'à Chicago pour voir sa mère et son mari, Phil. Sinon, il serait obligé de donner quelques explications sur sa rupture avec Nickie, bien que sa mère ne fût pas du genre questionneur. Le beau-père avait deux filles d'un premier lit, et qui avaient elles-mêmes des enfants. De toute façon, la maison serait donc pleine pour Noël. L'invitation des Nielson, d'autre part, le séduisait plus que celles de deux ou trois amis de New York. Car ces amis connaissaient également Nickie.

(1) Rue de New York connue pour ses expositions d'avant-garde. (*N.d.T.*)

– Allô! Vous allez mieux?

– Qui est à l'appareil?

– C'est Jenny Thierolf, fit la voix douce et enjouée. Je vous ai appelé simplement pour vous dire bonjour et savoir comment vous alliez. Vous avez passé un bon Noël?

– Oui, très bon, merci. Vous aussi, j'espère.

– Oh! bien sûr. Avec mes parents et Greg. C'était très familial.

– C'est ainsi que devraient être tous les Noëls, il me semble. Avez-vous été bloquée par la neige?

– Si je l'ai été? Je le *suis*, en ce moment même. Où êtes-vous donc?

Il rit.

– En ville. Les choses sont plus faciles, je suppose.

– On va me dégager demain matin. Huit dollars à chaque fois. C'est la troisième fois. Quel hiver! Heureusement, mon téléphone n'a pas été coupé, mais j'ai eu une panne d'électricité, l'autre nuit.

Silence. Il ne trouvait rien à dire. Il songea un instant qu'il ne lui avait pas envoyé de fleurs, pour Noël. Il y avait pensé, puis s'était retenu.

– Vous n'avez plus l'air déprimé, dit-elle.

– Cela va mieux.

– Je pensais que vous pourriez venir dîner un soir de cette semaine. Que diriez-vous de mercredi?

– Merci, mais... ne puis-je vous inviter ? Vous aimez sortir ?

– J'adore sortir.

– Il y a deux bons restaurants près d'ici. Connaissez-vous le « Jasserine Chains » à Cromwell ?

– Le « Jasserine Chains » ?

– C'est le nom d'une auberge. Avec un restaurant. J'ai entendu dire que c'était très bien. Voulez-vous que nous nous retrouvions là ?

– D'accord.

– A 7 heures ?

– Entendu pour 7 heures, dit-elle.

Son coup de téléphone le mit de bonne humeur pour quelques minutes, jusqu'à ce qu'une pensée l'assaillît : elle allait venir avec Greg, et Greg le signalerait à la police. Puis il repoussa cette crainte. Ce n'était pas le genre de fille à se comporter ainsi, avec calcul, il en était sûr. Robert se félicitait d'avoir fixé leur rencontre, sans préméditation, dans un restaurant, plutôt que de l'appeler chez elle. Cela conférait à leur rendez-vous un caractère presque fortuit.

Le mercredi soir, le grésil qui tombait sur une neige déjà vieille de dix jours rendait les routes glissantes et dangereuses. Robert s'attendait à ce que la jeune fille fût en retard, ou même qu'elle appelât en disant qu'elle ne pouvait venir. Mais elle n'appela pas, et à 7 heures juste elle entrait au « Jasserine Chains ». Il l'attendait dans un hall qui ressemblait au vestibule d'une maison particulière, avec son escalier en acajou, ses tapis, ses miroirs et ses tableaux. Elle était chaussée de bottes et tenait à la main ses escarpins à talons hauts qu'elle enfila, en prenant appui sur son bras, devant le vestiaire.

– Ces bottes sont horribles, dit-elle en s'excusant.

Ils s'installèrent à une table placée non loin de la cheminée. Lorsqu'il proposa le cocktail, elle choisit un manhattan (1). Elle portait une robe à motifs bleus et noirs que Robert trouvait un peu vieillotte pour elle. Ses boucles d'oreilles étaient deux demi-sphères d'argent. Pendant les quinze premières minutes, leur conversation fut des plus banales! (« Oh s'il est une voiture qui peut tenir une route verglacée, c'est bien la Volkswagen. » disait Jenny). Robert s'inquiétait du parfum dégagé par ses cheveux : il venait de les faire couper et le coiffeur l'avait inondé de lotion avant qu'il pût intervenir. Le regard de la jeune fille se posait sur lui, absorbé, mais de telle sorte qu'il ne pouvait deviner ses pensées, et la conversation ne l'y aidait guère. Elle parlait à bâtons rompus de sa famille vivant à Scranton, de son père aux idées peu avancées, et qui n'avait pas voulu qu'elle fît d'études supérieures. Alors, elle avait suivi des cours commerciaux en même temps que ses cours de sociologie. Elle l'interrogeait aussi sur ses études. Il avait fréquenté l'université du Colorado, ne terminant qu'à vingt-quatre ans, à cause d'ennuis financiers, disait-il, bien qu'en réalité il n'eût pas fini plus tôt en raison d'une dépression nerveuse survenue à l'âge de dix-neuf ans, un an après le remariage de sa mère. Pour Robert, c'était le point noir de sa vie, et il en gardait un vague sentiment de honte. Il se sentait fautif, parce qu'il lui semblait que sa famille, elle aussi, était fautive, bien qu'il approuvât le mariage de sa mère et aimât l'homme qu'elle avait épousé. Le père de Robert buvait et n'avait jamais su gérer sa fortune. C'est seulement grâce à la patience de sa mère que la petite famille – ils n'étaient que trois, car il n'avait ni frères ni sœurs – s'était maintenue jusqu'à l'accident de voiture qui avait coûté la vie à son père, alors que Robert avait dix-sept ans. Mais il n'en dit rien à Jenny.

– Combien de temps pensez-vous rester à Langley? demanda-t-elle.

(1) Manhattan (cocktail) : sorte de cocktail populaire aux Etats-Unis, composé de whisky, citron, vermouth et bitter glacés. (N.d.T.)

– Je ne sais pas. Pourquoi?

– Parce que vous n'avez pas l'air de quelqu'un qui va rester longtemps. Vous avez l'air de quelqu'un qui préfère les grandes villes.

Robert lui versa encore un doigt de vin, de façon à remplir son verre à moitié. Il s'aperçut qu'il portait les boutons de manchette en or que Nickie lui avait offerts pour leur premier anniversaire de mariage, et il tira les manches de son veston aussi bas que possible.

– Où allez-vous vivre, Greg et vous, une fois mariés?

– Oh! Greg aimerait Trenton. Pour une question d'argent. C'est une ville laide à côté de Princeton, mais à Princeton la vie est chère. Il a déniché une maison à Trenton, et nous devons la prendre début juin.

– Vous aimez cette maison?

Elle attendit un certain temps avant de répondre, puis elle dit, sur un ton sérieux :

– Je crois surtout que je ne suis plus sûre de vouloir épouser Greg.

– Oh! Pourquoi?

– Je ne suis pas certaine de l'aimer assez.

Robert ne trouvait pas de réponse. Elle avait fini de manger.

– Je ne vais pas l'épouser, dit-elle.

– Quand avez-vous pris cette décision?

– Juste après Noël.

Elle écrasa son mégot allumé dans le cendrier. Le garçon vint retirer leurs assiettes et prendre la commande pour le dessert. Robert n'en voulait pas, mais la tarte maison était recommandée sur le menu. Jenny fut d'accord lorsqu'il lui suggéra d'en prendre une. Il en commanda deux, avec le café.

– Je vous conseillerais, dit-il, de reculer le mariage de quelques mois. Peut-être êtes-vous seulement contrariée parce que Greg vous presse.

Les fins sourcils se froncèrent légèrement.

– Cela ne servirait à rien de reculer. Je parle de quelque chose que je connais déjà.

– Vous en avez parlé à Greg?

– Oui, mais il pense que je vais changer d'avis. Je le lui ai annoncé entre Noël et le jour de l'an.

Les tartes et le café arrivèrent. Robert commanda deux Courvoisier. Elle finirait par épouser Greg, pensa-t-il.

– Puis-je vous poser une question très personnelle? demanda Jenny.

– Je suppose. Laquelle?

– Avez-vous quitté New York à cause d'une fille? Robert la regarda sans sourciller.

– Non. Un désaccord dans mon travail. De plus, on allait abattre l'immeuble où j'habitais.

Elle ne posa plus de questions. Il sentit qu'elle n'était pas dupe. Ils sirotèrent leur cognac en silence.

– Pouvons-nous partir? dit-elle.

– Oui. Certainement.

Il alla chercher le garçon, régla la note, puis revint déposer un pourboire sur la table.

La jeune fille remettait ses bottes devant le guichet du vestiaire. Il l'aida à enfiler son manteau.

– Si nous faisions une promenade? demanda-t-elle.

– D'accord, dit-il, surpris. Dans votre voiture ou dans la mienne?

– Dans la vôtre.

Robert ne savait que penser de cette lubie. Il aperçut l'auto de la jeune fille dans le parking du restaurant. Il ouvrit la portière de sa propre voiture. C'était une Oldsmobile décapotable qu'ils avaient eue, Nickie et lui, pendant un an environ. Nickie n'en avait pas voulu au moment de leur séparation, car Ralph Jurgen possédait deux voitures.

– Où aimeriez-vous aller? lui demanda-t-il.

– Cela m'est égal.

Les seules routes dégagées de la neige et du verglas étaient les routes nationales, au parcours fastidieux. Il mit le chauffage au maximum, car Jenny s'était emmitouflée dans son manteau. Elle regardait droit devant elle à travers le pare-brise. Il décida de ne pas entamer la conversation, mais au bout de quelques minutes, commença à se sentir mal à l'aise. La neige fondue s'était transformée en pluie fine et glaciale. Pourquoi donc voulait-elle se promener avec lui, sans but par une nuit pareille? A quoi voulait-elle en venir? Qu'il s'arrêtât quelque part, pour coucher avec elle? Est-ce qu'une jeune fille demandait à un homme qui s'était comporté comme un voyeur de l'emmener en voiture? Robert se sentit soudain malheureux, abattu.

– Quelle fichue nuit pour conduire, dit-il en s'engageant dans une station d'essence. Si nous rentrions?

Il fit demi-tour et repartit vers le restaurant.

– Une nuit semblable ne me déplaît pas. Parfois, j'éprouve le besoin de bouger à tout prix, d'aller quelque part.

Elle continuait de regarder fixement à travers le pare-brise : « Quand je suis ainsi, il m'arrive de partir et de marcher longtemps. »

Le ressentiment, l'hostilité de Robert diminuaient peu à peu. La jeune fille ne s'occupait pas de lui. Elle était toute à ses pensées. Soudain, il éprouva un curieux sentiment de sympathie et de compréhension à son égard. Lui-même, il s'était souvent trouvé dans le même état d'esprit. « Coupé de la réalité », disait Nickie.

Ils revinrent au parking du restaurant et, sitôt la voiture arrêtée, la jeune fille ouvrit la portière.

Il descendit en même temps qu'elle.

– Vous reconnaîtrez votre chemin? Vous avez assez d'essence?

– Oh! bien sûr.

Le ton de sa voix était triste et désemparé.

Robert était déçu par la façon dont la soirée se terminait. Il aurait voulu que la jeune fille fût joyeuse et bavarde, et il avait imaginé qu'ils prendraient un second cognac et resteraient à converser devant une table jusqu'à onze heures. Il était à peine dix heures.

– Merci beaucoup pour cette soirée, dit-il.

Elle aurait pu aussi bien ne pas l'entendre. Elle entra dans sa voiture.

– Jenny, si j'ai dit quelque chose qui ait pu vous offenser ce soir, pardonnez-moi. Je n'aurais pas dû parler de Greg, ce n'est pas mon affaire.

– Non, c'est la mienne, dit-elle. Franchement, vous ne m'avez pas offensée. Simplement, il y a des jours où je ne peux parler. C'est terrible, je le sais, mais je ne puis faire autrement.

Il sourit.

– Je ne me formalise pas.

– Viendrez-vous me voir de temps en temps à la maison?

– Oui, si vous le désirez. Si je profitais d'un jour où Greg sera là? Vous pourriez me présenter comme cet ami de Rita.

– Je ne compte pas revoir Greg avant le 20 janvier. Nous nous sommes mis d'accord. C'est le jour de son anniversaire.

– Bien, après le 20 alors?

– Pourquoi pas au prochain week-end? demanda-t-elle. » Un sourire timide se dessinait au coin de ses lèvres. « Que diriez-vous de lundi? Ou dimanche? Je sais faire la cuisine, croyez-moi.

Il était bien placé pour le savoir. Mais il ne tenait pas à se rendre chez elle lorsqu'elle était seule. Il entrevit soudain la conduite de la jeune fille sous un jour nouveau. Il dit avec difficulté, mais fermement :

– Je préfère attendre jusqu'... au 20 janvier.

– Ne faites pas l'entêté. Je vous *invite*. A moins que vous ne soyez trop occupé.

– Non. Non, je ne suis pas trop occupé.

– Alors, venez dimanche soir, pour le dîner. Venez vers 5 heures. Je vais faire du ski dans l'après-midi avec une amie, mais je serai de retour à 4 heures. Savez-vous skier?

– Oui, mais je n'ai pas de skis en ce moment.

– Vous pouvez en louer là où nous skions. Venez avec nous dimanche. Savez-vous où se trouve Vareckville?

Il ne savait pas. Elle lui dit comment il pouvait gagner la station de ski, à deux kilomètres de la ville. Elle semblait si heureuse qu'il pût venir que Robert n'osa pas refuser. Ils convinrent de se rencontrer à 2 heures de l'après-midi, et de dîner ensuite chez elle.

Robert dormit mal cette nuit-là. Ce pouvait être à cause du café, du cognac ou de la soirée tout entière. Il avait avalé les derniers comprimés de Séconal rapportés de New York, et ne s'était pas soucié de trouver un docteur à Langley, pour obtenir une nouvelle ordonnance. Il croyait n'avoir plus besoin de somnifères. De toute évidence, il s'était trompé.

L'amie de Jenny était une jeune fille d'une vingtaine d'années nommée Susie Escham. Elle habitait la maison voisine de celle de Jenny, disait-elle, à huit cents mètres sur la même route, et fréquentait une école de commerce à Langley. Elle en informa spontanément Robert. Et, à partir de cet instant, même lorsqu'ils descendaient à ski la pente douce jusqu'à la lisière du bois et prenaient le remonte-pente, il sentit constamment le regard de Susie fixé sur lui, l'observant avec intérêt et curiosité. Sans aucun doute, Susie connaissait Greg, savait que Jenny et Greg étaient fiancés et devait trouver drôle, par conséquent, que Jenny eût un autre « ami ». Robert se sentait très vieux, un adulte au milieu d'adolescentes. Il prenait soin de rester froid et indifférent à l'égard de Jenny. Jenny était en pleine forme. Elle se moquait de Robert lorsqu'il tombait – ce qui lui arriva deux fois – puis courut à son secours. Bonne skieuse, elle aurait pu choisir une piste plus difficile.

– Connaissez-vous Greg? demanda Susie à Robert.

Ils buvaient le café chaud du Thermos que Susie avait apporté. Jenny avait déjà vidé sa tasse et s'était éloignée de quelques mètres, prête à reprendre la piste.

– Non, je ne l'ai pas encore rencontré, dit Robert.

– Oh! je croyais que vous connaissiez Jenny depuis longtemps.

Robert ignorait ce que Jenny lui avait raconté. Les yeux sombres et brillants de Susie étaient posés sur lui. Elle avait une petite bouche charnue, toujours prête à sourire, et elle souriait en ce moment d'un air malicieux, pressant ses lèvres l'une contre l'autre.

– Non, il n'y a pas longtemps.

« Le temps, pensait Robert, c'est quelque chose de très subjectif. »

– Comment avez-vous rencontré Jenny?

L'interrogatoire l'amusait et l'ennuyait à la fois.

– Par une amie commune, répliqua-t-il.

Il quitta le banc de bois sur lequel il était assis et chercha ses cigarettes : « Vous en voulez une? »

– Je ne fume pas, merci. Vous travaillez à Langley, m'a dit Jenny.

– Oui. A la Langley Aeronautics. »

Robert baissa les yeux sur les revers de son pantalon, glissés de façon peu élégante à l'intérieur des chaussures de ski en location : « Bon, je crois que je vais essayer encore une fois », dit-il en se dirigeant vers la ligne de départ. Jenny apparaissait sur le remonte-pente.

– Vous avez une maison à Langley?

– Non, un appartement, cria-t-il, puis il fut hors de portée de voix.

Jenny détacha une de ses mains de la corde et la tendit vers lui.

– Ouf! fit-elle hors d'haleine, les joues empourprées. Pourquoi n'installe-t-on pas un téléphérique ici?

Robert se retint de lui saisir la main pour l'aider à grimper le dernier mètre.

– Après tout, je ne crois pas que je vais descendre encore une fois, déclara-t-il en jetant un regard maussade sur la piste. J'ai mon compte.

– Vous vous faites vieux, dit Jenny.

– Vous l'avez dit.

– Quel âge avez-vous?

– J'aurai trente ans en juin.

Ils partirent avant 4 heures, Susie et Jenny dans la voiture de cette dernière et Robert dans la sienne. Il restait à bonne distance derrière elles. Jenny dépassa sa maison pour aller reconduire Susie, et sa voiture avait déjà disparu lorsque Robert s'engagea dans l'allée. Il espérait que Jenny n'avait rien dit à Susie de cette invitation à dîner. Son « au revoir » à Jenny avait été étudié pour servir aussi bien d'au revoir pour la journée. Il attendit près de sa voiture que la Volkswagen vienne se ranger tout près.

– Faisons du feu, dit Jenny.

La maison était assez chauffée, bien que Jenny déclarât que l'air passait et qu'elle cherchait à l'arrêter partout avec de la laine de verre et des bourrelets. Ils allumèrent du feu dans la cheminée du living-room. Robert alla chercher du bois, Jenny préparait une fricassée de poulet avec des croquettes. Ils prirent l'apéritif, tout en feuilletant l'album de photos de Jenny. C'étaient pour la plupart des photos de famille, à l'exception de cinq ou six flirts.

– Voilà le garçon qui me plaisait tant, dit Jenny, montrant du doigt un vigoureux jeune homme blond en smoking.

Il n'apparut nullement remarquable, ni même intéressant à Robert.

– Celui que vos parents n'aimaient pas?

– Oui. Maintenant, j'en suis contente. Il a épousé une fille stupide l'année dernière. Je crois que c'était une simple toquade.

D'autres photos. Jenny et son jeune frère en maillot de bain dans la résidence estivale de sa famille près de Scranton. Le frère de Jenny, Eddie, qui mourut à l'âge de douze ans.

– Eddie dessinait très bien. Je pense qu'il aurait

pu devenir peintre, dit Jenny. J'ai conservé quelques-uns de ses dessins.

Robert lui lança un coup d'œil. Son visage était
triste, mais il n'y avait pas de larmes dans ses
yeux.

– Cet homme dont vous avez parlé, qui habita
chez vous avant que votre frère tombe malade... de
quoi avait-il l'air?

– Oh!... » Jenny regarda dans le vague. « D'un
homme ordinaire, dit-elle. Cheveux bruns, yeux
bruns. Quarante-cinq ans environ. Légèrement
empâté. Il portait un dentier.

Robert sourit, étrangement soulagé. Il ne ressemblait pas au « Frère La Mort » de son rêve, et il
l'avait craint.

– Pourquoi? demanda Jenny.

– Eh bien... il m'arrive parfois de faire un rêve
étrange. Je me dirige vers un homme assis seul à
une table et je lui demande : « Es-tu Frère
Green? » ou encore « Frère Smith » ou « Frère
Jones » ou je ne sais quoi. Il lève alors les yeux vers
moi en souriant et me répond : « Non, je suis Frère
La Mort. »

– Et alors?

– Alors je me réveille.

– Et comment est-il?

– Il a des cheveux noirs, raides et légèrement
grisonnants aux tempes. Il a une dent en or sur le
côté et des lunettes cerclées de noir.

Robert haussa les épaules. Il aurait pu en dire
plus. Il aurait pu, même, dessiner au crayon un
portrait très ressemblant de « Frère La Mort ». Il
détacha son regard du visage attentif de Jenny.

– C'est alors que vous vous sentez déprimé, dit-
elle.

– Oh! pas pour longtemps. Deux minutes, peut-
être, répondit-il en souriant.

Il se leva : « Puis-je vous aider à faire quelque
chose dans la cuisine?

– Non merci. Je pense que la mort se présente

ainsi, sous la forme d'une personne. Quand vous rencontrez cette personne vous la reconnaissez aussitôt, parce que son destin est étroitement lié au vôtre. »

Robert allait dire : « Tout cela n'est que bêtises », mais il se retint. Jenny prenait ses idées très au sérieux, c'était évident.

– Je ne connais pas encore le premier étage de votre maison. J'aimerais bien faire le tour du propriétaire.

Il y avait quatre pièces carrées en haut, de part et d'autre du vestibule, et la salle de bains. Les pièces étaient modestement, mais agréablement meublées. Il y avait des fleurs partout, juste ce qu'il fallait toutefois; certains pots étaient posés sur des jardinières victoriennes hautes de quatre pieds.

– Avez-vous un tournevis? demanda Robert.

– Bien sûr. Pour quoi faire?

Il montra de la tête la porte du placard qui était restée entrebâillée, lorsqu'il avait essayé de la fermer.

– Je peux vous arranger ça en une minute. La fenêtre de votre chambre également : si je répare le loquet, vous n'aurez plus besoin de la maintenir avec un livre.

Elle descendit dans la cuisine à la recherche d'un tournevis et revint avec, en plus, un marteau et une boîte de vis.

Trois quarts d'heure plus tard, Robert avait réparé les loquets de deux portes, celui de la fenêtre et retiré une étagère de verre qui pendait dangereusement pour la fixer sur un panneau de bois, sous l'armoire à pharmacie. Jenny dut monter voir son ouvrage.

– Mon Dieu! Il m'aurait fallu une semaine pour faire tout ça! s'exclama-t-elle.

Il remarqua qu'elle s'était parfumée.

– J'ai apporté du vin, se rappela-t-il tout à coup.

Il enfila ses snow-boots et sortit. Le vin était dans

la voiture. C'était une bouteille de blanc qui, par bonheur, conviendrait au poulet.

Ils étaient à table depuis cinq minutes seulement lorsqu'une voiture tourna dans l'allée.

– Mince, une visite imprévue, dit Jenny en se dirigeant vers la porte.

Il entendit des freins grincer, une portière claquer.

– Greg, tu avais promis, dit la voix de Jenny.

Robert se leva.

Greg fit son entrée, d'un air peu engageant.

– Greg, je te présente... je te présente...

– Robert Forester, dit Robert. Enchanté de vous connaître.

– Enchanté.

Greg lança un coup d'œil sur la table, sur Jenny, puis regarda Robert : « Je crois qu'il fallait que nous nous rencontrions.

– Voilà, maintenant c'est fait. Nous sommes en train de dîner. »

Jenny avait un air malheureux : « Ne pourrais-tu nous laisser, juste pour l'instant ? »

C'était la chose à ne pas dire : les yeux de Greg étincelèrent.

– Je n'avais pas l'intention de jouer les trouble-fête, mais je ne vois pas non plus pourquoi je devrais m'en aller. Ne puis-je attendre dans le living-room ?

Jenny fit un geste d'impuissance et se tourna vers Robert.

Greg pénétra en chaussettes dans le living-room, d'un pas lourd. Ses chaussures restaient, de toute évidence, coincées à l'intérieur des snow-boots.

– Greg, voudrais-tu attendre au premier, s'il te plaît ? demanda Jenny.

Robert sourit nerveusement. Elle avait le ton d'une sœur qui s'adresse à son frère pour réclamer une faveur. Greg était un solide gaillard de plus d'un mètre quatre-vingts. Robert ne se réjouissait guère à la pensée d'entamer un combat avec lui.

– Non, dit Greg; et Robert entendit le bruissement de journaux, tandis qu'il s'asseyait sur le
divan.

Au moins, Greg ne pouvait les voir dans la
cuisine. Jenny s'assit, Robert fit de même. Il y avait
des larmes dans les yeux de Jenny. Robert haussa
les épaules, lui sourit et, saisissant sa fourchette, lui
fit signe de l'imiter. Elle prit la fourchette, et la
reposa. Elle se dirigea ensuite vers le living-room,
mit un disque sur le pick-up. Lorsqu'elle revint,
Robert se levait.

– Voulez-vous que je m'en aille? murmura-t-il.

– Non. Je ne voudrais pas que vous partiez.

Ils mangeaient du bout des lèvres mais avec
résolution. Le disque du *Lac des Cygnes* continuait
de tourner. Cette atmosphère de mélodrame rendait la situation absurde, mais Jenny la prenait
tellement au sérieux que Robert n'osait sourire. Il
lui tendit un mouchoir qu'il avait pris dans la poche
de son gilet.

– Il n'y a pas de quoi vous alarmer, dit-il avec
douceur. Je vais m'en aller immédiatement. Vous ne
me reverrez plus.

Il chercha son poignet gauche et le pressa affec-
tueusement, en signe de réconfort; mais quand il le
relâcha, elle saisit sa main.

– Tout cela est si méchant et déloyal. C'est l'œuvre de Susie. Je sais que c'est elle. Maudite fille.

– Il ne faut pas en faire un drame.

Il dut s'y prendre à deux fois pour libérer
sa main. Puis il se dit que le café était prêt et le
retira du feu. Jenny était courbée au-dessus de son
assiette.

– Je vais m'en aller, dit-il, et il s'aperçut alors que
Greg se tenait dans l'embrasure de la porte. Il avait
arrêté le disque.

– Monsieur... monsieur...

– Forester, dit Robert.

– Je n'ai pas l'habitude de m'imposer aux gens,

mais dans ces circonstances... vous comprenez, je suis fiancé à Jenny.

– Oui, je sais, dit Robert.

Jenny se tourna subitement et dit :

– Greg, tu ne vas pas faire une scène?

– Non, d'accord, je n'en ferai pas.

La colère rendait son souffle court.

– Mais il me semble que j'ai droit à une explication.

– Expliquer quoi?

– Eh bien... est-ce à cause de lui que tu ne veux plus me voir? que tu ne veux plus te marier?

– Greg, tu as une façon de présenter les choses! dit Jenny. Je suis chez moi et tu n'as pas le droit...

– J'ai le droit d'avoir une explication.

– Greg, je n'ai aucune intention à l'égard de Jenny, intervint Robert.

– Vraiment?

– Et je suis sûr qu'il en est de même pour elle, ajouta-t-il. J'ignore ce que l'on vous a dit.

La pomme d'Adam roula dans la gorge de Greg.

– Depuis quand le connais-tu, Jenny?

En le regardant droit dans les yeux, Jenny déclara :

– Je ne pense pas avoir à répondre à cette question.

– Susie m'a amplement informé, dit Greg.

– Je n'y peux rien. Je n'ai rien dit à Susie. Je ne sais pas d'où elle tient ses informations, mais il me semble qu'elle ferait mieux de s'occuper de ce qui la regarde.

Jenny était toujours assise, les mains crispées sur le dossier de sa chaise.

– Justement, c'est ce que je fais, je m'occupe de ce qui me regarde, repartit Greg. Je ne pense pas qu'une jeune fille qui est fiancée puisse avoir des rendez-vous secrets avec un autre type dont elle s'est entichée, à ce qu'elle dit, du moins sans m'en parler.

68

– Qui a dit ça? Susie? Je n'ai pas dit un mot à Susie.

– Je parie que Susie est au courant.

Robert se passa une main sur le front.

– Greg, ce qu'a dit Susie est faux, et je vous promets aussi de ne plus voir Jenny si cela doit causer tant d'ennuis.

– *Si* cela doit causer...

Robert prit son manteau dans la penderie.

– D'où êtes-vous, monsieur Forester? D'où venez-vous?

– J'habite Langley, dit Robert.

– Vous n'êtes pas tout près de chez vous.

– Greg, je n'aime pas le ton sur lequel tu parles, interrompit Jenny. Tu insultes mon invité.

– J'ai le droit de savoir pourquoi une fille avec qui je suis fiancé refuse de me voir pendant des semaines et veut rompre son engagement, riposta Greg.

– Je n'y suis pour rien, dit sèchement Robert, en enfilant ses bottes de caoutchouc. Au revoir, Jenny! Et merci. Au revoir! dit-il à Greg.

Jenny s'était levée.

– Mes excuses... pour mon grossier compagnon. Je suis infiniment désolée, Robert.

– Cela n'est rien, répondit Robert en souriant, et il sortit.

La voix de Greg lui parvint à travers la porte refermée : « Bien, alors, *qui* est-il? »

« Une gaffe de plus », pensa-t-il en s'éloignant. Mais peut-être était-ce mieux ainsi. Greg aurait Jenny à l'œil, maintenant, et elle ne pourrait plus le voir ou l'appeler. Robert se reprochait même d'avoir rencontré la jeune fille aujourd'hui. Lorsqu'elle avait proposé cette partie de skis, il aurait dû refuser.

Greg avait des traits jeunes mais irréguliers, un nez volumineux, des sourcils noirs, épais, de lourdes mains noueuses. Il portait ce costume gris à carreaux que Robert lui avait vu, auparavant. Il y avait une tache de graisse sur le devant – Robert l'avait remarquée aujourd'hui – et sa chemise sortait de son pantalon. Il pouvait avoir une forte dose de sang irlandais dans les veines.

Il y avait moins d'un quart d'heure que Robert était rentré lorsque le téléphone retentit.

– Allô! Robert, c'est Jenny. Greg est parti. Oh! mon Dieu! Robert, je suis navrée pour aujourd'hui.

– Vous n'avez pas besoin de vous excuser. Je suis désolé que tout cela ait gâché votre bon dîner.

– Oh! nous pouvons le remettre à une autre fois. Ecoutez, Robert, j'aimerais vous voir. Il est tôt. Il n'est que 7 heures et demie. Puis-je venir chez vous? J'ai parlé à Greg. Il sait que je n'ai pas l'intention de l'épouser, et qu'il n'a nullement le droit de se mêler de mes affaires. Je crois qu'il a enfin compris.

Greg allait probablement la surveiller ce soir ou, même, épier sa maison, afin de la suivre en voiture si elle partait.

– Jenny, vous semblez encore bouleversée. Pourquoi ne restez-vous pas chez vous ce soir?

Elle gémit.

– S'il vous plaît, permettez-moi de vous voir. Ne puis-je venir chez vous?

Elle paraissait décidée.

Bref, il n'y avait qu'un moyen d'en finir, pensa-t-il, c'était de la laisser venir. Il expliqua comment trouver les deux rues où étaient situés les appartements Camelot à Langley. Elle répondit qu'elle allait partir sur-le-champ.

Cinq minutes plus tard, le téléphone sonnait à nouveau. Il espéra que Jenny avait changé d'avis.

Cette fois, c'était Nickie. Elle se trouvait à un cocktail, légèrement ivre, disait-elle, en compagnie de Ralph, mais elle désirait lui souhaiter un bon anniversaire de mariage pour la troisième année. La date était passée depuis plusieurs semaines, elle le savait, mais mieux valait tard que jamais.

– Merci, dit-il. Merci, Nickie.

– Tu te souviens du second? demanda-t-elle.

Il se souvenait parfaitement du second.

– Je préfère me souvenir du premier.

– Sen-ti-men-tal. Tu veux parler à Ralph? *Ralph!*

Robert voulait raccrocher. Mais ne serait-ce pas faire preuve de susceptibilité? Ou de lâcheté? Il attendit au bout du fil, levant les yeux au plafond. Un murmure de voix confuses et lointaines, comme un bruit de marmite en ébullition, lui parvenait de là-bas, de Manhattan. Puis il y eut un déclic. Elle avait raccroché, ou quelqu'un avait raccroché pour elle.

Robert prit un whisky. Oui, il s'en souvenait, de ce second anniversaire de mariage. Ils avaient invité huit ou dix amis. Robert avait rapporté à la maison un gros bouquet de roses rouges et de pivoines, et un fin bracelet en or pour Nickie. Et puis, personne n'était venu. Les invités devaient être là vers 20 heures pour les boissons et le buffet, mais à 21 heures un quart : personne; Robert avait dit : « Nous serions-nous trompés de jour, sur les invitations? » Nickie, les mains sur les hanches, avait alors déclaré : « Personne ne viendra, mon chéri, c'est une soirée rien que pour toi et moi. Aussi, assieds-toi à l'autre bout de cette magnifique table, et laisse-moi te dire un mot ou deux. » Pourtant, elle n'avait même pas pris un verre avant les premières boissons qu'elle versa lors de son arrivée. Robert savait toujours deviner si elle en était à son premier, à son deuxième ou à son troisième verre.

Et elle n'était pas ivre non plus lorsqu'elle avait eu l'idée de cette soirée – ou, du moins, elle était redevenue lucide entre-temps. C'était elle la responsable des invitations. Ce soir-là, elle parla sans arrêt pendant au moins une heure, se contentant de hausser la voix lorsque Robert essayait de l'interrompre. Elle ne lui épargna aucun des torts qu'il avait envers elle, jusqu'aux plus infimes : il laissait parfois son rasoir sur le bord du lavabo au lieu de le remettre dans l'armoire à pharmacie; il avait oublié – il y avait de cela des semaines – d'aller prendre une de ses robes chez le teinturier; et puis ce grain de beauté sur sa joue, ce fameux grain de beauté qui faisait à peine trois millimètres de diamètre (il l'avait mesuré un jour dans la salle de bains avec sa petite règle métallique) et que Nickie avait d'abord déclaré distingué, puis vilain et finalement cancéreux : « Pourquoi ne le faisait-il pas enlever? » Robert se rappela qu'il s'était versé un second verre, pendant sa harangue, et bien tassé, étant donné que le plus sage dans ces circonstances est de rester patient. L'alcool agissait comme un sédatif. En fait, sa patience, durant cette soirée, l'avait tellement mise hors d'elle que, plus tard, elle s'était précipitée sur lui, tandis qu'il se déshabillait dans la chambre, et disait : « Tu n'as pas envie de me battre, chéri? Allons, bats-moi, Bobbie! » Or, c'était un de ces moments où il avait le moins envie de la battre. Aussi avait-il pu répondre par un tranquille « Non ». Elle l'avait alors traité d'anormal. « Un de ces jours, tu te livreras à un acte violent. Souviens-toi de ce que je te dis. » Et un peu plus tard, la même nuit : « N'était-ce pas une bonne plaisanterie, Bobbie? » avait-elle demandé dans le lit, lui pressant la joue de sa main, non par affection, mais pour l'irriter et l'empêcher de dormir. « N'était-ce pas drôle, chéri? » Elle l'avait suivi lorsqu'il était allé dans le living-room pour essayer de dormir sur le divan. Elle s'était finalement endormie dans la chambre vers 5 heures du matin, pour se réveiller alors que Robert partait travailler. Elle avait une solide gueule de bois, et, comme toujours dans ces cas-là, se sentait pleine de remords. Elle lui avait pris les mains, les avait embrassées, disant qu'elle avait été horrible, lui demandant pardon, lui promettant de ne jamais, plus jamais recommencer. Il avait été un ange, affirmait-elle, et elle ne pensait pas un mot de ce qu'elle lui avait reproché. Ses fautes étaient si minimes, après tout.

Il entendit mugir la sirène d'un bateau qui patrouillait sur la rivière. Quelqu'un avait dû se perdre dans les rapides, ou bien un navire se trouvait en danger, supposa-t-il. Le mugissement se répétait, nostalgique, insistant, lugubre. Robert essaya de s'imaginer roulé sur les rochers, à demi inconscient, s'accrochant désespérément aux récifs, mais ne pouvant trouver prise parce qu'ils étaient trop glissants, ou que lui-même était trop faible. Et la sirène continuait à mugir, tandis que les phares des embarcations de sauvetage balayaient la surface de la rivière Delaware sans découvrir ce qu'ils cherchaient. Ses camarades de bureau disaient que si quelqu'un se trouvait pris dans les rapides – et il y en avait des douzaines en amont et en aval de la rivière – c'était sans espoir. Le mieux que pouvait faire la patrouille de la rivière, c'était de retrouver le corps. Un type du bureau avait trouvé un cadavre rejeté par le courant dans son arrière-cour : le corps d'un vieillard tombé dans l'eau environ trente kilomètres plus haut. Parfois les noyés flottaient jusqu'à Trenton. Robert serra les dents. Pourquoi penser à cela puisqu'il n'avait aucune intention de nager, de canoter ou de pêcher, même lorsque l'été serait là?

Il entra dans son bureau pour contempler l'orme qu'il avait dessiné à travers la fenêtre. C'était un dessin net, précis, trop précis même pour être un bon dessin, supposa-t-il, mais il était ingénieur et, par conséquent, voué à la précision. La page opposée de son album de croquis était blanche, et plus tard il y tracerait une feuille d'orme, dès qu'il pourrait en voir une, au printemps.

On frappait. Robert posa son verre, se leva pour ouvrir.

– Bonsoir, dit-elle.

– Entrez. » Il se tint de côté pour la laisser passer. « Vous enlevez votre manteau? »

Elle lui donna le manteau qu'il rangea dans l'armoire. Cette fois-ci, elle ne portait pas de bottes. Elle avait mis ses escarpins à talons hauts.

– Vous avez un bel appartement, dit-elle.

Il hocha la tête, sans répondre.

Elle s'était assise au milieu du divan.

Il alluma une cigarette et se mit dans le fauteuil, puis se leva pour prendre son verre sur le bureau.

– Vous voulez boire quelque chose? Du café? Je peux vous faire un express ou du café ordinaire.

– Non merci, je ne veux rien. Je voulais vous dire, Robert, qu'en parlant à Greg, tout à l'heure, je n'ai pas dit que c'était à cause de vous. Mais vous en êtes en partie la cause.

Il gardait les yeux fixés au sol.

– Vous me faites éprouver quelque chose que je n'avais jamais connu auparavant. Vous agissez comme un catalyseur. D'ailleurs, ce n'est pas le terme exact, car un catalyseur n'a pas d'importance, à part son rôle de transformateur, n'est-ce pas? Et vous avez une importance. C'est vous qui me plaisez. Peu importe ce que cela signifie, c'est la vérité.

– Vous ne savez rien de moi, dit-il. Vous ne savez pas, par exemple, que je suis marié. Je vous ai menti. Je suis marié depuis trois ans.

– Oh! Alors, c'est bien à cause d'une femme que vous avez quitté New York. A cause de votre femme.

– Oui.

Elle était moins étonnée qu'il n'eût cru.

– Nous nous sommes disputés. Vous ne savez pas, par exemple, que j'ai fait une dépression nerveuse à dix-neuf ans. J'ai dû subir un traitement pendant quelque temps. Je n'ai pas un caractère des plus stables. J'ai failli craquer au mois de septembre à New York. C'est pourquoi je suis venu ici.

– Qu'est-ce que tout cela peut avoir de commun avec le fait que vous me plaisez?

Il ne voulut pas lui faire remarquer froidement que les jeunes filles amoureuses tenaient à savoir si l'homme était marié ou non.

– Cela complique la situation, voyez-vous, si je ne divorce pas.

– Et vous n'avez pas l'intention de le faire?

– Non. Nous voulons simplement nous séparer quelque temps, c'est tout.

– Bien... ne pensez pas, je vous prie, que je veuille m'en mêler. Je ne le pourrais pas, d'ailleurs, si vous aimez quelqu'un. Je vous explique simplement ce que je ressens. Je vous aime.

Les yeux de Robert papillotèrent dans sa direction, puis se posèrent ailleurs.

– Plus vite ce sentiment vous quittera, mieux ce sera, à mon avis.

– Il ne me quittera pas, je le sais. J'ai toujours su que je reconnaîtrais l'amour immédiatement quand je le rencontrerais. C'est ma malchance que vous soyez marié, mais cela ne change rien.

Robert sourit.

– Mais vous êtes si jeune. Quel âge avez-vous, au fait?

– Vingt-trois ans. Ce n'est pas si jeune.

Robert l'aurait crue plus jeune encore. C'était ainsi chaque fois qu'il la voyait.

– Je ne connais pas Greg. Peut-être n'est-il pas le garçon qu'il vous faut. Mais moi non plus. Je suis très difficile à vivre. Plein de complications. Je déraille un peu, par moments.

– Je pense que c'est à moi d'en juger.

– Vous épier à travers la fenêtre de votre cuisine

n'est pas un acte des plus recommandables, il me semble. Vous devriez entendre ce que dit ma femme à mon sujet. Elle pense que je suis mûr pour l'asile.

Il rit : « Demandez-le-lui.

— Je ne me soucie pas de ce que dit votre femme. »

Elle était allongée sur le divan, appuyée sur un coude, le corps détendu, le visage résolu. Elle le regardait avec insistance.

— Je ne veux jouer aucun jeu, Jenny.

— Je ne crois pas que vous jouiez. Je crois que vous vous conduisez de façon très honnête.

Robert se leva brusquement, posa son verre sur la table, au bout du divan :

— Oui, mais je ne l'étais pas, je vais l'être, Jenny. Je dois faire des efforts constants pour rester, comment dirais-je? sain d'esprit.

Il haussa les épaules : « C'est pourquoi je suis venu ici. La vie y est moins fatigante qu'à New York. Je m'entends bien avec mes collègues de bureau. J'ai passé Noël chez l'un d'eux, avec sa femme et sa petite fille, et tout a très bien marché. Mais ils ne savent pas le prix que cela me coûte, l'effort que je dois faire à chaque minute. »

Il s'arrêta pour la regarder, espérant que ses paroles produiraient un certain effet. A défaut d'autre chose, son visage paraissait moins anxieux.

— Nous faisons tous ce même effort à chaque instant. Qu'y a-t-il de si nouveau à cela?

Il soupira.

— Je suis un personnage qu'il faut éviter. C'est ce que je veux vous faire comprendre. Je suis malade du cerveau.

— Qui a dit que vous étiez malade? Les médecins?

— Non, pas les médecins. Ma femme. Elle doit le savoir. Elle a vécu avec moi.

— Mais quand on vous a soigné, lorsque vous aviez dix-neuf ans?

– Qu'ont-ils dit alors? Que j'avais eu une réaction de faiblesse due à une enfance difficile. Je me suis effondré. C'est bien une preuve incontestable de faiblesse, il me semble.

– Qu'avez-vous fait?

– J'ai dû abandonner mes études pendant quelque temps. Une nuit, je me suis baigné dans un lac, tout habillé. Un coup de tête. J'étais presque résolu au suicide, et j'ai réussi à moitié. A moitié seulement. Un flic est intervenu. On a cru que j'étais soûl. Je m'en suis tiré avec une amende et une nuit au poste. Comme ils insistaient pour que je sois soûl, j'ai fini par le reconnaître. Et pourquoi pensez-vous qu'ils me croyaient soûl? A cause des phrases incompréhensibles que je prononçais.

Il semblait impossible de la convaincre. Il se creusa la tête pour trouver un autre exemple : « Et une fois, j'ai pointé un fusil sur ma femme. Elle dormait. Je me suis assis sur une chaise de l'autre côté de la pièce en dirigeant le fusil de chasse contre elle. Il était chargé. »

Non, le fusil n'était pas chargé. Il s'arrêta pour reprendre souffle et regarda Jenny. Elle fronçait légèrement les sourcils, attentive, mais ne semblait pas effrayée.

– Et que s'est-il passé?

– Rien. Je ne l'avais fait que pour voir – ou savoir – que je n'appuierais jamais sur la gâchette. Nous nous étions disputés juste avant. Ce jour-là j'avais pensé : « Je la hais suffisamment pour la tuer, pour lui faire payer tout ce qu'elle m'a dit. » Mais lorsque j'ai eu le fusil entre les mains, je me suis contenté de rester assis là, tenant son corps en joue et pensant qu'aucun être, aucune chose, ne valent la peine qu'on tue.

– Et voilà. Vous avez compris cela.

– Oui, mais imaginez que vous vous réveillez en apercevant quelqu'un de l'autre côté de la pièce, et qui pointe un fusil sur vous. Que croyez-vous que ma femme ait pensé? Et les gens quand elle leur a tout raconté? Car elle l'a dit à un grand nombre de gens. Oui, nous y voilà. Elle a dit que j'étais neurasthénique et déséquilibré, et qu'un jour je tuerais quelqu'un. Elle a dit que j'avais voulu la tuer. Et peut-être est-ce vrai. Qui sait?

Elle prit les cigarettes de Robert sur le guéridon. Il lui donna du feu.

– Jusqu'à présent, vous ne m'avez encore rien dit de vraiment horrible.

– Non?

Il rit : « Que vous faut-il de plus? Des histoires de vampires?

– Que s'est-il passé lorsque vous avez dû abandonner vos études?

– Eh bien... j'ai perdu un semestre seulement, et pendant cette période on m'a soigné. J'ai eu également toute une série d'occupations diverses. Lorsque j'ai repris l'école, je suis allé vivre chez un ami, un camarade de classe, Kermit. Il habitait près de l'école, chez ses parents. Il avait un petit frère et une petite sœur, et dans la maison, c'était la pagaille. »

Robert sourit : « Mais c'était quand même une maison, vous savez. Non, vous ne savez pas, à moins de n'avoir pas eu vous-même de maison, un jour. J'avais une petite chambre pour moi tout seul, et il était difficile d'y trouver une heure d'affilée pour travailler. Les gosses entraient et sortaient sans cesse. Mais aux alentours de minuit, si Kermit et moi-même étions encore en train d'étudier, sa mère nous apportait du lait et des gâteaux. Cela semble idiot, mais c'était un foyer, et qui n'existait pas chez moi. Non que je blâme ma mère. Elle avait ses problèmes, avec mon père, et elle a fait ce qu'elle a pu. Elle ne pouvait pas grand-chose. Mon père buvait, c'était le divorce ou peut-être l'abandon, en perspective. Je ne sais pas si je me fais bien comprendre. Probablement pas.

– Où est Kermit maintenant?

– Mort. »

Il prit une autre cigarette : « Il est mort par hasard, dans l'Alaska. Nous faisions notre service militaire. Nous nous étions débrouillés pour appartenir à la même unité. Nous pensions qu'on pourrait nous envoyer en Corée, mais ni l'un ni l'autre ne vit la Corée ni le moindre combat. Kermit a été tué par une fronde. Frappé dans le dos. Cela s'est passé un matin. J'étais parti chercher du café pour nous deux et je ne m'étais absenté que cinq minutes. Lorsque je suis revenu, il était étendu sur le sol, déjà mort, entouré de quelques types. »

Robert se sentit soudain mal à l'aise sous le regard sérieux et attentif de Jenny. Il n'avait plus parlé de Kermit depuis des années ni même raconté cette histoire à ses amis de New York.

— Dès que j'eus fini mon service militaire, j'allai à New York, dit Robert.

Jenny hocha la tête.

— Vous êtes familiarisé avec la mort, vous aussi, alors.

— J'ai perdu un ami. Mais la mort ?... Je n'ai jamais vu des hommes que je connaissais tomber autour de moi, comme certains l'ont vu pendant la guerre. La mort ? Non.

Robert secoua la tête.

— Je sais exactement ce que vous entendez par : faire un effort pour rester sain d'esprit. Je dois le faire, moi aussi, cet effort. Lorsque mon jeune frère est décédé, il y a trois ans, j'ai eu brusquement l'impression que plus rien n'avait de sens. Je trouvais tout le monde cinglé, sauf moi. Vous savez ce qu'on dit des fous qui pensent de la sorte!

Un timide sourire effleura ses lèvres et ses yeux brillèrent : « Ce que je veux dire, c'est que la vie continua comme avant, mon père retourna au bureau, ma mère reprit ses occupations ménagères – et pourtant nous avions côtoyé la mort, là, dans la maison. »

Elle aspira une bouffée de sa cigarette, fixant un point dans le vide : « J'avais peur de la mort. Il me fallut y penser et y repenser sans cesse jusqu'à ce que j'arrive à un accord avec elle – à ma façon. Jusqu'à ce qu'elle me devienne familière... vous voyez ce que je veux dire ? »

Elle lui jeta un coup d'œil puis regarda de nouveau droit devant elle : « Maintenant je n'en ai plus peur du tout. Je peux comprendre pourquoi le personnage de votre rêve dit : « Je suis Frère La Mort. »

– Heu... je ne me sens pas tellement à l'aise lorsque je fais ce rêve. »

Elle le regarda.

– Mais un jour vous le serez, si vous y pensez. Si vous y pensez assez longtemps.

Involontairement, Robert secoua la tête. C'était presque un frisson. Il contempla le jeune visage, perplexe.

– Le jour où j'ai considéré la mort de cette façon, reprit-elle, le monde m'est apparu différent. Greg croit que la pensée de la mort me déprime, mais il a tort. Simplement, je n'aime pas entendre les autres gens en parler avec l'horreur habituelle. Vous savez. Et... après notre rencontre, vous m'avez fait voir le monde sous un jour nouveau. Tout est plus gai. Par exemple, les bureaux de la banque où je travaille. Ils étaient si tristes et ennuyeux. C'est différent maintenant. Je les trouve agréables. Tout semble plus facile.

Oh! il connaissait ce sentiment : être amoureux. Brusquement, le monde est parfait. Brusquement, les arbres dépouillés se mettent à chanter. Elle était si jeune. Elle parlait maintenant de Dostoïevski, et il l'écoutait à peine, pensant au moyen de couper court à leurs relations sans lui causer trop de chagrin. Le seul résultat de leur entrevue, il s'en rendait compte, avait été de l'attacher encore plus à lui. Il arpentait la pièce tandis qu'elle parlait de « destinée » et d'« infini »... elle semblait croire en une autre vie. Il l'interrompit :

– Jenny, tout ce que j'essayais de vous dire, c'est

que nous ne pouvons plus nous voir. Je suis désolé, mais c'est ainsi.

Son visage prit soudain une expression hébétée, sa bouche s'entrouvrit. Il regretta d'avoir parlé sèchement, mais que pouvait-il faire d'autre? Il continuait à déambuler dans la pièce, mains dans les poches.

– Vous n'aimez pas me voir? demanda-t-elle.

– J'aime beaucoup vous voir. Mais il ne faut plus. J'aime vous savoir heureuse. Pouvez-vous comprendre cela? Quand je vous observais, à travers la fenêtre de la cuisine, j'aimais vous imaginer heureuse, avec un garçon que vous alliez finalement épouser – et c'est tout. C'était une erreur de faire votre connaissance, et une erreur...

Il lui semblait inutile de continuer. Il espérait qu'elle allait s'en aller. Il se retourna, entendant le bruissement qu'elle faisait pour se lever.

– Je vous remercie d'une chose, dit-elle, c'est de m'avoir aidée à comprendre que je n'aimais pas Greg et que je ne l'épouserais pas. Je vous en remercie beaucoup.

– Je ne pense pas que Greg fasse de même.

– Je n'y peux rien. C'est ainsi, comme vous dites.

Elle tenta d'esquisser un sourire : « Ainsi donc, au revoir. »

Il la raccompagna. Elle avait pris son manteau dans l'armoire et l'avait enfilé sans qu'il pût même l'aider.

– Au revoir.

Et soudain, elle fut partie. La pièce était de nouveau vide.

– Allons, Jen, où vit-il à Langley? demanda Greg. J'ai son numéro de téléphone et je voudrais avoir son adresse.

– Demande-la-lui. S'il veut que tu la connaisses, il te la donnera.

– Oh! ça m'étonnerait. *Moi*, je veux savoir.

Jenny soupira avec impatience et jeta un coup d'œil par-dessus son épaule pour voir si M. Stoddard n'était pas dans le coin. Il n'aimait pas que ses employés reçoivent des coups de téléphone personnels et elle l'avait dit plus d'une fois à Greg.

– Greg, il faut que je raccroche, maintenant.

– J'ai le droit de savoir, et j'ai le droit de voir ce type si j'en ai envie.

– Je me demande comment tu as pu te monter la tête ainsi en vingt-quatre heu-eures. C'est puéril.

– Tu es lâche, Jenny. Je n'aurais jamais cru ça de toi. Et monsieur...

– Appelle-le comme tu voudras, cela m'importe peu.

Elle raccrocha.

« Greg devait être à Rittersville », pensa-t-elle. C'est là qu'il s'arrêtait tous les lundis après-midi, à la pharmacie de la ville, et à celle du centre commercial. Elle était sûre que, lorsque Greg appellerait Robert à 5 heures et demie ou 6 heures, ou dès qu'il serait chez lui, Robert lui assurerait qu'il n'avait pas l'intention de la revoir. Jenny n'avait pas voulu en informer Greg. C'eût été une victoire pour Greg, et il s'était conduit de façon si abominable qu'il ne méritait pas la moindre victoire. Bien petite victoire en effet, car ce qui s'était passé n'avait en rien modifié ses sentiments vis-à-vis de Greg ou de Robert.

Il fallait qu'elle recompte l'argent qu'elle avait en caisse, car elle avait oublié de noter quand Steve l'avait appelée au téléphone. Elle recommença à compter les billets de cinq cents dollars.

— Hou! fit Steve, venant par-derrière et la saisissant à la taille. Avec qui parlais-tu au téléphone?

— Arrête, Steve, je suis en train de compter.

— Greg ne peut pas attendre, hein? dit-il en s'éloignant.

Jenny continua, avec application, tête baissée. L'aérateur envoyait de l'air chaud sous ses pieds. Il ferait froid chez elle quand elle rentrerait. Elle réglerait le thermostat et la maison se réchaufferait en dix minutes, mais elle serait seule ce soir. Personne ne viendrait dîner avec elle. Et pourtant Robert était *là*, à Langley, à vingt-cinq kilomètres seulement. Il n'avait pas dit qu'il retournerait à New York. Jenny se demandait si elle devait le croire au sujet de sa femme. Elle ne pensait cependant pas qu'il mentait, ou du moins, même s'il essayait, qu'il arrivait à mentir avec assez d'habileté. Elle était donc bien obligée de croire qu'il avait une femme. Peut-être n'arriveraient-ils pas à se réconcilier, se dit-elle. Qui pouvait vraiment savoir ce qui allait arriver? Personne. Elle ne souhaitait pas non plus que Robert retourne vers sa femme ou n'y retourne pas, car ce souhait eût été vain. Et, de plus, ce qu'elle souhaitait avant tout, c'était que Robert fût heureux. C'est drôle qu'il dise la même chose à son sujet.

Jenny additionna le total – onze mille cinquante-

84

cinq dollars et dix-sept *cents* (1) –, mit la caisse dans le coffre et ferma avec l'une des clés attachées à son porte-clés. Elle prit ensuite les chemises de versements, les chèques barrés, les traites, les paiements différés et les dons de Noël pour les porter à Rita, qui se trouvait à la vérification, dans la salle du fond.

– Mme McGrath croit qu'il lui manque dix dollars, dit Jenny. Vérifie. Voilà mon total.

– Oh! cette Mme McGrath. Elle croit trouver des erreurs deux fois par semaine, dit Rita, sans se déranger.

Jenny quitta la banque à 16 heures et demie. Elle espérait que Robert dirait un non brusque et définitif à Greg. Elle pouvait imaginer Greg s'échauffant assez pour frapper Robert, et même l'assommer complètement. Greg s'entraînait à la boxe dans un gymnase et il était fier de ses poings. La dernière des choses dont on pût être fier, pensait Jenny. N'importe quel âne pouvait apprendre à cogner sur le visage de quelqu'un. Elle ne pouvait imaginer Robert frappant un homme. Il avait l'air si doux, et aux yeux de Jenny la douceur était la plus grande vertu masculine. Elle voyait le visage de Robert devant elle, ses épais cheveux bruns, ses yeux noisette, sa bouche inclinée légèrement vers la gauche et la fossette au milieu du menton. Elle le voyait tel qu'il lui était apparu hier, après le ski, en chemise blanche et pantalon gris foncé, se penchant sur la cheminée pour mettre une bûche dans le feu. Elle devait se cramponner au volant pour maintenir la voiture sur la route.

Une fois chez elle, elle mit au réfrigérateur la laitue et les côtelettes de porc qu'elle avait achetées pour son dîner à l'épicerie de Wayside, à mi-chemin entre Humbert Corners et sa maison, puis elle prit un bain. Ce n'était pas son heure habituelle, mais elle pensa qu'un bain pourrait la détendre et l'aider

(1) *Cent* : un centième de dollar.

à tuer le temps, en attendant l'inévitable coup de téléphone de Greg, ce soir. Pourquoi fallait-il que certaines personnes rendent la vie si difficile? Lorsque Fritzie Schall, le garçon qu'elle avait tant aimé à Scranton, l'avait plaquée pour une autre fille, elle avait accepté sans rien dire et n'avait pas essayé de le revoir ou de lui téléphoner. Mais Greg!

Elle enfila un vieux pull-over et une vieille jupe, des chaussures plates, et arrosa ses plantes. Puis elle épousseta le living-room et lava les quelques assiettes qui étaient restées dans l'évier, ce matin, car elle avait même failli arriver en retard à son travail. Elle s'assit dans le living-room avec une tasse de café et une édition récente des œuvres de Keats et de Shelley. Elle l'ouvrit à Keats. Mais ce n'était pas Keats qu'il lui fallait en ce moment, après tout. C'était Blake. Elle prit sur l'étagère son gros recueil de poésies de Donne et Blake. Elle avait souligné certains passages dans *Vers et Fragments* :

> *Sous chaque tourment et souci*
> *La joie aux fils d'argent sourit.*

Elle se rappela qu'elle avait cru, il y avait des années, que « souci » représentait la fleur.

> *Celui qui de l'Enfant a bafoué la Foi*
> *Sera bafoué dans la Vieillesse et le Trépas.*
> *Celui qui enseignera le Doute à l'Enfant*
> *Jamais ne sortira du tombeau pourrissant.*
> *Celui qui de l'Enfant respectera la Foi*
> *Triomphera et de l'Enfer et du Trépas.*

Le rythme cadencé de ces vers était aussi réconfortant que leur sens.

Elle bondit en entendant la sonnerie du téléphone. Il était à peine 18 h 5.

– Ici l'Interurbain. Parlez, s'il vous plaît.

C'était la mère de Jenny qui l'appelait de Scranton. Elle était bouleversée par la lettre de Jenny disant qu'elle ne voulait plus épouser Greg.

– Qu'est-ce qui ne va pas, Jenny? Même ton père s'inquiète.

Elle imaginait sa mère assise toute droite sur la chaise du vestibule et en tablier probablement, car ses parents dînaient à 18 heures. Elle avait dû reculer de quelques minutes le repas, les communications téléphoniques coûtant moins cher après 18 heures.

– Tout va bien, maman. Je ne l'aime pas assez, voilà tout. Je m'en suis aperçue il y a quelques semaines, alors...

– Il n'y a personne d'autre, n'est-ce pas, mon lapin?

Jenny était contente que Greg n'eût pas encore téléphoné à ses parents. Elle voulait et elle ne voulait pas, à la fois, leur parler de Robert. « Un homme marié! » s'écrieraient-ils avec horreur. Mais elle se voyait aussi, assise à la table familiale, leur racontant avec délices ce que Robert avait dit et fait, et comment il était, et combien il avait de maturité d'esprit – de la même façon qu'elle avait toujours décrit les camarades de classe qu'elle aimait. Elle éprouvait le besoin de parler des gens qui lui plaisaient, aussi naïf que ce fût.

– Y a-t-il quelqu'un, Jenny? Il y a quelqu'un d'autre, n'est-ce pas?

– Oui, mais je ne pense pas le revoir, car c'est impossible. Mon Dieu, maman, tu me traites comme une enfant!

– Et que peux-tu attendre d'autre de tes parents, lorsqu'ils reçoivent une lettre comme la tienne, alors qu'ils étaient pratiquement sur le point d'envoyer les faire-part de mariage? Dis-moi maintenant, qui est-ce?

– Il s'appelle Robert.

Elle éprouva un plaisir indicible à prononcer ce nom au téléphone, et à le faire parvenir jusqu'à Scranton.

– Robert comment?

– Maman, cela n'a aucune importance, puisque je ne vais pas le revoir.

– Tant mieux. Comment l'as-tu rencontré?

– De la manière la plus ordinaire, dit-elle en durcissant les « r » comme elle avait coutume de faire lorsqu'elle voulait insister sur quelque chose. Mais nous avons décidé de ne plus nous voir, c'est tout.

– Hé bien! je présume qu'il ne tient pas tellement à toi, sinon il aurait envie de te voir. Si tu veux mon avis, calme-toi un peu et regarde Greg de plus près. C'est un garçon gentil et sérieux, mon lapin, et il t'aime beaucoup, cela est évident. Il plaît à ton père, ajouta-t-elle, comme pour la convaincre. Il faut que je raccroche maintenant, car c'est l'Inter, mais je crois qu'il était important que je te parle ce soir.

– Comment va Don, maman?

– Don va bien. Il fait ses devoirs chez un camarade ce soir et restera chez lui pour souper. C'est pourquoi il n'est pas là. Sinon je te l'aurais passé.

« Ses devoirs », pensa Jenny, alors que Don était étudiant à l'université. Sa mère en parlait comme s'il avait dix ans.

Elles raccrochèrent enfin, avec la promesse mutuelle de s'écrire.

Jenny mit les côtelettes de porc sur le feu, car sinon, se disait-elle, elle ne mangerait rien de chaud ce soir. Son plat favori était les salades. Elle pouvait se nourrir exclusivement de crudités – laitue, radis, céleri, tomates, haricots verts crus, carottes, bref, tous les légumes verts. C'était la raison pour laquelle ses parents l'appelaient « mon lapin ». Son père avait craint qu'elle ne s'anémie. Mais ses parents craignaient toujours quelque chose. Jenny retira une des côtelettes de porc au bout d'une minute et la glissa dans le *freezer*. Une seule suffirait pour son dîner. Puis elle se mit à préparer sa salade.

Greg appela juste avant 19 heures.

– Hé bien, bonsoir, dit-il. J'ai une nouvelle qui va t'intéresser. M. Forester retourne à New York.

– Oh! vraiment? dit Jenny. Je suppose que cela t'intéresse plus que moi.

– Disons : autant. C'est une décision récente. Il est également trop dégonflé pour me dire où il habite. Je pensais que cela aussi pourrait t'intéresser.

– Pas le moins du monde.

– Et j'ai encore autre chose à te signaler. J'ai appelé à tout hasard son ancien numéro de téléphone à New York, et je suis tombé sur sa femme. Ils sont en cours de divorce, Jenny, et d'après ce qu'elle m'a dit, je comprends pourquoi : il est timbré.

– Ah, bon?

– Oui.

– Et c'est la raison invoquée pour le divorce? Cela m'étonnerait.

– Non, la seule raison reconnue à New York est l'adultère, tu le sais bien. Et je suis sûr que M. Forester ne s'en est pas privé non plus. Mais sa femme m'a fait très clairement comprendre qu'il était cinglé. Tu penses bien que M. Forester ne te l'aurait pas dit lui-même! Te rends-tu compte que tu mettais ta vie en danger, en l'invitant à dîner? L'inviter à dîner! Bonté divine! Parfois je pense que tu devrais consulter un psychiatre, Jenny.

– Je suis fatiguée de tes conseils! cria Jenny, plus irritée qu'elle ne l'avait jamais été contre lui. Quelle idée d'appeler sa femme à New York! Bon Dieu! tu ne penses pas que tu te mêles de ce qui ne te regarde pas?

– Je pense que je mène mon enquête, et je m'en félicite. J'ai chassé cette canaille de la ville, tellement il a eu peur, et tu as de la chance que j'aie réussi. Au fait, ton amie Rita n'a jamais entendu parler de lui. Qu'est-ce que tu dis de ça?

– Tu étais pendu au téléphone toute la journée, si je comprends bien.

– Pourquoi as-tu dit qu'il était un ami de Rita?

– Parce que tu es trop curieux. Il fallait bien que je dise quelque chose pour que tu te tiennes tranquille.

– Je ne me tiendrai pas tranquille, petite fille.

– Si tu crois que tu te rends agréable à mes yeux en agissant ainsi, tu te trompes.

– Non, c'est possible. Mais il vaut mieux savoir la vérité, tu ne penses pas? M. Forester n'a pas dit la vérité. Il n'a pas voulu reconnaître que tu t'étais amourachée de lui et il a fait semblant de ne rien savoir.

– Savoir quoi? rétorqua-t-elle.

– Voyons, Jenny, ne nous disputons pas. En me disant qu'il était cinglé, sa femme m'a donné une idée. Ce n'était pas lui, le rôdeur, Jen? C'est comme ça que tu l'as connu, hein?

– Je crois que tu perds la tête, dit Jenny.

– Mais pourquoi pleures-tu? Pour l'amour du ciel, Jenny, je ne voulais pas te faire pleurer. Ecoute, est-ce que je peux venir? Je suis à Langley. J'en ai pour moins d'une demi-heure.

– Je ne veux pas te voir.

– Hum-um, grommela-t-il. M. Forester n'a pas voulu dire comment il t'avait rencontrée, lorsque je lui ai rapporté ce qu'avait déclaré Rita. Je lui ai demandé s'il ne rôdait pas autour de la maison : à cause des bruits que nous avions entendus. Je lui ai répété ce que sa femme disait de lui. M. Forester semblait très impressionné, mademoiselle Thierolf. Il va quitter la ville, et je veillerai à ce qu'il le fasse sans délai.

Jenny raccrocha. Elle alla dans la cuisine se passer le visage à l'eau froide. Satané Greg! Il fourrait son nez partout, pire que Susie Escham. Rita aurait bien pu deviner et dire, qu'en effet, elle lui avait présenté Robert, mais Greg avait dû la presser de questions. Et puis elle n'était pas très maligne, quoique bonne fille.

Jenny avait bien envie d'appeler Robert pour lui

dire de ne pas attacher d'importance à tout cela, de ne pas se tracasser, et d'oublier cette histoire. Mais, après tout, Robert avait dit qu'il ne voulait plus la revoir. Mieux valait ne pas lui téléphoner, même dans une intention amicale. Elle se demandait quel genre de femme il avait épousé pour qu'elle racontât des choses si horribles sur son mari à une personne étrangère.

Greg l'appela chaque soir pendant cinq jours, lui demandant de la revoir. Jenny disait non, fermement mais poliment, sans paroles blessantes. Elle répondait qu'elle voulait rester seule quelque temps, et plus elle s'en persuadait elle-même, plus elle persuadait Greg. Elle était contente que la banque de Greg fût à Rittersville et non à Humbert Corners; elle ne voulait pas le voir, même à travers un guichet. Dix jours s'écoulèrent, y compris celui de l'anniversaire de Greg. A cette occasion, Jenny lui envoya une carte amicale mais peu encourageante. Elle était surprise et satisfaite de ne pas voir sa voiture déboucher au coin de l'allée. Il devait attendre qu'elle se sente de plus en plus seule, dans sa maison isolée, et s'imaginer que, dans une ou deux semaines, elle serait contente de le voir revenir.

Lorsqu'elle songeait à Robert, c'était avec un petit pincement au cœur, douloureux et bref. Puis une série d'images lui revinrent en mémoire : Robert si séduisant au restaurant à la lueur des chandelles, Robert regardant la piste de ski d'un air indécis, Robert traversant son living-room en manches de chemise, et, lors de leur dernière rencontre, arpentant la pièce avec nervosité. Mais le souvenir le plus frappant qu'elle en eût gardé, c'était de l'avoir aperçu à la lueur du feu, près de sa maison, alors qu'il n'était encore qu'un étranger. Ce souvenir ne l'effrayait pas, et elle trouvait étrange que d'autres personnes eussent pu l'être à sa place. La plupart des gens ne connaissent rien à la vie. Elle n'avait pas la prétention de tout savoir, mais, du moins, elle se sentait sur la bonne voie. Elle ne réagissait pas, en face de situations diverses, de façon négative, comme tant d'autres. Il se pouvait que ses relations avec Robert fussent terminées, et, dans ce cas, elle devait admettre le fait. Mais il se pouvait aussi que quelque chose d'autre en sortît – le bon ou le mauvais. Et peut-être était-elle trop passive, en se refusant à prendre contact avec lui dès maintenant.

Un soir, vers 9 heures, elle appela l'ancien numéro de Robert à Langley. Le téléphoniste lui répondrait qu'il n'y avait plus d'abonné à ce numéro, se disait-elle. Ou bien elle entendrait une voix étrangère au bout du fil – celle de la personne à qui l'on avait donné le numéro de Robert.

– Il n'y a plus d'abonné au numéro que vous avez demandé, lui dit le téléphoniste. Vous voulez le nouveau numéro?

– Oui, répondit Jenny.

– Oh! excusez-moi, je n'ai pas le droit de vous le donner. Il ne figure pas sur l'annuaire.

– Vous voulez dire que c'est un numéro de Langley, au nom de M. Robert Forester?

– Oui, c'est à Langley, mais il n'est pas inscrit.

– Merci.

Greg ne devait pas savoir que Robert était encore à Langley, pensa Jenny. Il l'avait appelée, deux semaines plus tôt, pour annoncer triomphalement que Robert avait quitté la ville; mais il devait se baser sur le fait que l'ancien numéro ne répondait plus. Peut-être le téléphoniste sur lequel Greg était tombé ne lui avait-il pas dit que Robert refusait son inscription sur l'annuaire.

Elle pouvait appeler Robert à son bureau, puisqu'il y travaillait probablement encore. Elle se coucha avec cette idée, sachant fort bien toutefois que, le jour venu, elle serait plus lucide et jugerait préférable de ne pas téléphoner.

Elle appela le lendemain matin à 11 heures, trouvant un prétexte pour s'absenter pendant la pause café (elles avaient une cafetière électrique dans le bureau, derrière le coffre). Elle eut deux personnes au bout du fil, un homme et une femme; enfin, on lui passa Robert.

– Allô! Robert. Comment allez-vous? demanda-t-elle.

– Oh! très bien, merci. Et vous, Jenny?

– Je ne savais pas que vous étiez encore en ville.

Elle rapprocha l'écouteur de son oreille : « J'ai appelé votre ancien numéro. »

Toutes les phrases enjouées et naturelles qu'elle avait préparées s'envolaient de son esprit.

– Oui, j'ai déménagé. Je me suis installé dans une maison.

– Tout va bien, vraiment?

– Oui, bien sûr. Mieux que la dernière fois lorsque nous nous sommes vus, je crois.

– Vous avez obtenu le divorce, maintenant?

– Oui, j'y suis arrivé.

– Robert, je suis navrée que Greg vous ait téléphoné. Il semble que je ne cesse de présenter des excuses pour Greg.

– Oh! cela fait longtemps, un mois déjà, n'est-ce pas? J'aurais simplement préféré qu'il n'appellât pas à New York.

– Je lui ai reproché d'avoir fait cela. Je ne l'ai plus revu... pas depuis le jour où il est arrivé à l'improviste au milieu de notre dîner.

Elle s'interrompit, voulant lui demander si maintenant, et puisqu'il était divorcé, ils pouvaient se voir. Elle se souvint de ce qu'il avait dit à son sujet : qu'il aimait la voir, l'observer à travers la fenêtre de sa cuisine. Elle éprouvait à son égard une impression voisine. Elle avait simplement envie de le voir.

– Je dois vous quitter maintenant, Jenny. Merci de m'avoir téléphoné.

On avait coupé sans qu'elle s'en aperçût. Elle se reprocha d'avoir gaffé en mentionnant son divorce : elle était censée n'être pas au courant. Cela avait gêné Robert, elle s'en était bien rendu compte. Et peu importait aussi, à Robert, qu'elle ait ou non revu Greg.

En quittant son travail, à 4 h 35 de l'après-midi, Jenny roula jusqu'à Langley. Le soleil se couchait. Il faisait déjà presque nuit. « Le personnel de la Langley Aeronautics sort à 17 heures », se disait Jenny, et elle savait qu'il serait presque impossible de repérer la voiture de Robert parmi des centaines d'autres, dans le parking. Mais il serait là, quelque part, peut-être à quatre cents mètres, peut-être aussi plus près. Le parking de la Langley Aeronautics ressemblait aux entrepôts de ces voitures d'occasion qu'elle avait dépassées sur la route, en venant. Il y avait même un agent pour régler la circulation à la sortie des grilles. Et il y avait au moins trois sorties. La voiture de Robert était une décapotable noire garnie de chromes sur les côtés de la capote, et il était difficile de rencontrer la même. Mais il y avait tellement de voitures! Elle conduisit lentement devant les sorties, jusqu'à ce qu'il ne restât plus qu'une vingtaine de voitures dans le parking. Elle ne vit pas l'auto de Robert. Finalement, elle rentra chez elle. Les Tesser l'avaient invitée à dîner pour 7 heures, et cette perspective ne l'enchantait guère. Les Tesser croyaient qu'elle avait mauvais moral à cause de sa rupture avec Greg – qu'ils ne comprenaient pas – et ils persistaient à la réconforter. Elle ne leur avait pas parlé de Robert, mais elle pouvait le faire ce soir. Il fallait qu'elle en parlât à quelqu'un.

Le téléphone sonnait lorsqu'elle ouvrit la porte. C'était Greg. On donnait un concert dans la salle de musique de Langley pour le Washington's Birthday (1). Il voulait l'emmener. Elle remercia et refusa.

– Cela va durer encore combien de temps, Jenny? Je t'ai laissée réfléchir pendant un mois maintenant. Qu'est-ce qui se passe? Tu continues à être entichée de ce M. Forester, ou quoi? Tu as l'intention d'aller le chercher à New York?

– Je veux seulement que tu me laisses seu-eule, Greg.

– Qui vois-tu? Susie? Ses copains?

– Non!

– Très bien, petite fille. Je t'aime, mais il y a des jours où je pense que tu aurais besoin d'une bonne fessée. Tu auras encore de mes nouvelles.

C'était un jeudi soir, et elle eut en effet de ses nouvelles, par une lettre, le samedi. C'était une lettre de quatre pages tapée à la machine, qui atteignait toute sa force d'expression à la quatrième page où Greg se plaignait à Jenny de la dureté de son cœur. Il soulignait qu'il avait fait preuve d'une patience exemplaire, dont peu d'hommes eussent été capables.

Le mardi suivant, tandis que pour la quatrième ou cinquième fois Jenny essayait d'apercevoir la voiture de Robert à la Langley Aeronautics, elle la découvrit enfin. En sortant du parking, Robert tourna en direction du nord. Six voitures les séparaient, mais elle vit la sienne prendre à gauche au bout de huit cents mètres. Cettre route conduisait directement de la ville à la campagne. Jenny restait à bonne distance et aucune voiture ne circulait entre eux. Elle voulait seulement regarder sa mai-

(1) Washington's Birthday : célébré chaque année le 22 février, fête légale sur tout le territoire des Etats-Unis, instituée en 1796 trois ans avant la mort du président George Washington. (*N.d.T.*)

son, savoir où il habitait. Les lumières rouges de ses feux arrière indiquèrent la droite, puis s'immobilisèrent. Les phares éclairaient une petite maison au toit pointu. Elle ralentit, Robert se dirigeait vers la maison en laissant les phares allumés. Elle arrivait maintenant au niveau de son allée, et ralentit encore dans l'espoir d'être vue et interpellée. C'était une courte allée.

– Jenny? appela-t-il.

Elle s'arrêta dans l'allée. Il se dirigeait vers elle et souriait, surpris, mais ne paraissait pas contrarié. Son expression était amicale.

– C'est donc vous? dit-il. Quelque chose ne va pas?

– Non.

– Eh bien... vous voulez descendre? Entrez.

Elle coupa le contact et le suivit. La porte d'entrée de la maison se trouvait du côté de l'allée. C'était une porte garnie de carreaux en forme de losanges dans sa partie supérieure. Les colonnes soutenant le toit de la petite véranda se dessinaient en spirales. Tout était noir et brun, d'après le peu que Jenny put apercevoir, car elle était absorbée par la présence de Robert, et ne trouvait rien à lui dire, pas une excuse, une boutade, rien.

Il alluma à l'intérieur.

– Entrez. Je suis à vous dans un instant.

Il ressortit pour aller éteindre les phares de sa voiture.

La pièce ressemblait à la grande salle d'un château médiéval. Sur la gauche, il y avait une cheminée haute de trois mètres, si bien qu'il était impossible de poser quoi que ce fût sur son manteau. Contre un mur, la couverture rouge d'un large lit créait une atmosphère de décor shakespearien. La chambre devait se trouver au-dessus, en terrasse, le living-room occupant pratiquement tout le rez-de-chaussée.

– Drôle d'endroit, n'est-ce pas? dit Robert en souriant. Il me plaît.

– On le dirait sorti d'un conte de fées.

Il alla jusqu'à la cheminée où le bois occupait une place ridiculement petite dans l'immense foyer. Il frotta une allumette près du papier, sous le bois, et ouvrit le tirage. Il alluma ensuite une lampe posée sur une table, au centre de la pièce, et éteignit la lumière du plafond. La table était couverte de dessins industriels, à la plume.

– Asseyez-vous. Vous voulez boire quelque chose?

Elle s'assit dans un fauteuil de cuir près de la cheminée.

– Dites donc, vous n'êtes pas très bavarde ce soir.

Il disparut par une porte qui conduisait dans une cuisine peinte en bleu.

Elle le suivit. La cuisine était petite, mais propre et nette. Il prit de la glace, versa plusieurs mesures de whisky dans les verres. Par deux fois il lui jeta un coup d'œil et se souvint du soir où elle l'avait fait entrer chez elle. Elle était – il faut bien l'admettre – un peu effrayée en le regardant. En ce moment il souriait, semblait heureux. Il lui tendit un verre et ils revinrent dans le living-room. Elle remarqua qu'il possédait maintenant un électrophone, sous lequel se trouvait un casier à disques.

– On dirait que vous êtes vraiment installé. Vous avez signé un bail? demanda-t-elle, se reprochant aussitôt d'avoir posé une question aussi banale.

Elle avala trois grandes gorgées de whisky.

– Oui, pour un an. Cent vingt-cinq dollars par mois, chauffage compris. Ce n'est pas mal, qu'en pensez-vous?

Il la regardait en souriant. Il était assis sur un coussin, près du feu.

– Il n'y a pas tellement de place, dit-elle, critique, levant les yeux vers la pente raide du plafond en forme de V renversé.

– Il ne m'en faut pas plus. Je suis content que vous soyez venue. C'est un peu isolé par ici. Ce n'est pas comme de vivre dans un appartement.

Il n'avait pas l'air isolé du tout, pensa-t-elle. Puis elle se souvint du divorce.

– Je suis désolée d'avoir fait allusion à votre divorce. Je n'ai su la nouvelle qu'à travers Greg.

Sou sourire s'effaça, puis revint.

– Cela n'a pas d'importance. Je suis content d'avoir divorcé. Et puis, je suis sûr que Nickie est plus heureuse, elle aussi. Ainsi donc, tout est pour le mieux. Comment va Greg? Vous l'avez vu?

– Je vous ai dit, repartit Jenny, que je ne l'ai plus revu depuis ce dimanche où nous sommes allés faire du ski.

– Oh!...

Il remit une autre bûche.

Jenny examina les livres posés sur des étagères, près de la cheminée. Ils avaient presque tous des couvertures neuves. Il y avait beaucoup de livres d'histoire et de biographies. Il lui prit le verre des mains.

– Vous en voulez un autre? Ou non?

– Oui, s'il vous plaît. Je veux bien.

L'alcool lui montait rapidement à la tête, la rendait distraite et mélancolique. Elle se sentait en mesure de dire, ou de faire une sottise quelconque, qui déplairait à Robert et lui ôterait toute envie de la revoir. Elle sentait que Robert était indisposé par son attitude de plus en plus apathique. Il lui proposa de dîner, car, disait-il, il avait un steak assez gros pour deux personnes. Il le ferait cuire sur le feu. Elle accepta. Elle se surprit alors, avec son esprit positif et prosaïque, à se demander si le steak serait dégelé ou non. Et l'instant d'après, elle s'aperçut que Robert, à genoux devant le feu, enveloppait des pommes de terre dans une feuille de papier, tandis que le steak – dégelé en effet – attendait sur un gril.

– Puis-je faire une salade? C'est ma spécialité.

Elle se leva en vacillant, consciente du sourire niais qui déformait son visage. Elle devait se comporter comme une gamine de seize ans et se détestait, à cause de cela.

Mais une fois dans la cuisine elle oublia un peu sa gaucherie en préparant l'assaisonnement dans un saladier de bois sombre. Il y avait de l'ail, de l'oignon et des herbes de toutes sortes. Robert avait noué sur elle un tablier en toile, semblable au tablier des menuisiers, et elle sentait encore le léger contact de sa main sur sa taille. Elle avait fait une salade compliquée et, tandis qu'elle la terminait, les pommes de terre et le steak étaient déjà cuits. Robert avait dressé la table dans un coin du living-room, bien qu'elle eût manifesté l'intention de le faire. Il y avait une bouteille de vin rouge, de cru français.

Pendant le repas, Robert parla de son travail, disant qu'il était possible qu'il aille à Philadelphie, où se trouvait l'usine principale de la Langley Aeronautics. Il travaillait à un projet visant à réunir en une seule deux pièces destinées à un moteur d'hélicoptère. C'étaient les dessins qu'elle avait vus sur son bureau. Il lui en montra un, et Jenny essaya de comprendre, mais elle le voyait tout en double. Il lui présenta alors, sans doute parce qu'elle manifestait si peu d'intérêt pour les dessins industriels, un album de croquis d'insectes. Le seul de ces derniers dont elle eût entendu parler était la mante religieuse. Sur les dessins de Robert, elle semblait terrifiante. Il expliqua que ces croquis étaient destinés à un livre, et qu'il allait les expédier à New York. Puis elle se vexa, car il cessait de l'entretenir de son travail pour lui demander si elle avait assisté au concert de Mozart et Stravinski, dans la salle de musique de Langley. Jenny répondit : non, sans ajouter que Greg l'avait invitée. Elle avait d'abord attaqué son steak avec appétit, mais soudain elle sentit qu'elle ne pourrait plus avaler une bouchée. Elle eut envie de pleurer sur sa salade.

– Robert, je vous aime, dit-elle, l'interrompant au beau milieu d'une phrase.

Il répondit par un bruit étouffé, quelque chose qui était entre le rire et l'exclamation de surprise. Elle se trouva, sans savoir comment, assise sur le lit rouge, calée par une pile de coussins. Robert disait d'un ton uniforme : « ... un peu de café. Voilà. C'est un express bien tassé. Je n'aurais pas dû vous donner ce second whisky. Mais vous n'en aviez pas pris beaucoup. Vous vous sentirez mieux dans une minute. »

Des mots, une foule de mots lui traversaient l'esprit : elle ne pouvait en articuler aucun.

Robert arpentait la pièce, une cigarette aux lèvres, s'arrêtant devant le guéridon pour boire une gorgée de café. Elle pensait : « Nous sommes mariés et nous habitons ici, nous avons l'habitude de coucher dans le même lit et tous les soirs il vient me rejoindre. » Elle regardait sa silhouette faire demi-tour, encore et encore. La moquette étouffait le bruit de ses pas. Il évitait de la regarder. Il jeta son mégot dans la cheminée. Ses yeux se fermèrent sur la forme blanche et mouvante de sa chemise, et elle s'endormit. Une légère pression, contre son épaule, la réveilla. Il avait posé sur elle un châle écossais et se tenait assis tout près, sur le sofa.

– Vous vous sentez mieux ? Il n'est que 11 heures et demie. J'ai pensé que vous voudriez peut-être rentrer chez vous.

– Je ne veux pas rentrer chez moi.

– Oh... bien... dormez ici. Il n'y a pas de draps, mais je vais en apporter.

Puis il parut embarrassé, se dirigea d'un pas hésitant vers la chaise sur laquelle il avait retourné un livre ouvert. Il ferma le livre et le posa sur une table. Le feu était un lit de tisons rouge orangé. Robert se tourna vers elle comme s'il s'attendait à ce qu'elle changeât d'avis, espérant peut-être qu'elle se réveillerait complètement et déclarerait, qu'après tout, elle allait partir.

– Vous avez un pyjama ? demanda-t-elle.

– Je pense. Mais il sera trop grand.

Elle prit une douche, lava machinalement ses bas et les suspendit sur la tringle, puis se frotta les dents, d'un doigt, avec un peu de dentifrice. Elle voulait emprunter l'une des brosses à dents, mais n'osa pas. La honte de s'être invitée ainsi se transformait en quelque chose de plus : une volonté de poursuivre cet acte audacieux jusqu'au bout, afin qu'il devînt un souvenir qu'elle ne pourrait plus tard retrouver sans frémir. Lorsqu'elle sortit de la salle de bains, Robert, en robe de chambre et pyjama, lui tendit un verre de lait.

– J'ai pensé que vous en auriez envie, dit-il.

– Non merci. Je préférerais un autre verre de vin.

Il alla le chercher, dans la cuisine. Elle le regardait verser du vin dans l'un de ces verres à pied qui avaient servi au repas. La cuisine était remise en ordre. Il avait fait la vaisselle. Elle posa le verre sur le guéridon qu'il avait poussé près du lit, entra dans les draps et but à petites gorgées. Robert mit un autre morceau de bois sur les braises.

– Vous aurez assez chaud, j'espère, mais cela fait joli, dit-il. A quelle heure voulez-vous vous lever?

– A 7 heures et demie.

– Parfait. C'est mon heure aussi. Bonne nuit, Jenny.

– Bonne nuit.

Il resta debout à la regarder, la tête légèrement penchée, le visage souriant, les mains dans les poches de sa robe de chambre. Jenny se sentait parfaitement heureuse. Peu importait qu'il voulût l'embrasser ou non. Il lui suffisait de se trouver dans un lit, chez lui, de dormir sous le même toit, respirer le même air. Elle était couchée sur le ventre, la joue appuyée sur une main, et voulait ouvrir les yeux pour le voir encore une fois, debout dans sa robe de chambre à rayures bleues. Lorsqu'elle rouvrit en effet les yeux, il faisait noir et il avait disparu. Seule une faible lueur lui parvenait du premier étage. Elle eut l'impression que cinq minutes seulement s'étaient écoulées. Mais le temps n'existait plus. Elle pouvait aussi bien rester éveillée toute la nuit ou dormir. Les deux perspectives lui souriaient. Le jour, la nuit, rien ne comptait plus, que le sentiment d'exister. C'est cela qu'on appelle l'éternité.

Lorsque Greg remarqua, à 1 heure du matin, que la voiture de Jenny n'était pas là et que la maison restait sans éclairage, il rentra dans son appartement d'Humbert Corners et attendit jusqu'à 2 heures moins 20, puis retourna là-bas. Rien. La voiture n'était pas, non plus, devant la maison de Susie Escham. Il avait déjà jeté un coup d'œil chez Susie à 21 heures, puis à minuit. La première idée de Greg fut que Jenny était allée à New York voir Robert Forester. Ou en quelque autre endroit : il lui avait fixé un rendez-vous. A moins qu'elle n'ait passé la nuit chez les Tesser ? Mais c'était peu probable. Elle ne l'avait jamais fait jusqu'à présent, pour autant que Greg sût. Il appela Susie à 2 heures. C'était une heure indue, mais il voulait faire partager à Susie son émotion. Elle sympathisait avec lui et prenait toujours son parti.

— Non, je ne l'ai pas vue, dit Susie à voix basse, car ses parents dormaient et le téléphone était dans l'entrée.

— J'ai l'impression qu'elle est avec Robert. Quoi d'autre ? Même le cinéma se termine à 11 heures et demie à Langley. Elle n'est jamais rentrée si tard en semaine.

— Je croyais que Robert était reparti à New York.

– New York n'est qu'à deux heures d'ici, de toute façon.

– Et les Tesser?

– Je n'ose pas les appeler pour savoir.

– Vous voulez que je le fasse?

– Heu... eu... non merci, Susie, dit Greg d'un ton malheureux.

– Mon Dieu, Greg, je voudrais pouvoir vous aider. Vous l'aimez, vraiment, n'est-ce pas?

– Oh! oui, certainement.

Trois minutes plus tard, il avait au bout du fil l'ex-Mme Forester, à New York. Il apprit que Robert était encore à Langley et qu'il travaillait toujours pour la Langley Aeronautics.

– Il m'avait affirmé qu'il quitterait la ville, dit Greg. Vous a-t-il dit qu'il restait à Langley?

– Non, mais je le pense. Il était à New York il y a quelques semaines pour signer les papiers du divorce, je ne l'ai pas vu. Mon avoué ne m'a pas parlé de ses projets de déménagement, dit-elle d'un ton langoureux.

Elle avait déclaré qu'elle était déjà couchée mais que cela ne faisait rien.

– Vous ne savez pas où il habite, à Langley? Il a changé de téléphone et on ne veut pas donner son nouveau numéro.

– Je n'en ai pas la moindre idée et je m'en moque éperdument, dit-elle en soufflant de la fumée dans l'appareil. Mais l'histoire m'intéresse. Cela ressemble bien à Robert de s'empêtrer dans une lamentable aventure sentimentale.

– Enfin, j'espère que cela n'a pas été si loin. J'aime cette jeune fille. Et si je mets la main sur ce type... Je connais Jenny, elle s'est entichée de lui et... je ne sais comment dire, mais c'est une enfant si romantique. Quand elle s'est mis quelque chose en tête...

– C'est un fou. Elle ferait mieux de faire attention.

– C'est ce que vous m'avez dit. C'est pourquoi je suis inquiet. Et, le sachant à Langley...

– Ecoutez, Greg, tenez-moi au courant, voulez-vous ? Si je peux vous venir en aide, je serai heureuse de le faire. D'accord ?

Greg se sentit rassuré par cette conversation. Il découvrait en l'ex-Mme Forester une alliée, et la meilleure source d'informations sur Robert. La première fois qu'il avait téléphoné, elle lui avait demandé de l'appeler Nickie. Nickie Jurgen maintenant. Elle s'était remariée. Greg prévoyait qu'il lui faudrait mener un rude combat pour reprendre Jenny, mais il était sûr de gagner – qu'elle fût ou non avec Forester cette nuit. Il ouvrit la radio, alluma une cigarette et retira ses chaussures. Y avait-il une équipe de nuit à la Langley Aeronautics ? Cela valait la peine d'essayer. Il regarda le numéro dans l'annuaire et appela. Il n'y eut pas de réponse. Il retéléphonerait demain matin pour demander l'adresse de Forester. Si on refusait de la lui donner, il trouverait bien d'autres moyens : le teinturier par exemple, ou le service de livraison du lait, qui devaient savoir où il habitait. Greg se leva du lit en frottant son robuste poing droit. Un bon direct dans la mâchoire pourrait aider Robert à abandonner ses projets. Cela lui avait réussi autrefois – pas vraiment réussi, il devait l'admettre, avec les deux filles de Philadelphie – mais il avait éprouvé une profonde satisfaction en assommant ses deux rivaux.

Greg régla l'aiguille du poste sur la bonne station, puis se déshabilla. Son armoire était trop petite, ce qui n'avait cessé de l'irriter depuis dix mois qu'il vivait ici. Récemment encore, chaque fois qu'il suspendait son habit à un cintre et le comprimait avec les autres, il pensait que, dans quelques semaines, il habiterait avec Jenny dans la maison de Trenton qui avait de grands placards dans toutes les pièces, y compris la cuisine. Ce soir, il n'était plus si sûr d'habiter là-bas, ce qui le rendait furieux. Qu'un imbécile, un cinglé comme Robert Forester puisse bouleverser sa vie, c'était trop. Presque chaque soir, il passait devant la maison de Jenny pour voir si la voiture était là. D'abord, il avait pensé que Jenny était chez les Tesser, ou avec Rita, car elle était rentrée avant minuit. Maintenant il se persuadait qu'elle avait passé ces soirées, ou des nuits, en compagnie de Forester.

A 9 heures et demie le lendemain matin, Greg téléphona à la Langley Aeronautics, d'un restaurant situé au bord de la route, à soixante kilomètres de Langley. La standardiste lui répondit, d'une voix calme, qu'on ne donnait pas les adresses des employés. Il rappela d'un autre endroit, une demi-heure plus tard, et demanda à parler à Robert Forester. Il fallut au moins trois minutes pour le joindre, Greg n'ayant pu indiquer à quel poste il se trouvait. Enfin, il entendit la voix de Robert :

— Allô !

— Ici Greg Wyncoop. Je voudrais vous voir ce soir après votre travail.

— A quel sujet ?

— Je vous le dirai quand je vous verrai. A quelle heure sortez-vous ?

— Je sors à 17 heures. Mais je n'ai pas le temps aujourd'hui.

— Ce ne sera pas long, monsieur Forester. Rendez-vous à 17 heures. D'accord ?

— Entendu.

Greg était là à 17 heures, et lorsqu'il voulut pénétrer par une grille d'où les voitures sortaient déjà, un gardien l'arrêta pour lui demander son laissez-passer. Greg dit qu'il avait rendez-vous avec l'un des employés. On l'invita à se garer dans un parking spécial, près du bâtiment principal portant le panonceau : « LIVRAISONS – INTERDIT AUX VOITURES DU PERSONNEL. » Il ébaucha un sourire. L'usine était dirigée comme une organisation ultra-secrète, alors qu'on y construisait seulement des pièces détachées pour de ridicules petits avions privés. Greg quitta sa voiture et fit le tour du parking, à la recherche de Robert. Il surveilla aussi les autos qui passaient sur la route, pensant qu'il pourrait peut-être apercevoir la Volkswagen bleue de Jenny. Pourquoi Forester n'était-il pas libre, aujourd'hui? Greg jeta sa cigarette à l'approche de Robert, qui tenait un rouleau de papier à la main.

– Salut, fit Greg avec un bref hochement de tête.

– Bonsoir.

– Je suppose que vous savez pourquoi je veux vous voir.

– Pas exactement, dit Robert.

– Etiez-vous avec Jenny la nuit dernière? Je devrais dire : était-elle avec vous?

Robert tenait le rouleau de papier, légèrement, des deux mains.

– Je vous suggère de demander à Jenny.

– C'est vous que j'interroge. Où habitez-vous, monsieur Forester?

– Pourquoi voulez-vous le savoir?

– Il y a d'autres moyens de le découvrir. Dites-moi seulement, étiez-vous avec elle la nuit dernière?

– Je pense que c'est l'affaire de Jenny ou la mienne.

– Oh! vraiment! Je considère que nous sommes encore fiancés, monsieur Forester. L'avez-vous oublié? En janvier, vous avez annoncé que vous n'aviez aucune « intention » à l'égard de Jenny. Est-ce toujours vrai?

– C'est toujours vrai.

Le calme de Robert rendit Greg encore plus furieux. Cet homme n'était pas naturel. Il se souvint de ce qu'avait dit son ex-femme : « Il n'est pas normal. »

– Monsieur Forester, je ne pense pas que vous soyez un compagnon souhaitable pour aucune fille, sans parler de la mienne. Je vous avertis. Ne la voyez plus et n'essayez pas de la revoir. Compris?

– J'ai compris, dit Robert, mais sur un ton si tranquille que Greg n'en retira aucune satisfaction.

– C'est un avertissement. Je vous casserai la figure si vous touchez à Jenny.

– Entendu, répondit Robert.

Greg fit demi-tour et s'éloigna à grandes enjambées. Son sang bouillait de colère. Il n'avait pas vu sur le visage de Forester la peur qu'il espérait y lire, mais il s'estimait vainqueur du premier round. Il était allé droit au but. Greg se retourna, saisi d'une inspiration subite, et chercha des yeux le pardessus foncé de Robert, mais ne le vit pas. Tant pis, il en avait assez dit. Il essaya alors d'apercevoir la voiture. Il se rappela que c'était une décapotable noire à deux portières. Il pensa qu'il pourrait la suivre pour découvrir où habitait Robert, mais il y avait tant de ces maudites voitures qu'il ne put la repérer.

Greg se rendit alors jusqu'à la maison de Jenny. Il était 18 heures moins le quart et la voiture n'était toujours pas là. Jenny rentrait généralement vers 17 heures ou 17 heures et demie. Il retourna à Langley : c'était sans espoir pour cette fois, mais il ne serait pas tranquille s'il rentrait chez lui en ayant fait si peu. Il s'arrêta chez un teinturier. On n'y connaissait ni Forester ni son adresse.

– Un colis, dit-il. Je dois lui remettre un colis.

– Le bureau de poste pourrait vous renseigner, mais c'est fermé maintenant.

L'unique pharmacie que Greg aperçut était également fermée. Il avait fait vingt-cinq kilomètres pour rien. Avec le retour, cela en faisait cinquante. Tant pis, il s'informerait demain.

Le lendemain matin, Greg se trouvait à la poste de Langley, dès l'ouverture. Il dit qu'il avait un colis à remettre à Robert Forester et on lui donna l'adresse : Boîte postale 94, R.D.I. C'était sur la route de Gursetter, à trois kilomètres environ de la ville. L'employé lui indiqua le moyen d'y parvenir.

Greg était déjà en retard à un rendez-vous, mais il fit un détour, rien que pour voir la maison de Forester.

Il regarda attentivement les boîtes à lettres le long de la route, et finalement aperçut le nom de Forester dessiné à la peinture blanche sur l'une d'elles.

C'était une maison d'aspect ridicule, surmontée d'un toit pointu. Tout à fait le genre de maison que pouvait choisir un original, pensa Greg. Elle avait, en outre, un air sinistre. Greg arrêta sa voiture, jeta un coup d'œil à la ronde et, ne voyant personne, descendit pour regarder à travers la vitre de la porte d'entrée. L'endroit lui donnait des frissons. On aurait dit un donjon ou la salle d'un ancien château. Il se dirigea vers une autre fenêtre, à travers laquelle il aperçut la cuisine, et soudain s'émut à la vue d'un objet posé sur le rebord : c'était l'une des plantes vertes de Jenny. Il reconnaissait le pot et la plante, il n'y avait pas d'erreur possible. C'était celle qu'elle appelait « langues de belle-mère », et dont le pot était en verre blanc, avec des anses. Greg regagna sa voiture et se hâta de faire marche arrière dans l'allée, pour se rendre à son rendez-vous.

A 18 heures très précises – il avait attendu exprès – Greg passa de nouveau devant la maison de Forester. La voiture de Jenny s'y trouvait, et celle de Robert. Elle passait ses nuits ici, cela crevait les yeux. Ce pouvait être aussi bien la septième ou la dixième fois. Il les imaginait riant et bavardant, décidant du menu. Jenny préparait une de ses fameuses salades, et puis... Greg n'en pouvait supporter plus.

Il s'arrêta dans un café en bordure de la route. Trois clients penchés sur leur bière regardaient la télévision. Il commanda un rhum, non qu'il en eût envie, mais la sonorité du mot allait bien à son humeur du moment. *Rhum*. Il avala son verre d'un trait, paya et fit de la monnaie pour téléphoner à New York.

Le téléphone de Nickie Jurgen resta sans réponse.

Greg entra dans son appartement. Il essaya d'avoir New York, toute la soirée. Ce ne fut qu'à minuit dix qu'il obtint une réponse. Il entendit une voix d'homme au bout du fil et demanda madame Jurgen.

– Allô! Greg, dit Nickie. Comment allez-vous?

– Heu... pas trop bien, répondit Greg, bien qu'il se sentît déjà mieux en entendant ce ton amical. Je crois... je pense que... enfin, mes craintes ne sont que trop confirmées, comme on dit.

– C'est-à-dire?

– Hé bien, ma... ma fiancée... il semble bien qu'elle passe toutes ses nuits avec Robert, maintenant.

– Comment? Que dites-vous? Mais c'est horrible.

Nickie n'aurait pu témoigner mieux sa sympathie. Elle demanda l'adresse de Robert et la nota. Elle conseillait à Greg de « reprendre Jenny en main » et l'avertit à nouveau que la conduite de Robert ne pouvait être qu'excentrique, sinon dangereuse.

– Je suis sûre que cela ne va pas durer, dit Nickie, à moins que votre fiancée n'ait elle-même perdu la tête, ce que je ne crois pas. N'importe quelle fille comprend vite.

– Vous croyez qu'il peut lui faire du mal? s'inquiéta Greg, soudain alarmé.

– On ne peut pas dire.

– Je l'ai prévenu de ne pas la toucher. Je lui ai parlé l'autre jour, et le soir même il la revoyait.

– Je comprends ce que vous ressentez. Robert agit toujours ainsi. Il a une aventure avec une femme, de préférence jeune et innocente, puis la laisse tomber quand il en a assez, généralement au bout de six semaines ou moins. C'est la première

112

fois qu'il m'est donné de parler à l'un des malheureux...

— Salaud, marmonna Greg. J'irai voir Jenny demain et je lui parlerai. Elle refusait de me voir, dernièrement, et elle était dans un tel état que je ne voulais pas la contrarier, mais je m'aperçois qu'il n'y a pas d'autre moyen.

— Ramenez-la avec *vous*.

Greg essaya de plaisanter.

— Ouais, c'est cela. Je voudrais trouver un moyen de le chasser définitivement de la ville. Jusqu'à quel point est-il détraqué, au juste ? A-t-il déjà dû se faire soigner par un psychiatre, ou quelqu'un comme ça ?

— Oh ! oui. Au moins deux fois. Il fait partie de ces gens qui ne sont pas assez fous pour qu'on les enferme, mais qui le sont assez pour troubler la vie des autres. Pourquoi ne le menacez-vous pas de lui casser la figure ? Il est terriblement froussard et vous m'avez tout juste l'air d'être le contraire.

— Vous avez raison. D'accord, je vais y penser, mais je veux d'abord essayer de voir Jenny.

— Bonne chance, Greg.

Greg avait l'intention de voir Jenny le lendemain matin samedi, ou, si elle n'était pas là le matin, l'après-midi. Mais elle ne rentra pas de toute la journée, ni le soir. Sa voiture était devant la maison de Forester. Elle aurait pu, tout aussi bien, vivre avec lui. Mais Greg ne se décidait pas à cogner contre la porte.

Elle n'était pas non plus chez elle le dimanche. Si elle était passée pour changer de vêtements et arroser ses plantes, avant d'aller au travail, le lundi matin, alors Greg l'avait manquée.

Dès que Jenny eut franchi le seuil de sa porte, le lundi soir, Robert comprit qu'il s'était passé quelque chose avec Greg.

– Je viens de le voir, dit-elle en laissant glisser son portefeuille et un sac en papier sur la chaise, près de la porte.

– Chez vous?

Il savait qu'elle était passée chez elle, après son travail, pour prendre quelque chose.

– Il est venu à 17 heures et demie. Il a téléphoné encore une fois à votre femme. Elle lui a dit que vous étiez un malade mental.

Robert émit un grognement.

– Jenny, que voulez-vous que j'y fasse? D'ailleurs, ne l'oubliez pas, elle n'est plus ma femme.

– Pourquoi ne nous laissent-ils pas tranquilles? demanda Jenny comme si elle attendait une réponse.

– Qu'a-t-il dit encore?

Jenny s'assit sur le divan rouge, les épaules affaissées, les mains posées mollement sur ses genoux :

– Que vous en auriez assez de moi au bout de quinze jours. C'est ce qu'a dit votre femme. Mon Dieu, est-ce trop demander que de vouloir préserver son... *intimité*?

– Enfin, Jenny, réfléchissez. Que croyez-vous que Greg pense... sachant que vous êtes restée quatre ou cinq nuits ici? Que nous passons les nuits comme deux moines, moi en haut et vous en bas?

– Cette idée de m'espionner pour découvrir ma voiture! Il m'a dit qu'il avait enquêté auprès du bureau de poste pour savoir où vous habitiez.

– C'est ainsi... les gens aiment mettre leur nez dans les affaires des autres.

Robert prit une cigarette dans la boîte, sur le guéridon.

– Mais est-ce que ça les regarde?

Il la dévisagea.

– Je suppose qu'il a dit également à Nickie que vous aviez passé plusieurs nuits ici?

– Oh! bien sûr, dit Jenny.

Elle le considérait d'un air surpris, et il sut qu'elle pouvait lire ses pensées sur son visage.

– Non, ça ne les regarde pas, répondit-il. Et surtout pas Nickie.

Elle se leva pour prendre une cigarette. Elle était soucieuse, les yeux rivés au sol. On aurait dit un enfant privé d'un plaisir innocent et sans danger. Vendredi soir, lorsqu'ils avaient dîné ensemble pour la seconde fois, elle avait déclaré : « Robert, puis-je passer le week-end avec vous? Je ferai la cuisine... et je ne vous dérangerai pas, si vous voulez travailler. »

S'il avait refusé, le week-end de Jenny se serait étiré tristement : il le savait. Et il n'avait trouvé aucune raison valable pour dire non. Il était libre, et s'il voulait inviter une jeune fille pour le week-end, n'était-ce pas son droit? Les menaces de Greg, dont il n'avait dit mot à Jenny, l'avaient irrité. Il avait le sentiment que, s'il disait à Jenny de ne pas rester, ce serait une façon de céder à Greg. Et pourtant, durant le week-end, il avait souhaité une ou deux fois se retrouver seul pour quelques heures, non qu'elle l'eût ennuyé, mais il prévoyait qu'elle s'attacherait de plus en plus à lui. C'était le genre de fille qui vit pour l'homme qu'elle aime, et il regrettait d'avoir accepté. Il regrettait aussi de l'avoir laissée venir encore une fois ce soir, et dîner, simplement parce qu'elle considérait cela comme un fait acquis. Il se souvint du samedi soir, après le repas, lorsqu'elle s'était allongée sur le lit rouge et qu'il s'était assis dans le fauteuil, tandis que le feu mourait doucement dans la cheminée, toutes lumières éteintes comme elle l'avait souhaité. Elle était couchée sur le dos et déclarait, levant les yeux au plafond : « Je suis si heureuse en ce moment qu'il me serait égal de mourir. »

– Croyez-vous que vous pourrez m'aimer un jour, Robert ? demanda-t-elle.

« Je l'aime maintenant », se dit-il. Mais pas de la façon dont on aime généralement. Ce n'était pas ainsi qu'il avait aimé – qu'il avait été amoureux de Nickie, par exemple.

– Je ne sais pas, Jenny. Je pourrais peut-être. Je ne veux rien vous promettre.

Ils se turent quelques secondes.

– Vous avez peur des promesses ? Des mots ? demanda-t-elle.

– Oui. Ils ne changent rien aux sentiments... J'ai peur des promesses qu'on ne tient pas. Si deux personnes s'aiment, ce ne sont pas des mots qui les feront s'aimer plus – ou changeront quoi que ce soit.

Il pensait à Nickie. Comme tout s'était écroulé malgré les paroles et les promesses échangées ! « Si je vous aimais en ce moment, je ne vous le dirais pas. Je ne vous promets pas de vous aimer. Mais si cela m'arrivait et que je le cache, la réalité n'en serait pas transformée. Les choses arrivent quand elles doivent arriver. »

Elle resta immobile.

– Je vous aime, Robert, et je ne me soucie de rien d'autre. Je voudrais seulement connaître vos sentiments à mon égard.

– Heu... j'aime être avec vous. Votre présence est très agréable, même lorsque je travaille. Vous me rendez plus heureux.

Il ne pouvait en dire davantage.

– Et quoi encore?

– Mais cela ne peut durer ainsi, Jenny. Vous ne pouvez rester toutes les nuits... les gens parlent. Si ce n'est Greg, ce seront mes voisins, les Kolbe. Ils savent que je ne suis pas marié. Ils vont voir votre voiture, et ils s'apercevront que vous êtes une charmante jeune fille de vingt-trois ans. Il y a aussi vos amis les Tesser, etc. Une fois que les ragots commencent... Nous ne devrions pas nous voir tous les soirs, Jenny. Vous ne voyiez pas Greg tous les soirs, je pense?

– Je n'étais pas amoureuse de Greg, fit-elle, d'un ton catégorique.

La cendre de sa cigarette tomba par terre et, l'ayant remarqué, elle se pencha au-dessus de la table basse pour éteindre sa cigarette.

Robert observait sa silhouette et sa longue taille enserrée dans un tailleur noir à veste courte. Même en chaussures plates – car elle se trouvait trop grande – elle était gracieuse, voire belle. Elle avait mis ce tailleur noir vendredi, disant qu'il était vieux de quatre ans, mais Robert avait déclaré qu'il lui plaisait. C'est pour cela qu'elle l'avait remis.

– Bien, il vaut mieux que je ne vous voie pas tous les soirs, convint-elle tristement, et je ne viendrai pas quand vous aurez envie de rester seul. Mais ce n'est pas à cause de Greg que je ne vous verrai pas. C'est seulement parce que nous en aurons décidé ainsi. Par exemple, si vous préférez, je ne viendrai pas demain soir. Je viendrai mercredi.

Robert sourit.

– D'accord.

Elle ne lui rendit pas son sourire.

– Vous voulez sortir, dîner quelque part? demanda-t-il.

– J'ai fait la soupe, vous l'oubliez!

Elle alla prendre le sac en papier, sur la chaise.

En effet, il avait oublié la soupe. Elle était allée chez elle la veille au soir, pour la préparer, car tous les ingrédients étaient là-bas, puis elle était revenue chez lui. Maintenant elle s'occupait de leur dîner, dans la cuisine – soupe de poireaux et pommes de terre et une énorme salade verte – comme s'ils étaient mariés depuis un an.

Il prit une carte postale sur son bureau.

– Vous voulez voir l'oiseau-au-ventre-jaune-qui-suce-son-pouce?

Il entra dans la cuisine.

– Le quoi?

Son visage s'était déridé. Elle prit la carte postale et la regarda, en souriant.

– Où avez-vous déniché cet oiseau-là?

– Oh! il se pose tout le temps sur le rebord de ma fenêtre. En voilà un autre, l'oiseau-corde-à-linge. Il fait : « Ah-iii! Ah-iii! » comme une poulie rouillée sur une corde à linge.

Robert avait dessiné deux oiseaux manœuvrant une corde à linge, avec de petits pantalons et de petites chemises.

– Je connais cet oiseau, dit Jenny. Je l'ai déjà entendu, mais je ne l'ai jamais vu.

Il rit. Jenny prenait ces oiseaux au sérieux, comme s'ils avaient existé.

– Vous en avez d'autres? demanda-t-elle.

– Non, mais j'en ferai d'autres. Est-ce que cette soupe devrait bouillir?

– Ooooh, non!

Elle éteignit le gaz et retira la marmite : Je crois que c'est prêt... dès que j'aurai mis la table.

– Je vais la mettre.

Jenny reprit trois fois de la salade. Quant à Robert, il fit honneur à la soupe, qu'il accompagna de tranches de pain bis beurrées. Ils burent café et cognac près du feu. Jenny se renversa en arrière dans son fauteuil, silencieuse et pensive, et Robert contempla son fin visage environné d'ombres, le noir de son tailleur et l'obscurité de la pièce. Etait-elle heureuse, était-elle triste? Saisi d'une impulsion subite, il se leva, effleura son épaule et l'embrassa sur la joue.

– Je suis désolé d'avoir l'air maussade ce soir, dit-il.

Elle leva vers lui un regard pénétrant et sérieux.

– Vous n'êtes pas maussade. Peut-être le suis-je ?

Elle était restée immobile, ses mains n'avaient pas quitté les bras du fauteuil. Et c'était aussi bien ainsi, pensa Robert, car il regrettait de l'avoir embrassée, même si son baiser avait été des plus fraternels. Mais elle ne le quittait plus des yeux. Il jeta sa cigarette dans le feu et se mit à débarrasser la table. Puis il lava les quelques assiettes, mais Jenny le repoussa gentiment. Elle passa un tablier et fit elle-même la vaisselle, avec soin, sans mouiller les manches de son tailleur. Robert essuyait la vaisselle au fur et à mesure qu'elle la posait sur l'égouttoir. Il se sentait heureux, en paix avec le monde. Greg lui paraissait sans importance, et même un peu ridicule. Il n'avait pas plus d'importance que Jenny voulait bien lui en accorder. Or, Jenny l'éliminait tout simplement de sa vie, et voilà. Au fond, ils étaient libres tous les deux, lui et Jenny. Il regardait ses doux cheveux qui retombaient de chaque côté de son visage. Une mèche s'était échappée de la barrette, derrière l'oreille, et il eut envie de l'embrasser sur la joue, encore une fois. Elle essuyait l'évier. Puis elle se redressa, dénoua son tablier, le posa et ouvrit les bras à Robert. Leurs lèvres se touchèrent, se joignirent et, au contact de sa langue contre la sienne, il ressentit comme une secousse électrique. Il enlaça son corps tiède et étrange, plus long et plus svelte que celui de Nickie, au parfum différent. La première fille qu'il tenait dans ses bras depuis Nickie. Puis il relâcha son étreinte et se dirigea vers le living-room. Il sentait le regard de Jenny posé sur lui. Il s'arrêta un instant devant la cheminée, alla brusquement vers l'électro-phone et mit un disque, le premier qu'il trouva.

Il ne désirait pas qu'elle couchât chez lui ce soir, mais il savait qu'elle se croirait autorisée à le faire, sans même le lui demander, et il était impossible de dire : « Jenny, étant donné notre conversation de tout à l'heure... » Et, qui pis est, il aurait pu tout aussi bien coucher avec elle, lui demander sans ambages de le rejoindre dans sa chambre. Cela aurait semblé si naturel, si normal, si évident aux yeux de tout le monde. Mais ce pouvait être également déloyal. S'ils couchaient ensemble ce soir, il pouvait ne plus jamais avoir envie de recommencer. Elle serait peut-être déçue – qui sait quelles chimè-res, quel idéal irréalisable elle caressait ? – ou bien elle voudrait que cela se reproduise « tous les soirs », comme elle l'avait dit, dimanche, en parlant de leurs rendez-vous. Robert ne voulait pas com-mencer. Demain elle ne serait pas là, et ce serait le début d'un espacement de ces relations qui, jamais, n'auraient dû exister.

Il la contemplait, les poings crispés dans les poches de sa robe de chambre, prenant la même attitude que la première nuit où elle avait couché ici. Elle s'était glissée dans le lit après sa douche avec l'air docile d'une enfant obéissante, mais main-tenant, elle levait vers lui un regard interrogateur et attentif.

– Bonne nuit, Jenny.

Elle sourit doucement, comme s'il l'amusait.

– Pas de baiser sur le front ? Pas de baiser sur la joue ?

Il rit et pivota pour aller chercher une cigarette.

– Non.

Il trouva la cigarette, l'alluma et commença de monter les marches qui conduisaient à sa chambre. Puis il s'arrêta, se retourna pour dire un dernier « Bonsoir », mais avant qu'il ait pu parler, elle l'appela par son nom.

– Je veux..., commença-t-elle, puis elle s'interrompit un long moment.

Les mains derrière la tête, les yeux clos, elle s'agitait, comme si elle eût été en proie à quelque douleur. Puis elle rouvrit les yeux et prononça :

– Je suis si heu-eureuse, Robert. Que puis-je faire pour vous?

– Je ne vois rien. Merci.

– Rien? Pas même vous tricoter un pull-over?

Il secouait la tête.

– Ah! oui, il y a une chose. Si vous connaissez un médecin qui puisse vous prescrire des somnifères pour moi, je préfère le Séconal.

– Oh! bien sûr. C'est fa-acile.

– J'ai été trop paresseux pour chercher un docteur. Merci, Jenny. Bonne nuit, maintenant.

– Bonne nuit.

Il grimpa les marches, se coucha, éteignit aussitôt la lumière. La lampe de Jenny resta encore allumée pendant une demi-heure. Robert avait avalé deux comprimés du léger somnifère qu'il avait acheté dans une pharmacie, sans ordonnance, mais il aurait pu aussi bien prendre des *placebos*. C'était une de ces nuits où il avait besoin de quelque chose de fort.

Robert passa le mardi soir à travailler sur le projet de pièce détachée cylindrique – pas encore baptisée – auquel il essayait de donner une forme réalisable pour la Langley Aeronautics. L'usine possédait la matrice d'une pièce semblable, un des organes de transmission standard qui entrent dans la construction de tous les hélicoptères. Les matrices étant onéreuses, M. Jaffe et M. Gérard, respectivement patron de Robert et président de la compagnie, voulaient qu'il donnât à la pièce une forme adaptable à la matrice existante, même si les deux cylindres étaient destinés à un usage tout à fait différent. Le projet de Robert, s'il parvenait à le réaliser, supprimerait deux pièces pour en réunir trois en une, économisant ainsi la dépense de deux matrices. Mais Gérard ne semblait guère impressionné. La compagnie n'était pas disposée à une avance d'argent en vue de l'essai d'une nouvelle matrice. Ou peut-être voulait-on, simplement, mettre son ingéniosité à l'épreuve, voir s'il était capable de réaliser un tel projet. Cette attitude était assez irritante. Mais le travail prenait ainsi le caractère de défi, énigme ou jeu dont il pensait trouver la clé, pour peu qu'il s'y attachât sérieusement. Robert comparait ses dessins à ceux de la matrice, et se trouvait ramené, chaque fois, dans la même impasse. Quelle importance tout cela avait-il, au fond ?

Se souciait-il vraiment d'améliorer les hélicoptères de la Langley Aeronautics? Ou d'obtenir une augmentation de salaire? Non. C'était simplement une idée qui lui était venue l'autre jour en voyant la coupe d'un hélicoptère. La voix de Nickie résonnait dans ses oreilles : « *Tu n'as pas d'ambition.* » Elle avait, sans conteste, raison. Il s'était laissé entraîner dans le dessin industriel au cours de sa dernière année d'études. Il avait une formation d'ingénieur et aurait pu se diriger vers une tout autre branche. Mais rien ne l'attirait en particulier. Robert supposait que c'était là un défaut, une carence. Peut-être, un jour, se passionnerait-il pour une matière qui réclamerait des années d'études. On a vu des hommes attendre trente ans, et plus, pour découvrir leur véritable vocation – ou du moins leur spécialité.

Il releva la tête lorsque la sonnerie du téléphone retentit, cligna des yeux et regarda sa montre. 22 h 35. « Jenny qui téléphone pour me souhaiter bonsoir », pensa-t-il. Il ne lui avait pas parlé de toute la soirée.

– Allô! dit-il.

– Tu en fais des mystères avec ton numéro de téléphone, chéri! résonna la voix de Nickie.

– Hum-m... Qui te l'a donné?

– Oh! c'est Greg. Il l'a eu en racontant à la téléphoniste qu'il avait un message urgent au sujet de ta mère malade.

Nickie éclata de rire :

– A quoi bon vouloir garder ton numéro secret si tu ne peux y réussir? Pour qui te prends-tu, un personnage important ou quoi?.

– Nickie, je suis en train de travailler. Pourquoi m'appelles-tu?

– Je t'appelle pour te donner un avertissement, dit-elle en faisant siffler le dernier mot. M. Wyncoop n'est pas content de toi, et qui pourrait l'en blâmer? Tu lui fauches sa petite amie, sa fiancée.

J'ai entendu dire, d'ailleurs, qu'elle était assez jeune pour être ta fille.

— Oh! Nickie, suffit.

— Ce que je t'en dis, c'est pour ton bien, riposta-t-elle avec colère. M. Wyncoop est un homme qui sait ce qu'il veut. Le mieux que tu puisses faire, c'est de laisser tomber la fille... avant qu'il soit trop tard. Si j'ai bien compris, tu couches avec elle. Bonté divine! s'exclama Nickie d'un ton dégoûté.

— Ecoute, Nickie, nous sommes divorcés maintenant, ne l'oublie pas. Je fais ce qui me regarde, et rien...

— Je te donne un conseil. Je te suggère de laisser tomber la fille avant qu'il soit trop tard.

— Et que veux-tu dire par : trop tard?

— Ce que je veux dire? Quand tu le comprendras, il sera sans doute vraiment trop tard. Pigé? Je veux dire, prends garde à toi.

Robert rit à son tour.

— Intéressant.

— Oh! espèce d'imbécile. Crétin.

— Bonne nuit, Nickie.

Il attendit un instant. Elle ne disait rien, et il raccrocha.

Il retourna vers sa table de travail et s'assit, mais il n'arrivait pas à fixer son attention sur le dessin. Il n'allait pas se laisser troubler. Si ce n'était pas Jenny, ce serait une autre fille, toute fille à laquelle il s'intéresserait. Nickie l'apprendrait d'une manière ou d'une autre et trouverait encore le temps et l'énergie de se susprendre au bout du fil, pour le harceler. Il posa brusquement son crayon et se leva.

Il y pensait encore, même après s'être couché. Bien sûr, Nickie avait eu son numéro par Greg, et il était inutile de le lui demander. Le plus surprenant, c'était qu'elle n'eût pas songé à le découvrir plus tôt, de son propre chef, de la même façon qu'elle avait obtenu son numéro aux appartements Camelot. Il était regrettable que son nouveau mariage ne suffise pas à l'occuper et à la satisfaire. Elle s'était mariée à peine un mois plus tôt. Robert avait vu le faire-part dans le *New York Times,* un dimanche. La cérémonie avait eu lieu dans l'église de la famille de Ralph, quelque part au nord de l'Etat de New York. Il était bizarre qu'un homme comme Ralph Jurgen, travaillant dans la publicité, choisisse un endroit si romantique pour se marier. Mais au fond, il le connaissait mal, ce Ralph. Les deux ou trois fois qu'ils s'étaient rencontrés, par hasard, dans l'appartement, ou lorsque Robert avait pris au téléphone un message pour Nickie, ils avaient échangé quelques paroles cordiales, rien de plus.

Le téléphone sonna une nouvelle fois, et Robert, de mauvaise humeur, dut quitter son lit.

– Allô! Robert, dit Jenny. Je me demandais si vous aimeriez rencontrer mes amis les Tesser mercredi. Je les ai invités à dîner. Ils sont très sympathiques. Vous voulez bien?

Elle parlait d'un ton uni et posé, comme si elle récitait une leçon.

Robert se frotta les paupières.

– Jenny, je ne suis pas sûr de pouvoir me libérer mercredi. Je n'ai pas encore terminé ce cylindre. Je préférerais rester chez moi cette semaine.

– Vendredi alors? Vendredi leur conviendrait encore mieux, je le sais, parce que...

– D'accord. Vendredi.

– Vers 19 heures? Je devine que vous êtes en train de travailler, aussi je ne vous retiens pas. Bonsoir, Robert.

Ce vendredi, il fit la connaissance des Tesser. Dick Tesser était un type grand et mince, dans la trentaine, avec des cheveux bruns et une moustache noire, fournie. Il était entrepreneur. Sa femme, Naomi, était petite, blonde, très bavarde et enjouée. Ils semblaient prendre soin de Jenny comme d'une parente. Robert sentit qu'il leur plaisait et qu'ils « approuvaient » le choix de Jenny, encore que cet accueil tînt beaucoup plus à ce qu'elle leur avait dit qu'à sa propre attitude, toujours effacée. Robert et Dick s'enquirent poliment de leur travail respectif, puis la conversation porta sur les conduites d'eau des Tesser que le gel avait fait éclater, tout près de leurs trois enfants.

– Greg nous a appelés plusieurs fois depuis notre dernière rencontre, déclara Dick Tesser à Jenny, tandis qu'ils prenaient le café dans le living-room.

– Oh? dit Jenny.

– Dick, est-il bien nécessaire de parler de cela? demanda Naomi.

– Oui, je crois que c'est le moment, puisque nous avons fait la connaissance de M. Forester ce soir. « M. Forester », c'est toujours ainsi que Greg s'exprime en parlant de vous, ajouta Dick solennellement.

Il avait bu un verre de trop.

– Greg est plutôt enclin à la bagarre, dit Naomi en haussant les épaules et souriant à Robert. Cela se comprend.

– Je suis désolée qu'il vous importune, dit Jenny.

– Il veut que nous usions de notre influence, poursuivit Dick. Il semble croire que tu es un petit pantin dont on peut manœuvrer les ficelles. Des ficelles que nous tiendrions en main. Il nous a téléphoné quatre ou cinq fois, n'est-ce pas, chérie?

– Oui, mais c'est inutile d'en faire toute une histoire.

Elle fit un signe des yeux à son mari pour l'inciter à se taire, mais il n'en tint aucun compte.

– Je n'aime pas un homme, reprit Dick, qui veut évincer son rival en critiquant sa personne. Et qu'y a-t-il de si extraordinaire dans la personne de Greg, je voudrais bien le savoir? C'est un jeune homme très ordinaire avec un métier très ordinaire. Et il est jaloux, pour sûr. Jaloux, peut-être, parce que M. Forester a un métier plus intéressant.

Naomi éclata de rire :

– Oh! je doute que ce soit à cause du métier!

Robert gardait les yeux rivés au sol, souhaitant que cette conversation prît fin, et Jenny non plus n'était guère à son aise.

– C'est ma faute. Je n'aurais rien dû promettre à Greg, dit Jenny. J'aurais dû mieux savoir.

– Mais qui pourrait savoir, ma chérie? repartit Naomi. Tout le monde peut se tromper.

– Greg devrait se trouver une gentille fille, quelque vendeuse de magasin...

– Oh! allons, Dick, interrompit Naomi. Je me souviens de l'époque où Jenny aimait Greg et où tu le trouvais très bien. Aussi, ne te mets pas à lui taper dessus maintenant.

– D'accord, d'accord, mais tu sais ce qu'il m'a dit, et ça ne m'a pas plu, voilà tout.

Dick regarda sa femme avec le sérieux d'un homme ivre.

– Qu'a-t-il dit? demanda Jenny.

– Dick, est-ce bien la peine? demanda sa femme.

– Il a raconté une histoire de rôdeur, un rôdeur autour de ta maison, expliqua Dick à Jenny, disant que tu entendais des bruits bizarres au-dehors et à l'intérieur. Lorsque tu avais fait la connaissance de M. Forester, ces bruits avaient cessé. Conclusion de Greg : M. Forester était le rôdeur.

Dick fronça les sourcils, attendant l'effet que produirait ses paroles.

L'effet fut trois secondes de silence. Puis Jenny déclara :

– C'est entièrement faux.

– Nous n'avons jamais cru que c'était vrai, ma chérie, dit Naomi.

Dick fixait Robert.

– Il étayait sa supposition de détails nombreux sur une conversation qu'il aurait eue avec la première Mme Forester à New York, poursuivit Dick, s'adressant à Jenny, et elle aurait affirmé que M. Forester était mûr pour l'asile.

La tasse de Jenny cliqueta dans la soucoupe. Elle faillit la laisser tomber.

— Ce n'est absolument pas vrai, Dick, et pourquoi le répètes-tu?

Dick la regardait avec surprise.

— Entendu, Jenny. Excuse-moi. Je ne voulais pas te faire de peine. J'ai dit cela seulement parce que... parce que...

— Tu n'en as pas dit assez, maintenant? demanda Naomi.

Mais Robert vit qu'elle aussi était surprise par la réaction de Jenny. Cette dernière haletait, comme si elle allait pleurer.

— D'abord, reprit Dick, je crois que toi et ton ami Robert devez être prévenus. C'est une vilaine histoire qui peut faire du mal en circulant dans un si petit village, si petit et si cancanier, devrais-je ajouter. Ensuite..., je voulais dire qu'il suffit de regarder M. Forester : il n'est pas du genre à jouer les rôdeurs, ni à connaître l'asile d'aliénés.

— Je pense que tu aurais pu tout aussi bien garder ce point de vue pour toi, dit sa femme. Inutile de dire ce qui est évident, n'est-ce pas, chéri?

Dick Tesser regarda Naomi avec un sourire exaspéré et répondit « D'accord » en se rasseyant.

— C'est la troisième fille qui lâche Greg, dit Naomi, aussi est-il facile de comprendre qu'il soit ulcéré. J'ai connu une de ces filles à Philadelphie. Elle n'avait jamais vraiment encouragé, m'a-t-elle dit, les assiduités de Greg, mais lorsqu'elle a épousé quelqu'un d'autre, il était blême de rage.

Robert lui lança un coup d'œil, puis baissa à nouveau les yeux sur sa tasse de café.

— Désolé de vous causer tant d'ennuis, murmura-t-il.

Il sentit le regard de Naomi et celui de Dick peser un long moment sur lui. Qu'attendaient-ils? Un sourire? Un commentaire pertinent? Il se demanda si Jenny, dans l'enthousiasme de ses confidences, n'avait pas déclaré aux Tesser qu'ils étaient fiancés, ou tout comme. Finalement, Jenny demanda :

– Quelqu'un voudrait-il encore du café?

– Je crois que mon mari prendrait volontiers une seconde tasse, dit Naomi.

Les Tesser ne restèrent pas plus de vingt minutes, ensuite, mais l'atmosphère s'était refroidie. Ils racontèrent quelques histoires amusantes à propos d'un fermier hollandais de Pennsylvanie habitant non loin de chez eux, sur la même route, et qui vivait uniquement de trocs. Robert eut l'impression qu'ils partaient assez tôt pour le laisser en tête à tête avec Jenny.

– Je vous ai apporté le Séconal, dit Jenny. Il est en haut. Je vais vous le chercher.

Robert déambula dans le living-room en fumant une cigarette. Sur l'étagère, et sous le pick-up, il remarqua un tricot blanc, d'où sortaient des aiguilles. Il y avait un point de torsade au milieu. C'était le pull-over que Jenny lui avait proposé. Robert sourit, ému, à la pensée des heures qu'elle consacrerait à ce travail, alors qu'il serait loin d'elle.

– Voilà. Ce sont des comprimés de quatre-vingt-dix milligrammes. C'est trop fort?

– Hum...m, ce sont les plus forts, je crois. Je peux les couper en deux.

Il prit la bouteille de dragées rouges : « Je suis très content de les avoir. Merci mille fois, Jenny. Combien vous dois-je?

– Oh, rien du tout. »

Il s'y attendait. Il tira son portefeuille de sa poche.

– J'insiste. Prenez ce billet de cinq. Est-ce suffisant?

– Oh! non, pas cinq dollars. Je n'en veux pas.

Il s'avança vers elle avec le billet et fit semblant de le mettre dans la main qui n'était pas tendue. La main s'ouvrit alors et saisit la sienne, quelques instants. Il se dégagea. Timidement elle posa le billet sur le guéridon.

– Que pensez-vous des Tesser?

– Je pense qu'ils sont très gentils.

– Ils se chamaillent toujours un peu quand Dick est éméché. Vous leur plaisez. Ils me l'ont dit... pendant que vous ne pouviez entendre.

Il ne répondit rien.

– Pouvons-nous les inviter chez vous de temps en temps?

– Je pense que oui. Pourquoi pas?

– Vous ne voulez pas vous asseoir?

– Je crois que je dois prendre congé, Jenny. C'était un excellent repas.

Son compliment banal la remplit d'aise.

– C'est une nouvelle manière de cuire les filets de veau que je viens d'apprendre.

Il alla chercher son manteau dans le placard de la cuisine.

– Quand vous revois-je? demanda-t-elle. Demain soir?

Elle prononça ces mots comme si elle accomplissait, déjà, un grand sacrifice en ne le voyant pas de toute la journée le lendemain. C'était samedi.

– Je suis invité chez les Nielson, répondit-il, et il vit la consternation se peindre sur son visage.

Il savait ce qu'elle pensait. « Pourquoi ne leur avaient-ils pas demandé de l'emmener? »

– J'aimerais faire leur connaissance un jour, dit-elle.

– Oh! vous la ferez. Je les inviterai chez moi. Bon... je vous téléphonerai demain, Jenny.

Il tenait, sans savoir comment, sa main droite. Il la serra furtivement et disparut.

La semaine suivante, Robert invita les Nielson à dîner chez lui, et Jenny fit cuire un gigot d'agneau. La soirée se passa bien. Jenny plut aux Nielson. Ils étaient manifestement ravis qu'il ait « une fille », et il était clair que, dorénavant, Jenny serait comprise dans chacune de leurs invitations. Robert n'accorda pas plus d'attention à Jenny qu'en présence des Tesser, et pas plus d'ailleurs que lorsqu'ils étaient seuls. Mais les regards langoureux qu'elle lui lançait suffisaient à démentir, il en était certain, sa propre attitude. Les Nielson en déduiraient qu'il était également amoureux d'elle. Plus tard, au cours d'une conversation avec Jack Nielson à l'usine, Robert lui fit clairement comprendre qu'il n'y avait rien entre Jenny et lui, et qu'il l'avait seulement vue plusieurs fois.

Cette même semaine, Robert trouva la solution au problème du cylindre. Il présenta ses dessins à M. Jaffe et une réunion fut décidée pour le vendredi avec les ingénieurs de la production. Les actions de Robert à la L. A. montaient lentement mais sûrement, et il voyait venir le jour où on l'inviterait à travailler au bureau central de Philadelphie. Cela viendrait à point pour le faire disparaître de la scène et éviter des complications avec Jenny. Philadelphie était à deux heures de voiture et, tout en restant amis, ils ne pourraient plus se voir aussi souvent. Cependant, « amis » n'était pas le terme qui convenait en parlant de Jenny, et Robert présuma que, lorsqu'il irait vivre à Philadelphie, elle traverserait une période de solitude, de regret et même d'amertume. Il se pouvait qu'elle voulût, alors, rompre définitivement. Dans cette perspective, Robert était fort prudent avec elle. Plus de baisers, plus de frôlements de mains. Quand il parla de Philadelphie, Jenny ne montra aucun déplaisir. Elle n'essayait même pas de coucher chez lui les soirs où elle s'attardait plus que de coutume. Elle semblait satisfaite de sa décision : se voir deux fois par semaine. Cependant leurs rendez-vous, s'ils étaient plus rares, se faisaient plus intenses, Robert s'en rendait compte, et Jenny avait l'air de savourer le moindre instant passé en sa compagnie. Un soir, après un repas très ordinaire, et même plus qu'ordinaire, à Rittersville, Jenny déclara d'un air mélancolique :

— Quand bien même ce café serait empoisonné, je

crois que je le boirais... si vous y aviez mis le poison.

Robert la considéra un instant sans expression, puis sourit.

– J'étais justement en train de me dire que ce café est un véritable poison.

Jenny ne répondit pas à son sourire.

– Je me sens si heureuse avec vous. Mourir... serait une simple continuation, si l'on mourait heureux. Non pas la fin de tout.

Robert, embarrassé, ne savait que dire, incapable de tourner ces propos en plaisanterie ou d'y répondre avec le même sérieux. Le silence qui suivit sembla terrible et superflu.

– Jenny, est-il si nécessaire de parler de la mort? Vous m'avez dit que vous aviez vaincu votre peur. Peut-être n'ai-je pas vaincu la mienne. Je crains que cela ne reste pour moi un sujet de conversation démoralisant.

– Excusez-moi, Robert.

– Oh! vous n'avez pas à vous excuser. Mais il est ridicule d'entendre une fille aussi jeune que vous parler si souvent de la mort. Elle viendra, bien sûr, un jour ou l'autre, pour nous tous, mais pas de sitôt. En tout cas, pas pour nous.

Il regretta alors d'avoir dit « nous », et détourna son regard.

– Je ne vous demande pas de m'excuser pour ce que j'ai dit, mais parce que cela vous a déplu. Je comprends : la mort, il faut l'avoir vue de près pendant quelque temps pour vaincre la peur. Elle est très peu différente du sommeil. Byron l'a dit. Le sommeil et la mort sont sœurs, assure-t-il.

Robert soupira.

Le 2 mai, il reçut une lettre d'Ernest Gunnarote, président-directeur général de l'Arrobrit Company – nom du bureau central de la L. A. à Philadelphie – l'invitant à venir travailler chez lui. Robert avait l'intention de partir le 1er juin, et il chercha un sous-locataire pour sa maison jusqu'à l'expiration du bail. Il voulait faire présent à Jenny d'un bijou – un collier ou une broche – et il visita quelques bijoutiers peu engageants de Rittersville et de Langley. Il était sûr que Jenny allait lui offrir le pullover blanc en guise de cadeau d'adieu.

Robert sifflotait en grimpant par l'échelle bran-
lante jusqu'à son grenier en pointe. Il s'agrippa à un
barreau, et repoussa l'échelle de la poutre où elle
reposait, prêt à saisir cette poutre si l'échelle venait
à glisser. Il s'imaginait déjà suspendu dans le vide, à
un mètre cinquante au-dessus du sol. L'échelle ne
glissa pas. Robert se dirigea vers ses valises. Il
inspecta rapidement leur contenu, peu disposé à
reconnaître les souvenirs qui s'y trouvaient – une
paire de vieilles chaussettes, une chemise usée, le
programme d'une opérette qu'il avait vue à New
York avec Nickie. Il se souvenait de la soirée, mais
pourquoi avait-il conservé le programme? Une
autre valise contenait un costume de toile légère
qu'il pourrait bientôt porter, car il ferait assez
chaud. Il lança les valises sur le divan rouge. Il
s'écoulerait encore seize jours avant le déménagement. A Philadelphie, il ne s'était même pas préoc-
cupé de l'endroit où il logerait. Mais il voulait avoir
ses valises près de lui, pour se rappeler son proche
départ.
Il rangea l'échelle dans le meuble bas, derrière le
lit. Puis il sortit une plume, un encrier, son album
de croquis d'arbres, et posa l'encrier sur le rebord
de la fenêtre. Il avait gardé pour la fin le dessin du
saule, planté devant la fenêtre, parce qu'il était
facile à exécuter. C'était son trente-deuxième cro-

quis. En haut des pages de droite, au-dessus du dessin, il inscrivait le nom et la famille de l'arbre. Le saule s'appelait *salix nigra*. Quand il eut fini de le dessiner, il prit une carte postale dans un tiroir de son bureau et y traça un oiseau grassouillet et souriant, debout sur le paillasson d'une porte, portant une valise sous son aile. En haut de la page, à droite, il écrivit en petits caractères d'imprimerie :

« LE PIQUE-ASSIETTE INDÉLOGEABLE » *(Stat semper).*

HABITAT : demeures bourgeoises.
COULEUR : poitrine mouchetée de taches vives, rouges sur fond blanc, ailes rouges agrémentées de bleu, queue noire échancrée.
CRI : ressemble à « Me *voici!* Me *voici!* »

C'était le dixième ou douzième oiseau que Robert dessinait. Jenny aimait les recevoir dans son courrier; elle les collectionnait dans un petit livre relié de soie bleue. Il avait oublié la plupart de ceux qu'il lui avait envoyés. Il se souvenait seulement de l'oiseau-baratineur-qui-tape-les-amis, de l'oiseau-coureur-bancal et de l'oiseau-corde-à-linge, qui restait le préféré de Jenny.

Il s'aperçut alors qu'il était 18 heures et quart. Il devait retrouver Jenny à 19 heures et demie à l'auberge « Jasserine Chains », où ils n'étaient plus allés depuis leur premier dîner en tête à tête. Robert prit une douche, se lava la tête, enfila le pantalon d'un costume sortant tout droit de chez le teinturier, une chemise blanche, puis s'assit devant sa machine pour écrire une lettre à sa mère. Il lui parla de son déménagement pour Philadelphie et lui dit que cela représentait de l'avancement et une augmentation de salaire. Il n'avait fait allusion à Jenny qu'une seule fois auparavant. Il l'avait présentée comme une relation parmi le cercle restreint d'amis qu'il s'était fait. Cette fois-ci, il écrivit :

« En un certain sens je serai un peu triste de quitter Langley, car les Nielson et quelques camarades de bureau étaient devenus de bons amis. Mlle Jenny Thierolf me manquera également. Je l'aime beaucoup, encore qu'elle paraisse bien plus jeune que moi. Elle a vingt-trois ans, pourtant. Pas du tout sophistiquée, mais pas simple non plus. Ce n'est pas le genre de fille qu'on rencontre tous les jours. »

Cette façon de s'exprimer ne lui ressemblait guère. Cela paraissait gauche et incomplet, mais il était incapable d'en dire plus sur Jenny. Un peu plus loin, il ajoutait que « dans l'ensemble, il se sentait mieux et plus gai ».

Robert prit la route qui longeait la rivière et serpentait doucement jusqu'à Cromwell. Le trajet était plus rapide par la route de dérivation, mais il était encore tôt. Il avait le temps de couvrir ses onze ou douze kilomètres.

Il aimait l'obscurité de cette route de la Rivière, bien qu'elle fût envahie de trous creusés par le mauvais temps. Il aimait aussi les branches d'arbres dont ses phares éclairaient les mouvantes formes grises. Il aperçut, derrière lui, les lumières d'une voiture et ralentit pour la laisser passer. La voiture ralentit également. Robert reprit sa vitesse de cinquante-cinq kilomètres, vérifia l'heure – 19 h 5 – et alluma une cigarette.

Maintenant la voiture le suivait de près. Il ralentit à nouveau. L'autre fit mine de le dépasser, puis renonça. Robert, cette fois, distingua la couleur de l'auto. C'était la Plymouth décapotable vert pâle de Greg. Il vit le geste de ce dernier et entendit le son de sa voix, sans comprendre ce qu'il disait. Greg voulait l'obliger à s'arrêter et le serrait à droite, sur le bord de la route, du côté de la rivière. Robert stoppa, d'abord par prudence, car les deux voitures s'étaient presque touchées, ensuite parce qu'il était irrité du mauvais procédé de Greg et décidé à lui parler face à face. Greg s'arrêta un peu plus haut en tirant violemment sur son frein à main. Robert ouvrit sa portière et descendit. Il jeta sa cigarette et ses poings se serrèrent.

– Monsieur Forester? dit Greg. En route vers un rendez-vous avec Jenny?

Il se rapprocha, puis s'immobilisa, jambes écartées. Il avait éteint les phares de sa voiture, mais ceux de l'auto de Robert étaient encore allumés, éclairant le sombre visage de Greg.

Robert esquiva le coup et seule son épaule fut atteinte par le poing de Greg. Mais il fut jeté à terre, car le terrain, sur sa droite, allait en pente abrupte vers la rivière. Il se releva aussitôt, avant que Greg ait pu franchir l'espace où il avait roulé. Greg abattit son poing sur la tête de Robert. Robert agrippa le bras de Greg, se hissa sur la pente et projeta son adversaire contre un arbre, derrière lui. Greg revenait maintenant à la charge, ivre de rage, et il frappa violemment sur la bouche, du revers de la main. Un autre coup atteignit Robert dans l'œil gauche. Il se trouva soudain à quatre pattes et attendit, durant une minute qui lui parut interminable, que Greg fît un pas dans sa direction pour le frapper du pied au visage. Il saisit alors le pied et se redressa. Greg bascula en arrière dans les ténèbres, puis dégringola dans un fracas de branches brisées. Robert courut. Apercevant la cible que formait la boule noire de la tête de Greg, à bonne hauteur, il cogna de toutes ses forces, avec son poing droit. Il y eut un nouveau froissement de branchages accompagnant la chute de Greg jusqu'à la rivière. Robert descendit avec précaution le long de la berge, s'attendant à voir l'autre remonter, mais seuls lui parvenaient des faibles bruits de broussailles, et il s'aperçut qu'il les produisait lui-même. Il faisait sombre, et si Robert ne pouvait voir la rivière, il pouvait l'entendre.

Subitement, Greg fut à côté de lui, sur sa gauche. Il saisit Robert des deux mains par les revers de son manteau, le fit culbuter violemment en direction de la rivière, et Robert comprit qu'il ne s'agissait plus d'une lutte à coups de poing, mais bien d'une tentative de meurtre. Un frêle arbuste poussé en travers de l'eau l'empêcha d'y tomber. Il n'avait pas retrouvé son aplomb que, déjà, Greg revenait à l'assaut en laissant échapper un sifflement semblable à celui de l'eau sur les rochers, derrière Robert. Robert se baissa rapidement, ce qui n'aurait servi à rien si Greg, qui visait ses jambes, n'avait à son tour perdu pied. Robert vit sa silhouette sombre dévaler la pente. Il entendit le bruit d'un corps qui tombait dans la rivière.

Il se laissa glisser jusque-là, se retenant aux buissons. La pente devenait plus raide. Robert entendit un clapotis assez faible, puis un gémissement. Sa main rencontra aussitôt la cheville de Greg, sur laquelle il tira. Il avait posé un pied dans la boue, l'autre sur un rocher submergé et tirait Greg des deux mains par les revers de son pardessus. Les cheveux humides de Greg effleurèrent en passant le visage de Robert. Il jeta Greg sur le sol et remonta de quelques mètres.

Greg gémissait, assis sur le terrain en pente.

Robert s'apprêtait à lui assener un nouveau coup... et subitement, il n'eut plus envie de frapper. Il fit demi-tour, grimpa hors du fossé avec une aisance déconcertante. Il avait l'impression d'être transporté jusqu'à la route par la voie des airs. Son moteur tournait encore. Robert fit marche arrière, dépassa la voiture de Greg et continua sa route. Il ressentait une vive douleur dans sa canine gauche et un chaud filet de sang coulait au coin de sa bouche. Il arrêta sa voiture pour chercher un mouchoir. Cette maudite canine s'était brisée. Il pouvait en sentir le rebord coupant avec sa langue. Il se passait également quelque chose sur son œil droit, et il s'aperçut alors qu'il se fermait. Robert était dans un tel état que c'en était presque comique. Encore plus comique, en un sens, était le fait qu'il eût gagné contre Greg. Greg aurait pu se noyer, s'il

ne l'avait retiré de l'eau, car il était passablement
sonné. Pourquoi ne l'avait-il pas laissé, tout simplement, au fond de cette satanée rivière? Le sang
venait de la lèvre supérieure, entaillée au niveau de
la canine. C'était surprenant les dégâts que pouvaient causer quelques secondes de combat.

Il se trouva soudain devant le « Jasserine
Chains », roulant dans le parking faiblement
éclairé. Une dame âgée qui sortait du restaurant
recula légèrement à sa vue, puis passa son chemin.
Le maître d'hôtel de l'entrée le regarda :

– Monsieur?

– J'ai retenu une table. Robert Forester. Pour
19 heures et demie. J'ai cinq minutes de retard.

Le maître d'hôtel hocha la tête :

– Oh! oui, monsieur Forester. Vous avez eu un
accident, monsieur?

– Non. Je reviens dans une minute, dit Robert; et
il grimpa quatre à quatre l'escalier conduisant aux
toilettes pour hommes, au second étage.

Il essuya son visage et ses doigts éraflés avec une
serviette en papier, se peigna, redressa sa cravate.
Après quoi, il avait déjà meilleure allure, bien qu'il
n'y eût rien à faire contre la paupière qui enflait
sans cesse. Il descendit, mit son manteau au vestiaire et pénétra dans le bar où l'attendait Jenny.
Elle était assise dans un fauteuil, près de la cheminée, et se redressa sur son séant en l'apercevant.

– Ce n'est rien, ne vous alarmez pas. Asseyons-
nous à cette table. » Il avançait une chaise.

– Que s'est-il passé?

– Je suis tombé sur Greg. Je boirais volontiers
quelque chose.

Le garçon venait d'arriver. Il commanda un manhattan pour Jenny et un double whisky pour lui. Le
maître d'hôtel vint alors leur dire qu'il était désolé,
mais que leur table ne serait libre que dans vingt
minutes. Robert répondit que c'était parfait et qu'ils
finiraient là leurs consommations.

– Greg, où ça? chuchota Jenny.

Robert lui raconta ce qui s'était passé.

– Il n'a pas vraiment gagné. Je ne sais qui a gagné. Ne me demandez pas pourquoi je l'ai sorti de l'eau. J'étais assez furieux pour le laisser au fond.

– Vous lui avez sauvé la vie.

Robert rit.

– Je n'en dirais pas tant. L'eau était peu profonde, je crois. Pleine de rochers à cet endroit.

Il se pencha et tira sur les revers humides de son pantalon pour les défroisser. Son œil était brûlant, et cette fois complètement fermé.

Il attendit que Jenny prît son verre sur la table ronde, et leva le sien.

– A votre santé! Vous savez, il se peut que Greg ne vienne plus nous ennuyer. A moins qu'il n'aime battre ses adversaires deux fois de suite.

– Je trouve qu'on devrait l'arrêter, dit Jenny.

Sa remarque fit sourire Robert.

– J'aime beaucoup votre robe, dit-il.

Elle savait qu'il la préférait en noir, et elle avait décidé d'aller s'acheter cette robe découverte à Rittersville, afin de la porter ce soir.

– Vraiment?

Son visage s'illumina, elle caressa timidement ses hanches. Puis elle redevint sérieuse et regarda Robert.

– Il vous a cassé une dent, je le vois.

Il venait juste de remarquer qu'elle avait changé de coiffure. Ses cheveux étaient relevés par-derrière de façon à former un léger nuage cachant à demi ses oreilles. Ils ne tombaient plus tout droit. On pouvait lui donner trois ou quatre ans de plus.

– Oh!... seulement une, dit-il.

Ils prirent un second verre. Robert commençait à se sentir beaucoup mieux. Une agréable fatigue engourdissait ses membres. Il n'éprouvait aucune douleur et un sentiment de victoire l'envahissait. Jenny était très belle avec ses cheveux lisses et brillants, ses ongles agréablement teintés de rouge, ses lèvres fardées à la façon des grands jours, la lèvre supérieure soulignée d'un trait plus épais. Elle se plaignait toujours de sa lèvre supérieure trop mince, ce qui amusait Robert. Elle possédait tant d'autres charmes, en particulier son tempérament chaleureux, qu'il devenait puéril de se tracasser pour ce détail infime. En entrant dans la salle à manger, Jenny passa devant lui, et Robert remarqua qu'elle avait maigri. Il préféra n'en rien dire. Elle aurait pu y voir une critique.

A table, Jenny déclara :

– Je suppose que c'est un de nos derniers dîners ensemble.

Robert se rembrunit.

– Non. Pourquoi?

Sans réfléchir, il se tourna vers le garçon, debout près de leur table, et commanda un autre whisky, mais pas un double cette fois. Jenny ne voulait rien. « Je viendrai de temps en temps, reprit-il, et vous pourrez faire un saut en voiture.

– Je pense que je pourrais habiter Philadelphie, moi aussi. Cela vous ennuierait-il, Robert? »

Il se tut, un instant.

– Non, mais...

– Après tout, qu'y a-t-il ici? C'est une très petite ville. Je pourrais trouver un travail plus intéressant à Philly. Un travail de secrétaire, qui paierait mieux. Je connais même un peu la sténo. Suffisamment. Et cette maison que j'ai, maintenant...

Elle s'arrêta.

– Je croyais que vous aimiez cette maison?

– Je ne crois pas que je l'aimerai encore quand vous ne serez plus là. Je veux dire, quand vous ne serez plus tout près, et ne viendrez plus me voir de temps en temps.

La conversation prenait un ton lugubre. Inutile de la détourner par une boutade, il le savait. Son whisky arriva. Il le prit et but une gorgée. Ils avaient déjà commandé le hors-d'œuvre, et il avait, sous les yeux, la carte des vins. Il se décida pour un château haut-brion. Jenny avait choisi un filet.

Soudain, Robert vit la situation sous un jour différent : si lui et Jenny disparaissaient de la région,
Greg resterait seul ici, car Philadelphie ne faisait
pas partie de son secteur de prospection. Il lui
serait plus difficile de venir les inquiéter. Et il se
pouvait qu'un jour, lui, Robert, éprouvât un sentiment plus profond à l'égard de Jenny, que d'ici trois
ou quatre mois il l'aimât autant qu'elle l'aimait. Ce
n'était pas impossible.

– A quoi pensez-vous ? demanda-t-elle.

– Je pensais... ce ne serait peut-être pas une
mauvaise idée de venir à Philadelphie. Si vous en
avez vraiment envie. Vous devriez y réfléchir quelque temps, d'abord. Après tout, je m'y installe pour
deux ans.

– Je n'ai pas besoin de temps. C'est tout réfléchi.

Il contempla ses yeux gris-bleu si sérieux. Ils
avaient perdu leur expression juvénile. Etait-ce la
coiffure, était-ce la robe habillée... mais Jenny avait
maintenant l'air d'une femme.

– Je bois à votre décision, dit-il, et il vida son
verre, le reposa en souriant.

– Verriez-vous un inconvénient à ce que je vienne
habiter près de chez vous ? demanda-t-elle.

– Heu...

Cela ne l'enchantait guère : « Avec une voiture...
je n'en vois pas la nécessité. »

Cette réponse la découragea. Elle en parut blessée et les coins de sa bouche tombèrent. Bien que la
soirée fût ensuite animée et que Robert parlât de
choses et d'autres – d'Albuquerque et de San Francisco, de son service militaire en Floride et en
Alaska – elle demeurait consternée.

– Robert, vous ne pensez pas que vous m'aimerez
assez, un jour, pour vouloir m'épouser ?

Il aspira si fort sur sa cigarette qu'il faillit s'étouffer.

– Je ne sais pas, Jenny. J'ai peur des promesses.

Et je ne veux pas que vous comptiez sur moi ou que vous m'attendiez.

– D'accord. Je comprends.

– C'est la vérité. Je ne veux pas que vous m'attendiez.

En sortant, Robert aperçut une boîte à lettres et traversa la rue pour poster la missive à sa mère, et la carte postale avec l'oiseau, destinée à Jenny.

Jenny devait aller à Philadelphie avec lui le samedi suivant afin d'y trouver une maison ou un appartement pour lui. Ou pour elle.

Le lundi matin, Jenny reçut à la banque un coup de téléphone de la propriétaire de Greg, Mme Van Vleet. C'était pour lui demander si elle savait où se trouvait Greg.

– Non, je suis désolée, madame Van Vleet. Pas en ce moment. Je ne l'ai pas vu depuis plusieurs jours.

– C'est qu'il a disparu depuis samedi.

– Disparu? Il est peut-être allé à Philly.

– Je ne pense pas qu'il soit à Philly maintenant. La police a trouvé sa voiture hier sur la route de la Rivière, près de Queenstown. Elle était abandonnée, portière ouverte. La police pense qu'il s'est peut-être noyé.

Sa voix trembla sur le dernier mot.

– Noyé?

– Parfaitement. Il y avait des traces de lutte dans les buissons près de la rivière, à cet endroit, ont dit les policiers. Ils sont déjà en train de fouiller la rivière. A mon avis, il a dû faire une mauvaise rencontre.

Les mots « fouiller la rivière » glacèrent Jenny. Elle avait vu dans les journaux des photos de cadavres échoués sur les rochers.

– Je ne sais que vous dire, madame Van Vleet. J'espère qu'il est en sécurité. Je vous rappellerai dans l'après-midi pour savoir s'il est rentré.

Après avoir raccroché, Jenny retourna à son guichet où quelqu'un l'attendait, un livret de caisse d'épargne à la main.

Elle regarda l'homme, fixement, et dit :

— Voulez-vous m'excuser ? Je ne puis...

Elle se rendit dans le bureau de M. Stoddard, déclara qu'elle devait sortir, donner un coup de fil urgent. M. Stoddard voulait toujours que ses employés donnent la raison d'une absence. Tout le monde hésitait à demander cette permission, mais Jenny présenta sa requête comme si la réponse allait de soi, et M. Stoddard dit :

— Mais bien sûr, Jenny.

Elle alla au *drugstore*, fit de la monnaie et appela la Langley Aeronautics :

— Robert, Greg a disparu.

— Disparu ? Que voulez-vous dire ?

— On a découvert sa voiture hier, sur la route de la Rivière, et on ne peut plus le retrouver. Sa propriétaire vient de m'appeler. Vous ne pensez pas qu'il ait pu tomber dans la rivière cette nuit ?

— Non. Il était assis sur le talus où je l'avais laissé. Je suppose... il se peut qu'en essayant de se lever il ait vacillé.

— Vous l'aviez laissé assis sur le talus ?

— Je n'ai pas été jusqu'à le reconduire à sa voiture, non, tout de même. La police l'a trouvée, sa voiture ?

— Oui. On fouille maintenant la rivière.

Elle entendit Robert reprendre son souffle, à l'autre bout du fil.

— Heu... il faudrait peut-être que j'aille à la police. Où pensez-vous qu'il ait pu se réfugier ? Chez un ami, dans la région ? C'était près de Queenstown, je crois.

— Oui, c'est ce que dit Mme Van. Je ne connais aucune relation à Greg dans ce coin-là. Je ne veux pas que vous alliez à la police, Robert. Pas si vous l'avez laissé sur le talus. Ce n'est pas votre faute et l'on n'a rien à vous reprocher.

– Je doute qu'on me reproche quoi que ce soit, mais si la situation reste inchangée, il faudra que je parle.

– Pas aujourd'hui. Attendez, Robert.

– D'accord, j'attendrai.

– Puis-je vous voir, ce soir?

Ils avaient rendez-vous pour mercredi seulement.

– Je suppose. Puis-je venir chez vous après le dîner? J'ai rendez-vous à 5 heures et demie chez le dentiste, à Langley, et je ne sais pas combien de temps il me gardera. Il doit limer la dent pour poser une couronne.

– Cela ne fait rien, j'attendrai. Venez pour le dîner, Robert. N'importe quelle heure sera la bonne. J'espère que le dentiste ne vous fera pas trop de mal.

Il rit.

Jenny fut chez elle vers 5 heures un quart. Elle avait fait quelques courses et acheté *La Gazette de Langley* à Humbert Corners. Elle ouvrit le journal. Il y avait une photo de la voiture de Greg avec sa portière gauche en partie ouverte, telle qu'on l'avait trouvée sur la route de la Rivière. Un court article rapportait que Gregory Wyncoop, vingt-huit ans, domicilié à Humbert Corners, avait disparu depuis samedi soir. Sa propriétaire avait remarqué qu'il n'était pas rentré chez lui. Des branchages brisés et des traces de pieds entre la voiture et la rivière indiquaient qu'il y avait eu lutte. Le seul indice découvert par la police était trois petits boutons provenant d'un costume d'homme.

« Du costume de Robert, pensa Jenny. Ou, pourquoi pas, de celui de Greg? » Elle n'avait pas vu si des boutons manquaient au costume de Robert, samedi. Les journaux faisaient un mystère de cette histoire. Ils voulaient sans doute la rendre plus passionnante. Greg irait se présenter – avec une bonne gueule de bois – chez un ami, comme l'avait prévu Robert. D'ailleurs, il avait un ami à Rittersville, un nommé Mitchell, mécanicien dans un garage. C'était un gros buveur, Greg pouvait aller chez lui. Cela lui ressemblerait tout à fait de prendre une cuite pendant deux ou trois jours après une bagarre avec Robert. Il était resté soûl deux jours, lui avait-il dit, après leur rupture. Jenny essaya de retrouver le prénom de Mitchell, mais elle n'y parvint pas. Il y avait au moins une trentaine de Mitchell dans l'annuaire de Rittersville. Elle appela Mme Van Vleet.

Mme Van Vleet n'avait pas de nouvelles de Greg. Elle apprit à Jenny qu'une « escadre » de navires patrouilleurs passait la rivière au peigne fin, à l'aide de projecteurs, entre Queenstown et Trenton. Jenny avait entendu les sirènes, de son bureau, à Humbert Corners, car la banque était plus près de la rivière que sa maison.

— Madame Van, connaissez-vous le prénom de Mitchell, l'ami de Greg? Celui qui vit à Rittersville?

— Mitchell? Non, je n'ai jamais entendu Greg en parler. Pourquoi? Vous pensez que c'est lui le coupable?

— Non, mais je pensais que Greg pouvait être avec lui. Je ne crois pas que Greg se soit noyé, madame Van.

— Vous ne croyez pas? Pourquoi?

— Parce que... je ne le crois pas, c'est tout.

— Quand l'avez-vous vu pour la dernière fois?

— Cela fait un bon mois.

— Il est très malheureux depuis que vous avez rompu avec lui, Jenny. Il se traîne comme une âme en peine. Il ne m'a rien dit, je l'ai appris par quelqu'un d'autre. Il m'est venu à l'esprit qu'il s'était peut-être suicidé, qu'il s'était jeté dans la rivière.

— Oh! non, je ne le pense pas. Attendons, on verra bien. Au revoir.

Robert arriva vers 7 heures et demie, la lèvre supérieure enflée.

– Un bon scotch glacé me ferait du bien, dit-il.

Jenny lui prépara sa boisson, tandis qu'il parcourait la *Gazette*.

– Des boutons?

Robert regarda ses poignets. Puis il alla dans la cuisine, où il avait accroché son pardessus. « Hum...m... Il y a trois boutons de moins à la manche droite. » Il se tourna vers Jenny : « Je ferais mieux d'aller à la police. »

Jenny s'arrêta, tenant son verre, au milieu de la cuisine.

– Simplement pour deux ou trois boutons?

– Je peux au moins leur dire que j'ai laissé Greg au bord du Delaware.

– Dites-leur bien que vous l'avez tiré de l'eau une fois, si vous leur parlez.

Il eut un sourire gêné et but une gorgée.

– Je vais téléphoner à Susie, dit Jenny.

– Pourquoi?

– Il se peut qu'elle connaisse le prénom de Mitchell. Mitchell est un ami de Greg.

Elle composa le numéro. Susie répondit :

– Mon Dieu! Que se passe-t-il avec Greg? Tu crois qu'il s'est suicidé?

– Non, je ne crois pas, dit Jenny.

Robert l'observait, de la cuisine.

– Ecoute, connais-tu le prénom de Mitchell? Tu sais, l'ami de Greg du...

– Charles, je crois. Mais oui, c'est Charles. Il m'a donné son numéro de téléphone le soir où nous étions à ce bal idiot. Comme si j'allais téléphoner à cette espèce de gorille! Pourquoi veux-tu savoir ça?

– Tu as toujours ce numéro? Tu peux me le donner?

– Volontiers. Ne quitte pas.

Jenny attendit, observant Robert qui sirotait son whisky en faisant les cent pas dans la cuisine.

– Cleveland 7-3228, dit Susie. Tu crois que Mitchell et Greg se sont battus?

– Non, je ne crois pas. Je te rappellerai plus tard, Susie. D'accord?

Elle raccrocha, puis composa le numéro de Mitchell.

Ce fut une femme qui répondit. Jenny supposa que c'était la mère de Mitchell. Mitchell n'était pas là.

– Savez-vous si Mitchell a vu Greg? Greg Wyncoop? demanda Jenny. C'est Jenny Thierolf à l'appareil.

– Oh! pourquoi? Non, Jenny. Nous avons lu les journaux, nous aussi. Mitchell vient de quitter la maison il y a cinq minutes. Il disait que Greg avait pu se suicider parce qu'il avait tellement de chagrin à cause... à cause de sa rupture avec vous. Mitchell est parti voir à l'instant une personne qui, dit-il, pourrait en savoir plus.

– S'il y a du nouveau, pouvez-vous lui dire de me rappeler?

Jenny donna son numéro : Je serai là toute la soirée. Peu importe l'heure à laquelle il appellera.

– Vous pouvez être sûre que je le lui dirai, Jenny. Merci d'avoir appelé.

– Mitchell est un ami de Greg, dit Jenny à Robert. Je pensais qu'il pouvait être là. Il n'y est pas.

Robert ne répondit rien. Il tournait en rond dans la cuisine, lentement, les yeux au sol.

Jenny glissa dans le four chaud deux pâtés de poulet. Puis elle se mit à préparer la salade. Robert s'installa dans le living-room. Quelques instants plus tard, Jenny eut une autre idée :

– Vous savez, il se peut que Greg soit à Philadelphie, chez ses parents. La police sait peut-être maintenant qu'il est sain et sauf. Ce journal est sorti depuis plusieurs heures.

Robert se contenta de hocher la tête.

Il posa le journal sur le divan.

– Ce que je peux faire, c'est appeler pour le demander, dit-il, en se dirigeant vers le téléphone.

– Appeler qui? Les parents?

– Non, la police d'ici. Ils ont sûrement déjà contacté les parents.

– Robert, ne vous adressez pas à la poli-ice, dit-elle d'un ton suppliant.

– Depuis quand avez-vous peur de la police? Nous essayons de retrouver ce type.

Il la fixa un instant, la main posée sur le téléphone, puis décrocha l'appareil. Il demanda le poste de Rittersville. Lorsqu'il l'eut, il donna son nom, puis demanda si l'on avait des nouvelles de Gregory Wyncoop. L'agent répondit que non.

– Je suis la personne avec qui Wyncoop s'est battu dans la nuit de samedi, poursuivit Robert.

L'agent de police de Rittersville devait être très intéressé par ce que Robert avait à dire.

– Où êtes-vous?

Robert indiqua qu'il se trouvait chez une amie, Jennifer Thierolf, près d'Humbert Corners. L'agent dit qu'il aimerait lui envoyer quelqu'un pour poser des questions, et Robert lui expliqua le chemin à prendre pour atteindre la maison.

– Oh-h! Robert! s'exclama Jenny.

– Je n'y peux rien, répliqua-t-il. Si ce n'est pas maintenant, ce sera une autre fois. C'est la seule chose à faire, Jenny. Il lui faudra au moins une demi-heure pour venir. Nous pouvons...

– Ces pâtés ne seront jamais prêts dans une demi-heure, protesta Jenny.

Robert se tint dans l'embrasure de la porte.

– Je suis désolé, Jenny. Ne pouvez-vous les enlever et les remettre ensuite?

– Non! Qu'allez-vous bien pouvoir dire à la police?

Elle était en colère.

Robert la regarda, puis retourna s'asseoir sur le divan.

Jenny s'occupa du four. Si, au moins, elle arrivait à réchauffer les pâtés : ils seraient infects s'il fallait attendre le départ des policiers. C'était encore la faute à Greg. Greg... qu'il fût vivant ou mort, dans le

Delaware, au fond peu lui importait. Elle mélangea la sauce avec fureur et la versa sur un saladier plein de crudités. Puis elle appela Robert.

– Nous commencerons par la salade, dit-elle.

Robert mangea docilement.

Elle s'aperçut qu'il n'y avait pas de vin. C'était un pauvre dîner. Une voiture de police s'arrêta dans l'allée au moment où Jenny servait le café. Robert se leva de table pour aller ouvrir.

Un policier et un détective se présentèrent : MM. McGregor et Lippenholtz.

– Robert Forester, dit Robert. Et voici Jenny Thierolf.

Il leur raconta ce qui s'était passé. Il dit qu'il avait appris le matin même par Jenny que Greg avait disparu, mais qu'il avait attendu pour s'adresser à la police, car il pensait que Greg reviendrait.

– Les trois boutons proviennent de la manche de mon pardessus.

Les policiers avaient écouté poliment, sans rien dire. Puis McGregor, un grand et lourd gaillard, demanda :

– Quel était le motif de la bagarre ?

Robert aspira profondément.

– Je crois que Wyncoop m'en voulait de voir Mlle Thierolf. Elle a rompu ses fiançailles avec lui. Il m'avait déjà menacé auparavant. Je m'attendais à ce qu'il me provoque, un jour ou l'autre.

L'officier Lippenholtz approuva de la tête.

– C'est ce que nous ont dit également les amis de Wyncoop. Un garçon qui a la tête chaude, il me semble, ce Wyncoop ?

– Oui. Au fait, je tiens à vous signaler que je ne suis pas fiancé à Mlle Thierolf. Elle a précisé à Wyncoop que sa rupture n'avait rien à voir avec moi. Mais Greg ne l'entend pas de cette oreille.

McGregor prenait des notes sur un carnet.

Lippenholtz regarda Robert.

– Vous dites que vous l'avez laissé assis sur le

talus? A quelle distance de la rivière se trouvait-il?

– A plus d'un mètre, répondit Robert. Il faisait très sombre. Je ne me rends pas compte exactement.

– Assis? Il n'était pas assez étourdi pour être allongé sur le sol?

– Je suis sûr qu'il était assis. Je ne sais pas jusqu'à quel point il était sonné.

– Il l'était assez, en tout cas, reprit Lippenholtz, pour que vous fussiez obligé de le tirer de l'eau. Il ne remontait pas tout seul?

– Non. Pour autant que j'aie pu voir.

Silence. L'autre officier écrivait.

– Que pensez-vous? Qu'il s'est levé et qu'il est retombé dans l'eau? demanda Robert.

– Possible..., répondit Lippenholtz (c'était un homme petit et mince, avec des yeux bleu pâle et des marques de variole sur le côté gauche du visage). Après tout, quelqu'un ne laisse pas facilement sa voiture ouverte sur la route...

Les deux policiers observaient Robert, puis Jenny, comme pour surprendre une réaction.

– Vous avez appelé ses parents à Philadelphie pour savoir s'il était là? demanda Jenny.

– Oh! bien sûr, dit Lippenholtz. Nous les avons appelés en premier. Nous avons parlé avec bon nombre de ses amis dans la région. Personne ne l'a vu.

Robert humecta ses lèvres.

– Comment est l'eau à cet endroit? Je ne pouvais distinguer, dans le noir. Je sais qu'il y avait des rochers...

– Des rochers tout près de la berge. Quelques-uns, précisa McGregor. Au-delà, la rivière devient tout de suite très profonde. Trois mètres environ.

– Heu... les rochers, près du rivage, ne suffiraient pas à retenir quelqu'un qui serait tombé à l'eau? demanda Robert.

– Certainement, à condition qu'il n'ait pas été

153

assommé en tombant dessus. Si un homme avait perdu connaissance, il pouvait rester là, se noyer, être emporté par le courant.

Lippenholtz fronça les sourcils : « Qu'avez-vous répondu à Wyncoop quand il vous a menacé, monsieur Forester ? Quelles menaces a-t-il proférées ?

– Oh !... il a dit qu'il me casserait la figure ou quelque chose comme ça, si je ne cessais pas de voir Jenny.

– Et quelle a été votre réponse ? »

Robert haussa les épaules.

– J'ai dit : « Je comprends. » Ou quelque chose de ce genre. Je ne l'ai pas menacé à mon tour, si c'est ce que vous voulez savoir.

– Vous avez gardé votre sang-froid, dit Lippenholtz.

– Oui, et c'est ce qui l'a exaspéré, je présume.

– Vous ne lui avez pas promis de ne plus revoir Mlle Thierolf ?

– Non, dit Robert.

– Où étiez-vous lorsqu'il vous a menacé ?

– Dans le parking de la Langley Aeronautics, où je travaille. Greg m'avait téléphoné pour me dire qu'il voulait me voir, et nous étions convenus de nous retrouver là.

– Quand était-ce ?

– Il y a un mois environ.

– Vous l'avez revu, depuis ?

– Non, pas jusqu'à samedi soir.

– Vous avez votre pardessus ? demanda Lippenholtz.

Robert alla chercher son manteau. Lippenholtz saisit la manche sans boutons et la regarda, puis la compara à l'autre, qui avait encore ses trois boutons. Il hocha la tête.

– Bien, nous allons continuer à fouiller la rivière, dit-il en soupirant.

Le téléphone sonnait. Jenny s'excusa et se rendit dans le living-room pour répondre. Les deux policiers attendirent avec intérêt.

– Oh! oui, Mitchell... Non, je n'en ai pas, c'est pour cela que je vous appelais... avez-vous parlé à tous les gens qu'il connaissait?

Jenny vit les policiers pivoter sur leurs talons. Ils étaient déçus.

– Rappelez-moi si vous apprenez quelque chose, voulez-vous?... Je ne sais pas, Mitchell... Au revoir.

Elle revint dans la cuisine.

– Un ami de Greg. Il ne sait rien. Je voulais vous dire, poursuivit-elle en regardant les deux officiers, il arrive parfois à Greg de prendre des cuites. Il pourrait se cacher quelque part... rien que pour boire pendant un ou deux jours.

– Vous voyez un peu avec qui il pourrait se trouver? demanda McGregor.

– Non. C'est pour cela que j'ai appelé Mitchell; Charles Mitchell, de Rittersville. C'est le seul que je connaisse. Greg se soûle parfois avec lui. Je veux dire... – Jenny rejeta nerveusement ses cheveux en arrière – cela ne lui arrive pas très souvent, mais ce serait bien possible, cette fois, après une bagarre pareille.

– Hum-m, dit McGregor. Nous devons vous poser quelques questions d'usage, monsieur Forester. Avez-vous déjà eu affaire à la police?

– Non, répondit Robert.

– A votre avis, qui a gagné cette bagarre?

Robert haussa les épaules.

– Ni l'un ni l'autre. Je doute fort que Greg ait l'air aussi fourbu que moi.

– Bien, merci, monsieur Forester, dit Lippenholtz. Et vous aussi, m'dame.

Ils leur souhaitèrent une bonne nuit et s'éclipsèrent.

– Je ne savais pas que vous aviez vu Greg il y a un mois, dit Jenny. Pourquoi me l'avez-vous caché?

– Je ne voulais pas vous causer d'ennui.

– Et il vous a menacé? C'est la raison pour laquelle... vous avez cessé de me voir si souvent?

– Non, Jenny. Nous nous voyions moins souvent avant que Greg me parle.

– A-t-il essayé d'entamer une lutte, à ce moment-là?

– Devant deux cents personnes? Pas Greg.

Il alluma le réchaud électrique sous le café.

– Robert... vous n'imaginez pas que Greg est vraiment tombé dans la rivière, n'est-ce pas?

– Non. Si je le pensais, je l'aurais dit. Selon ce que j'ai pu voir, de ces rochers, il n'y avait pas de rapides. Quelqu'un pouvait culbuter assez loin sans arriver jusqu'aux eaux profondes. Dévaler simplement le talus ne suffisait pas. Mais, par-dessus tout, je ne pense pas que Greg ait été assommé à ce point.

Jenny pensait, au contraire, que c'était possible. Où aurait-il pu aller, sans qu'on l'eût encore découvert, à cette heure? Elle pouvait imaginer Greg, se levant une minute après le départ de Robert et vacillant dans la mauvaise direction, prêt à recommencer l'attaque. Il devait être fou furieux.

Elle observa le visage de Robert et se demanda à quoi il pensait, en ce moment. Quelles que fussent ces pensées, elle n'en était pas l'objet.

– Pourquoi vous êtes-vous donné la peine de leur dire que nous n'étions pas fiancés? demanda-t-elle.

– Parce que... nous ne le sommes pas, et je pensais qu'en mettant les choses au point, la situation serait moins mélodramatique. Peut-être n'était-ce pas nécessaire. Mais cela ne peut faire de mal, n'est-ce pas?

– Du mal? Comment cela?

– Oh! Jenny, je ne sais. Mais dans une affaire comme celle-ci, la police veut également connaître tous les détails.

– Que voulez-vous dire par « une affaire comme celle-ci »?

Elle insistait, ne comprenant pas elle-même ce

qui la poussait à poser de telles questions, sachant seulement qu'elle devait les poser.

Robert fronçait les sourcils, contrarié ou, peut-être, embarrassé.

– Un homme a disparu... probablement. La police ne me connaît pas, les gens ne me connaissent pas. Comment peuvent-ils savoir que je ne l'ai pas assommé exprès et laissé dans la rivière pour me débarrasser d'un rival?

Il éteignit le réchaud et versa le café dans la tasse de Jenny, puis dans la sienne : « Je pense qu'il va réapparaître, quand il aura fini de faire la noce, mais en attendant il n'est pas agréable d'être questionné... d'être soupçonné, peut-être, de mensonge.

– Car vous avez l'impression qu'ils vous ont soupçonné de mensonge?

– Non. Je ne crois pas. Et vous?

– Je ne sais. Ils demeurent impassibles. Mais je ne pense pas qu'il était nécessaire de leur donner tous ces détails.

– Que voulez-vous dire? Que nous n'étions pas fiancés?

– Oui, » fit-elle, d'un ton tranchant.

Elle sentit qu'elle avait marqué un point : « Cela ne les intéresse pas. Ils veulent savoir si, oui ou non, Greg était vraiment assis sur le talus, et s'il a pu remonter jusqu'à la route.

– Je sais. Je tente de vous expliquer pourquoi je leur ai dit que nous n'étions pas fiancés, Jenny, et cela me paraît évident. »

Il avait une voix douce et conciliante, mais Jenny devina sous ses propos une grande dureté qui la surprit, la blessa. Ils n'étaient pas fiancés, c'était la vérité. Peut-être ne le seraient-ils jamais. Elle sentit un vide la gagner, et la crainte d'une douleur soudaine; elle voyait Robert frapper durement Greg du poing, l'envoyer rouler en travers des rochers et s'assurer qu'il était bien tombé dans l'eau profonde.

– Qu'y a-t-il? demanda Robert.

– Rien. Pourquoi?

– Vous avez l'air si...

– Je ne vous comprends pas, dit-elle.

Il se leva.

– Jenny, qu'est-ce qui ne va pas, ce soir? Dites-le-moi. Vous êtes fatiguée, je crois. Cette histoire est une dure épreuve pour vos nerfs. – Il eut un mouvement vers elle, puis s'arrêta en chemin, laissant retomber sa main tendue : – que voulez-vous dire, vous ne me comprenez pas?

– Simplement ceci. Vous continuez à être une énigme. C'est étrange.

– Oh! Jenny! Je suis aussi énigmatique que... que ce carreau de verre!

– Je suis mieux placée que vous pour en juger, vous ne pensez pas? Je vous trouve énigmatique.

– Jenny, voulez-vous dire que vous ne me croyez pas? Je vous ai rapporté chaque seconde de cette nuit.

Ce n'était pas vraiment cela qui la troublait. Elle voyait que Robert s'impatientait de plus en plus, et peu lui importait maintenant.

– Que voulez-vous insinuer? demanda-t-il.

– Je ne sais pas. Mais je saurai... d'ici peu.

Il alluma une cigarette et se mit à tourner en rond dans la cuisine. Il fit le tour de la table, et dit :

– Je vais m'en aller, Jenny, vous laisser vous reposer.

Elle sentit un peu d'ennui, dans ses paroles. De la colère aussi, et de l'indifférence. Son ressentiment n'en fut que plus vif.

– Très bien.

Il la regarda.

C'était la première fois qu'ils étaient si près d'une dispute. C'en était une, en fait. Une dispute à mots couverts, ne laissant émerger qu'un faible courant d'animosité.

Il enfila son manteau et s'approcha d'elle.

– Je vais vous souhaiter une bonne nuit, Jenny. Excusez-moi si j'ai pu vous blesser.

Elle se sentit soudain honteuse et confuse.

– Oh! Robert, je n'ai pas voulu me mettre en colère. Franchement, je n'ai pas voulu.

Il sourit, effleura sa lèvre encore enflée de son index.

– Entendu, n'en parlons plus. Appelez-moi demain si vous avez des nouvelles, voulez-vous? Ou ce soir. Il n'est que 10 heures un quart.

– Je vous appellerai, bien sûr, Robert.

Greg ne réapparut pas le jour suivant, un mardi, ni le lendemain. *La Gazette de Langley*, et même *Le Bulletin de Philadelphie* firent paraître des photos de lui, de vieilles photos très ordinaires que ses parents avaient dû donner à la presse. On les avait interviewés. Ils espéraient, ils priaient, mais ils craignaient de plus en plus que leur fils n'eût été emporté par le Delaware.

Dès le mardi, le nom de Robert fut aussi dans les journaux. On décrivait le combat, et on en signalait la raison : jalousie d'un amoureux évincé. On blâmait Greg d'avoir ouvert les hostilités. L'attitude de Robert était laissée à l'imagination et le lecteur moyen, pensa-t-il, supposerait qu'il était amoureux de Jenny et qu'il avait pris la place de Greg comme prétendant.

A l'usine, Jack Nielson eut une conversation avec lui le mardi matin. Il l'avait questionné le lundi sur son œil au beurre noir et sa lèvre fendue. Robert avait répondu – essayant de présenter la chose sous une forme plaisante et sans gravité – qu'il était tombé, la nuit, sur un ancien flirt, un type plus costaud que lui. Le mardi matin, Jack avait lu l'histoire dans les journaux. Robert lui raconta comment il avait laissé Greg assis sur la berge abrupte du Delaware.

– Cela s'est passé exactement comme le décrivent

les journaux, dit Robert. Je dois reconnaître qu'ils n'essayent pas de déformer les faits.

– Comment cela, « déformer »? demanda Jack.

– Eh bien, il leur serait facile de dire que je l'ai fait basculer dans la rivière, et que je ne veux pas avouer.

– Hum-m... Oui. Mais tout ce qui tombe dans cette rivière remonte. Que ce soit à Trenton, que ce soit avant, on retrouve toujours le cadavre. Demandez à Schriever. Vous a-t-il raconté...

– Oui, il m'a raconté.

Il s'agissait du corps de ce vieillard que le fleuve avait rejeté dans l'arrière-cour de Schriever.

– Ne vous en faites pas, reprit Jack. Il doit se cacher chez un ami pour vous mettre dans l'embarras. Si c'est le genre de type à déclencher une bagarre pour une histoire pareille...

Jack hocha la tête.

– Je n'ai pas de prétentions sur Jenny, dit Robert. Toute cette affaire est tellement vaine.

– Hum... J'ai entendu parler de Wyncoop. Il a déjà cassé la figure à un ou deux gars qui lui avaient fauché ses filles.

– Oui. Les nouvelles circulent vite!

– Dans les petites villes..., dit Jack en souriant. Que pense Jenny de tout cela?

– Oh! elle pense que Greg est en train de faire la foire.

Au cours de cette semaine, l'atmosphère changea. Greg ne revint pas. Les sirènes mugissaient sur la rivière, parfois dans l'après-midi, parfois tard dans la nuit. Elles réveillaient Robert, en sursaut, et ne recherchaient pas forcément Greg, se disait-il. On les entendait habituellement deux fois par semaine, mais désormais, leurs hurlements reprenaient toutes les nuits. Et Robert pensait que c'était en effet pour retrouver Greg. Les journaux avaient décrit les vêtements qu'il portait : un pardessus gris et un costume sombre. (« Comment diable savaient-ils ce qu'il portait ce jour-là? » se demandait Robert.)

Ayant épuisé leurs sources d'informations sur Greg, ses parents et ses amis, ils réimprimaient ce qu'ils avaient déjà écrit : « Nous espérons et nous prions », dit Mme Wyncoop, les yeux brillants de larmes. « Un des meilleurs amis que j'aie jamais eus », déclare Charles Mitchell, de Rittersville. Comme si Greg était mort, à coup sûr. Rien de spécial ne se produisait à l'usine. On ne lui posa plus de questions. Mais Robert sentait bien que les gens se tenaient à l'écart. Ils attendaient les événements.

Il avait l'impression que presque tout le monde, à l'exception de Jack Nielson, espérait secrètement qu'on retrouverait un corps dans la rivière. Robert décommanda un rendez-vous avec Jenny pour le jeudi soir, en l'appelant à 6 heures pour lui annoncer qu'il avait un travail supplémentaire à effectuer. C'était la vérité, mais Jenny fut contrariée. Nickie, légèrement éméchée, avait téléphoné vers 5 heures et demie ce jour-là en disant : « Dans quelle histoire tu t'es fourré, Bobbie ? Un petit meurtre, peut-être ? » Il avait finalement raccroché, n'ayant pu expliquer la situation, car elle éclatait de rire. Cette même nuit, les sirènes mugirent sur la rivière. Ce n'était pas une nuit propice au sommeil, et Robert avala un des Séconal, le premier depuis que Jenny les lui avait donnés.

Le vendredi après-midi, une secrétaire appela Robert à sa table à dessin. Deux messieurs l'attendaient dans le hall de réception, dit la jeune fille, avec un sourire et un haussement de sourcils. C'était Nancy, une blonde qui aimait plaisanter avec tout le monde.

— Des messieurs ? fit Robert en se levant.

Il savait.

— Non, ce sont des flics, riposta Nancy. Vous avez payé vos tickets de parking, ces jours-ci ?

Robert s'efforça de sourire.

Il traversa la salle de dessin, entre les deux longues rangées de tables éclairées au néon. Lippenholtz et McGregor se tenaient debout dans le hall vitré. C'étaient ceux de lundi soir, Lippenholtz et McGregor. Leurs noms l'avaient frappé.

– Bonjour, dit Lippenholtz.

– Bonjour.

Lippenholtz jeta un coup d'œil circulaire dans le hall, comme pour s'assurer que personne ne pouvait l'entendre, puis déclara :

– Voilà, le cadavre n'a pas encore été trouvé – si cadavre il y a – mais nous continuons à chercher, et nous pensons bien que nous découvrirons un corps. Maintenant, ce que nous voulons obtenir de vous, c'est une relation complète et exacte des faits, prononça-t-il d'une voix lente, persuasive. En mettant les choses au pis, il s'agirait d'un homicide. Wyncoop est l'agresseur. Nous vous croyons sur parole, car vous aviez rendez-vous à 19 h 30 avec Mlle Thierolf, et nous savons que Wyncoop est facilement enclin à la bagarre avec les gens qui ne lui plaisent pas. Parfait. Ce que nous voulons savoir, c'est ceci : l'avez-vous fait, oui ou non, tomber dans la rivière ?

Sa voix n'était plus qu'un murmure.

– Je vous ai dit exactement comment les choses s'étaient passées, répondit Robert, d'un ton calme, lui aussi. Je n'ai rien à ajouter. Il est resté dans l'eau pendant une minute et je l'en ai tiré. Après quoi, le combat était fini. Je l'ai laissé assis par terre. En se relevant, il est peut-être retombé directement dans la rivière. Je ne sais pas.

– Qu'est-ce qui vous rend si nerveux ? demanda McGregor.

– Rien.

– Nous avons parlé à votre femme ce matin, monsieur Forester, dit Lippenholtz. Elle trouvait certaines choses à redire au sujet de votre... votre personnalité.

Robert prit ses cigarettes dans la poche de son veston.

– Quoi donc ?

164

– Eh bien, elle a dit que vous étiez instable, sujet à la violence. Le reconnaissez-vous?

Robert craqua une allumette et la jeta dans un pot de sable, près de l'ascenseur.

– Ma femme est capable de dire n'importe quoi à mon propos. Les gens qui divorcent ne sont pas dans les meilleurs termes, généralement.

Le regard des policiers restait fixé sur lui. Un regard résolu, pas très intelligent, pensait Robert. Ce qui n'arrangeait pas les choses : « Quant à la violence, c'est Wyncoop qui m'a provoqué.

– Oui, mais n'auriez-vous pas pris un morceau de bois pour lui en assener un coup sur la tête? demanda Lippenholtz.

– C'était une lutte à coups de poing », reprit patiemment Robert.

Lippenholtz approuva de la tête et lança un coup d'œil à McGregor.

– Comment avez-vous fait la connaissance de Mlle Thierolf?

McGregor tourna une page de son carnet de notes.

– Quel est le rapport?

– Il pourrait y en avoir un. Voudriez-vous bien nous répondre? demanda Lippenholtz avec un sourire engageant.

Robert haussa les épaules.

– Je ne vois pas quel intérêt...

Il hésita.

– Mlle Thierolf non plus ne tient pas à nous répondre sur ce point. Pourquoi donc, monsieur Forester? Nous lui avons parlé ce matin. Qu'y a-t-il de si secret?

Robert se demanda comment elle avait réagi à la question. Il n'était pas certain de pouvoir répondre à Lippenholtz sur un ton naturel.

– Par l'intermédiaire d'une amie. Une jeune fille nommée Rita.

Robert n'avait jamais aperçu Rita.

– Votre femme nous a raconté une histoire de

rôdeur, poursuivit Lippenholtz. Wyncoop lui aurait dit qu'un homme avait rôdé un certain temps autour de chez Mlle Thierolf. Elle l'aurait entendu près de sa maison. Puis, après sa rencontre avec vous, les bruits auraient cessé. Vous n'auriez pas fait la connaissance de Mlle Thierolf en rôdant autour de sa maison, par hasard?

– Non, répondit Robert.

– Votre femme a dit que c'était possible. Wyncoop...

– Mon ex-femme, corrigea Robert.

– Oui. Pardon. Elle a dit que Wyncoop voulait savoir comment vous aviez rencontré Mlle Thierolf. Celle-ci lui a répondu à travers une de ses amies, et il a découvert que tout était faux.

Robert fit volte-face en direction du pot de sable, y fit tomber sa cendre.

– Vous pouvez remercier ma femme de ses paroles aimables, et la prier de ne pas se mêler de ma vie privée, ni de mes affaires.

– Pourquoi êtes-vous si énervé? demanda Lippenholtz.

McGregor prenait toujours des notes.

– Je ne suis pas énervé. Mais je n'aime pas ce que vous insinuez. Et que vient faire mon ex-femme là-dedans?

– Elle vous connaît, monsieur Forester, et naturellement nous voulons en savoir le plus possible sur vous, repartit gentiment Lippenholtz.

Ils ne se contentaient pas d'interroger. Ils avaient déjà, en posant ces questions, une idée derrière la tête, et c'était Nickie, Robert le savait, qui la leur avait mise. Elle n'hésiterait pas à prononcer le mot d' « homicide ». Les secondes lui paraissaient interminables, tandis que les deux hommes le regardaient fixement.

– Faites-vous rechercher Wyncoop dans tous les hôtels? questionna Robert. Sous un autre nom, bien sûr.

– Oh! oui, dit Lippenholtz. On vous a soigné pour troubles psychiques, je crois?

Encore l'œuvre de Nickie. Au moment où il s'apprêtait à répondre, l'un des dessinateurs – Robert ignorait son nom – apparut à la porte d'entrée, et tous les regards se tournèrent vers lui. Robert attendit qu'il eût franchi l'entrée de la salle de dessin.

– J'ai consulté quelque temps un psychiatre, quand j'avais dix-neuf ans, dit Robert. J'y suis allé de ma propre initiative. Je n'étais enfermé nulle part. Je suis retourné me faire soigner, il y a deux ans – non, un an – par un psychanalyste. Pendant six semaines. Je peux vous donner les noms, si vous le désirez.

Lippenholtz se contenta de le regarder.

– Votre femme nous a raconté une histoire de fusil que vous auriez dirigé contre elle. Elle a dit que vous aviez tiré et que vous l'aviez manquée.

Robert respira profondément, et les premiers mots de la phrase qu'il allait dire se brouillèrent dans son esprit.

– C'est vrai... vrai que j'ai dirigé un fusil contre elle. Un fusil qui n'était pas chargé. Lorsque j'ai tiré... j'ai tiré dans la cheminée, un autre jour. Ma femme m'avait mis au défi...

– De le faire? s'étonna Lippenholtz.

– Elle m'a dit, je crois, que je n'aurais pas le courage de tirer, ou quelque chose comme ça.

– Un fusil de chasse, dit Lippenholtz.

– Oui, répondit Robert.

– Vous ne vous servez pas de fusil de chasse? Vous n'êtes pas chasseur?

– Non.

Robert pensa que Lippenholtz et McGregor l'étaient : « C'était le fusil de ma femme; il lui arrive de chasser.

– N'est-ce pas dangereux d'avoir un fusil chargé chez soi?

– Si. C'est ma femme qui l'a chargé. Elle possède un permis, pas moi. »

Lippenholtz allongea la main et s'appuya au mur, près de l'ascenseur, une jambe passée sur l'autre.

– Ce n'est pas la version que nous a donnée votre ex-femme, monsieur Forester.

Robert se surprit à regarder fixement un trou dans la fine chaussette bleu marine de Lippenholtz, juste au-dessus du talon. Puis il dirigea son regard sur Lippenholtz.

– Je vous l'ai déjà dit, je ne peux rien à ce que ma femme raconte.

– Mlle Thierolf semble connaître l'histoire, elle aussi. Elle affirme que vous lui avez dit que le fusil était chargé, mais que vous n'aviez pas tiré. Qui devons-nous croire, monsieur Forester?

– La vraie version est celle que je viens de donner.

– Laquelle? demanda Lippenholtz d'un air amusé.

– Le fusil n'était pas chargé lorsque je l'ai braqué contre ma femme.

– Qui ment? Mlle Thierolf, ou votre femme? Ou les deux? Ou vous?

Lippenholtz éclata de rire : trois petits éclats de rire semblables à des jappements.

– J'ai dit à Jenny Thierolf qu'il était chargé, ajouta Robert. Il est naturel qu'elle vous ait dit la même chose. Ma femme sait très bien qu'il ne l'était pas.

– Pourquoi avez-vous dit à Mlle Thierolf qu'il était chargé? demanda Lippenholtz, toujours souriant.

– Je ne sais pas. Cela faisait mieux.

– Vraiment?

– Il semble que ce soit également l'avis de mon ex-femme.

– Pourquoi avez-vous raconté cette histoire à Mlle Thierolf dès le début.

Robert avait l'impression de s'enliser dans un marécage : « Je ne sais pas.

– Tout cela n'est pas bien clair, déclara Lippen-holtz en secouant la tête, comme si Robert devenait plus suspect et qu'il n'eût qu'à tendre le bras pour le prendre et le coffrer. O.K., Mac? dit Lippenholtz à McGregor, qui continuait à écrire.

– Vouais, grogna McGregor.

– Nous préférons que vous restiez en ville pour le week-end, monsieur Forester, ajouta Lippenholtz en quittant le mur. Aussi j'espère que vous n'aviez pas fait de projet de promenade. Il peut y avoir du nouveau pendant ce week-end.

– Je l'espère », dit Robert.

McGregor appuya sur le bouton de l'ascenseur.

– C'est tout pour aujourd'hui. Merci infiniment, monsieur Forester.

Un signe de tête, un léger sourire – derniers vestiges de politesse – et Lippenholtz tourna les talons.

– A votre service, dit Robert.

Il retourna dans la salle de dessin, se dirigea vers sa table, puis obliqua vers les toilettes dans le coin opposé. Pendant quelques minutes, il ne put mettre de l'ordre dans le chaos de ses pensées. Nickie lui apparut comme une menace concrète. Elle ferait tout ce qu'elle pourrait contre lui, il en était sûr. Inutile de se poser toujours la vieille question : pourquoi? « Compte là-dessus, voilà tout », se dit-il. Sur un mouvement de colère, aussitôt réprimé, il voulut lui téléphoner. Elle ne le laisserait pas placer un mot. Nickie rirait de son inquiétude, de son angoisse qui, naturellement, perceraient sous sa voix. Il pouvait lui écrire, mais il ne voulait pas livrer de preuve écrite, même si rien, dans ses propos, ne laissait soupçonner qu'il prenait à cœur ses déclarations à la police. Le simple fait d'écrire ainsi prouverait justement qu'il les prenait à cœur.

Il s'alarma, car il commençait, lui aussi, à croire qu'on pouvait retrouver le corps de Greg dans le fleuve, qu'il viendrait s'échouer, demain peut-être, dans une cour. Qui croirait alors qu'il ne l'avait pas assommé exprès ou, du moins, qu'il avait bien voulu le sauver lorsqu'il était tombé ? Robert se tamponna les yeux à l'eau froide, essayant d'atténuer l'expression que la glace lui renvoyait. Il regarda sa montre. Une heure et demie, encore, avant qu'il puisse appeler Jenny, à 17 heures, chez elle. « Plus question d'aller à Philadelphie, se dit-il, car ce serait quitter la ville. » De toute manière, il n'avait pas envie de chercher une maison.

Sa main trembla tout l'après-midi. Il était bien dans le caractère de Nickie de prendre intérêt au petit scandale qu'il suscitait à Langley, et de raconter à la police que Greg ignorait comment il avait connu Jenny, et que c'était sûrement lui le rôdeur qui avait fait du bruit autour de la maison. Elle avait pris la peine de rapporter qu'il avait dû, par deux fois, consulter des psychiatres, en laissant entendre qu'on l'avait emmené en camisole de force. Cela lui ressemblait aussi d'expliquer l'histoire du fusil de chasse, embellie à sa manière. Nickie l'avait racontée si souvent à leurs amis que – Robert le savait – elle en était arrivée à croire que les choses s'étaient réellement passées de cette façon : il aurait été furieux à ce moment-là, le fusil était chargé, elle s'était débattue et avait pu détourner à temps le canon. Robert avait remarqué qu'elle ne racontait pas ça aux personnes qui le connaissaient bien, ou qui le préféraient à elle, comme les Campbell par exemple. Voilà comment, en fait, sans autre témoin, l'incident s'était déroulé : Nickie lui avait déclaré un soir qu'il était bien trop détraqué pour avoir le courage de tirer un coup de fusil, à moins que ce ne fût pour tuer quelqu'un. C'était pour cela qu'il n'aimait pas la chasse. Puis elle avait chargé le fusil et l'avait placé de force entre ses mains, le mettant au défi de tirer sur elle. En colère, lui aussi, Robert avait saisi l'arme, l'avait pointée vers la cheminée et fait feu – histoire de la débarrasser de cette maudite balle. De faire aussi un tel fracas qu'il serait peut-être suivi de quelques secondes de silence béni. Il ne savait pas pourquoi il avait tiré, mais il l'avait fait. Et personne, dans l'immeuble, n'était venu cogner à la porte, rien de spécial ne s'était produit, si ce n'est que Nickie avait eu une nouvelle histoire à placer dans son répertoire. Elle avait découvert la marque laissée par la balle, au fond de la cheminée, et prenait un malin plaisir à la montrer aux gens. Robert se souvint de la silhouette gauche de Ralph se penchant pour regarder l'empreinte dans la brique, lors de leur seconde entrevue peut-être, avant que les intentions de Nickie à son égard se soient précisées. « Vous avez tiré? avait demandé Ralph. – Oui, dans la cheminée. Croyez-vous que j'aurais tiré sur ma femme? » Nickie ne se trouvait pas dans la pièce à ce moment-là. La situation était-elle comique? Ou simplement embarrassante? Les deux, pensait Robert. Il n'avait jamais su ce que Ralph avait cru, au juste, et ne s'en était pas soucié. Allait-il s'en soucier maintenant?

L'idée lui traversa l'esprit comme un éclair : Greg était avec Nickie. Elle le cachait, ou l'aidait à se cacher. Elle n'en serait que trop contente. Le crayon de Robert s'arrêta, et il fixa des yeux la feuille de papier d'un blanc éblouissant en face de lui. Et Ralph? Serait-il d'accord? Bien sûr, cela dépendait de ce que Nickie lui dirait, et elle pouvait bâtir une histoire très convaincante. Mais Ralph aussi pouvait lire les journaux. Manquerait-il à ce point de volonté? Robert savait peu de choses sur Ralph Jurgen, mais il le considérait comme un faible. Et, de plus, il était en pleine lune de miel avec Nickie. Oui, on pouvait y compter : il accéderait à tous les désirs de Nickie.

A 17 heures, avant de quitter l'usine, Robert entra dans une cabine téléphonique, au bout du couloir principal, afin d'appeler Jenny chez elle. Son ton était quelque peu embarrassé.

– Etes-vous seule? demanda Robert.

– Oh! oui. Susie va venir, mais plus tard. Je suis seule pour l'instant.

– Quelque chose ne va pas? Vous avez eu d'autres nouvelles?

– Non. Pourquoi?

– Vous semblez bizarre. Les policiers sont venus me voir aujourd'hui. Les mêmes. Ils m'ont dit qu'ils avaient eu un entretien avec vous.

– Oui, dit Jenny.

– Qu'y a-t-il, Jenny? Ne pouvez-vous me le dire?

– Il n'y a rien. Pourquoi me posez-vous tout le temps cette question?

Robert passa sa main sur son front.

– Ils m'ont dit qu'ils vous avaient interrogée sur la façon dont nous nous étions rencontrés. Je me suis demandé ce que vous leur aviez répondu.

– Je leur ai répondu que cela ne les regardait pas.

– Oh! Nous aurions dû nous mettre d'accord pour dire que nous avions fait connaissance au comptoir d'un snack-bar en face d'un soda, ou quelque chose de ce genre. N'importe quoi...

– Je pense que cela ne les regarde pas, répéta avec obstination Jenny.

– Hum, on dirait qu'ils s'acharnent sur cette histoire de rôdeur, maintenant. Greg en avait parlé à Nickie. Elle n'a pas été bien inspirée en la leur rapportant. Je...

Il décida de ne pas dire à Jenny qu'il soupçonnait Nickie d'aider Greg à se cacher. Ni de lui faire part de son intention d'aller à New York voir Nickie.

– Heu... j'ai nié cette histoire, déclara finalement Jenny, lentement.

– Jenny, vous avez l'air si abattue. Je suis terriblement navré, pour tout ce gâchis.

– Robert, je vous aime tant, exhala Jenny dans l'appareil avec un soupir qui ressemblait à un sanglot.

A l'entendre, on eût cru qu'ils étaient arrachés

l'un à l'autre par la cruelle force de la loi. Ce n'était pas ce qu'il désirait lui faire dire.

– Comment avez-vous dit que nous nous étions rencontrés? Avez-vous expliqué quelque chose?

– J'ai dit que la question était hors de propos.

– Oh! Jenny, je ne peux pas aller à Philadelphie demain, parce que la police veut que je reste en ville pour le week-end.

– Très bien, dit-elle avec résignation. Robert... vous continuez à croire qu'il est en vie?

– Oui, j'en suis certain.

Robert alla à New York le dimanche soir. Il avait pensé retarder son voyage jusqu'au lundi soir, dimanche faisait encore partie du week-end, mais le coup de fil de la logeuse de Greg, Mme Van Vleet, à l'heure du repas, l'avait rendu furieux. Il n'en avait pas parlé à Jenny lorsqu'elle lui avait téléphoné à 3 heures de l'après-midi. Jenny était un peu froissée parce qu'il avait refusé de la voir le dimanche. Elle l'avait invité pour une légère collation dans le courant de la matinée, lors de leur rencontre du samedi midi. Ils avaient déjeuné ensemble dans un snack de Rittersville, près du garage où Robert faisait graisser sa voiture, et l'atmosphère était assez tendue. Jenny n'avait cessé d'agir comme s'il se trouvait à des milliers de kilomètres de là, perdu pour elle, ainsi qu'elle l'imaginait peut-être. Ils n'avaient pas trouvé trop de phrases à échanger et Robert n'avait eu qu'un désir : rentrer chez lui, se retrouver seul, être prêt à accueillir les nouvelles, bonnes ou mauvaises, qui à chaque instant pouvaient lui parvenir grâce à une visite ou par le téléphone. Ou simplement, des voix désagréables, comme celle de Mme Van Vleet. Elle l'avait appelé pour lui dire ce qu'elle pensait de lui, et le plus surprenant pour Robert, c'était qu'elle fût si loquace, si sûre d'elle-même en s'adressant à une personne qu'elle considérait comme un assassin.

N'est-on pas censé avoir peur des assassins? Et si elle le prenait vraiment pour un de ceux-là, ne craignait-elle pas qu'il se mette en colère et l'attaque à son tour? Elle avait demandé à Robert s'il travaillait toujours à la Langley Aeronautics, et, sur sa réponse affirmative, avait déclaré : « Je me demande comment vous avez encore du travail. Je me demande comment vous pouvez marcher la tête haute dans la société. C'est vraiment... Un beau jeune homme comme Greg... flirter avec son amie... une si gentille jeune fille. On m'a dit que vous ne vouliez même pas l'épouser. Je ne le lui souhaite pas! Vous êtes un criminel... ou tout comme! » Et Robert s'était contenté de répondre : « Oui... Non » poliment, ne parvenant même pas à placer quatre mots d'affilée sans qu'elle lui coupe la parole. A quoi bon? Mais il savait qu'il suffit d'une minorité active comme Mme Van Vleet dans une société pour pendre un homme, au propre et au figuré.

Robert roulait à vive allure sur l'autoroute Pulaski en direction du tunnel Lincoln. Après tout, il se souvenait que les deux coups de fil des Tesser avaient été amicaux et réconfortants. Au second, Dick était un peu gris. Il avait dit : « Je crois volontiers que vous l'avez laissé au bord de la rivière, mais s'il est tombé dedans en voulant se relever, au fond c'est un peu ce qu'il désirait, non? »

Robert s'arrêta dans un *drugstore* de la 9e Avenue pour appeler son ancien numéro de téléphone, qui était celui de Nickie. Elle s'était fait inscrire sous son nom de jeune fille, Veronica Grâce, et le numéro marqué sur l'annuaire vieux d'un an, qu'il avait sous les yeux, était leur ancien numéro. A sa surprise, Nickie répondit dès le premier appel.

– Bien, bien! Je me demande ce qui t'amène... Oui, chéri, mais nous n'avons pas encore fini de dîner. Peux-tu nous laisser quarante-cinq minutes environ?... 21 h 30, cela nous convient tout à fait.

Robert retourna lentement vers sa voiture, ne

sachant s'il allait appeler les Campbell ou Vic McBain pendant la demi-heure qu'il avait à tuer. Edna Campbell lui avait écrit la semaine dernière, disant qu'ils aimeraient beaucoup le voir et pourraient le loger s'il venait à New York. Elle espérait que les ennuis qu'il avait à Langley seraient bientôt finis et lui demandait ce qui s'était passé au juste. Robert n'avait pas encore répondu à sa lettre. Il décida de n'appeler personne avant d'avoir vu Nickie.

Elle lui avait donné une adresse dans la 82ᵉ Rue Est. Robert conduisit au ralenti, attendant les feux rouges, et gara sa voiture dans un parking souterrain de la 3ᵉ Avenue. Il gagna à pied l'immeuble de Nickie en passant trois ou quatre pâtés de maisons. C'était un immeuble de cinq étages, avec une entrée en marbre où il pénétra en appuyant sur un bouton. Il grimpa les escaliers, bien qu'il y eût un petit ascenseur automatique. Les Jurgen habitaient au troisième étage.

— Juste à l'heure, dit-elle en lui ouvrant la porte.

Elle portait une robe du soir blanche qui touchait presque le sol, et il pensa, soudain, qu'elle avait peut-être des invités. Mais l'appartement était silencieux. Elle accrocha son manteau dans le petit vestibule d'entrée.

— Tu as l'air en forme, lui dit-il.

— On ne peut pas en dire autant de toi. Greg n'a pas ménagé ses coups, semble-t-il. Et tu as maigri, aussi.

Oui, et il était maussade, ses cheveux retombaient en désordre, son grain de beauté saillait plus que jamais, etc. Robert connaissait le refrain, et lorsqu'il sourit, une douleur lancinante parcourut sa lèvre, non encore cicatrisée. Il suivit Nickie dans un living-room recouvert de tapis d'un mur à l'autre et garni de grandes plantes vertes aux feuilles luisantes. Appartement luxueux dans un quartier luxueux. Ralph Jurgen avait les moyens. La seule trace de Ralph était une pipe au bout d'une table. Les meubles étaient pour la plupart les mêmes, et après un bref coup d'œil, il évita de les regarder. Au-dessus de la cheminée de pierre noire et blanche était accroché un tableau de Nickie, un de ceux qu'il ne connaissait pas encore : une tache vermillon sur fond noir suggérait une peau de banane dont l'extrémité aurait été tournée vers le haut. Et en bas, à droite, se détachait en blanc la fière signature : « AMAT ». Il aime, elle aime. Amat était au moins le troisième ou quatrième pseudonyme de Nickie. Elle changeait de nom en même temps qu'elle changeait de style, et se plaisait à croire qu'elle repartait chaque fois de zéro, bien qu'il y eût continuité dans son œuvre. « Si vous aviez peint une cochonnerie pareille, voudriez-vous la signer de votre vrai nom, vous aussi ? » avait surpris Robert dans la conversation d'un type qui visitait l'une des expositions de Nickie dans la 10e Rue. Robert se souvint qu'il avait eu envie de faire volte-face et de lui casser la figure, mais il ne s'était même pas retourné pour le regarder. Appuyés contre la cheminée, se trouvaient aussi trois ou quatre grands lavis posés à l'envers. Robert se pencha pour lire la signature. C'était « Augustus John ».

Nickie s'assit, s'affala presque dans l'angle d'un canapé du même blanc que sa robe. Elle n'avait pas maigri, elle aurait plutôt pris du poids. Puis son regard se porta sur lui. Elle souriait; ses yeux bruns étaient pleins de malice, de gaieté même, ses cheveux noirs étaient plus courts et plus vaporeux, ses lèvres charnues plus rouges.

— Ainsi... tu as une nouvelle petite amie, m'a-t-on dit. Assieds-toi.

Il prit une chaise à portée de sa main, blanche elle aussi, et sortit ses cigarettes.

— Je ne suis pas venu ici pour parler de cela.

— Tu es venu ici pour parler de quoi ?

Puis elle appela : « Ralph! Ralphie! Tu ne veux pas te joindre à nous? Pourquoi es-tu venu? Tu veux boire un verre?

– Non, merci. Un café serait plus indiqué.

– Plus indiqué pour quoi ? » demanda-t-elle, penchée en avant. Elle tenait nerveusement entre ses mains ses genoux rapprochés. Elle lui sourit d'un air moqueur. Elle s'était aspergée avec un parfum qu'il connaissait bien.

– Ralphie doit faire un petit somme, je pense.

Elle était agitée, Robert le voyait.

– Je prendrai un whisky, dit Robert. C'est plus facile à préparer que le café, n'est-ce pas ?

– Voyons, chéri, je ferais n'importe quoi pour toi, tu le sais bien. Mais tu n'as jamais beaucoup apprécié mon café.

Elle se leva, se dirigea vers le bar où un seau à glace en argent trônait au milieu d'une douzaine de bouteilles : « Je t'accompagnerai », dit Nickie.

La glace tinta bruyamment dans les verres : « Eh bien, parle-moi de ta nouvelle conquête. Il paraît qu'elle termine tout juste ses études ? Ou qu'elle sort du collège ? Va-t-elle encore te jeter beaucoup de poids lourds à la tête pour que tu les assommes ? Tu ferais mieux de suivre un entraînement. Tout bien réfléchi, je préfère que tu ne m'en parles pas. Je connais ton goût et il est horrible. Moi mise à part. »

Robert aspira une bouffée de sa cigarette.

– Je ne suis pas venu te parler de toi ni d'elle. Je suis venu te demander si tu sais, par hasard, où se trouve Greg.

Elle lui jeta un rapide coup d'œil, puis le fixa, mi-sérieuse, mi-enjouée. Elle essayait de deviner ce qu'il savait déjà, pensa Robert. A moins qu'il ne se trompât tout à fait. Elle pouvait aussi bien prétendre en connaître plus long qu'elle n'en connaissait en réalité.

– Pourquoi devrais-je savoir où il se trouve ?

– Je pensais qu'il t'avait peut-être donné signe de vie. Si j'ai bien compris, il n'a pas hésité à te téléphoner plus d'une fois.

– Oui, jusqu'à ce que tu le renverses dans la rivière.

Elle lui tendit son verre.

La porte en direction de laquelle Nickie avait appelé s'ouvrit, et Ralph fit son entrée, en robe de chambre et pantalon. Il avait l'air ahuri, son visage était empourpré par le sommeil, ou peut-être par la boisson. Il avait de fins cheveux blonds et des yeux bleus. Ralph arbora un sourire emprunté à l'adresse de Robert et lui serra chaleureusement la main. Robert s'était levé.

– Bonsoir, Bob, comment allez-vous?

– Bien, merci, et vous?

– Chéri, ne peux-tu trouver une chemise? Ou une serviette pliée comme celle que les boxeurs portent sous leur peignoir? Tu sais que j'ai horreur de voir tous ces poils sur la poitrine.

Nickie fit un geste vague en direction de la poitrine de Ralph.

Pas un seul poil ne dépassait de la chemise de corps.

De rouge, Ralph devint cramoisi.

– Pardon, murmura-t-il.

Il sembla hésiter, peu décidé à retourner dans la chambre, puis, finalement, battit en retraite et disparut par la porte où il était entré.

– La vie conjugale a l'air de t'épuiser! lui cria Nickie.

Au bout d'un moment, après que Ralph eut refermé la porte, Robert reprit :

– Je ne pense pas que tu aies répondu à ma question.

Elle se tourna vers lui.

– A quel sujet? Au sujet de Greg?

– Oui.

Ralph était de retour, une serviette de bain passée autour du cou. Il enfonçait les pointes de la serviette dans sa robe de chambre en soie grise et noire. Il se dirigea vers le bar.

– Oui, au sujet de Greg, répéta Robert, et il remarqua que Ralph dressait la tête, intéressé.

– Je n'ai jamais vu Greg de ma vie, dit Nickie.

– Cela ne veut pas dire que tu n'as pas une idée de l'endroit où il se trouve, répliqua Robert.

– Si, pourtant. Je n'ai aucune idée.

Nickie se tourna vers Ralph avec un sourire triomphant, et au même moment Robert sut qu'elle mentait. Elle regarda Robert : « Oh! laisse tomber cette fille, Bobbie. Laisse-là à quelqu'un de mieux. A condition qu'il soit vivant.

– Il ne s'agit pas de la fille. Ce qui m'intéresse, c'est retrouver Greg.

– Ah! bon, il ne s'agit pas de la fille! » railla Nickie.

Robert observait Ralph. Son visage, aux traits indécis et communs, accusant la quarantaine, restait impassible. « Trop même », se dit Robert.

– Savez-vous de quoi je parle, Ralph?

– Ne pose pas de questions à Ralph! hurla Nickie.

– Comment le pourrais-je, s'il ne sait rien?

Robert vit les yeux de Nickie se fermer presque complètement, tandis qu'elle se préparait à attaquer. Il s'adressa à Ralph : « Je pense que vous savez que je suis dans le pétrin, Ralph. Il faut à tout prix que je sache où se trouve Greg – ou s'il est en vie. On est à même de m'accuser d'homicide. Je peux perdre ma situation... »

Ralph demeurait calme et sans expression, mais Robert sentit qu'il essayait de déchiffrer, sur le visage de Nickie, les directives à suivre.

– Alors, pourquoi es-tu venu ici? demanda-t-elle. Tu parles comme si tu voulais fouiller l'appartement. Allez, vas-y.

Puis elle éclata de rire avec un plaisir évident, la tête renversée, les yeux sombres et pétillants.

– Je parlais à Ralph, Nickie, observa Robert.

– Mais il n'a pas l'air de te parler, on dirait?

– Vous êtes au courant de la bagarre que j'aie eue en Pennsylvanie, Ralph, n'est-ce pas?

– Oui, oui, je suis au courant, répondit Ralph en se grattant le nez.

Il se déplaça, tenant son verre, jusqu'au centre de la pièce, et fit le tour de la grande table ronde. Puis il avala d'un trait la moitié du liquide de couleur ambrée.

– Ralphie, je suis sûre que tu en as assez de ces sottises, reprit Nickie. Cela me rappelle ces conversations idiotes et interminables que j'avais avec M. Forester. Là aussi, on en a pour un bon moment, j'ai l'impression.

– Ralph ne m'a pas encore répondu clairement. Avez-vous une idée de l'endroit où se trouve Greg, Ralph?

– Hou! Quel raseur! s'écria Nickie en pivotant et faisant voltiger sa jupe d'un pied.

Elle saisit un briquet, alluma une cigarette et reposa bruyamment le briquet.

– Non, dit Ralph.

– Là, dit Nickie. Tu es satisfait maintenant?

Robert n'était pas du tout satisfait. Mais Ralph battait de nouveau en retraite dans la chambre. Il referma la porte.

– Venir ici pour trouver Greg! Tu es un casse-pieds qui drague les filles en rôdant autour de leur maison! Oh! Greg sait bien comment tu as fait la connaissance de cette fille. Au fait, qu'est-ce qui ne va pas chez elle? Elle doit être cinglée, elle aussi. Vous êtes peut-être faits pour vous entendre.

Robert avait la gorge serrée.

– Qu'a encore dit Greg?

Nickie renifla avec colère et secoua la tête.

– Est-ce que cela te regarde? Vraiment, Bobbie, tu es en train de perdre la tête. Ou tu l'as déjà perdue. Tu es un pauvre idiot. Regarde-toi. Un œil au beurre noir, une lèvre fendue. Tu n'es qu'un imbécile!

Robert ne répondant rien, elle poursuivit : « Réfléchis bien, Bobbie, je parie que tu vas te rappeler lui avoir tenu la tête sous l'eau jusqu'à ce qu'il se noie. »

Elle éclata de rire : « Tu ne t'en souviens pas, chéri ? »

Lentement, Robert vida le fond de son verre et se leva. Tout était comme par le passé, du temps où les insultes et les mensonges étaient à l'ordre du jour. Il serait inutile de rester plus longtemps. Il avait le sentiment que Greg était à New York et que Nickie le savait. Il ferait ce qui était en son pouvoir, c'est-à-dire demander aux policiers de le rechercher... mais consentiraient-ils ?

– Oh ! assieds-toi, Bobbie. Nous n'avons pas encore commencé à parler, dit Nickie. Tu n'as pas l'intention d'épouser cette Jenny, j'espère ? Ce serait un sale tour à jouer à n'importe quelle fille, même à une cinglée.

– Il ne s'agit pas de la fille, répéta Robert. Tu as les oreilles bouchées ce soir ?

– Pas le moins du monde.

Ralph était revenu. Il avait mis une chemise, une cravate et un veston. Il regarda Nickie, puis se dirigea vers le placard de l'entrée où il enfila un pardessus demi-saison.

– Tu sors ? demanda Nickie.

– Un instant seulement. Bonsoir, Bob. A l'un de ces jours ! dit-il avec un sourire contraint.

Et il ouvrit la porte.

Robert s'élança derrière lui. Il sortit dans le hall de l'immeuble et fit claquer la porte de l'appartement.

Ralph se retourna pour lui faire face.

– Qu'y a-t-il, Bob ?

– Vous savez où il est, n'est-ce pas ?

Ralph jeta un rapide coup d'œil sur la porte refermée.

– Bob, je ne veux rien dire, répondit-il à voix basse. Je regrette, mais je ne veux pas.

– Vous voulez dire que vous savez quelque chose

et que vous ne voulez pas le dire? Si vous savez quoi que ce soit...

Robert s'interrompit, car Ralph regardait fixement sa joue ou son entaille à la lèvre.

– Le voilà donc votre fameux grain de beauté sur la joue, dit Ralph. Il n'est pas si gros que ça!

– Vous m'avez déjà vu, dit Robert, gêné. Ralph, si vous...

Il entendit la porte de l'appartement s'ouvrir derrière lui.

L'ascenseur arriva sans bruit et Ralph pénétra à l'intérieur.

Robert se retourna vers Nickie.

Elle s'appuyait au montant de la porte, une main posée sur sa hanche arrondie.

– Tu t'enfermes dehors? Enfin, nous allons pouvoir être seuls.

– C'est magnifique.

Robert passa devant elle pour revenir dans l'appartement. Son manteau était posé sur un fauteuil de cuir blanc, près de la penderie.

Elle lui mit la main sur les épaules.

– Pourquoi ne restes-tu pas un moment, Bobbie? Tu sais, tu m'as beaucoup manqué. N'est-ce pas normal? Tu es le meilleur amant que j'aie jamais eu, et que j'aurai jamais, sans doute.

– Allons.

Il se détourna des lèvres qu'elle lui tendait. Elle recula, elle aussi, scrutant son visage un instant. Il fit un pas de côté et se dirigea vers la porte.

– Chéri, faisons l'amour. Ralph ne sera pas de retour avant une heure. Je le connais. De toute façon, la porte a un verrou. Et un escalier de service, ajouta-t-elle avec un sourire.

– Oh! Nickie, suffit.

Robert voulut atteindre la poignée, mais elle lui barra le chemin et se mit le dos à la porte.

– Ne nie pas que ce sera agréable. Pourquoi jouer les prudes? Ne me dis pas que cette fille de Pennsylvanie fait mieux l'amour que moi.

Robert passa devant elle et dut lui toucher la taille pour s'emparer de la poignée. Elle se pencha en riant contre son bras, roucoulant comme un pigeon, lèvres closes. C'était son rire des plus mauvais jours, mais aussi celui qu'elle avait dans ses moments les plus affectueux. Là, il se voulait seulement sarcastique. Robert ouvrit la porte si brusquement qu'elle se cogna la tête.

– Pardon, dit-il, et il la bouscula pour sortir dans le hall.

– Ne me dis pas que tu n'en as pas envie.

– Je ne suis pas en train. Au revoir, Nickie.

– Oh! tu es toujours en train pour ça, tu es toujours disposé à le faire! lui cria-t-elle.

Robert s'engagea dans l'escalier.

– Lâche! hurla-t-elle. Lâche!

Il dévala les escaliers, laissant glisser la main sur la rampe cirée, prêt à la saisir s'il faisait un faux pas.

– Lâche! Tu es anormal! Tu es *anormal!*

Lorsque Ralph sortit de l'immeuble de la 82e Rue Est, il descendit l'avenue et pénétra dans le premier bar qu'il trouva sur son chemin. Il commanda un whisky-soda, en but la moitié, puis se dirigea vers l'annuaire du téléphone posé près des vestiaires et y chercha le numéro du Sussex Arms Hotel. Il demanda à parler à M. Gresham. « Drôle de nom que s'est choisi là Wyncoop », pensa Ralph. Il songeait à la loi Gresham (dont il doutait fort que Greg eût connaissance) sur les conséquences heureuses d'une monnaie faible, poussant les gens à accumuler des objets de valeur. On pouvait voir cependant un certain rapport entre cette loi et l'objet de valeur que représentait la jeune fille de Pennsylvanie, puisque deux hommes se la disputaient. Du moins avait-il cru que Robert s'était battu pour elle. Mais Ralph n'avait pu encore éclaircir ses idées lorsque la voix de Greg se fit entendre à l'autre bout du fil.

– Ralph Jurgen, dit Ralph. J'aimerais vous voir ce soir.

– Ce soir? Une mauvaise nouvelle?

– Non-on. Vous serez là?

– Je pensais faire un petit tour, aller à une dernière séance de cinéma peut-être.

– Hé bien, n'y pensez plus. Je veux vous voir.

– Ralph avait un peu trop bu, et il était en colère,

sinon il n'aurait pu s'exprimer avec tant d'assurance. Mais cela donne des résultats. Greg lui dit qu'il l'attendrait.

Ralph prit un taxi pour descendre en ville. Le Sussex Arms était un hôtel de troisième classe, dans la 4e Avenue. Le vestibule était assez crasseux, et si décrépit qu'on ne pouvait l'imaginer autrement. C'était pour de curieuses raisons, pensait Ralph, que Wyncoop avait choisi un tel endroit – un peu sans doute parce qu'il s'y sentait mieux caché que dans un hôtel luxueux, mais surtout pour éprouver un sentiment d'humilité, admettre qu'il agissait de façon malhonnête et se punir, peut-être. Nickie aurait certainement payé sa note d'hôtel n'importe où. Greg était à court d'argent, bien sûr. Ralph prit l'ascenseur jusqu'au quatrième étage. Même la livrée du liftier était élimée. Ralph Jurgen était issu d'une famille pauvre. Tout signe de pauvreté heurtait sa sensibilité, son sens de l'esthétique et même son sens moral. La pauvreté était laide, tragique, inutile.

Greg était en manches de chemise, la veste déboutonnée, et en chaussettes.

– Hé bien, quoi de particulier? demanda-t-il après avoir refermé la porte.

Mais il posa la question en souriant et sur un ton assez poli.

Ralph ôta son pardessus et le garda sur le bras, tout en s'asseyant sur une chaise.

– Bob Forester était en ville ce soir. Il est venu voir Nickie.

– Nickie vient d'appeler, dit Greg avec un léger sourire.

– Oui, je pensais qu'elle le ferait, dit Ralph. Voyons, Greg, pourquoi ne laissez-vous pas tomber? Vous avez causé suffisamment d'ennuis à Bob, maintenant. Que voulez-vous de plus?

– Jenny, dit Greg.

– Hum...m. Bien sûr.

Ralph baissa les yeux sur ses mains. Il avait envie

d'une cigarette, mais le médecin l'avait rationné à dix par jour. Il gardait la dixième pour les dernières minutes, avant de s'endormir : « Pas commode de reprendre une fille si vous ne pouvez communiquer avec elle, vous ne croyez pas ? Et, en tant que cadavre, il me semble difficile de communiquer.

— Je veux ruiner ce type, déclara Greg, jetant une allumette dans la corbeille à papiers métallique. Je vous l'ai déjà dit et je peux le faire. Attendez, et vous verrez. Je veux le chasser de cette ville. Le chasser de l'Etat. Il va commencer par perdre son boulot. J'ai des amis qui ont écrit à son patron.

— Ecrit quoi à son patron ?

— Que c'était un détraqué. Nickie le sait bien. Vous le savez aussi. Il a dirigé un fusil contre Nickie. Vous savez cela.

— Je connais l'histoire du fusil. Les deux versions. J'ai appris celle de Bob par un de ses amis nommé Peter Campbell. Nickie prétend que je l'ai menacée avec un briquet de table l'autre soir. C'est faux. Nous nous disputions, d'accord, et j'ai pris le briquet pour allumer une cigarette. Elle en a conclu que je voulais la tuer. »

Ralph éclata de rire et croisa les jambes : « Iriez-vous croire cela, par exemple ? »

Greg se rapprocha, tira avec force sur sa cigarette.

— Comment croire un ami de Forester qui n'a écouté qu'un seul son de cloche ? Et que dites-vous de l'histoire du rôdeur, hein ? Comment donc pensez-vous que Forester ait rencontré Jenny ? Aucun des deux n'a pu me le dire.

Ralph haussa les sourcils. Il ne savait que penser de l'histoire du rôdeur ; elle lui semblait hors de propos. Il remarqua une bouteille de whisky, entamée à demi, sur le bureau de bois brun vermoulu.

— Un verre ? demanda Greg.

— Non, merci. Greg, je suis venu ici pour vous dire une chose. Je trouve que cette comédie a maintenant assez duré. C'est malhonnête et déloyal, pour ne pas dire inutile.

— Inutile? Et qui êtes-vous pour parler d'honnêteté? La publicité tout entière n'est-elle pas malhonnête? Commencez par être honnête vous-même.

— Pour revenir à notre sujet, je vous suggère de laisser tomber.

— Ou quoi? repartit Greg. J'ai entrepris quelque chose et je suis décidé à aller jusqu'au bout.

— Vous croyez qu'en faisant disparaître Bob de la circulation, la fille vous reviendra? Cela ne tient pas debout.

— Elle m'aime, je le sais. Elle s'est seulement entichée de ce type. Je suis le premier garçon avec qui elle ait couché, précisa Greg en pointant son doigt contre sa poitrine.

La naïveté de cette remarque fit presque sourire Ralph. Mais elle était empreinte d'une prétention qui pouvait rendre Greg dangereux. Ses mains stupides, pendant au bout de ses longs bras ballants, semblaient impatientes de cogner.

— Qu'a dit Nickie ce soir?

— Elle est de mon côté, répondit Greg, et il saisit la bouteille de whisky.

Il se versa une petite ration, alla derrière un paravent dans le coin de la chambre et tourna un robinet : « D'après elle, vous prendriez plutôt parti pour Forester, dit Greg en revenant. Bon Dieu! Depuis quand défend-on les types qui fauchent les filles des autres?

— Depuis quand les filles se laissent-elles faucher? Elles ne sont pas comme des... des paquets de sucre, vous savez.

— Jenny si, dit Greg d'un ton rêveur. Elle est comme un paquet de sucre. »

Ralph comprit alors que Greg était légèrement ivre.

— Bob a dit ce soir que la fille ne l'intéressait pas.

— Quoi?

– Je l'ai entendu dire, dans la conversation, qu'il ne s'agissait pas de la fille. C'est vous qu'il veut trouver.

– Pour sûr qu'il veut me trouver. Mais ça ne l'empêche pas d'être intéressé par Jenny. Il n'a peut-être pas assez de cran pour l'avouer. Il n'est peut-être pas aussi emballé par Jenny qu'elle l'est par lui, mais elle l'intéresse, c'est certain. Il la voit trois ou quatre fois par semaine. Il couche avec elle, sans aucun doute.

Il fit le geste de jeter violemment son verre contre le mur, puis le vida.

Ralph s'était levé.

– Pourquoi ne rentreriez-vous pas demain? Vous n'avez qu'à dire à votre patron ou à votre logeuse, ou à je ne sais qui, que vous étiez parti faire la noce à New York pendant une semaine. Je suis certain que vous serez beaucoup plus efficace en redevenant visible qu'en vous cachant dans un hôtel de New York.

Les sombres yeux de Greg flamboyèrent.

– Pas avant que j'aie vu les résultats des lettres écrites par mes amis. Ils vont également téléphoner à Jenny. Ils peuvent lui dire quel genre de type est Forester. Elle devrait le savoir, la police devrait le savoir. Et par-dessus le marché, il l'a séduite, le salaud.

– Et vous, que lui avez-vous fait?

– Je ne suis pas un salaud, moi, au moins!

Greg tourna le dos à Ralph.

– Vous voulez dire que vous avez des amis en Pennsylvanie qui savent où vous êtes?

Greg fit de nouveau face. Ses mains oscillaient comme les poids d'un balancier.

– Je retire ce que j'ai dit à propos de mes amis. Non, ils ne le savent pas. Ils me croient mort. J'ai écrit une lettre moi-même : au patron de Forester.

Le téléphone sonnait.

— Je ne suis pas là, souffla Ralph, et je ne suis pas venu.

Greg lui adressa un sourire de connivence en décrochant l'appareil.

— 'jour, dit Greg. Non... Non, il n'est pas venu.

Ralph porta son regard sur la couverture d'un programme de cinéma posé sur le bureau. Il venait d'un cinéma de la 42e Rue Ouest. *Les Orgies sexuelles des Pygmées... Maison de Plaisir des Etudiants.*

— Oui, dit Greg plus gentiment. Je me souviens. Ne vous en faites pas... Non... Je crois, oui... Oui... Salut.

Il raccrocha. Ralph le regardait, la main sur la poignée de la porte. Greg détourna les yeux.

— Je trouve que vous devriez quitter la ville dès demain. Retournez à Langley, ou bien dans le patelin où vous vivez.

— Humbert Corners. Là où Jenny habite. C'est ce salaud qui vit à Langley.

— Quittez la ville, Greg, un point c'est tout.

— Ah! ouais?

Il sourit : « Pourquoi?

— Pour une raison dont je suis sûr, c'est que Bob va demander à la police de vous chercher dans les hôtels de New York. Il sait parfaitement que vous êtes ici et que Nickie est dans le coup. »

Greg haussa les épaules.

— D'accord. J'irai ailleurs.

— Et qui va payer la note, là où vous irez?

— Ecoutez, Ralph, ce que Nickie me donne est un prêt. J'ai le fric à la banque. Mais je ne peux pas signer de chèque pour l'instant, vous le comprenez?

— Si vous n'avez pas décampé demain, j'irai dire à la police où vous êtes.

— Et pourquoi pas maintenant?

— Je ne veux pas être mêlé à vos histoires, surtout si je peux l'éviter!

La voix de Ralph trembla d'une colère soudaine :

« Après tout... je peux le dire à la police ce soir, oui.

– Si vous le faites, je vous... » Greg fit un pas en avant.

Ralph ne broncha pas.

– Vous ferez quoi ?

Ralph ouvrit la porte, sortit, se dirigea vers l'ascenseur, pressa le bouton et lança un coup d'œil à la porte de Greg, qui était toujours fermée. Puis il se tourna de nouveau vers l'ascenseur, fermant à demi les yeux, mais respirant aussi fort que s'il venait de participer à un combat. Nickie tournait autour de Greg ; et Ralph savait que seule la jalousie lui avait donné du courage. Il soupçonnait Nickie, et quand il s'agissait de Nickie, les soupçons devenaient certitude. Cela avait pu se passer un matin, ou un après-midi, tandis qu'il était au bureau. Ou si rien ne s'était encore passé, cela ne tarderait pas. Greg serait un nouveau petit triomphe, peu glorieux toutefois, à l'actif de Nickie. Un coup qu'elle lui porterait en le trompant avec un jeune homme médiocre, dès leur quatrième mois de mariage. Une certaine façon de s'attacher Greg, comme elle avait essayé déjà de s'attacher tant d'autres nullités, intrigants et poivrots qui hantaient leur maison, à qui elle dispensait largement ses faveurs, ses flatteries, son hospitalité, couchant quelquefois avec eux.

Dans la rue, marchant un peu pour se rafraîchir les idées avant de héler un taxi, Ralph sut qu'il n'appellerait pas la police ce soir, ni peut-être demain. Il avait assez effrayé Greg, pensa-t-il. Il quitterait la ville, peut-être même ce soir. Ce jeu idiot se poursuivrait à Philadelphie, ou ailleurs, mais au moins, ce ne serait pas sous son nez.

Nickie était absente lorsqu'il revint.

Il se mit aussitôt à remuer des pensées désagréables, et se surprit à sourire d'un air bête, comme pour se convaincre qu'il n'y attachait aucune importance. Il se rappelait avoir vu le même sourire sur le visage de Robert, deux heures plus tôt. Il était sûr que le premier « Oui » de Greg, au téléphone, avait été pour confirmer à Nickie qu'il serait là, et que le second « Oui » marquait son approbation à l'annonce de sa visite pour ce soir.

Ralph ôta son manteau, son veston et se mit à errer dans l'appartement. Il contempla la chambre à coucher avec son immense lit à deux places, s'en détourna en proie à de sombres pensées et s'arrêta net au seuil de l'atelier de Nickie. Des cadres étaient accrochés de travers à la tringle de bois qui courait le long des murs. Les violentes taches de couleur l'éblouirent. Le sol n'avait pas de moquette, et Nickie avait dû poser le pied dans quelque peinture bleu turquoise, car il y avait des traces de couleur qui formaient un motif semblable à ceux des tableaux de Pollock. Sur le chevalet, il reconnut le calque tracé en pointillé d'un Augustus John, posé la tête en bas. L'idée de Nickie était de recopier les « rythmes » des toiles signées Augustus John, et d'en faire des peintures abstraites en les plaçant sens dessus dessous. Elle ne lui avait pas avoué spontanément cette intention, mais un jour qu'il demandait ce que pouvaient bien signifier tous ces tableaux à l'envers dans l'appartement, elle s'était expliquée. Personne ne saurait jamais que c'étaient des copies des tableaux de John, et il n'irait pas le dire. Ralph revint sur ses pas. Il n'avait aucun droit, pensa-t-il, de regarder son atelier. Même si elle lisait, elle, son courrier personnel, ouvrant les lettres pour les recoller maladroitement, laissant des traces de colle. C'était bien là Nickie, soupçonneuse alors qu'il n'y avait aucun motif de soupçon. Mais il y en aurait peut-être un jour, pensa-t-il avec amertume.

Ralph prit une douche et se coucha. Pendant une demi-heure, il se concentra sur les brochures éditées par une usine de boissons non alcoolisées et pour laquelle son agence devait mener une campagne publicitaire de six mois. L'agence avait composé un prospectus détaillé en vue de cette campagne, mais l'entreprise n'était pas satisfaite. On avait chargé Ralph de relire la documentation pour essayer d'avoir des idées meilleures, et plus nouvelles. Il ne lui venait à l'esprit que de détestables calembours. Il était dégoûté des calembours. Sa dixième cigarette étant consumée depuis longtemps, il reposa les brochures, le prospectus et éteignit.

Il se réveilla en entendant le bruit de la porte et regarda l'heure au cadran lumineux : 2 h 17.

Nickie entra dans la chambre.

— Salut, dit-elle en se retenant à la poignée. Comment vas-tu?

Ralph pouvait voir tout de suite qu'elle n'était pas ivre. Elle avait une attitude un peu timide, et peut-être coupable.

— Bien, merci. Tu as passé une bonne soirée?

— Greg quitte la ville *ce soir*. Tu es content maintenant? fit-elle en lui tournant le dos, et elle jeta son manteau sur son épaule.

Le living-room éclairé répandait jusque dans la chambre une lueur diffuse et sinistre. Ralph regarda la saillie que faisaient ses pieds sous la couverture de laine jaune pâle.

— Où va-t-il?

Nickie retira son pull-over angora blanc par la tête et le secoua, le posa sur le dossier d'une chaise. Elle ne portait jamais de soutien-gorge et n'avait aucune pudeur, fausse ou non. Elle fit face à Ralph, les mains sur les hanches.

— Il ne l'a pas dit.

— Espérons que c'est à Humbert Corners, ou je ne sais quel endroit où il habite.

— Oh! non. Il ne va pas aller à Humbert Corners.

Elle dégrafa ses sandales et les repoussa d'un coup de pied, alla jusqu'à la penderie pour ouvrir la fermeture Eclair de son pantalon. « Qu'est-ce que ça peut te faire, Ralphie? Pourquoi lui dire que tu vas le dénoncer à la police... alors que tu sais très bien que tu ne le feras pas? Qu'est-ce qui te prend de vouloir paraître plus vertueux que tu n'es? »

Elle accrocha son pantalon dans un tintamarre de cintres entrechoqués.

Ralph digéra en silence. On l'avait prévenu, il s'en souvenait, avant qu'il se marie avec Nickie. *Elle n'épouse que les hommes qu'elle pense pouvoir mener par le bout du nez.*

— Tu lui as fait un chèque? demanda Ralph.

— Non. De l'argent liquide seulement, mon chou, et je suis sûre qu'il me le rendra.

Il entendit Nickie faire couler l'eau dans la salle de bains. D'une façon ou d'une autre, la soirée avait dû être un succès pour elle. Il le devinait à sa bonne humeur. Greg allait continuer son petit jeu. Elle avait dû lui donner son soutien moral et lui déclarer qu'il n'avait rien à craindre de Ralph. Greg irait quelque part sous un nouveau nom. *Qu'as-tu contre Robert Forester?* voulait lui demander Ralph tandis qu'elle revenait vers le lit en pyjama, mais il savait qu'elle se contenterait de répondre : *C'est mon affaire, chéri,* ou, avec plus d'impertinence : *Je m'occupe de mon jeu, occupe-toi du tien.* Il se crispa tandis qu'elle se laissait tomber à côté de lui, la face contre l'oreiller. Il avait l'impression qu'elle allait ajouter quelque chose. Mais au bout d'une minute à peine, il entendit sa respiration légère et régulière indiquant qu'elle était profondément endormie.

Robert téléphona à Jenny tôt le lundi matin : pouvait-il la voir le soir même ?

– Heu... je ne sais pas.

Il rit.

– Vous ne savez pas ? Vous avez un rendez-vous ?

– Non.

– J'aimerais vous voir juste quelques minutes. Je passerai chez vous, ou vous pouvez venir ici. Comme vous voudrez.

– Vous ne pouvez pas me dire dès maintenant de quoi il s'agit ?

– Je préférerais ne rien dire au téléphone. Accordez-moi seulement quelques minutes, Jenny. Quelle heure vous convient le mieux, dans la soirée ?

Ils décidèrent finalement que Jenny viendrait chez lui vers 9 heures. Robert était soucieux, en raccrochant. Jenny lui avait paru bizarre. Elle se tourmentait pour Greg, bien sûr, et peut-être ses amis étaient-ils venus lui parler au cours du week-end. Des gens comme Susie Escham. Susie était le genre de fille qui pouvait dire à Jenny, et rien que pour donner du piquant à l'affaire : « Après tout, il est très possible que Robert l'ait jeté au fond de la rivière. Naturellement, il n'ira pas l'admettre, s'il l'a fait. » Et comme Greg connaissait Susie, il avait dû lui raconter l'histoire du « rôdeur ». Combien de personnes semblables à Susie, Jenny connaissait-elle ? se demanda Robert.

Dans le courant de la matinée, Nancy s'approcha de sa table et lui dit que M. Jaffe voulait le voir dans son bureau.

Robert s'y attendait.

– D'accord. Merci, Nancy, répondit-il machinalement, et soudain une peur irraisonnée s'abattit sur lui comme une douche froide.

Il jeta un coup d'œil à Nancy, en se levant. Nancy ne souriait pas, elle détourna son regard.

M. Jaffe était le supérieur immédiat de Robert, et son bureau se trouvait de l'autre côté du hall de réception. C'était un homme au visage carré, portant moustache et lunettes, plutôt corpulent, avec une tendance à s'empâter. Il s'arrêtait entre chaque phrase, pressant ses lèvres charnues, et Robert pouvait entendre son souffle passer à travers la moustache touffue. M. Jaffe semblait vouloir choisir ses mots, mais il était clair qu'il n'avait pas eu le temps de préparer son discours. Il dit qu'un « officier de police » lui avait téléphoné ce matin. Ce qu'il avait à lui communiquer pouvait se résumer, en gros, à ceci : la mutation de Robert à Philadelphie dans une dizaine de jours devrait, sans doute, être différée jusqu'à ce que la situation s'éclaircisse. Et ce n'était pas tant une décision prise par lui ou par M. Gérard – le président-directeur général de la Langley Aeronautics – que par la police, qui désirait certainement garder Robert à vue un certain temps.

Robert approuva de la tête.

– Je comprends. J'espère que les choses se seront éclaircies d'ici dix jours. Mon départ, en fait, est dans une semaine, mais évidemment je ne ferai aucun projet jusqu'à ce qu'on y voie plus clair.

M. Jaffe, lui aussi, hocha la tête. Assis sur une chaise poussée contre le mur, Robert attendait. Son supérieur l'observait, debout près de son bureau, l'air hésitant et les mains enfoncées dans les poches de son costume gris avachi. Ce qui inquiétait Robert, c'était ce que Jaffe ne disait pas, les pensées et les doutes qu'il devinait sous les silences de quelques secondes entre chaque phrase, tandis que les yeux bruns le scrutaient avec une intensité pleine de regrets derrière les verres épais. Robert était persuadé que le policier – sans doute Lippenholtz – avait mentionné à M. Jaffe l'histoire du rôdeur, peut-être l'incident du fusil et peut-être même les soins psychiatriques. De là à le renvoyer il n'y avait qu'un pas, que Jaffe franchirait en lui signifiant un congé indéterminé.

– Je peux aussi bien vous dire, poursuivit M. Jaffe en baissant les yeux sur son bureau, que nous avons reçu une lettre ce matin – ou plutôt, M. Gérard l'a reçue. Elle était adressée au directeur de la Langley Aeronautics.

Robert suivit le regard de M. Jaffe et vit deux feuilles de papier écrites à la machine posées l'une sur l'autre, sur le sous-main bleu ciel du bureau.

– Une lettre à votre sujet. Sans aucun doute la lettre d'un fou, mais quand même...

M. Jaffe le regarda.

– Puis-je voir ? demanda Robert.

– Oui, dit M. Jaffe en prenant les feuillets. Elle est très déplaisante. N'allez pas penser une seule minute que nous y ajoutons foi, monsieur Forester, mais... je crois que vous devriez voir, oui.

Il tendit la lettre à Robert.

Robert se mit en devoir de lire, puis se contenta de parcourir rapidement les paragraphes en caractères gras, tapés sans doute avec un ruban neuf. Il y avait de nombreuses ratures et des fautes d'orthographe. Pas de signature, naturellement, mais Robert pensa aussitôt que Greg était l'auteur. Ce ton malveillant, emporté, ne pouvait venir que de lui. On racontait l'histoire du rôdeur, l'histoire du fusil selon la version de Nickie, on soutenait que Forester exerçait ses « charmes maléfiques et morbides sur Jenny Thierolf, jeune fille de vingt-trois ans exagérément naïve, dont il avait brisé les fiançailles... » L'auteur disait, dans un paragraphe final, qu'il était un ami de Greg Wyncoop désireux, pour des raisons personnelles, de garder l'anonymat, mais voulant malgré tout que justice soit faite. « Une entreprise respectable, comme la Langley Aeronautics, ne devrait pas garder à son service... » Robert se leva, fit le geste de rendre la lettre. M. Jaffe ne faisait aucun mouvement.

Il reposa les feuillets sur le sous-main.

– Je pense que cette lettre vient de Wyncoop, dit Robert. Quel était le cachet de l'enveloppe?

– New York. Grand Central, dit Jaffe.

Robert restait debout.

– Monsieur Jaffe, je suis navré de toute cette histoire, mais j'ai de bonnes raisons de croire que Wyncoop est vivant, et que la police le retrouvera si elle entreprend des recherches sérieuses.

– Et quelles sont vos raisons?

– La première est que je n'ai pas fait tomber ce type dans le Delaware, la seconde est cette lettre même. Je pense que c'est Wyncoop qui l'a écrite. Il se cache quelque part dans New York.

M. Jaffe frotta sa moustache.

– Hum... heu... y a-t-il quelque vérité dans cette lettre, monsieur Forester?

Robert jeta un regard sur les pages noircies, fut sur le point de donner une réponse nuancée, puis secoua la tête rapidement et dit :

– Non. Pas de la façon dont les choses sont présentées... non. C'est entièrement faux.

M. Jaffe le fixa sans mot dire, attendant peut-être d'autres explications.

– Monsieur Jaffe, je crois que je devrais également vous signaler... Wyncoop se trompe entièrement sur mes intentions à l'égard de Jenny Thierolf. Je n'en ai aucune. Cette bagarre n'aurait jamais dû avoir lieu. Rien de ceci n'aurait dû arriver.

M. Jaffe le regardait toujours fixement. A la fin, il hocha la tête.

– Très bien, monsieur Forester. Merci d'être venu.

Robert déjeuna à midi avec Jack Nielson, comme d'habitude, dans le restaurant du Hangar, de l'autre côté de la route où se trouvait l'usine. Deux autres types, Sam Donovan et Ernie Cioffi, déjeunaient en général avec eux, mais aujourd'hui Jack et Robert étaient seuls. Si Jack s'était arrangé pour qu'il en fût ainsi, Robert ne s'en était pas rendu compte. Il pensa que Sam et Ernie avaient peut-être fait exprès de l'éviter, aujourd'hui. Ils avaient dû se dire que Jaffe l'avait congédié. Tout le monde dans la salle de dessin, pensa Robert, savait certainement que Jaffe l'avait convoqué dans son bureau ce matin. Robert parla à Jack de sa mutation à Philadelphie, qui serait différée. Il lui dit qu'une lettre malveillante, timbrée de New York, était parvenue à Gérard, et que Greg en était sûrement l'auteur.

– Qu'y avait-il dans cette lettre?

Robert hésita :

– Je vous le dirai un jour. Je préfère ne pas m'y arrêter maintenant. D'accord, Jack?

– D'accord.

– Je vous promets que je vous le dirai, répéta Robert en le regardant.

Puis il éteignit sa cigarette et attaqua les mets posés en face de lui.

– Oh! attendez encore un ou deux jours, dit Jack d'un ton confiant, comme s'il pouvait faire quelque chose d'autre.

Après son travail, Robert se rendit chez le dentiste de Langley pour faire poser une couronne sur sa dent. Il avait déjà remis deux fois son rendez-vous. La dent lui parut trop blanche, mais le dentiste assura qu'elle foncerait. Il dit encore qu'elle était « pratiquement incassable », mais Robert n'avait nulle envie de le vérifier, fût-ce en croquant une pomme verte.

Jenny vint à 9 heures. Elle avait une expression sérieuse et calme. Robert avait préparé du café express, et il offrit également du cognac. Ils s'assirent, elle sur le lit rouge, lui dans le fauteuil de cuir, de part et d'autre du guéridon.

— Je n'ai pas encore tout à fait fini votre pull-over, dit Jenny. Il me reste une manche à terminer.

C'était la première fois qu'elle parlait du pull-over.

— Je vais en prendre un soin extrême, dit Robert. Personne ne m'a tricoté de pull-over jusqu'à présent.

Elle inclina la tête d'un air absent. De légers cernes noirs se creusaient sous ses yeux.

— Que vouliez-vous me dire?

— Voilà, je suis allé à New York dimanche soir. J'ai téléphoné à Nickie. J'ai vu son mari également. Je les soupçonne de savoir où se trouve Greg, et je pense qu'il est à New York.

— Pourquoi?

— Hé bien... je connais Nickie, voilà tout. Je connais sa façon de plaisanter, sa façon de mentir, je connais l'expression de son visage quand elle ment. Je pense que Greg se trouve dans quelque hôtel de New York et que Nickie le sait. De plus, le directeur de la Langley Aeronautics a reçu une lettre ce matin, postée de New York, et je suppose que Greg en est l'auteur. J'ai lu cette lettre.

— Que dit-elle?

Robert se leva, prit son briquet, puis alluma une cigarette.

— Exactement ce que l'on pouvait attendre de Greg. On y parle du rôdeur, on affirme que je suis un malade mental au dire de mon ex-femme. Ou plutôt, au dire de toutes les personnes qui me connaissent bien – voilà les termes. Il n'y a pas de signature. Un « ami » de Greg aurait écrit.

Jenny le regardait fixement, et il se souvint de Jaffe, qui l'examinait ainsi, ce matin. L'expression de Jenny était seulement plus triste.

— J'ai aussi appelé la police de New York, pour autant que cela puisse servir. Je leur ai dit qu'à mon avis ils devraient rechercher Greg dans les hôtels de la ville. A moins, bien sûr, qu'il n'habite chez un ami. En tout cas, j'ai dû leur donner une nouvelle description détaillée de Greg. Ils semblaient n'en avoir aucune, là où j'ai appelé. La police de New York pense que c'est l'affaire de la police de Pennsylvanie. Et je suppose qu'ils n'étaient guère impressionnés par le fait que la requête venait de moi. J'ai donné mon nom, naturellement. Jenny, que se passe-t-il ?

Elle semblait prête à pleurer.

Il s'assit à côté d'elle, sur le lit, passa très doucement un bras autour de ses épaules, puis le retira.

– Buvez votre cognac. Vous n'y avez pas touché.

Elle prit son verre, mais ne but pas.

– J'ai vu les Tesser hier, dit-elle. Je vous avais téléphoné, et comme vous n'étiez pas là, je les ai appelés. Je ne suis restée qu'une demi-heure, parce que je me suis fâchée avec eux. Ils disent maintenant que c'est vous le rôdeur, et que peut-être vous avez tué Greg, mais que vous gardez votre sang-froid.

– Oh! Jenny... voyons, n'est-ce pas parfaitement naturel ? Je veux dire : qu'est-ce que les Tesser connaissent de moi ?

– Que voulez-vous dire ?

Il sourit en voyant son regard alarmé.

– Ils ne m'ont vu qu'une soirée, n'est-ce pas ? Et pour parler franchement, je les trouve un peu stupides.

– Stupides ?

Il regrettait d'avoir employé ce terme.

– Heu... par exemple, que puis-je penser d'eux ? Je les ai vus seulement ce soir-là. Dick ne supportait pas ce qu'il avait bu. Suis-je censé avoir une haute opinion d'eux ?

– Ce sont mes amis.

– Je le sais bien, Jenny. Mais nous sommes en train de formuler des jugements, n'est-ce pas ?

Il se leva : « Entendu, je ne jugerai pas Dick. C'était donc un soir où il était un peu gris.

– Il prenait votre défense, ce soir-là.

– Mais il semble avoir changé de ton.

– Oui. Naomi aussi. »

Robert enfouit ses mains dans ses poches.

– Bien, parfait. Ils vous ont fait changer d'avis, vous aussi ?

Jenny se leva.

– Je vous l'ai déjà dit, je les ai quittés parce que je n'aimais pas leurs propos.

Elle fit un pas en direction de la salle de bains, puis se retourna pour prendre son sac sur le lit.

– Jenny...

Elle repartit vers la salle de bains. Robert entendit l'eau couler dans l'évier. Il continuait de fumer en fronçant les sourcils et but son cognac à petites gorgées. Il se servit une seconde fois. Jenny revint.

– Jenny, si vous me disiez ce qui se passe... Après tout, rien ne m'effraye plus, après ce que j'ai dû affronter cette semaine.

Elle restait silencieuse, debout, tenant son sac.

– Quand je vous ai demandé de venir ce soir, je croyais que vous seriez intéressée par ce que j'avais à dire. Ce n'est pas grand-chose, je sais. Rien de très précis, mais malgré tout...

Il avait l'impression qu'elle demeurait sourde à ses propos.

– N'allez-vous pas vous asseoir pour finir votre café, et votre cognac ?

Elle le regardait d'un air distant.

– Non. Je crois que je ferais mieux de m'en aller.

– Jenny, qu'y a-t-il ? Si vous pensez que... que j'ai poussé Greg dans la rivière, dites-le. Dites quelque chose.

Elle fit quelques pas vers la cheminée, sombre et

vide depuis que Robert en avait balayé les cendres, et la fixa, toujours de ce regard absent. Elle parut encore plus mince à Robert, plus mince que lorsqu'ils avaient dîné au « Jasserine Chains ».

– Qui d'autre avez-vous vu pendant ce week-end? demanda-t-il.

Elle haussa les épaules comme un enfant récalcitrant que son aîné interroge.

– J'ai vu Mme Van Vleet dimanche.

Il émit un grognement réprobateur.

– Et qu'avait-elle à dire?

– J'ai inspecté la chambre de Greg. Avec elle.

Robert se renfrogna, impatienté.

– Cela a donné des résultats?

– Non. Je pensais trouver un indice quelconque. Il n'y en avait pas.

Robert alluma une nouvelle cigarette.

– Pas de vêtements en moins? Pas de valise disparue, ou autre chose?

Jenny l'observait avec irritation.

– Je pense que je ne devrais pas continuer à vous voir, Robert.

Il éprouva un choc.

– Très bien, Jenny. C'est tout ce que vous aviez à me dire?

Elle fit oui, de la tête, puis, d'un air très raide et guindé, prit sur le guéridon son paquet de cigarettes, le remit dans son sac et se dirigea vers la penderie pour décrocher son manteau. Robert l'aida à l'enfiler. Il s'imagina qu'elle courbait exprès les épaules pour éviter que ses mains ne la touchent.

– Inutile de me répéter ce que vous a dit Mme Van Vleet, fit-il. Je crois le savoir.

– Ce n'est pas cela, dit Jenny au seuil de la porte. Adieu, Robert.

Jenny ne dormit pas cette nuit-là, et elle n'alla pas travailler le lendemain, un mardi. Ce lundi soir, elle évita même de se coucher, errant dans sa maison, s'asseyant quelques secondes pour lire des bribes de poésie, ou restant debout, près d'une fenêtre sombre, à écouter le cri d'un hibou – l'un des symboles de la mort, pensa-t-elle. Elle s'allongea quelques instants sur son lit, laissant la lumière allumée. Elle portait seulement son court peignoir en tissu éponge. A un moment donné, il y avait, lui sembla-t-il, une éternité.

Elle se souvint de son frère Eddie, lorsqu'il avait huit ou neuf ans. Leur mère lui disait d'aller prendre un bain, chaque samedi et mercredi soir – à moins que ce ne fût trois fois par semaine. « Un bai-ain? » faisait-il d'un ton outré, incrédule. Petit Eddie, mort à douze ans. Il lui semblait parfois que c'était son propre fils.

Le mardi matin à l'aube, elle s'endormit profondément et ne se réveilla qu'à 11 heures. Elle pensa au courrier, qui avait dû arriver vers 10 heures, mais le courrier ne l'intéressait pas du tout. Elle téléphona à la banque et dit à Steve, qui avait répondu au téléphone, qu'elle était malade et ne viendrait pas aujourd'hui. Ce fut seulement après midi qu'elle enfila des blue-jeans et une chemise pour aller chercher le courrier. Il n'y avait que la carte d'un magasin de mode de Rittersville. Puis elle aperçut, tout à fait à plat au fond de la boîte à lettres, une carte postale jaune écrite de la main de Robert. C'était un autre dessin d'oiseau. « Le Moindre Mal », appelé parfois « Le Paraclet péripatéticien ». Habitat : vallons lugubres. Couleur : bleu sombre avec dessins noirs. Cri : « Ce pourrait être pire! Ce pourrait être pire! » Jenny ne sourit pas. Mais elle se rappela combien elle avait été heureuse le jour où il lui avait montré l'oiseau-corde-à-linge. Elle laissa tomber les deux cartes sur le guéridon en face de son canapé. Trois ou quatre jours auparavant, elle avait ressenti un choc étrange, une sorte de peur, à la vue des dessins de Robert. Ils étaient rangés dans un petit cahier recouvert de soie bleue, et dans le tiroir du haut de sa commode, au premier étage. Ils ne lui faisaient plus peur, maintenant.

Elle répéta plusieurs fois le mot « mort » en le savourant, sentit son goût sur sa langue. « Frère La Mort », disait Robert, et il avait prétendu ne pas aimer ce rêve, mais Jenny était sûre du contraire. Elle aurait dû s'en rendre compte le jour où il avait raconté son rêve, se dit-elle. Et pourtant... elle se demanda si Robert lui-même s'en rendait compte. Entre symboliser quelque chose et en être conscient... ou pouvait très bien représenter un symbole, *être* ce symbole, sans le savoir soi-même, pensat-elle. C'était curieux. Robert n'était peut-être qu'un intermédiaire. En tout cas, il obéissait à une force qui l'empêchait de l'épouser, et même de l'embrasser plus d'une fois.

Dans la cuisine, elle se versa un grand demi-verre de whisky et but à petites gorgées, sans eau ni glace. Elle avait lu encore un peu de poésie. Des vers de Keats, puis de Dylan Thomas. Elle tira les stores du living-room et sortit pour fermer les volets de la cuisine. Lire à la lumière électrique lui donnait l'impression qu'il faisait déjà nuit, et elle attendait avec impatience cet instant. Robert faisait de même avant de la rencontrer, lui avait-il dit. Elle pensa téléphoner à Susie pour lui demander d'arroser ses plantes et lui dire de prendre tout ce qui lui plairait dans la maison. Sa mère n'y trouverait rien à redire, et d'ailleurs ne s'en apercevrait pas, car elle n'avait jamais trouvé le temps de lui rendre visite. Soudain, le sens de la propriété, les projets, tout cela lui parut inutile. Laisserait-elle un mot pour sa mère? Quelques lignes sur un ton naturel atténueraient peut-être le côté mélodramatique de la situation, mais elle n'arrivait pas à trouver les mots justes – peut-être n'y en avait-il pas? Il était 18 heures lorsqu'elle termina son whisky et elle en prit un autre verre. Il en restait encore un tiers dans la bouteille.

A 21 heures, elle était assise dans le living-room, de nouveau en peignoir de bain, avec ce restant de whisky qu'elle s'était versé à 18 heures. Elle regarda d'un air absent les bords usés de ses mocassins de cuir jaune. Elle les trouva soudain très laids et prosaïques et se demanda le nombre de pas qu'elle avait pu faire – dans un but déterminé sans doute – pour les user de la sorte. A travers la couture déchirée, elle pouvait apercevoir son orteil blanc et rose. Elle se dit qu'il ne lui restait plus de note à payer, sauf celle du téléphone et de l'électricité, que son compte en banque pourrait certainement couvrir. Il couvrirait également le loyer jusqu'à ce que M. Cavanaugh, son propriétaire, trouve à relouer la maison. Cela ne valait pas la peine qu'elle se dérange pour signer un chèque. Elle eut une courte vision de l'horreur et de la surprise de ses parents à l'annonce de la nouvelle, mais cela aussi lui parut futile et éloigné; et, après tout, elle était libre de disposer de sa vie comme bon lui semblait. Tout en buvant son whisky, elle se souvint de Robert ouvrant la bouteille et leur servant un verre, à lui et à elle, il y avait quelques jours à peine. Elle était heureuse qu'il ait bu à la même bouteille.

La sonnerie du téléphone la fit sursauter. Elle se leva très lentement pour aller répondre.

– Salut, dit la voix de Susie. Que fais-tu?

– Rien.

– Je pensais venir faire un saut. Tu veux regarder Rob Malloy à la télévision à 22 heures?

– Non.

– Qu'est-ce que tu as? Tu pleures?

– Jamais de la vie.

– Tu as l'air bizarre. Il s'est passé quelque chose?

– Non... rien.

– Qu'y a-t-il avec Robert? Tu lui as dit adieu, j'*espère*.

– Oui, dit Jenny.

– Evidemment, ce sera dur pendant quelques jours, et puis tu n'y penseras plus. Jen, que dirais-tu si je venais te voir? D'accord?

– Non, je t'en prie, ne viens pas. Je vais très bien. En fait, je suis en train de boire un whisky.

Elle pensait que cela aurait l'air plus gai.

– Il y a quelqu'un avec toi?

– Non.

– Poivrote solitaire! dit Susie en riant. Jenny, tu as le cafard à cause de ce type, mais que cela ne dure pas trop longtemps, veux-tu? Je te parle par expérience. Qu'on retrouve Greg ou non... tu m'as avoué que Robert était le rôdeur. Bon Dieu, Jenny, mais pourquoi t'a-t-il fallu si *longtemps* pour le reconnaître?

C'était vrai, elle l'avait reconnu, dimanche seulement, et alors?

– C'est un si petit déta-ail, dit Jenny.

– Jenny, tu as trop bu, n'est-ce pas? Je vais venir te voir.

Jenny baissa l'écouteur, voulant raccrocher, mais sa main remuait si lentement qu'elle entendit d'abord le déclic de Susie. Elle grimpa les marches jusqu'à la salle de bains et se dirigea tout droit – avec lenteur mais tout droit – vers les bouteilles de Séconal, dans l'armoire à pharmacie. Il y en avait trois, celle qu'elle avait prise chez Robert la nuit dernière et les deux qu'elle avait dérobées dans la valise de Greg le soir où il lui avait apporté la bouteille qui était pour Robert. Elle n'avait pas dit à Greg, naturellement, que c'était pour Robert. Elle lui avait demandé du Séconal pour son usage personnel. Greg s'était fait prier et n'avait pas voulu lui donner de somnifères, mais comme il avait envie de la voir, il était venu avec sa mallette et, après une légère discussion, avait finalement accepté. Puis, elle avait profité d'une courte absence pour prendre les deux autres bouteilles de dragées roses aperçues dans la mallette. Greg n'avait jamais dû voir qu'elles manquaient. Il était mort deux semaines après. Jenny imagina le corps de Greg retenu par des algues, ou par quelque rocher déchiqueté, ou quelque tronc d'arbre immergé dans le Delaware. Peut-être le fleuve ne rejetterait-il jamais son corps; on ne pourrait pas le retrouver. Mais comment avait-elle pu croire pendant des jours que Robert ne l'avait pas assommé et que Greg était encore vivant? Mme Van Vleet ne doutait pas que Robert l'eût noyé. Ses parents le croyaient aussi. Jenny leur avait raconté, lorsqu'ils lui avaient téléphoné dimanche après-midi, que Robert avait pris l'habitude de l'observer à travers la fenêtre de sa cuisine. Jenny n'avait pas présenté ce fait comme un acte horrible, mais sa mère était scandalisée. Elle en avait parlé au père; ils lui avaient fait promettre de ne plus le revoir. Ils lui avaient demandé de venir, et elle avait répondu qu'elle pensait y aller, le mercredi ou le jeudi. Ce serait son corps qui irait, pensa-t-elle.

Jenny avalait les comprimés très vite, buvant de grandes gorgées d'eau dans le verre à dents en matière plastique rouge. Après les avoir tous avalés, elle eut peur un instant d'en avoir trop pris et que son estomac ne puisse les supporter. Mais il n'y avait plus rien à faire, maintenant. Elle saisit sur l'étagère de l'armoire le petit papier froissé contenant des lames de rasoir Gillette, et redescendit. L'inspiration lui vint soudain pour écrire : elle arracha un bout de papier d'un carnet dont elle se servait afin de laisser des notes au laitier, dénicha un crayon et écrivit debout en s'appuyant contre la paillasse de la cuisine :

« Cher Robert,

« Je vous aime réellement. D'une façon différente maintenant, et beaucoup plus profondément. Maintenant je vous comprends, et je comprends tout. Je ne m'étais pas rendu compte jusqu'à présent que vous représentiez la mort, du moins pour moi. Cela était écrit. Je ne sais pas si je suis heureuse ou malheureuse, mais ce que je sais, c'est qu'il faut... »

Elle leva les yeux vers un angle de la cuisine. Ce qu'elle avait écrit semblait si emprunté. Elle devait terminer avec une phrase aimable et harmonieuse, mais les seuls mots qui lui vinrent à l'esprit furent « cesser de vivre vers minuit sans douleur ».

Jenny ouvrit la porte de la cuisine. Il faisait presque nuit. Par chance, il fallait toujours à Susie une quinzaine de minutes pour se changer ou se refaire une beauté, même lorsqu'elle annonçait son arrivée pour tout de suite, mais Jenny ne savait exactement combien de temps s'était écoulé depuis son coup de téléphone. Elle se retourna, fut tentée d'aller dans le living-room finir son whisky, puis abandonna cette idée. Mais elle alla prendre sur l'étagère, en dessous du pick-up, le pull-over inachevé de Robert d'où sortaient toujours les aiguilles qui tricotaient la manche. Puis, avec un calme sourire, elle saisit la carte postale de Robert où était dessiné l'oiseau du « Moindre Mal » et l'emporta dehors avec le pull-over. La porte de la cuisine refermée, on ne pouvait plus l'ouvrir. La maison était donc bien fermée, maintenant, clés à l'intérieur, et elle n'y entrerait plus jamais. Jenny marcha avec précaution sur l'herbe qui bordait l'allée, car elle avait enlevé ses mocassins quelque part, elle ne savait comment. Le gravier lui blessait les pieds, mais bientôt l'herbe se fit plus épaisse dans la verte prairie parsemée de brindilles. Robert s'était tenu là. Elle se retourna pour regarder la fenêtre de sa cuisine, cette fenêtre que Robert avait si souvent contemplée. Les volets dessinaient deux rectangles obscurs frangés de lumière. Elle s'éloigna suffisamment pour n'être plus dans la zone éclairée par l'étage supérieur de la maison. On aurait dit qu'elle avait laissé toutes les lampes de la maison allumées. Elle sentit dans sa poche gauche le papier enveloppant les lames de rasoir. Elle avait dû les prendre dans l'armoire à pharmacie, mais elle ne s'en souvenait plus.

Une voiture tourna dans l'allée. Jenny plongea dans l'herbe haute, se recroquevillant dans l'obscurité, la joue contre le pull-over blanc et la main droite crispée sur la carte postale, de sorte que la carte se trouva à moitié pliée. La lumière des phares ne l'atteignait pas, mais elle se sentait facilement repérable dans son peignoir clair. Elle enfouit son visage dans l'herbe, haïssant Susie, haïssant les gens. La portière de la voiture claqua bruyamment. Elle entendit Susie frapper à la porte, attendre un court instant, puis essayer de l'ouvrir.

– Jenny? C'est Susie! Ouvre-moi! *Boum, boum, boum* contre la porte.

Elle ne pourrait pas entrer, même par une fenêtre, se dit Jenny. Elle se rappela distinctement qu'à un moment donné elle avait fermé toutes les portes du rez-de-chaussée, afin que l'air qui s'y trouvait déjà ne fût pas renouvelé.

– *Jenny!* la voix lui parvenait, perçante et irritante.

Susie fit le tour de la maison jusqu'à la porte d'entrée.

Jenny étendit les bras le long des manches du pull-over étalé au sol. Elle, et Robert, et la Mort, embrassaient la terre. *Toc, toc, toc.* C'était le marteau de la porte d'entrée. Combien de temps cela allait-il encore durer? se demanda Jenny. Elle entendit un grand *bing!* résonner dans ses oreilles, et elle eut l'impression de glisser, très vite, sur une surface douce et lisse. C'était les somnifères. Elle souleva la tête, aspira une large bouffée d'air. Susie appellerait peut-être la police avant que les comprimés aient agi. Pourquoi n'avait-elle pas éteint toutes les lumières et n'était-elle pas partie quelque part en voiture ? Elle eut l'idée de s'enfoncer plus loin derrière la maison, mais elle avait peur, en se levant, d'être aperçue.

– Jenny, c'est Susie ! » On aurait dit qu'elle invoquait le ciel. « Je sais que tu es là ! Laisse-moi entrer ! Dis seulement quelque chose à la fenêtre, veux-tu ? »

Puis, après un long silence : « Jenny, es-tu seule ? »

Maintenant elle cognait de nouveau à la porte de la cuisine.

Un corbeau passa en croassant. Il était déjà tard pour un corbeau, se dit Jenny. Les corbeaux sont noirs. C'était de circonstance.

La voix de Susie lui parvint de nouveau, mais plus étouffée à cause du tintement dans les oreilles. Elle eut un haut-le-cœur et vit le flanc d'une montagne s'ouvrir pour dévoiler une grotte décorée de stalagmites et de stalactites blanches et roses, teintées de rose saumon plus foncé. Il y avait de l'eau, une rivière souterraine où nageaient des poissons aveugles. Ces poissons étaient blancs et pas très gros. Une barque légère glissait sur la surface, et Jenny se vit elle-même marcher sur l'eau. Il faisait noir partout, et cependant elle y voyait. Puis l'eau monta jusqu'à ses chevilles, glacée mais rafraîchissante. Elle étendit la main pour toucher l'une des fraîches stalactites, rose et humide. Elle effleura la goutte d'eau pure suspendue à l'extrémité et la retint un instant sur son doigt, avant qu'elle retombât. *Jenny !* La voix venait du coin le plus reculé et le plus sombre de la grotte. Jenny roula sur le côté, se sentit peser très lourd sur le sol, comme si son poids avait décuplé, et prit les lames de rasoir dans sa poche. Elle déplia le papier qui entourait une des lames et se fit une entaille au poignet gauche. Il faisait trop sombre pour qu'elle pût y voir, ou peut-être ses paupières se fermaient-elles, mais elle sentit le sang tiède couler de son bras tendu et le souffle du vent la rafraîchir. Elle releva sa manche droite, saisit la lame aussi fermement qu'elle put et s'ouvrit le poignet en croix. Son bras fléchit sous la pression. C'était moins réussi que ç'aurait pu l'être, mais ce serait peut-être suffisant. Elle inclina alors la tête et se laissa aller. Elle sentait le sang jaillir de ses deux poignets, à courts intervalles réguliers. Il se déversait sur le pull-over blanc. L'odeur de la laine lui emplissait les narines, et elle pensa que plus d'une fois, en tricotant, elle l'avait élevée à hauteur de son nez, fermant les yeux jusqu'à ce que l'odeur même se confondît avec celle de Robert.

Elle vit Robert monter un escalier en courant, sauter deux ou trois marches à la fois. Il portait un pantalon sombre et une chemise blanche aux manches retroussées. Il s'arrêta pour regarder derrière lui, puis repartit en courant, grimpa de plus en plus haut. Il bondissait. Jenny poussa un petit cri plaintif, comme un bébé. La silhouette de Robert s'amenuisa alors jusqu'à devenir celle d'un garçonnet maigrichon en culottes courtes, un petit garçon blond qui s'arrêta pour lui sourire – et c'était son petit frère qui était mort.

Le téléphone de Robert sonna quelques minutes avant minuit le mardi soir.

– Ici Ralph Jurgen, dit la voix posée. Je vous appelle pour vous dire que Wyncoop était inscrit pendant... pendant ces derniers jours au Sussex Arms Hotel à New York sous le nom de John Gresham.

– Oh! Y est-il en ce moment?

– Non. Il est parti. Il est parti dimanche soir, c'est tout ce que je sais.

– Oh!

La main de Robert était crispée sur l'appareil : « Est-ce que Nickie sait où il est maintenant?

– Je l'ignore. Vraiment, je l'ignore. Même si elle le savait elle ne me le dirait pas.

– Oui, oui... Combien de temps...

– Ecoutez, Bob, je dois vous demander une chose. Peu m'importe que vous en parliez à la police. C'est pour cela que je vous ai appelé, pour que vous puissiez les prévenir. Mais je ne veux pas que mon nom soit cité comme...

– Je vous le promets. Entendu, dit Robert.

– Vous me comprenez, n'est-ce pas?

– Oui, je vous comprends. Ne vous inquiétez pas, Ralph.

– C'est tout ce que je voulais dire. Au revoir, Bob. »

Robert raccrocha lentement. Il sourit. Puis il claqua ses mains l'une contre l'autre, bruyamment, au-dessus de sa tête. « John Gresham! M. John Gresham! » Il décrocha le téléphone et composa le numéro de Jenny. Après plusieurs sonneries sans réponse, il raccrocha et refit le numéro, pensant qu'il s'était trompé. Jenny ne répondait toujours pas. L'idée lui vint d'appeler Susie Escham, au cas où elle serait chez elle, puis il y renonça. La nouvelle pouvait attendre jusqu'au lendemain. Robert reposa le téléphone, et réfléchit quelques secondes, puis saisit à nouveau l'appareil pour appeler le commissariat central de Rittersville.

Le détective Lippenholtz était occupé, lui dit-on. Robert ne savait pas qu'il avait le titre de détective.

– J'ai un message important pour lui, dit Robert, et il répéta à l'homme ce que Ralph avait dit.

Le type au bout du fil lui demanda combien de jours Greg était resté au Sussex Arms.

– Je ne sais pas, mais c'est facile à contrôler. Informez-vous à l'hôtel.

– Quel est cet ami qui vous a téléphoné?

– Il préfère ne pas donner son nom. Il m'a demandé de respecter cet anonymat.

– Il importe que nous le sachions, monsieur Forester. Comment allons-nous vérifier...

– Demandez au Sussex Arms une description de Gresham. N'est-ce pas une preuve suffisante?

– Hé bien, non. Votre ami pourrait avoir vu quelqu'un ressemblant à Wyncoop. Le connaît-il?

– Oui. C'est-à-dire, je suis sûr qu'il l'a déjà vu, et il se peut qu'il lui ait parlé.

Mais Robert n'en était pas sûr.

La discussion se poursuivit. Robert *connaissait-il* le nom de cet ami, après tout?

– Oui, je connais son nom, mais j'ai promis de ne pas le donner. Je regrette, mais je n'y peux rien.

– Vous nous rendriez service, et à vous également-ment.

– Mais je ne rendrais pas service à mon ami de New York.

Son interlocuteur abandonna la partie, mécontent, disant qu'il transmettrait l'information au détective Lippenholtz.

Il avait dû penser, se dit Robert, que cet ami de New York avait offert son aide à Wyncoop. Lippenholtz le soupçonnerait également. Si Ralph en subissait le contrecoup à travers l'interrogatoire que ferait subir Lippenholtz à Nickie, tant pis pour lui, lui qui avait dû être au courant des allées et venues de Greg pendant toute une semaine et plus.

Robert, après une heure d'insomnie, se releva pour prendre un Séconal. La bouteille n'était plus dans l'armoire à pharmacie. Il remonta au premier, pour voir s'il ne l'avait pas laissée sur la table de nuit, inspecta soigneusement la petite chambre à coucher, puis descendit dans la cuisine. En dernier ressort, il fouilla le living-room. Puis il abandonna. Il découvrirait, pensa-t-il, qu'il l'avait rangée dans un moment de distraction à l'endroit le plus inattendu, le réfrigérateur par exemple. Non, ce n'était pas le réfrigérateur. Il retourna se coucher.

Le lendemain matin, peu après 9 heures, Robert fit signe à Jack Nielson de venir fumer une cigarette avec lui dans le couloir du fond. Il était permis de fumer aux tables à dessin, mais pour échanger quelques mots en privé, les employés préféraient le couloir du fond où se trouvait l'escalier de secours. Ce couloir était gris, lugubre, et il n'y avait pas de place pour s'asseoir, mais, comme disait Jack, c'était le seul endroit de la Langley Aeronautics où l'on ne se sentît pas comme un poisson rouge dans un bocal. Robert répéta à Jack la nouvelle que lui avait annoncée Ralph la veille. Il s'était efforcé de prendre un air détaché, mais bientôt il souriait d'un air épanoui, comme un petit garçon.

– Qu'est-ce que je vous disais! s'écria Jack en souriant lui aussi. Hé bien, l'affaire va être finie en un rien de temps! Les flics vont finir par le retrouver, c'est forcé. Quel est cet ami de New York?

– Je suis censé ne pas le connaître. Vous comprenez... un type avec une grosse situation. Il ne veut pas avoir son nom dans les journaux.

Jack approuva de la tête.

– Il a simplement aperçu Wyncoop par hasard, ou quoi?

– Je ne sais pas. Mais je suis sûr qu'on peut lui faire confiance.

– Je vais téléphoner immédiatement à Betty pour lui annoncer la nouvelle, dit Jack.

Peu après 10 heures, on appela Robert au téléphone. Il était en conférence dans le bureau de Jaffe, avec ce dernier et l'ingénieur-chef de la production, lorsque Nancy frappa à la porte, tenant un message à la main. Robert savait que Jaffe n'aimait pas être interrompu. Il demanda à Nancy de noter le numéro afin qu'il puisse rappeler. Elle sortit, mais revint au bout d'une minute.

– C'est très urgent, dit-on.

Robert s'excusa, mal à l'aise devant le mécontentement de Jaffe. C'était sûrement la police, et Jaffe le savait.

C'était Lippenholtz.

– Monsieur Forester, nous avons vérifié au Sussex Arms Hotel de New York, et leur description de John Gresham concorde, dit Lippenholtz de sa voix neutre et lente. Je veux dire, cela ressemble à Wyncoop.

– Bien. Savez-vous si la police de New York fait un effort pour rechercher Wyncoop? Et dans ce cas, y met-elle beaucoup d'ardeur?

– Elle le recherche, dit Lippenholtz. Mais ceci n'est pas une preuve suffisante, monsieur Forester. Si vous pouviez seulement nous donner le nom de votre ami qui...

– J'ai expliqué à la personne que j'ai eue au téléphone que mon ami ne voulait...

– Même si nous lui promettons de ne pas mettre son nom dans les journaux?

– Même dans ce cas, j'en suis sûr.

Lippenholtz poussa un grognement.

– Y a-t-il un rapport quelconque avec votre femme? Votre ex-femme?

– Non, pas que je sache.

Second grognement.

– Monsieur Forester, nous avons une mauvaise nouvelle à vous annoncer ce matin. Sans doute ne la connaissez-vous pas encore.

– Non. Qu'est-ce que c'est?

– Jennifer Thierolf a été trouvée morte vers 8 heures ce matin près de...

– *Jenny?*

– Elle a avalé des somnifères. Le laitier l'a découverte sur la pelouse derrière sa maison. La mort remontait à trois ou quatre heures, ont dit les médecins. Elle a laissé un mot.

– Mon Dieu, dit Robert. J'ai essayé de l'appeler hier soir vers... vers...

– Vous voulez savoir ce qu'il y a, dans ce mot?

– Oui.

– « Cher Robert, je vous aime réellement. D'une façon différente maintenant, et beaucoup plus profondément. Maintenant je vous comprends, et je comprends tout. » Lippenholtz lisait d'une voix terne et sans expression. « Je ne m'étais pas rendu compte jusqu'à présent que vous représentiez la mort, du moins pour moi. Cela était écrit. Je ne sais pas si je suis heureuse ou malheureuse, mais ce que je sais, c'est qu'il faut... » Que pensez-vous de cela, monsieur Forester?

– De quoi?

– De ce qu'elle veut dire. Quand l'avez-vous vue pour la dernière fois?

– Lundi. Lundi soir.

– Comment était-elle à ce moment?

– Elle semblait... démoralisée, j'ai l'impression. Elle a déclaré qu'elle ne voulait plus me voir.

– Pourquoi?

– Je ne sais pas, à moins que... à moins qu'elle n'ait commencé à croire... à croire que j'avais tué Greg.

– Vous m'avez l'air de bégayer pas mal, monsieur Forester, dit Lippenholtz d'un ton coupant. Elle a avalé trois bouteilles de somnifères. Du moins, il y avait trois bouteilles vides dans la salle de bains. Savez-vous comment elle a pu se procurer trois bouteilles de Séconal?

– Heu... elle en a pris une chez moi. Je m'en suis aperçu seulement hier soir. Je n'ai pu la retrouver et je pensais l'avoir égarée. C'est elle qui me l'avait procurée. Par son médecin, m'avait-elle dit. Je suppose qu'elle a eu les autres de la même manière.

– Ces bouteilles ne portent aucun nom de médecin ou numéro d'ordonnance. Ce sont de grands modèles, le genre de drogues que son ami devait transporter dans sa camelote, et nous pensons qu'elles viennent de là.

– Oui, je pense que c'est possible, dit machinalement Robert, se demandant quel intérêt présentait maintenant la provenance de ces bouteilles.

Il se rappela que la sienne ne portait pas, en effet, d'étiquette. Pourquoi n'avait-il pas questionné Jenny à ce sujet?

– Les déclarations de la jeune Escham sont également du plus haut intérêt. Elle dit que Jenny Thierolf lui a raconté de quelle façon vous aviez fait sa connaissance. En rôdant autour de chez elle. Est-ce vrai?

– Oui, dit Robert.

– Pourquoi ne l'avez-vous pas reconnu plus tôt? Hein? Qu'y a-t-il, monsieur Forester?

– Rien.

– Rien?

Robert raccrocha. Il repartit vers la salle de dessin sans regarder devant lui, et se cogna la tête première dans la porte de verre. Nancy entrait justement. Il fit un pas en arrière.

– Hé-é, dit Nancy.

Robert la regarda et la vit disparaître rapidement au bout du couloir. Il poussa la porte et se dirigea vers sa table. Il restait là, ébloui par l'éclat de sa lampe fluorescente.

– Que se passe-t-il, Bob?

La main de Jack Nielson s'était posée sur son bras.

Robert le regarda et dit :

– Jenny est morte.

– *Morte?*

– Des somnifères.

Robert allait se laisser tomber dans son fauteuil, mais Jack le prit par le bras et marcha avec lui jusqu'au hall de réception.

– Nous allons prendre un café. Ou un whisky bien tassé, dit Jack. Qui vous l'a appris?

– La police vient d'appeler. C'est arrivé ce matin. Tôt dans la matinée.

Ils prirent la voiture de Jack. Robert ne fit pas attention au chemin qu'ils suivaient. Puis il se trouva dans un bar, devant une tasse de café noir. Il y avait, à côté du café, un verre d'une boisson qui ressemblait à du whisky, et en face, Jack également avec une tasse de café.

– Buvez tout, dit Jack. Vous êtes pâle comme un linge.

Robert prit une gorgée de café, puis de whisky. Il se dit subitement qu'il aurait dû retourner à la conférence, dans le bureau de Jaffe. Il se passa les mains sur le visage et éclata de rire, puis tout d'un coup ses yeux se remplirent de larmes.

– Allons, dit Jack. Que diable y a-t-il?

– C'est la lettre, fit Robert entre les dents.

Il serra ses mains dans ses genoux : « Jenny a laissé une lettre. Elle dit que je suis la mort.

– Quoi? Répétez?

– Elle dit : « Je ne m'étais pas rendu compte jusqu'à présent que vous représentiez la mort », murmura Robert. Elle s'exprimait toujours ainsi, en faisant allusion à la mort. Ne vous ai-je jamais dit... elle me parlait souvent de son petit frère qui est mort, mort à l'âge de douze ans, je crois, d'une méningite cérébro-spinale. Jenny prétendait qu'elle devait s'habituer à l'idée de la mort, jusqu'à ce qu'elle cessât d'en avoir peur. D'une façon curieuse... »

Il regarda le visage tendu et crispé de Jack : « Vous me suivez? Vous arrivez à me suivre?

— Oui, dit Jack, mais sur un ton peu convaincu, faisant signe, du doigt, qu'on lui apporte un autre whisky.

— Et lors de notre première rencontre, elle avait dit : « Je ne sais pas ce que vous représentez, mais je le saurai un jour. » C'était le soir où je... je m'étais caché dans son jardin. Oui, c'est ainsi que je l'ai rencontrée. C'est la vérité. J'ai fait sa connaissance en rôdant autour de sa maison. »

Robert ferma les yeux et but son restant de whisky.

Jack fronçait les sourcils, perplexe, comme si ces paroles étaient incompréhensibles.

— En rôdant autour de sa maison? Que voulez-vous dire?

— Cela. Un jour elle m'a aperçu. Un soir. C'est ainsi que nous avons fait connaissance. Ne me dites pas que vous n'avez pas eu d'échos. Greg...

— Oui, dit Jack. Je suppose que c'était Greg. J'ai reçu un coup de fil anonyme... il y a environ un mois. J'hésitais à vous le signaler, et puis je n'ai rien dit.

— Ainsi donc, vous saviez.

Robert eut un sourire fugitif et effleura le second verre de whisky. Comment Greg avait-il découvert que Jack était un de ses amis, se demanda-t-il. Peut-être par l'intermédiaire de Jenny. D'ailleurs, quelle importance?

— La voix disait que c'était un ami de Greg, poursuivit Jack. Elle disait que je devrais savoir que mon ami Bob Forester était un... un cinglé, qu'il

regardait les filles se déshabiller à travers les fenêtres, et que c'est ainsi qu'il avait connu Jenny
Thierolf. J'ai répondu « Allez au diable! » et j'ai
raccroché. J'ai pensé que c'était peut-être, en effet,
un ami de Greg et que, vu les circonstances, Greg
s'efforçait de répandre toutes les calomnies possi-
bles contre vous.

— Hé bien... c'est la vérité. Sauf que je regardais
Jenny dans sa cuisine. Pendant qu'elle préparait son
dîner. Elle me donnait un tel...

Il ne put aller plus loin, mais ce n'était pas parce
que l'émotion l'étouffait. Il se sentait au contraire
très calme, presque engourdi.

— Quoi? lui souffla Jack.

Robert respira profondément et observa le long
visage sérieux de Jack. Il exprimait toujours la
même perplexité, mais avec, peut-être, une certaine
réticence.

— J'avais mauvais moral l'hiver dernier, et Jenny
me donnait un sentiment de réconfort. Elle paraissait elle-même si heureuse. J'avais aperçu Greg
deux ou trois fois et je me disais : « C'est une jeune
fille heureuse qui va bientôt se marier. » Je jurais à
chaque fois de ne plus aller la voir, et puis j'y
retournais. J'ai bien dû y aller six ou huit fois. Et
finalement, un soir, elle m'a vu. Je lui présentai mes
excuses... aussi bizarre que cela paraisse. Je pensais
qu'elle allait appeler la police, mais elle n'en fit rien.
Elle m'invita à prendre le café.

Robert haussa les épaules et sourit : « On peut
dire qu'elle était très heureuse jusqu'à cette rencontre. Jusqu'à ce qu'elle eût décidé que je représentais
la mort. »

Jack eut un bref hochement de tête et frotta ses
courts cheveux au sommet du crâne.

— Mais je sais qu'elle était amoureuse de vous.
N'importe qui pouvait s'en apercevoir. A vous
entendre, on dirait qu'il s'agit d'une histoire forgée
de toutes pièces. Me racontez-vous la vérité, Bob,

sur cette histoire de rôdeur? Je veux dire, est-ce vrai que vous l'avez épiée en cachette?

– Oui. C'est vrai.

– Hé bien... – Jack se renversa sur son siège et but une gorgée du verre d'eau posé à côté de sa tasse – ... vous n'avez pas besoin de le raconter à quelqu'un d'autre. Je n'en ferais rien, si j'étais à votre place. Pour quoi faire?

Jack alluma avec application une cigarette.

Robert sentit que l'attitude de Jack envers lui avait changé de façon radicale et définitive. Ceux qui épient les autres à travers les fenêtres sont de sales types, qu'ils regardent une fille se déshabiller ou faire cuire un poulet.

– Je l'ai seulement dit à la police, fit Robert.

– Oh-oh! Et pourquoi donc? Quel rapport avec Greg, après tout? Greg est vivant. Si vous...

Jack s'interrompit.

Il y eut un silence. Aucun des deux ne regardait l'autre.

– Puis-je vous poser une question personnelle? demanda Jack.

– Oui.

– Avez-vous couché avec Jenny?

– Non, dit Robert. Pourquoi?

– Parce que cela aurait été encore bien plus pénible, je suppose. Pour elle. Elle avait l'air si jeune. Elle *était* très amoureuse de vous, n'est-ce pas?

– Je crois. Moi, je n'étais pas amoureux. J'ai toujours voulu mettre les choses au point. Je n'essaye pas de me justifier, Jack...

– Je sais.

– Mais j'aurais dû me rendre compte. Mieux que je ne l'ai fait. Je n'aurais jamais dû lui permettre de me revoir après cette rencontre, ce premier soir. Vraiment, je n'avais pas très envie de la revoir, mais c'est elle qui m'a cherché. Elle est venue à l'usine pour repérer ma voiture et m'a suivi, un soir.

Robert ferma les yeux, surpris par ses propres paroles.

– Et qu'y a-t-il eu?

– Elle a passé la nuit chez moi. L'alcool lui montait à la tête – elle avait pris deux verres seulement, je m'en souviens – et elle n'a pas voulu rentrer chez elle. Elle a donc dormi dans mon lit du rez-de-chaussée. Cela s'est répété encore quelques fois, et Greg a remarqué, bien sûr, qu'elle ne rentrait plus chez elle. C'est à ce moment-là qu'il m'a attaqué. Vous comprenez, Jack?

Jack hocha lentement la tête.

– J'aurais dû couper court, et je ne l'ai pas fait. J'insistais pour que nous nous voyions moins, mais je n'ai pas eu le courage d'interrompre totalement nos relations. Jenny avait l'air si malheureux. Pourtant, si, j'ai essayé une fois, lorsque j'habitais encore à Langley, avant d'emménager dans la maison. Je lui ai déclaré que je ne voulais plus la voir, que ce serait mieux ainsi. J'ai voulu la convaincre d'épouser Greg.

– Et alors?

Robert appuya son front contre sa main.

– Alors... quelques semaines plus tard, elle est venue à l'usine et m'a suivi en voiture jusqu'à la maison.

– Je vois.

Jack voyait-il vraiment? *Je ne lui ai jamais rien promis*, voulait dire Robert, mais il eut honte de cette justification larmoyante.

– Je ferais mieux de retourner à l'usine, dit-il en cherchant son argent.

– N'y retournez pas aujourd'hui, ne soyez pas idiot, lui dit Jack. Téléphonez à Jaffe. Ou je lui parlerai pour vous.

– Non, je lui parlerai moi-même.

Robert, prétextant « une crise personnelle », s'excusa auprès de Jaffe sur un ton emprunté et maladroit, comme quelqu'un qui n'a plus rien à perdre. Il était sûr d'avoir déjà perdu sa situation et il pensa que le plus correct serait d'envoyer une lettre de démission.

Vers midi, Robert était chez lui. Il retira son veston et sa cravate et s'affala sur le divan rouge. Il y resta allongé plusieurs heures, jusqu'à la tombée de la nuit. Il ne dormit pas, et pourtant il lui sembla qu'aucune pensée n'avait traversé son esprit, pas même cette fastidieuse répétition des événements et des conversations qui le harcelait d'habitude. Il aurait pu tout aussi bien être mort. « Des heures semblables, pensa-t-il, en apprennent long sur la mort. » Il alla chercher les journaux à Langley en voiture. Il acheta *L'Enquêteur* en plus de *La Gazette de Langley*. L'histoire de Jenny était en première page des deux journaux et *La Gazette* publiait même une photographie. Robert s'assit dans sa voiture pour parcourir l'article. Jenny était morte en tenant dans les bras son pull-over, et à la main sa carte postale de l'oiseau du « Moindre Mal ». Le récit du suicide était imprimé en caractères gras et en italique : au milieu des banalités du journal, il paraissait poétique, tragique et en quelque sorte irréel. En page deux de *La Gazette*, il y avait une photo de Susie Escham, les yeux gonflés de larmes et la bouche ouverte. Elle racontait comment elle avait appelé Jenny, un peu avant 10 heures le soir précédent. Son appel était resté sans réponse. Susie déclarait aussi : « Jenny m'avait avoué, trois jours plus tôt, qu'elle avait rencontré Robert Forester alors qu'il rôdait autour de sa maison. C'est ce que Greg (Wyncoop) avait soutenu jusqu'au bout. Je pense que Jenny avait peur de Robert, et c'est pour cette raison qu'elle s'est tuée. » Robert serra les dents et démarra.

Le téléphone sonnait lorsqu'il rentra chez lui. Il ne répondit pas, s'assit et lut attentivement les deux journaux. L'un et l'autre rappelaient la bagarre Forester-Wyncoop du samedi soir 16 mai, ajoutant qu'on était sans nouvelles de Greg depuis dix jours. Ils avaient eu le temps d'apprendre, certainement, qu'il avait été vu à New York, mais l'information n'était pas assez sûre pour être publiée.

Le téléphone retentit à nouveau. Il fallait répondre. Et si c'était la police, elle viendrait simplement le chercher.

— Allô! dit Robert d'une voix enrouée.

— C'est Naomi Tesser, Bob.

Robert se raidit.

— Comment allez-vous?

— Nous venons de lire les journaux, Dick et moi. Et je... Comment vous sentez-vous, Bob?

— Comment je me sens?

— Oui, bien sûr, je l'imagine aisément. Nous sommes tous deux atterrés. Jenny était une fille étrange, si mélancolique, pessimiste même par moments, nous le savions.

Il attendit.

— Y a-t-il eu d'autres nouvelles de Greg, entre-temps?

— Greg? dit Robert. On dit qu'il a été vu dans un hôtel de New York il y a un ou deux jours.

— Ah! oui? Vu par qui?

— Je ne sais pas.

— Heu... ce n'est pas le moment indiqué pour vous parler.

— Non.

— Et... mon Dieu, cette Susie Escham, elle n'arrange pas les choses.

— Si vous voulez parler de ses déclarations sur la façon dont nous nous sommes rencontrés... c'est vrai.

— Vrai? Vous voulez dire, ce que Greg disait également?

— Oui, et je suis fatigué de mentir à ce sujet. A quoi bon maintenant de toute façon?

— Mais... vous pensez que c'est la raison pour laquelle Jenny avait peur de vous?

La crainte de Naomi devait rejoindre sa conviction qu'il avait tué Greg.

— Oui, je suppose que c'est en partie pour cette

raison. Vous ne m'en voudrez pas si je raccroche maintenant, Naomi? S'il vous plaît? Merci.

Il raccrocha alors qu'elle disait « Attendez! »

Les deux nouvelles allaient circuler en peu de temps, se dit-il : le fait qu'il ait connu Jenny en rôdant autour de sa maison, et l'information selon laquelle Greg aurait été aperçu dans un hôtel de New York. Mais la première irait certainement beaucoup plus vite et produirait plus d'effet. Il avala deux comprimés d'aspirine et se fit du café frais.

Il reçut un coup de fil de Jack et Betty Nielson vers 9 heures. Ils voulaient savoir s'il allait bien et l'inviter à passer la nuit chez eux. Robert refusa, en remerciant. Ce fut alors que Nickie appela. Elle exprimait ses condoléances pour la mort de Jenny. Le ton était presque convenable, mais demeurait sarcastique. Il n'en fut pas touché. Il écouta, répondit poliment, puis garda l'écouteur à la main, silencieux.

– Rien d'autre à dire, Bobbie? Tu es là? Allons, Bobbie, tu ne parles pas? Tu as un sentiment de culpabilité, peut-être?

Il reposa doucement le téléphone, puis retourna s'étendre sur le divan rouge. Il était en pyjama et robe de chambre, maintenant. Sa migraine augmentait, le sommeil ne venait pas, et il voulait retarder le plus possible les pénibles heures où il attendrait en vain dans sa chambre du haut. On disait, dans les journaux, que les parents de Jenny allaient arriver le lendemain pour le transfert du corps. Il pensa qu'ils devaient le maudire et l'accuser.

Ce fut une nuit mortelle. Robert resta couché une heure environ. Puis il redescendit dans la cuisine, se prépara du lait chaud avec du whisky, espérant que cette boisson l'aiderait à trouver le sommeil. Il n'était pas encore minuit. Il restait appuyé au réfrigérateur, le bol à la main, buvant à petites gorgées. Et, au moment où il allait poser le bol dans l'évier, une détonation retentit devant la maison.

Robert se jeta contre le sol et s'y tint immobile un instant, les yeux grands ouverts. Ce n'était pas le bruit d'un pétard ou d'une explosion de moteur, mais bien un coup de feu, pensa-t-il. Quelqu'un, maintenant, devait faire le tour de la maison, essayant de regarder par une autre fenêtre s'il avait été touché, peut-être par la fenêtre de la cuisine juste derrière lui. Sans faire un mouvement, il voulut savoir s'il ressentait une douleur, s'il avait du sang quelque part. Pourquoi s'était-il jeté au sol? Un réflexe acquis au service militaire?

Robert n'entendit aucun bruit.

Il se leva lentement, cible exposée en pleine lumière dans la cuisine aux deux fenêtres, et appuya sur l'interrupteur, près de la porte. Il pénétra dans le living-room obscur. La lampe de la chambre du haut était éteinte. A travers les fenêtres on ne voyait que le noir, car la route sur plusieurs mètres n'était pas éclairée. Il se dirigea vers la fenêtre de devant, à droite de la porte, d'où la balle avait dû partir. De là, en regardant dans la cuisine, il pouvait apercevoir la masse blanche et indécise du réfrigérateur. La fenêtre du living-room était entrebâillée d'une dizaine de centimètres. Robert s'accroupit pour regarder dehors. Tout semblait silencieux et noir. Noirs, les massifs taillés en rond; noire, la silhouette d'un arbre élancé – et celle des arbres qu'il n'aurait pu deviner s'il n'avait connu leur existence.

Etait-ce Greg, se demanda-t-il, ou simplement l'un des amis de Greg? Robert alluma la lumière du living-room et marcha lentement vers le guéridon pour prendre une cigarette. Il devrait avertir la police, se dit-il, s'il s'agissait vraiment d'un coup de revolver. Il se rendit dans la cuisine, pour essayer de trouver le trou. Le devant du réfrigérateur était intact. Il examina le mur de chaque côté, puis regarda celui du living-room attenant à la cuisine. Rien. Il décrocha le téléphone, appela la police de Rittersville et relata l'incident. La personne qui était au bout du fil eut l'air simplement ennuyée. Elle demanda si Robert avait découvert la trace de la balle, puis s'il était sûr que c'était un coup de feu. Robert l'affirma.

Le policier répondit qu'il allait envoyer quelqu'un.

C'était plus qu'il n'en avait espéré.

Une heure plus tard, deux agents de police étaient là. Ils demandèrent à quelle heure le coup avait été tiré – minuit, pensait Robert – et d'où. Robert n'avait pas touché à la fenêtre légèrement entrouverte. Mais ils ne réussirent pas à trouver la balle. Normalement, elle aurait dû frapper le réfrigérateur, ou le mur, au-dessus, mais il n'y avait aucune trace.

– Quand la nuit est calme, une explosion de moteur peut faire beaucoup de bruit, vous savez, dit l'un des policiers.

Robert hocha la tête. Inutile de leur indiquer, pensa-t-il, qu'il avait de bonnes raisons de croire que Greg était l'auteur du coup de feu, s'ils ne l'avaient pas deviné tout seuls. Les policiers semblaient savoir à qui ils avaient affaire : « Vous êtes le Forester qui connaissait la fille Thierolf », lui avait dit l'un d'eux en entrant. Lippenholtz, lui, établirait le rapport entre Greg et le coup de revolver, supposa Robert. Peut-être. Ces deux-là avaient plutôt l'air des flics classiques venus rendre une visite pour la forme, à la suite de la plainte d'un particulier au sujet de bruits étranges chez lui.

– Savez-vous si le détective Lippenholtz est de service demain? demanda Robert.

– Lippy?

Le policier regarda son camarade.

– Ouais, je crois. 9 heures? 8 heures?

Les policiers s'en allèrent.

Robert retourna se coucher, sans se soucier de dormir ou non. De toute façon, la nuit était presque finie.

Le lendemain matin, une tasse de café à la main,

il examina de nouveau la cuisine à la lumière du jour. Il déplaça légèrement le saladier de bois posé sur le réfrigérateur, et c'est alors qu'il aperçut la balle, profondément logée dans le bois sombre. Elle avait dû s'enfoncer dans le saladier après avoir rebondi contre le mur. Robert se souvint que, dans la nuit, l'un des policiers avait tiré le saladier en avant, puis l'avait remis à sa place. Hé bien, voilà, il l'avait trouvée maintenant.

Il essaya d'extirper la balle, mais elle ne voulait pas sortir.

Il mit le saladier sur le siège avant de sa voiture, et se rendit à Rittersville. Un agent de la circulation lui indiqua le commissariat central. Là, dans une salle à vaste hall, Robert aperçut un brigadier derrière un bureau. Ce dernier inscrivit son nom et Robert dut le lui épeler. Le brigadier regarda alors de plus près le saladier et remarqua d'un ton indifférent :

— Calibre trente-deux.

— Quand Lippenholtz sera-t-il là?

Robert avait demandé à le voir en entrant. Il était 8 heures et demie.

— Je ne sais pas, dit le brigadier. N'importe quelle heure à partir de maintenant jusqu'à midi. Il est occupé à l'extérieur.

— Merci.

Robert sortit, laissant sur le bureau du brigadier son saladier patiné à l'aspect familial. Première pièce à conviction. La seconde pourrait bien être lui, se dit-il.

Greg pensait sans doute qu'il l'avait eu du premier coup. Robert s'était jeté au sol et y était resté sans bouger, durant plusieurs minutes. Greg avait dû regarder par la fenêtre, attendre quelques secondes, puis s'enfuir. Robert n'avait pas entendu de voiture. Peut-être Greg n'en avait-il pas. Il lui aurait été difficile de s'en procurer une, à moins de la voler, et c'eût été dangereux. Nickie, certes, pouvait lui avoir prêté son auto, mais il ne pensait pas qu'elle eût perdu la tête à ce point. Il était encore possible, se dit-il, que ce fût un ami de Greg qui ait tiré le coup de feu. Charles Mitchell, de Rittersville, par exemple. Mais l'intervention de Greg demeurait l'hypothèse la plus plausible. Qui d'autre lui en voulait assez pour le tuer ?

Robert n'était pas en état d'aller à son travail ce jour-là, et il savait qu'il en serait de même le lendemain, puis le surlendemain. En revenant de Rittersville à Langley, il décida de parler à Jaffe ce matin même pour lui dire qu'il jugeait préférable de donner sa démission. Il la confirmerait dans une lettre. Il écrirait également une lettre de démission et d'excuses à M. Gunnarote d'Arrobrit, à Philadelphie. Puis il pensa que tout le monde allait croire qu'il se retirait parce qu'il était coupable, et il abandonna son projet. Dès le matin, Naomi Tesser avait dû s'empresser de répéter à une douzaine de personnes au moins la façon dont il avait rencontré Jenny, et ces mêmes personnes l'avaient sans doute raconté à des centaines d'autres. L'histoire était devenue insupportable et fastidieuse maintenant, mais pour d'autres elle serait nouvelle, pleine d'attrait. Qu'elle vienne seulement confirmer la rumeur publique ou que certaines gens tombent des nues en l'apprenant, alors, ce serait là un fait reconnu, puisque Robert Forester lui-même en avait fait l'aveu.

Il avait dix à quinze minutes de retard en arrivant à la Langley Aeronautics et toutes les tables étaient déjà occupées lorsqu'il entra. Beaucoup levèrent la tête, et Robert les salua d'un « Bonjour! » ou d'un « Hello! » Il se sentit moins gêné que la veille, moins gêné qu'il ne l'avait été tous les matins depuis le mardi de la semaine écoulée. Il vit Jack Nielson se lever de sa table pour venir à lui. Robert ôta son trench-coat, le mit sur son bras et partit en direction de son casier.

Jack l'observait d'un air contrarié. Il lui fit signe d'aller dans le couloir du fond.

Robert secoua la tête.

– Je veux parler à Jaffe, dit-il à voix basse une fois que Jack l'eut rejoint.

Autour d'eux, leurs collègues de travail gardaient la tête baissée : « Je ne sais pas pourquoi je range ce manteau.

– Dites-lui que vous demandez congé pour le reste de la semaine, proposa Jack. Mon Dieu, c'est compréhensible. »

Robert fit oui, de la tête. Il retourna jusqu'à sa table, pour se diriger ensuite vers le bureau de Jaffe.

– Bob.

Jack était de nouveau derrière lui. Il chuchota : « Je crois qu'un flic en civil se trouvait là il y a deux minutes environ. Je l'ai vu parler à Jaffe dans le hall. Je ne suis pas sûr, mais... » il s'interrompit.

– D'accord. Merci.

Robert eut soudain la nausée. Il laissa choir son manteau sur le dossier d'un fauteuil.

– Que se passe-t-il? Vous ne vous sentez pas bien? demanda Jack.

– Ça va, répondit Robert.

Des têtes, maintenant, se levaient autour d'eux.

– Si vous prenez congé aujourd'hui, allons boire un café ou quelque chose au Hangar avant votre départ.

– Entendu, dit Robert, et il s'éloigna en direction du bureau de Jaffe, faisant un signe de la main.

Il jeta un coup d'œil dans le hall de réception et, à travers la vitre, aperçut Lippenholtz. Il sortait de l'ascenseur en costume gris clair et chapeau. Lippenholtz le vit immédiatement, lui aussi, et le salua de la tête. Il s'arrêtait pour l'attendre, selon toute évidence. Robert ouvrit la porte vitrée à l'extrémité du hall.

– Vous êtes donc là, dit Lippenholtz. Fidèle au poste, hein?

– Vous vouliez me voir? demanda Robert.

– Oui. Un siège?

Il désigna du doigt le canapé vert à deux places près de la cage des ascenseurs.

Robert n'avait pas envie de s'asseoir mais il le fit machinalement.

– On m'a parlé du coup de feu, dit Lippenholtz. Vous ne semblez pas être blessé.

Il fumait une cigarette.

– Non. J'ai trouvé la balle ce matin. Calibre trente-deux. On vous a peut-être dit.

– Non, on ne m'a pas dit.

Robert lui raconta comment il l'avait trouvée, et lui dit qu'il avait remis le saladier au commissariat de Rittersville. Lippenholtz eut l'air intéressé, sans plus.

– Savez-vous, par hasard, si Wyncoop a un permis de port d'armes? demanda Robert. Non pas qu'il en ait besoin pour avoir un revolver, mais...

Lippenholtz étudia le visage de Robert pendant quelques secondes.

– Non, Wyncoop n'a pas de permis. Je l'avais remarqué au moment où nous contrôlions divers renseignements à son sujet. Je suppose que, pour vous, c'est Wyncoop qui a tiré.

– Je le soupçonne fort.

– Hé bien, monsieur Forester, un autre événement d'un grand intérêt a eu lieu la nuit dernière également. Nous avons empêché les journaux de le publier ce matin. On a repêché le corps de Wyncoop en amont de Trenton. Du moins ce que nous pensons être le corps de Wyncoop. L'autopsie n'est pas terminée.

Lippenholtz le regardait, frottant son menton grêlé avec son index. « Ainsi... étant donné les circonstances, voyez-vous quelqu'un d'autre qui aurait pu tirer? Une des jeunes têtes brûlées que sont les amis de Wyncoop, par exemple?

– Quelle preuve avez-vous que c'est bien Wyncoop? demanda Robert.

– Nous n'avons pas encore de preuve, mais le cadavre est de la même taille que lui, un mètre quatre-vingt-neuf. Il n'a plus de vêtements, sauf une ceinture munie d'une boucle très ordinaire, sans initiales, et un morceau de pantalon. Plus de cheveux non plus, ce qui est pire. Le corps a dû rester dix à quinze jours dans l'eau, dit le médecin légiste. Et il a été roulé, forcément, sur de nombreux rochers. Le crâne a été fracturé. Ce peut être en heurtant un rocher, mais on dirait plutôt qu'il a reçu un coup violent, porté avec un objet contondant, ou une pierre utilisée comme arme. Que dites-vous de cela? On l'a repêché vers 20 heures la nuit dernière. Un type qui amarrait son bateau l'a trouvé pris dans l'appontement. »

Robert haussa les épaules.

– Ce que j'en dis? Je ne pense pas que ce soit Wyncoop. Vous dites que vous n'avez pas encore de preuves.

– Non, mais il y a deux faits importants. Personne de cette taille n'est porté manquant dans les environs. Et le type semble avoir été assassiné.

Robert parvenait à garder son calme avec une aisance inhabituelle, ce matin.

– Il y a d'autres choses à vérifier, je pense? L'âge, par exemple. Ne peut-on le déterminer d'après les os? Et... quelle est la couleur de ses yeux?

– Ne parlez pas des yeux, dit Lippenholtz.

Robert se leva nerveusement. Il supposa que le corps était méconnaissable.

– Où allez-vous?

Robert alluma une cigarette sans répondre.

– Votre amie ne pensait-elle pas que vous aviez tué Wyncoop, monsieur Forester? N'est-ce pas la raison pour laquelle elle s'est suicidée, disant que vous représentiez la mort pour elle?

Robert s'assombrit.

– Que voulez-vous dire par « ne pensait-elle pas »?

– Je vous demande si elle ne soupçonnait rien?

Robert prit de l'eau au distributeur automatique, dans un gobelet en carton, avala une gorgée et jeta le gobelet dans le panier.

– Je ne sais pas. Je sais que ses amis ont voulu l'influencer. Certains d'entre eux. Là n'est pas la question, il me semble. La question est de savoir si le cadavre est, oui ou non, celui de Wyncoop.

Lippenholtz se contenta de le regarder, un léger sourire sur ses lèvres fines.

– Et pendant que vous poursuivez votre enquête, je suppose qu'on va m'envoyer une balle dans la peau. Ce soir, peut-être.

– Oh! j'en doute fort, monsieur Forester.

Robert eut envie de lui donner un coup de poing.

– Je croyais que la justice était censée découvrir le coupable. Ne me prenez pas simplement parce que vous m'avez sous la main.

– C'est justement ce que nous pensions faire, monsieur Forester.

Robert jeta son mégot dans le bac de sable et haussa les épaules.

– Après tout, je serai plus en sécurité en prison que chez moi, probablement.

Puis il imagina la dernière autopsie du corps prouvant qu'il s'agissait bien de Wyncoop – aujourd'hui peut-être. Que se passerait-il alors? Combien d'années pour un homicide?

– Vous avez envie d'aller en prison, monsieur Forester?

– Non.

Robert enfonça ses mains dans ses poches de derrière : « Quelle est cette nouvelle procédure?

Vous demandez d'abord aux gens s'ils ont envie d'aller en prison?

– Non. Pas toujours. Pourquoi n'allez-vous pas jeter un coup d'œil au cadavre? Nous aimerions que vous le voyiez.

– D'accord, parfait, répondit Robert sur le même ton détaché. Attendez-moi une minute, je prends mon manteau.

Il retourna dans la salle de dessin, la traversa sans s'arrêter puis dut revenir sur ses pas, car il avait laissé son pardessus sur le fauteuil, et non dans son casier. Jack lui jeta un regard interrogateur. Robert secoua la tête en faisant un signe négatif.

Lippenholtz le toisa de la tête aux pieds tandis qu'ils attendaient l'ascenseur.

– Pourquoi un trench-coat? Il ne pleut pas. Il fait un soleil magnifique.

– J'aime les trench-coats, répliqua Robert.

Lippenholtz semblait aussi heureux, remarqua-t-il, que s'il avait trouvé la solution de l'énigme.

Ils prirent la voiture noire de Lippenholtz pour aller jusqu'à Rittersville. Lippenholtz affirma que cela ne le dérangeait en rien de reconduire Robert à la L.A., ou bien l'un des hommes de la patrouille fluviale s'en chargerait.

– Avez-vous vu les parents de Mlle Thiérolf? demanda Lippenholtz tout en conduisant.

– Non.

– Vous n'avez pas essayé?

– Non. Je ne les ai jamais rencontrés, ajouta Robert.

– Braves gens.

Robert poussa un soupir irrité et malheureux.

A Rittersville, Lippenholtz gara sa voiture dans le parking réservé au commissariat, et ils entrèrent ensemble. D'un signe du doigt, il congédia un policier à cheveux blancs qui faisait mine de les accompagner, puis invita Robert à descendre quelques marches de bois au fond de la salle. Il y avait là six tables recouvertes de peinture émail, et sur l'une d'elles était posé le cadavre recouvert d'un drap d'un blanc grisâtre. Un gardien lisait un magazine, sans leur accorder la moindre attention.

– Voilà, dit Lippenholtz, soulevant un coin du linceul et le tirant en arrière.

Robert s'était préparé, mais il sursauta à la vue du corps. Même la mâchoire inférieure avait été arrachée. Les os du crâne, des épaules étaient transparents. Des lambeaux blanchâtres de chair exsangues pendaient autour du squelette. Le cadavre avait l'air vieux, c'est-à-dire âgé.

– Les dents..., dit Robert. Il reste quelques dents dans la...

Lippenholtz lui jeta un regard brillant.

– Oui, nous essayons de joindre le dentiste de Wyncoop. Malheureusement, il est parti dans l'Utah rendre visite à des parents. Et ce qui est pire, il s'est rendu à une partie de chasse quelque part dans la région.

Lippenholtz avait l'air de s'amuser beaucoup de ce détail. Il tenait toujours le drap relevé afin que Robert pût voir le cadavre.

Robert lui fit signe de le recouvrir.

– Je ne peux rien dire de plus, à simple vue.

– Vous semblez pâle, monsieur Forester.

Robert eut envie de vomir. Il fit demi-tour en direction de la porte, la tête haute, mais il sentait d'autant mieux l'odeur forte de la pièce. Il allait délibérément à pas lents et mesurés, permettant ainsi à Lippenholtz d'atteindre la porte le premier.

– Merci, Charley! cria Lippenholtz au gardien derrière son journal, mais il n'obtint qu'un grognement pour toute réponse.

– Combien de temps pensez-vous qu'il faudra pour mettre la main sur le dentiste? demanda Robert.

– Je ne sais pas.

– Ses registres ne sont-ils pas ici? Ne peut-on les consulter?

– C'est un dentiste peu connu à Humbert Corners. Tout est sous clé.

– Lui avez-vous dit que c'était urgent?

– Nous n'avons pas encore pu le toucher personnellement dans l'Utah. Nous avons eu ses parents. Il est absent.

– Comment s'appelle-t-il?

– McQueen, dit Lippenholtz. Thomas... ou Théodore.

Il ne quittait pas Robert des yeux : « Que pensez-vous de ce cadavre? Il mesure un mètre quatre-vingt-neuf. Faible corpulence... »

Robert se contenta de lui rendre son regard, trop chancelant d'ailleurs pour considérer la question. Lippenholtz s'apprêtait à sortir en même temps que lui, mais il s'arrêta pour échanger quelques mots avec un policier au pied des marches. Robert en profita pour aller jusqu'au parking et se débarrasser rapidement des quelques gorgées de café qu'il avait avalées le matin. Au moment où Lippenholtz revenait, tout sourire, en compagnie du policier, Robert avait allumé une cigarette.

– Ce monsieur va vous reconduire à Langley, dit Lippenholtz en désignant l'imposant policier à ses côtés.

Et plus calmement il ajouta : « Je voulais vous poser encore quelques questions ce matin, monsieur Forester, mais vous n'avez pas l'air de vous sentir très bien.

– Quelles questions? demanda Robert.

– Hum... si nous attendions d'avoir des nouvelles du dentiste, hein?

– Pourrais-je avoir un garde pour cette nuit... je veux dire un policier en voiture devant ma maison? demanda Robert.

– Un garde? »

Le sourire de Lippenholtz s'élargit.

– Vous m'avez demandé il y a quelques minutes

si je voulais aller en prison. Un seul garde cause moins de dérangement et de frais, non?

Lippenholtz hésita, un sourire aux lèvres, cherchant apparemment une réplique spirituelle.

— Je ne suis pas armé et, quelle que soit la personne qui cherche à me descendre, elle l'est, dit Robert.

— Allons, voyons, vous n'allez pas faire un drame de...

— Vous n'êtes pas le *chef* de police de ce commissariat, il me semble, détective Lippenholtz?

Robert sentit une sueur froide lui couler sur le front.

Le sourire de Lippenholtz s'évanouit. Ses pâles sourcils s'abaissèrent en une ligne dure et horizontale.

— Vous êtes mal placé pour...

— Vous faites semblant de ne pas croire que c'est Wyncoop qui me tire dessus, parce que vous ne voulez pas le croire. Peut-être parce qu'il n'a pas de permis de port d'armes?

Robert éclata de rire.

Le gros flic aux côtés de Lippenholtz grondait maintenant comme un chien attendant les ordres de son maître.

Lippenholtz pointa son menton grêlé en avant.

— Ecoutez, monsieur Forester, vous allez vous attirer encore plus d'ennuis si vous ne faites pas attention. Que croyez-vous être? Vous êtes un emm... On peut vous arrêter comme rôdeur, le savez-vous? Et vous n'êtes pas loin d'être arrêté pour meurtre. Et vous osez rester là et...

— Oui, bien sûr que j'ose! Et alors?

Lippenholtz fit la grimace et jeta un regard au gros type à côté de lui.

— Entendu. Vous aurez quelqu'un. Quelle heure voulez-vous?

— N'importe quelle heure. Le plus tôt sera le mieux.

— Entendu, dit Lippenholtz avec un sourire

condescendant, comme s'il cédait à un caprice de Robert.

– Puis-je compter dessus? Sera-t-il là, au moins pour cette nuit? demanda Robert.

– Oui, dit Lippenholtz.

Robert n'en était pas si sûr.

– Raccompagne-le à Langley, dit Lippenholtz.

Le policier saisit le bras de Robert, et ce dernier se dégagea brusquement. L'agent lui fit alors signe de se diriger vers une voiture noire, et Robert le suivit. Lippenholtz retournait vers le bâtiment. Pour discourir sur le cadavre, peut-être, se dit Robert.

Pendant la durée du voyage, le policier garda un silence glacial. Robert put un peu se détendre. C'était son premier contact avec la justice inflexible, et il avait toujours entendu dire qu'on y traitait les gens sans ménagements et qu'on leur parlait sans douceur. Alors, pourquoi s'en faire un monde? Les agents de la circulation avaient souvent la même attitude, pour des affaires moins graves, voilà tout. Il était content d'avoir enfin eu le courage de répondre. Et s'il l'avait fait, c'était parce qu'il n'avait plus rien à perdre.

– Où allez-vous? demanda le policier à l'entrée de Langley.

– A la Langley Aeronautics, répondit Robert.

Le policier s'arrêta devant le parking. Robert y pénétra, se dirigea vers sa voiture et rentra chez lui. Il téléphonerait à Jack Nielson plus tard. Il n'avait envie de parler à personne pour le moment. Presque toutes ses affaires étaient emballées, à part quelques objets, dans la cuisine. Ses valises ouvertes étaient posées à terre, à moitié pleines. Le déménagement était prévu pour le dimanche 31, dans deux jours, et il avait projeté de descendre dans un hôtel de Philadelphie. Tout était à l'eau maintenant, sauf le déménagement, car il avait promis à son propriétaire de partir le 31. Et rien ne l'empêchait de s'en aller tout de suite, se dit-il, rien, si ce n'est l'espoir de rencontrer Greg, le fol espoir de le ligoter et le transporter, mort ou vivant, au poste de police. Car, qui le croirait, s'il se contentait de dire qu'il l'avait vu ? Il avala un whisky avec des glaçons pour se remettre d'aplomb. Il se prit à penser aux parents de Jenny. Quel genre de travail avait-elle dit que faisait son père ? Robert eut envie de leur écrire, de s'expliquer – non de se disculper. Mais ses parents voulaient-ils savoir ? Pour eux, ce qui comptait, la seule chose importante, n'était-ce pas la mort ? L'enterrement de Jenny se déroulerait à Scranton le lendemain, avait-il lu dans le journal.

Un grattement à sa fenêtre le fit bondir. Il se précipita, ayant soin de rester sur le côté. L'éclat du soleil l'obligeait à fermer les yeux. Puis il aperçut, en bas, près de la boîte à lettres, un chien noir et blanc qui s'éloignait en trottinant, museau au sol. On aurait dit un chien de berger écossais. Il sembla à Robert qu'il avait déjà vu ce chien, dans les environs. Obéissant à une impulsion soudaine, il ouvrit la porte d'entrée et siffla. Le chien s'arrêta net, se retourna et fit un pas vers lui. Puis il s'arrêta encore, l'air interrogateur. Robert siffla une seconde fois, sortit sur la véranda, s'y accroupit.

Le chien s'avança lentement, rasant le sol, agitant la queue. Robert lui tapota la tête, plein de gratitude pour la confiance qu'il lui accordait.

« Tu es une brave bête. Tu as faim ? Quelle question ! » se dit Robert. Les côtes du chien saillaient sous son long pelage.

Il dénicha dans le réfrigérateur un maigre reste de bifteck et ouvrit une boîte de corned-beef. Le chien attendait sous la véranda, trop peureux pour entrer. Robert mit la nourriture sur une assiette et la lui apporta. Le chien l'engloutit avidement, la poitrine dilatée, jetant de temps à autre à Robert un regard mi-soupçonneux, mi-reconnaissant. Robert lui sourit, heureux de le voir manger. Puis le chien entra dans la maison. Il passa le reste de l'après-midi à dormir, s'éveillant au moindre mouvement de Robert et le suivant comme s'il avait peur qu'il s'en aille. Robert remarqua que c'était une chienne.

A 17 heures, il alla chercher les journaux et fit sortir le chien, se disant qu'il ne devait pas l'enfermer, au cas où il voudrait retourner chez ses maîtres.

Lippenholtz avait peut-être interdit aux journaux du matin de publier la nouvelle relative au cadavre, mais elle était imprimée en première page dans ceux du soir. « Les autorités attendent la confirmation finale du dentiste de Gregory Wyncoop, le Dr Thomas McQueen d'Humbert Corners, qui s'est absenté provisoirement. » La confirmation « finale », comme s'il y avait déjà une douzaine d'autres faits pour confirmer que le corps était bien celui de Gregory Wyncoop.

Le chien attendait et gémit lorsque Robert monta les marches. Il avait voulu s'arrêter chez l'épicier pour lui acheter quelque chose, puis il avait oublié. Il lui donna deux œufs battus, un bol de lait et se fit durcir, ensuite, deux œufs pour lui-même.

Le téléphone sonna.

La nuit tombait rapidement. Robert jeta un regard inquiet aux trois fenêtres de son living-room. Il se dit qu'il devrait au moins baisser les stores, et tout de suite, car il n'avait rien vu qui ressemblât à un policier ou à une voiture de police en allant acheter les journaux. Il décrocha le téléphone.

– Lippenholtz, dit la voix cassante. Le Dr McQueen sera de retour samedi après-midi. J'ai pensé que vous aimeriez le savoir.

– Merci. Bien.

Il y avait quarante-huit heures à peu près jusqu'au samedi après-midi.

– Vous restez chez vous ce soir?

– Oui, dit Robert. Avez-vous envoyé quelqu'un pour surveiller la maison?

– Hum-m... oui. Il ne devrait pas tarder.

– Merci, dit Robert d'une voix morne. Je l'espère.

– Je vous tiendrai au courant, ajouta Lippenholtz, et il raccrocha.

Robert baissa tous les stores et alluma la lampe du bureau. L'eau bouillait. Il mangea, debout près de son évier. Il songeait à voir un film, rien que pour sortir de chez lui. Mais l'idée d'en arriver là l'irrita, l'irrita même à ce point qu'il abandonna son projet. Il avala un second whisky, d'un seul trait, jeta un coup d'œil aux fenêtres du living-room, puis au chien qui l'observait, couché sur le sol, la tête entre les pattes. Il se dit qu'il allait passer toute la soirée à guetter le chien, pour voir s'il avait entendu quelque chose.

– Tu aboierais, n'est-ce pas, si tu entendais quelque chose?

Il s'accroupit pour caresser ses maigres côtes.

Il s'étonna que Jack Nielson ou les Tesser n'aient pas téléphoné, par simple curiosité. Se pouvait-il que le cadavre fût, pour eux, la goutte d'eau qui fait déborder le vase? Etaient-ils tous persuadés qu'il se trouvait déjà en prison? Les journaux, avait remarqué Robert, n'avaient même pas mentionné son nom. L'article ne dépassait pas quelques lignes et insistait surtout sur l'endroit où l'on avait trouvé le corps, et sur la personne qui l'avait repêché.

Robert appela les Nielson. Ce fut Betty qui répondit, s'informant de sa santé, car Jack lui avait dit qu'il avait mauvaise mine, ce matin. Robert l'assura qu'il se portait très bien. Puis elle lui passa Jack.

– Je suis content de vous savoir encore chez vous, dit Jack. Lorsque j'ai lu les journaux de 17 heures – au sujet de ce cadavre – je me demandais où vous seriez.

– Je serais plus en sécurité en prison, comme je le disais ce matin à mon ami Lippenholtz. C'est le flic en civil que vous avez vu. Il m'a emmené voir le corps ce matin, et ensuite...

Il s'arrêta.

– Qu'en disent-ils? Est-ce vraiment Wyncoop?

– Je ne pense pas.

Robert lui raconta l'histoire du coup de feu.

— Je pense que c'est Wyncoop qui a tiré, conclut-il avec lassitude. Donc, ce corps n'est pas le sien.

— Je vois. Mon journal ne parlait pas du coup de feu. Pas étonnant si vous aviez les yeux cernés ce matin.

Leur conversation dura une dizaine de minutes, et Robert s'effondra ensuite dans son fauteuil, épuisé par l'effort qu'il avait dû fournir. Il eut un sourire amer : Betty n'était pas arrivée à dissimuler ses soupçons dans le ton de sa voix. Elle n'avait pas parlé du corps. Robert se rendait compte qu'elle n'avait prononcé que des paroles banales pour combler les vides de la conversation. Lorsque Jack l'avait prié de venir passer la nuit chez eux, il avait cru entendre la voix de Betty protester, dans le fond : « Non... non. » Robert avait décliné son offre.

Le téléphone, à nouveau.

C'était Peter Campbell qui appelait de New York.

— Dieu merci, tu es là, dit Peter. Que diable se passe-t-il là-bas ?

Il voulait avoir plus de détails sur le cadavre, et Robert lui décrivit l'état épouvantable de celui-ci. Il ajouta qu'on attendait le dénouement samedi avec l'arrivée du dentiste de Wyncoop.

— Il me reste encore un atout dans mon jeu, dit Robert.

— Quoi ?

— Une chose qui peut me sauver de l'inculpation pour homicide, et c'est que Wyncoop m'a tiré dessus. Mais il faut qu'on attrape Wyncoop et qu'on établisse la relation avec le pistolet dont il se sert. Et ils ne semblent pas rechercher Wyncoop avec beaucoup d'ardeur par ici.

Il raconta à Peter l'histoire de la balle logée dans le saladier. Avec lui, il pouvait en rire.

— Bob, pourquoi ne viens-tu pas ici passer quelques jours avec nous ?

– Merci infiniment, mais je n'ai pas la permission de quitter la ville en ce moment.

– Quoi? s'écria Peter d'un ton incrédule.

– La situation est très mauvaise. Je suis content que cela ne transpire pas dans les journaux de New York. Crois bien que j'aimerais mieux être avec vous à New York. Comment va Edna?

Edna Campbell vint lui parler quelques minutes. Elle demanda avec beaucoup de tact s'il avait été amoureux de la jeune fille qui s'était suicidée.

– Je ne sais pas, dit Robert. Elle me plaisait... mais amoureux, je ne sais pas.

En raccrochant, il s'aperçut que les Campbell n'avaient pas fait allusion à l'histoire du rôdeur. Et ils ne l'avaient pas évitée non plus, pensa-t-il, car ils étaient trop intimes avec lui pour cela. Ils avaient dû la juger trop futile pour vraiment aborder le sujet. C'était déjà quelque chose.

Vers 21 heures et demie, Robert se réveilla en sueur après un bref somme. Il était sur le divan rouge. Il avait fait un rêve désagréable, mais il ne savait plus lequel. Le chien dormait toujours au même endroit. La lampe du bureau était allumée. La fenêtre par laquelle on avait tiré était restée entrebâillée d'une dizaine de centimètres, bien qu'elle fût cachée maintenant par le store. Ferme-rait-il la fenêtre? Il la laissa comme elle était.

Robert relut la lettre qu'il avait commencée pour les parents de Jenny sur sa machine à écrire.

29 mai 19..
Chers monsieur et madame Thierolf,

« Je vous écris pour préciser quelques faits, quelques événements dont je ne suis pas sûr que vous ayez connaissance, car j'ignore ce que vous a dit Jenny et dans quelle mesure elle s'est confiée à vous. Pour commencer par la fin, voici : elle est venue lundi dernier chez moi, déclarant qu'elle ne voulait plus me revoir. Nous ne nous sommes pas disputés. Elle n'était pas... »

Il s'éloigna. Le ton était banal, froid, presque plaintif.

La sonnerie stridente du téléphone fit courir des frissons douloureux le long de son échine. Encore une fois Nickie, peut-être. Nickie l'avait appelé quelques minutes après les Campbell. *Tu sais maintenant où est Greg?* avait-elle demandé. *Il est mort, il est mort.* Pour essayer de lui clouer le bec, il avait exigé, d'un ton autoritaire, de parler à Ralph. Mais Ralph, avait-elle rétorqué, était sorti pour une longue, longue promenade.

Il restait en arrêt devant le téléphone, puis le décrocha brusquement.

— Allô! Robert Forester? Ici l'Inter... parlez, Chicago.

— Maman? dit-il.

— Oui, Bob. Comment vas-tu, chéri?

— Très bien, maman. Je...

Le chien se leva en grondant vers la fenêtre et Robert vit le store bouger.

— Maman, je vais être obligé de...

Un coup retentit, et il fut touché au bras gauche.

Il lâcha le téléphone et renversa la lampe qui était sur la table. Un second coup de feu éclata au moment où la lampe heurtait le sol. Il y eut encore une détonation, et le chien poussa un glapissement.

Puis deux autres détonations.

Robert restait étendu dans le noir. Le chien gémissait. Brusquement, Robert bondit sur ses pieds, se précipita vers la fenêtre et souleva le store sur l'obscurité la plus complète. Il courut dans la cuisine à la recherche de la lampe de poche posée sur l'évier, la laissa tomber, la ramassa et repartit vers la fenêtre. Il projeta rapidement le faisceau lumineux partout où il put, recommença plus lentement, mais ne vit rien bouger. Il éteignit alors la lampe, la brandit comme un gourdin et sortit à pas décidés sur la véranda, en faisant du bruit. Il fit un saut de côté, alla derrière le buisson près de la clôture. Il regardait en direction de la route dont les fossés peu profonds pouvaient dissimuler une personne aplatie sur le côté, par exemple. Son bras gauche saignait, assez abondamment. Loin vers la gauche, dans la direction de Langley, brillaient les feux rouges d'une automobile. Celle de Greg? Etait-ce la peine de la suivre? Elle fut hors de vue en trois secondes. Il serait impossible de la retrouver.

Il retourna dans la maison et alluma la lampe centrale, près de la porte. A ce moment-là, il vit le chien. Il était couché sur le côté, la tête tournée vers la fenêtre, la poitrine trouée d'une petite blessure. Et mort.

Il souleva le téléphone, puis le reposa, l'air absent. Il n'arrivait plus à se rappeler le numéro du commissariat de Rittersville. Il reprit l'appareil :

– La police de Rittersville, demanda-t-il à la téléphoniste.

– Quel service désirez-vous? Ils sont tous inscrits dans l'annuaire.

– Je ne me sens pas en état de regarder dans l'annuaire, dit Robert. Je voudrais le bureau central.

Il contemplait avec indifférence les éclats de bois arrachés au coin du bureau, la vitre brisée d'un tableau accroché de guingois au mur, en face de lui.

– Allô! dit Robert. Robert Forester à l'appareil. Je voudrais vous signaler...

On frappa bruyamment à la porte.

La porte était entrebâillée. Un individu de haute taille, aux cheveux grisonnants, vêtu d'un bleu de travail, apparut, bouche bée. C'était Kolbe, son voisin.

– Je sais, murmura Robert. Ces coups de feu. Je suis justement en train d'appeler la police...

Il mâchonnait ses mots comme s'il était ivre.

L'homme se penchait sur le chien :

— Mais c'est le chien des Huxmeyer, dit-il, furieux.

Au bout du fil, une voix masculine et désagréable disait :

— Hé! Parlez! Y a-t-il quelqu'un?

— C'est Robert Forester à l'appareil. Je voudrais vous signaler qu'on a tiré des coups de feu sur moi, dit Robert, et il laissa retomber l'écouteur. Il voulut se lever, puis s'évanouit.

Un bruit de voix et de piétinements parvint aux oreilles de Robert. Des mots éclataient comme des coups de feu, dans un bourdonnement confus : « ... *ivre*... des *coups de revolver!*... au moins *cinq*... étranger ici, mais *pourquoi*... pauvre chien... Faites-les *sortir!*... Vous n'allez pas vous taire? Certains d'entre vous feraient mieux de... Vous vous remettez? Restez tranquille une minute. »

La dernière voix était calme, et toute proche.

Robert se souleva sur un coude et bascula. Il serait tombé du divan si quelqu'un ne l'avait retenu par les épaules et remis en place. Il grimaçait. Une foule de gens avait envahi la pièce – des policiers, des hommes, deux femmes dont l'une avait les cheveux nattés et serrait un manteau sombre autour de la chemise de nuit qui tombait jusqu'aux pieds. Robert avait la tête calée par des coussins. On avait coupé la manche gauche de son vêtement et un médecin lui frottait le bras à l'alcool. Il ne sentait rien, mais l'odeur forte le revigorait.

– Voilà. Gardez ça sous votre nez, dit le médecin en lui présentant un tampon de coton humide. Vous avez eu de la chance. Rien de cassé. La balle n'a pas touché l'os.

Le docteur était un petit homme enjoué, avec une frange de cheveux gris au-dessus des oreilles et derrière le crâne luisant. Il s'affairait, déroulant des bandages d'un blanc immaculé.

Robert reconnut ensuite Lippenholtz qui se dirigeait vers lui à grandes enjambées dans son costume gris clair, le chapeau rejeté en arrière.

– Hé bien, vous revenez à vous ? Que s'est-il passé ici ?

Le silence se fit dans la pièce et tout le monde regarda Robert. Les visages étaient menaçants, inquiets, inexpressifs ou curieux. Aucun n'était bienveillant.

– On a tiré, dit Robert. A travers la fenêtre. La même fenêtre. » Il la désigna du regard.

Lippenholtz inspecta les lieux, puis revint vers Robert.

– Combien de coups ?

– Cinq ou six. Je ne sais pas. Demandez à votre policier de garde.

– Cinq, dit le grand type, celui qui était entré le premier.

Lippenholtz se rembrunit.

– Il y avait un garde. Il a dit qu'il s'était absenté cinq minutes pour aller prendre une tasse de café et... la personne a sauté sur l'occasion.

Lippenholtz mentait, pensa Robert, pour sauver la face devant le public.

– Il devrait emporter un Thermos.

– Je le lui dirai, répliqua Lippenholtz. Alors, que s'est-il passé après les coups de feu ?

Le docteur continuait d'enrouler la bande autour du bras.

– J'ai couru dehors... avec une lampe électrique. Mais je n'ai rien vu, sauf...

– Sauf ?

– J'ai vu les feux arrière d'une voiture, en haut de la route, en direction de Langley. Ils ont disparu. Je ne pense pas que la voiture ait un rapport quelconque avec cette histoire. Elle était trop loin.

Lippenholtz hocha la tête et dit :

– Nous avons retrouvé une ou deux balles. C'est encore du calibre trente-deux.

Robert regarda plus attentivement les gens qui se trouvaient dans la chambre. Leurs visages étaient hostiles.

– Comment le chien est-il entré ici? demanda la femme maigre en manteau et chemise de nuit.

– C'est lui qui est venu, dit Robert. Je lui ai donné quelque chose à manger... parce qu'il avait faim.

– C'est notre chien et vous n'aviez pas le droit! cria la femme en faisant un pas en avant.

Un homme maigre et plus petit qu'elle lui posa une main sur le bras.

– Martha, dit-il.

– Je m'en fiche! Prendre notre chien et le faire entrer dans cette horrible maison pour qu'il y soit *assassiné*... simplement parce qu'on a tiré sur *vous!* Et vous le méritez! Vous le méritez!

– Voyons, Martha, la justice fera...

Mais un murmure d'approbation courut parmi la foule, quelques grognements affirmatifs s'en échappèrent, de-ci de-là. Un policier rit silencieusement et renversa la tête en arrière. Il échangeait des clins d'œil avec un de ses collègues.

– Il a tué un homme, pas vrai? glapit la femme appelée Martha.

Elle s'adressait à Lippenholtz, et comme il ne répondait pas, elle se tourna vers l'assemblée : « N'est-ce pas vrai?

– Oui, répondirent quelques personnes à l'unisson.

– Et maintenant, il vient de tuer mon chien, un chien innocent! Et c'est un rôdeur, par-dessus le marché, un sale voyeur!

– Peuh! » fit un vieillard, englobant la salle d'un mépris général et tournant les talons.

La porte d'entrée était ouverte : « Je me demande ce que *moi*, je fais ici, marmonna-t-il.

– Je me le demande aussi, dit une autre personne qui sortit vivement à son tour.

– Vous allez payer pour ce chien! déclara Martha.

– D'accord, d'accord, dit Robert.

Le docteur continuait ses soins, comme si de rien n'était. En fait, il grommelait quelque chose dans sa barbe. Il coupait maintenant avec application l'extrémité du nœud qu'il avait fait à la bande.

– Vingt-cinq dollars! cria Martha.

Son mari lui murmura quelque chose à l'oreille et elle rectifia : *trente*-cinq!

– D'accord, soupira Robert.

Lippenholtz, échangeant quelques mots avec un policier, laissa échapper soudain un gloussement de rire qui tomba dans un silence, et tous les regards se tournèrent vers lui. Le remarquant, il s'approcha de Robert.

– Vous voulez aller en prison maintenant, monsieur Forester?

Robert eut envie de bondir et de faire un discours bien senti à Lippenholtz et à tous ces gens-là. Puis l'envie le quitta.

– Non, dit-il.

– Et quel autre endroit lui convient mieux? protesta une voix d'homme dans le fond de la pièce.

– Oui! renchérit Martha d'un ton perçant. Détourner une jeune fille! L'entraîner à la mort!

« *Oh! bon Dieu!* » pensa Robert, fermant les yeux et tournant son visage contre le mur, en proie à la honte et à la rage. Les murmures recommençaient : « ... un étranger, venir s'installer dans une commune comme celle-ci... » « ... elle n'avait pas plus de vingt ans, *si* ce... » « ... elle venait passer la nuit ici. Je l'ai vue... » « Il a une femme à New York, m'a-t-on dit... » « Tch-tch!... » « Pourquoi la justice ne fait-elle pas son devoir?... » « Tuer cette jeune fille *et* son fiancé... que va-t-on encore lui laisser faire? »

Robert se redressa, résistant à la pression du docteur contre ses épaules.

– Je vais vous dire quelque chose! Je me fiche

complètement de ce que vous dites! Compris? Foutez le camp! Foutez le camp, tous!

Il se laissa retomber, épuisé.

Les gens ne firent pas un mouvement. Ils semblaient tous excités contre lui, maintenant.

– Ainsi, il s'en fiche! hurla une femme.

Le docteur s'interposa.

– N'en avez-vous pas dit assez, vous tous, pour ce soir? Cet homme a perdu beaucoup de sang...

– Ha!

– Il n'y a rien d'étonnant à ce qu'il se soit fait des *ennemis!*

Le médecin se tourna vers Lippenholtz :

– Monsieur... l'officier... à quoi bon laisser durer cette comédie? J'ai donné un calmant à cet homme et il a besoin de repos.

Robert eut presque envie de sourire. Enfin la voix de la raison, la timide voix de la raison se faisait entendre. Une voix contre treize, ou quatorze, peut-être même vingt. Robert, assis, dut cligner pour y voir clair. Lippenholtz s'avançait vers lui. Robert ne l'avait jamais vu s'éloigner, seulement s'avancer.

– Votre mère a appelé il y a quelques minutes, dit-il à Robert. Elle rappellera ou vous la rappellerez, a-t-elle dit. Voilà son message. Je l'ai informée qu'on vous avait fait une piqûre de morphine dans le bras.

Robert sourit légèrement.

– Une piqûre de morphine, répéta-t-il.

Lippenholtz échangea un regard avec le docteur et haussa les épaules.

– Je lui ai donné une forte dose, dit le docteur. Pourquoi ne faites-vous pas sortir ces gens?

– Regardez-le! Il sourit! cria la voix de Martha.

Robert ferma les yeux, sans y prêter attention. Comme dans un rêve, il entendit une discussion animée entre Lippenholtz et le docteur où revenaient les mots d'hôpital, de perte de sang, d'artère.

– ... étant donné qu'il est seul ici, disait le docteur. Je suis médecin et...

– D'accord, d'accord, interrompit Lippenholtz. Dis donc, Pete... d'accord, les gens s'en vont. Surveil-le-les.

Robert entendit un bruit confus de pas, les der-nières invectives lancées par-dessus l'épaule – ou du moins, c'est ce qu'il imagina, car il ne voulait pas écouter. Puis la porte se referma et le silence lui fit ouvrir les yeux. Le petit docteur en complet sombre revenait vers lui. La maison était silencieuse et vide.

– Vous voulez enfiler un pyjama ou vous préférez rester comme ça? demanda le médecin.

– Je me sens très bien, dit Robert en essayant de se lever.

– Ne bougez pas, dit le médecin.

– Il faut que j'appelle ma mère. Elle attend mon coup de fil.

– Oh! Hum-m. Hé bien, voulez-vous que je fasse le numéro?

– Oui, s'il vous plaît. Je ne m'en souviens pas. Il est dans ce petit carnet d'adresses sur la table.

Robert regarda le docteur chercher sur la table, puis dans le tiroir et l'entendit finalement faire « Ah! » en ramassant le carnet par terre, où il se trouvait à moitié caché par le fauteuil.

– Au nom de Forester?

– Non, de Carroll. Mme Philip ou Helen Carroll, je ne sais plus.

Robert se laissa aller contre les coussins en fermant les yeux, mais il prêta l'oreille :

– Non, pas en P. C. V. ... Une communication avec préavis, oui. C'est mieux.

La voix du docteur résonnait, claire et nette : « Ah, madame Carroll? Une minute, s'il vous plaît. »

Puis le docteur traîna une chaise sur laquelle il avait posé le téléphone et tendit l'écouteur à Robert.

– Allô! maman? dit Robert. Non, non, ça va. Absolument.

Robert expliqua qu'il n'avait qu'une blessure superficielle : « Hé bien, Wyncoop, je pense. Qui d'autre ? »

Elle avait une voix délicieuse. Energique et délicieuse. Elle et Phil partaient pour Albuquerque le lendemain matin, par avion. Elle voulait que Robert vienne avec eux, pour se reposer.

– Voyons, maman, tu n'as pas l'air de te rendre compte dans quel pétrin je suis, dit Robert. Je ne pense pas qu'on me permette de quitter l'Etat. On veut me mettre en prison.

– Oh! Bob, *nous* avons vu les journaux, mais... ils n'ont aucune *preuve*. Phil affirme que la police a besoin de preuves. Et même moi, je sais ça.

– C'est vrai, maman. C'est Wyncoop qui me tire dessus.

Le docteur, qui fumait une cigarette, se pencha pour lire les titres de quelques livres restés sur l'étagère à gauche de la cheminée.

– Oui, maman, oui, dit Robert. Un très bon médecin. On prend soin de moi.

Il rit : « Excuse-moi, mais on m'a donné un calmant, c'est pour ça que j'ai l'air bizarre, mais je vais bien. Je veux que tu saches que je vais bien.

– Mais viendras-tu avec nous? demanda-t-elle pour la troisième fois. Vien-dras-tu? Dans le *ranch?*

Robert fronça les sourcils :

– Oui, pourquoi pas? dit-il.

– Tu partiras demain? Dès que tu te sentiras d'attaque? Tu iras bien demain? Bobbie, es-tu là?

– Je me sens très bien maintenant, dit Robert.

– Veux-tu nous rappeler, afin que nous sachions quel avion prendre?

– Oui, maman.

– Maintenant, va dormir, Bobbie. Je t'appellerai demain matin. Vers 10 heures. Ça te va?

– Ça me va. B'soir, maman.

Il raccrocha, puis devint soucieux : sa mère lui avait dit que Phil voulait lui parler. C'était sans importance. Robert se renversa doucement en arrière sur les oreillers. A travers ses yeux mi-clos, il vit le docteur se diriger vers lui, un léger sourire aux lèvres. Robert pensa qu'il venait prendre congé.

— Merci beaucoup, dit Robert. Si vous me dites combien je vous dois... Je peux vous payer tout de suite.

Le docteur secoua la tête. Il mordait sa lèvre inférieure. Robert vit que ses yeux étaient pleins de larmes. Il fronça les sourcils et se demanda, un instant, s'il rêvait.

— Non, non, vous ne me devez rien. C'est bien ainsi, dit le docteur. Cela vous est égal que je reste ici? Je préférerais, plutôt que de rentrer chez moi. Je lirai quelque chose pendant que vous dormez. De toute façon, il vaut mieux que quelqu'un dans votre état ne reste pas seul.

Robert souleva légèrement sa tête. Le docteur lui apparaissait de manière différente maintenant, bien que ce fût toujours le même personnage rondelet et chauve.

Il se présenta de côté, faisant face à la cheminée.

— Je viens de perdre ma femme. Il y a dix jours. Julia... elle est morte d'une pneumonie. Aussi simple que ça. Du moins, c'est ce qu'on pense, lorsqu'une personne est robuste. Mais son cœur...

Il se tourna de nouveau : « Je divague, je divague, et vous êtes presque endormi, je sais.

— Non, dit Robert.

— Si vous ne l'êtes pas, vous devriez l'être. Bien sûr, on suppose qu'un médecin n'est pas ému par la mort, mais... »

Robert écoutait, faisant l'impossible pour rester éveillé.

— Puis-je vous demander votre nom, docteur?

— Knott, dit le docteur. Albert Knott. Au fond... nous avons tous les deux des ennuis, n'est-ce pas? Les vôtres... je les ai lus dans les journaux. Je sais qu'on vous soupçonne d'avoir tué Wyncoop. Je lui ai percé un furoncle, une fois. N'est-ce pas une coïncidence? Un furoncle sur le cou. Ce n'est pas mon métier de juger du caractère des gens.

Il demeurait immobile, silhouette courte et sombre. Mais Robert avait l'impression qu'il flottait, suspendu.

– Dans une minute, vous n'entendrez plus ce que je dis, et cela n'a pas d'importance, dit le Dr Knott, sans regarder Robert cette fois. J'aimais ma femme; elle est morte. L'histoire tient en deux phrases.

Il y eut un long silence, si long que Robert crut que le sommeil allait s'emparer de lui, et il ne le voulait pas.

– Je vous entends. Je vous écoute.

– Essayez de vous détendre.

Robert obéit.

Maintenant, le docteur allait et venait à pas lents. La seule lumière provenait de la lampe à abat-jour rouge posée sur une table basse près du fauteuil.

– Oui, je suis au courant de la disparition de Wyncoop, dit le docteur d'une voix douce. Que vous l'ayez tué ou non, je serais là, de toute façon. C'est étrange. Je ne suis pas en relation particulière avec la police, mais ce n'est pas la première fois qu'elle m'appelle. Son médecin habituel ne réside pas en ville, et je suis inscrit sur la liste de garde en cas d'absence. C'est le hasard, c'est le hasard.

Il s'interrompit une minute, continuant d'arpenter la pièce, les mains dans les poches.

– Je vous ai entendu dire que, selon vous, c'était Wyncoop qui avait tiré.

Le docteur s'arrêta pour regarder Robert, comme s'il n'était pas sûr qu'il fût encore éveillé :

– C'est logique, poursuivit-il en hochant la tête. Il est deux fois furieux, puisque sa fiancée s'est suicidée. C'est une chose horrible, bien sûr...

Mais il prononça ces paroles avec légèreté, ou du moins le ton en était léger...

– Vous pensez aller quelque part demain?

Robert fit un effort.

– Oui, j'ai dit à ma mère que j'irais la rejoindre à Albuquerque.

– Je ne pense pas que vous puissiez partir demain.

– Et je ne suis pas sûr que la police me le permette, non plus.

Robert appuya doucement sur le pansement de son bras gauche et ne sentit rien.

– L'anesthésie locale fait encore son effet, dit le médecin. Si je comprends bien, c'est la seconde fois qu'on cherche à vous atteindre ?

– Oui.

– Hum... je crois que vous ne devriez pas rester là.

Le petit docteur ouvrit les bras comme si c'était tout simple : On ne vous donnera pas de policier compétent, et on ne vous mettra pas en prison...

Robert cessa de lutter contre l'engourdissement. Il eut l'impression de vaciller, puis de tomber du haut d'une falaise, mais sans connaître la peur. La voix du médecin ronronna encore de façon rassurante et se tut.

– Hé bien, bonjour, dit le docteur en souriant.

Il était debout en manches de chemise, près du divan, dans un carré de lumière vive : « Vous avez bien dormi ? »

Robert jeta un coup d'œil à la ronde. Sa montre n'était plus à son poignet. Il sentait battre le sang dans son bras gauche.

– Votre montre est là, sur la table. Il est 8 h 35. Vous ne vous êtes pas réveillé malgré deux coups de téléphone. J'ai pris la liberté d'y répondre. Le premier était de Vic McBain, de New York. Il a dit qu'il avait appelé après minuit hier soir et qu'un flic lui avait répondu sur un ton très rude. Nous avons un peu bavardé. Je lui ai confié que j'étais votre médecin, que je restais près de vous et que vous alliez bien.

– Merci.

Robert avait la tête lourde. Il vit que le tapis était roulé dans un coin de la pièce, et il se rappela qu'il l'avait taché de sang tandis qu'il téléphonait à la police, la veille. Il voulut se lever pour faire sa toilette.

– Laissez-moi d'abord vous apporter un peu de café, dit le petit docteur en s'éloignant. Je viens d'en faire il y a quelques minutes. Entre autres libertés, j'ai pris celle de me servir de votre rasoir. J'espère que vous ne m'en voudrez pas. Avec du lait ou avec du sucre?

– Noir, tout simplement, dit Robert.

Le docteur revint avec le café.

Robert essaya de se rappeler son nom. Knapp? Knott. C'était cela.

– Il y a eu deux coups de fil, docteur Knott?

– Oui. Le second, il y a quelques minutes à peine, de Jack... Nelson, je crois. Il a dit qu'il passerait ce matin.

Robert observait le visage épanoui du docteur, tout en buvant son café à petites gorgées. Il n'arrivait pas à comprendre cet entrain, cette jovialité. Mais il ne pouvait en détacher ses yeux, comme d'un soleil qui vous réchauffe.

– Je suis resté un peu pour voir comment vous vous sentiez, dit le Dr Knott, et aussi pour vous donner un coup de main, le cas échéant. Je devrais dire : de bras.

Il rit : « Je n'ai pas de rendez-vous avant 15 heures, et cela... »

Il haussa les épaules.

Robert se réveillait petit à petit. Sa mère devait appeler à 10 heures. Le bras n'était pas trop douloureux et Robert se demanda s'il pourrait faire le voyage en voiture jusqu'à New Mexico. On était vendredi. Demain après-midi, le dentiste arriverait et il pourrait sans doute donner un verdict immédiat au sujet du corps. Puis Robert se rappela qu'il avait rêvé de Frère La Mort au cours de la nuit. Cependant, son rêve n'avait-il pas été un peu différent? Le visage de Frère La Mort ne lui avait pas souri, comme à l'habitude, et il avait paru moins bien portant. Le teint était verdâtre. Et peut-être l'horrible cadavre avait-il fait partie de son rêve? Peut-être était-il posé sur la table près de laquelle Frère La Mort était assis? Le cadavre, cette masse décharnée et exsangue, mais gardant encore forme humaine, était si présent à l'esprit de Robert qu'il n'arrivait plus à savoir s'il en avait rêvé pendant la nuit ou non.

— Vous avez pas mal parlé durant votre sommeil, dit le Dr Knott et, pendant une seconde, Robert eut un sentiment de culpabilité.

— De la mort, je suppose? dit-il.

— Oui, oui, c'est cela, dit le docteur sur le même ton enjoué. « Frère La Mort? » disiez-vous, comme si vous posiez une question. Et puis : « Salut! » Vous n'aviez pas l'air effrayé. Enfin, on n'avait pas l'impression d'un cauchemar.

— Oui, je fais souvent le même rêve, dit Robert, et il le raconta brièvement au docteur... Mais je ne me complais pas dans la mort autant qu'on pourrait le croire.

Le docteur marcha vers la cheminée.

Robert se sentit soudain gêné, se souvenant du mot laissé par Jenny, et que le docteur avait dû lire dans les journaux. Il lui revint également que la femme du docteur était morte, dix jours plus tôt.

— La mort est une chose tout à fait normale, aussi normale que la naissance, fit le docteur. La race humaine refuse de s'y habituer. Ou plutôt, notre civilisation. On ne peut pas dire que les Egyptiens, par exemple, refusaient de l'admettre.

— Mais il y a un temps pour mourir, dit Robert. Et la jeunesse n'est pas ce temps-là. Il n'est pas surprenant que les jeunes aient peur. J'ai vu des vieillards accepter la mort. C'est différent. Ai-je dit quelque chose sur Jenny?

— Jenny? Non, je ne crois pas. Je m'étais assoupi dans le fauteuil. Je ne suis pas sûr d'avoir saisi toutes vos paroles. Jenny, c'est la jeune fille qui s'est suicidée?

— Oui.

— La fiancée de Wyncoop.

Robert était assis, les pieds touchant le sol.

— Aviez-vous l'intention de l'épouser?

— Non, dit Robert. C'est trop bête. Elle était amoureuse de moi.

– Et... vous lui avez dit non?

– Je lui ai dit... que je ne savais pas si je pourrais l'aimer un jour. Alors... elle s'est tuée dans la nuit du mardi. Elle m'avait affirmé plusieurs fois qu'elle n'avait pas peur de la mort. Elle avait vu son petit frère mourir d'une méningite. Cela l'avait démolie – pendant un certain temps – puis elle était arrivée à reprendre le dessus en acceptant la mort, disait-elle. C'est le mot qu'elle utilisait, « en acceptant ». Elle m'effrayait lorsque je l'entendais parler de la sorte. Et puis, vous voyez... elle l'a fait, sans raison valable. Je suppose que vous avez vu les journaux. Ils ont reproduit la lettre qu'elle avait écrite. Elle y disait que je représentais la mort pour elle.

Robert examina le docteur dans les yeux, curieux de saisir sa réaction, puisqu'il ne pouvait connaître tous les faits, tous les petits détails, même s'il avait suivi l'histoire dans les journaux : « Elle était amoureuse de la mort, en quelque sorte. C'est pourquoi elle était amoureuse de moi. »

Le médecin le fixa un instant d'un air soupçonneux, puis son sourire s'évanouit.

– C'est du ressort d'un psychiatre, sans aucun doute. En ce qui concerne la jeune fille, je veux dire. Oui, j'ai lu l'histoire. Je m'en suis souvenu hier. Tout en venant ici avec le policier, je me remémorais l'affaire. Et je me disais : « C'est une sale situation où personne n'aimerait se trouver. Beaucoup se suicident pour donner à l'autre un sentiment de culpabilité et de remords. » Avez-vous eu une rupture violente, ou quelque chose de ce genre?

– Non. » Robert s'assombrit. « Avant tout, il n'y a jamais eu d'échange de promesses. On ne peut pas parler d'une véritable idylle, et pourtant c'en était une. Je n'ai pas réellement compris cette jeune fille, car il ne m'était jamais venu à l'esprit qu'elle pourrait se suicider. Peut-être n'ai-je pas fait suffisamment d'efforts pour la comprendre, ou peut-être n'y serais-je jamais arrivé, même si j'avais essayé. Il ne me reste que l'irréparable regret... et la honte d'avoir saccagé quelqu'un. Une personne...

Robert vit le médecin faire un bref signe de tête, par deux fois, et il eut peur d'avoir parlé dans le vide, de n'avoir pas été assez clair. Il se mit sur ses pieds en chancelant légèrement, mais parvint à reposer sa tasse et sa soucoupe sur le guéridon, avant de partir vers la salle de bains, en chaussettes.

Il avait envie de prendre une douche, mais craignait de mouiller son pansement et ne voulait pas ennuyer le médecin en lui demandant de le changer. Il se contenta donc d'une toilette sommaire, à l'aide d'un gant et se rasa hâtivement. Il se sentait faible.

— Docteur, pouvez-vous me donner un remontant? demanda-t-il en sortant de la salle de bains.

Il se dirigea vers une des valises pour prendre une chemise propre. Il eut alors l'impression que le décor se décomposait en une infinité de particules grises. Le docteur le prenait par le bras droit et le dirigeait de nouveau jusqu'au divan : « ... pour me remettre d'aplomb, acheva Robert dans un murmure. Je n'ai pas mal.

— Je peux vous donner un remontant, mais à quoi bon? Aujourd'hui il vous faut prendre votre mal en patience. Connaissez-vous quelqu'un qui pourrait vous tenir compagnie? »

Les oreilles de Robert tintaient si fort qu'il entendait à peine.

— Pas question de sortir aujourd'hui, dit le Dr Knott.

On frappa à la porte.

— Vous êtes M. Nelson?

— Nielson, rectifia Jack. Enchanté. Comment va le malade?

Robert se tenait assis tout droit maintenant, au bord du lit.

— Très bien, merci. Vous voulez du café, Jack?

Jack jeta un coup d'œil circulaire avant de répon-

dre et aperçut l'angle ébréché de la table de travail.
Il s'approcha pour le toucher du doigt.

— Saperlote! s'écria-t-il.

— Oui, il y a eu cinq balles, dit le Dr Knott en
allant dans la cuisine.

Les noirs sourcils de Jack se froncèrent.

— Qu'a fait la police cette fois-ci? Rien du tout?

— Non, les policiers étaient présents. Ils sont
venus simplement comme la plupart des voisins, dit
Robert.

— Comment voulez-vous votre café? monsieur
Nielson, demanda le docteur.

— Une cuillerée de sucre, merci, répondit Jack.
Ont-ils aperçu quelqu'un dans les parages? Qu'ont-
ils fait?

— Je ne sais pas au juste, parce que je me suis
évanoui... dix minutes environ après avoir été touché. Quand je suis revenu à moi, la maison était
pleine.

Robert éclata de rire. Il semblait n'y avoir rien
d'autre à faire que rire, rire de la physionomie
éberluée et inquiète de Jack.

Jack accepta le café que lui présentait le docteur.

— Merci. Pensez-vous que ce soit Greg?

— Oui, dit Robert. Asseyez-vous, Jack.

Mais Jack restait debout, en pantalon de flanelle,
veston de tweed et chaussures spatiales. Il jetait un
coup d'œil furtif à sa montre, pensant qu'il devrait
partir pour l'usine dans une minute.

— Mais que fait la police, au juste?

— Je crois que vous êtes trop logique, dit
Robert.

Jack secoua la tête.

— Je suppose qu'ils ne feront rien jusqu'à ce que
le cadavre se révèle n'être pas celui de Wyncoop.
C'est cela?

— J'ai demandé à Lippenholtz dans quel état il se
trouvait, dit le Dr Knott. D'après sa description,

268

même d'après sa description, il semble bien qu'il ait séjourné dans l'eau plus de quinze jours.

Cela faisait treize jours maintenant, pensa Robert, que Wyncoop avait été, croyait-on, jeté dans le Delaware.

– Qu'avez-vous pensé... en voyant le cadavre?

Robert avala une gorgée du café brûlant que le docteur venait de lui servir.

– J'ai pensé que c'était un cadavre.

– Je vais faire des œufs brouillés, dit le docteur en s'éloignant de nouveau.

Jack s'assit sur le divan.

– Cela veut-il dire qu'ils ont cessé de rechercher Wyncoop? Excusez-moi d'être aussi bête, mais je ne comprends pas.

– Je les soupçonne de ne pas le chercher très activement, dit Robert. Et vous n'êtes pas plus bête qu'un autre, ne vous accusez pas. D'ailleurs, vous êtes tombé juste... Ils ont cessé les recherches. Pourquoi continueraient-ils?

– Mais, quel est l'auteur des coups de feu, à leur avis?

– Cela ne les intéresse pas, tout simplement.

Ils entendaient le beurre grésiller dans la poêle. Le docteur apparut, une cuillère à la main.

– Je crois que M. Forester a raison. Cela ne les intéresse pas. Vous devriez reposer votre tête en arrière et vous détendre, monsieur Forester.

Il cala quelques coussins dans son dos, et Robert s'y appuya : « Comment vous sentez-vous?

– Bien, mais un peu bizarre.

– Vous avez perdu assez de sang la nuit dernière pour vous sentir bizarre. J'ai dû suturer une artère. »

Jack regarda encore une fois sa montre.

– Vous avez une commission à faire à Jaffe, Bob...?

– Non, merci, Jack. Heu, oui... vous pouvez lui dire que je ne viendrai pas aujourd'hui. Que je suis souffrant. J'ai l'intention d'écrire une lettre de démission le plus tôt possible. Je suis à bout, c'est vrai.

Jack se tourna vers le médecin, puis regarda Robert.

– Et pour ce soir? Est-ce que la police...

– M. Forester est le bienvenu chez moi, interrompit le Dr Knott. A Rittersville. Rien ne s'y passe jamais, à part... » il frotta son crâne chauve « ... à part un coup de fil au milieu de la nuit pour une indigestion. C'est la vieille plaisanterie, et elle est toujours vraie. Voulez-vous partager ces œufs avec nous, monsieur Nielson?

Jack se leva.

– Non, merci, il faut que je parte. Bob, pourquoi n'attendez-vous pas, pour donner votre démission? Le dentiste demain peut...

– Après le discours de Jaffe? dit Robert.

– Il vous a fait un discours?

– Pas exactement, mais il pense que je suis coupable. Il me prend pour un excentrique. Je n'ai pas le genre de la Langley Aeronautics. Cela suffit.

– Vous ne serez pas sous les ordres de Jaffe, à Philadelphie.

– Oh! tout se tient, dit Robert. Si le dentiste déclare demain que le corps n'est pas celui de Wyncoop, ce dernier ne réapparaîtra pas pour autant. Est-ce une preuve que je ne l'ai pas tué?

Robert jeta un coup d'œil au médecin : « Cela fait du bien de parler, poursuivit-il. Cela fait du bien de parler. »

Il se laissa aller de nouveau contre les coussins.

– Mais je ne veux pas que vous ayez cette attitude défaitiste, dit Jack.

Robert ne répondit pas. Etait-il défaitiste? Il se sentait fragile comme du verre. « Que puis-je faire? » pensait-il, et il ne trouvait aucune réponse.

– Dans la plupart des situations, il y a quelque chose à *faire*, prononça-t-il, mais dans celle-ci, je ne vois pas.

Sa voix se brisa en une sorte de sanglot nerveux, et il pensa soudain à Jenny. C'était sa faute si elle avait mis fin à ses jours. Elle l'avait aimé, et il avait fait un tel gâchis qu'elle s'était suicidée.

Jack lui tapota l'épaule. Robert gardait la tête baissée. La conversation se poursuivit entre Jack et le docteur. Ce dernier disait, le plus naturellement du monde, que Robert resterait chez lui un jour ou deux, le temps qu'il faudrait. Et Jack notait le nom et le numéro de téléphone. Puis il s'en alla et le docteur posa devant Robert, sur le guéridon, une assiette d'œufs brouillés avec des tartines de beurre et de confiture.

Ses pensées s'éclaircirent lorsqu'il eut fini de manger. Greg jouissait de l'immunité, il avait carte blanche jusqu'au verdict du dentiste, le lendemain après-midi. Car il se révélerait sans doute que le cadavre n'était pas celui de Greg, ce qui inciterait la police à reprendre ses recherches plus activement. En d'autres termes, il ne restait que cette nuit à Greg. Mais quelle ironie du sort, se dit Robert, si le dentiste déclarait que le corps était bien celui de Wyncoop, et que les molaires restées dans la mâchoire supérieure lui appartenaient bien! Et ne serait-ce pas une mauvaise plaisanterie, à ses dépens, si le corps *était* réellement celui de Greg?

– Vous allez mieux, dit le Dr Knott. Cela se voit.

– Beaucoup mieux, merci. Docteur Knott, je ne peux pas accepter votre hospitalité pour ce soir, mais je vous remercie infiniment de votre offre.

– Et pourquoi? Vous ne devez pas rester dans cet endroit isolé entouré de voisins hargneux. Vous préférez aller chez votre ami M. Nielson? Il a dit que vous étiez le bienvenu chez lui.

Robert secoua la tête.

– Non, chez personne. J'ai le pressentiment qu'on me destine une autre balle pour ce soir, et pourquoi exposer quelqu'un d'autre par ma faute? Logiquement, ma place est à l'hôpital ou en prison. Une prison a des murs plus épais.

– Oh!

Le docteur poussa un petit gloussement qu'il étouffa aussitôt. « Vous pensez vraiment que Wyncoop – ou je ne sais qui – oserait? Encore une fois? »

La tête ronde et offusquée du docteur lui parut soudain grotesque avec son air civilisé, raisonnable et pacifique. Il était évident qu'il n'avait pas l'habitude des coups de feu ni des gens de la race de Greg.

Robert sourit.

– Que faire pour l'en empêcher? Je ne vais pas encore me tracasser à demander un garde pour la nuit. Il y a des chances pour que cela ne serve à rien.

Le regard du Dr Knott erra sur le sol, sur leurs assiettes nettoyées, puis se porta sur Robert.

– En tout cas, le dernier endroit où vous puissiez rester est bien ici, où Wyncoop sait que vous habitez. Maintenant, Rittersville est à dix-sept kilomètres environ. Amenez-y votre voiture. J'ai un garage assez grand pour deux autos. Nous pouvons coucher l'un et l'autre au premier étage. Il n'y a rien au rez-de-chaussée, à part... à part le living-room et la cuisine.

Il sourit, ayant repris confiance : « Inutile de dire que toutes les portes sont solidement verrouillées. Ma maison est une de ces anciennes résidences particulières construites en 1887. Je l'ai héritée de mon père.

– Vous êtes très aimable, répondit Robert, mais c'est inutile. Je ne suis pas obligé de rester ici... je ne sais pas si je resterai ou non... mais je ne veux pas aller là où d'autres personnes...

– Vous ne semblez pas vous rendre compte. J'habite dans un quartier résidentiel, l'un des plus vieux quartiers de Rittersville. Il y a beaucoup de maisons autour. Pas les unes sur les autres, ce n'est pas ce

272

que je veux dire, chacune a sa pelouse, mais ce n'est pas comme... comme ici.

Il fit un large geste : « Vous êtes une cible exposée sans défense, et n'importe qui peut ensuite disparaître dans les bois ou dans un champ. »

Robert gardait le silence, à la recherche d'un autre argument qui ne serait pas un « Non » pur et simple.

– Pourquoi ne téléphonez-vous pas à votre mère ? Il n'est pas loin de 10 heures.

Robert appela sa mère.

Elle avait attendu son coup de fil. Elle voulait toujours qu'il vienne à New Mexico et désirait savoir à quel moment il comptait partir. Robert expliqua qu'il était obligé de rester tout le samedi, à cause du dentiste.

– Non, maman, je ne pense pas que ce soit lui, mais il faut s'en assurer. C'est une histoire qui relève de la police, maman, il s'agit d'un crime.

Aussi étrange que cela paraisse, il rassurait sa mère en prononçant le mot « crime », car elle était profondément persuadée qu'il était innocent de tout crime, elle en était persuadée plus que Jack, plus que le docteur, plus que lui-même. Robert tenait l'écouteur de la main droite, tout contre son oreille gauche : « Certainement, maman, je peux t'appeler demain, ou dimanche, c'est encore mieux, car j'en saurai plus... Entendu, dimanche avant midi... Transmets mes amitiés à Phil... Au revoir, maman.

– Comment comptiez-vous aller à New Mexico ? s'enquit le docteur.

– Je pensais y aller en voiture », répondit machinalement Robert.

Il pensait que sa mère verrait les journaux aujourd'hui, si elle ne les avait déjà vus. On y rapporterait les commentaires hostiles des habitants de Langley, de ses voisins, le récit du suicide, les coups de revolver, l'histoire du rôdeur... tout cela raconté pêle-mêle et convergeant sur la découverte du cadavre exposé à la morgue de Rittersville. Robert se sentit à nouveau défaillir : « Je suis sûr d'être assez en forme dimanche pour conduire. C'est cela, ou laisser ma voiture dans un garage.

— Hum-m. Enfin, si vous restez tranquille jusqu'à dimanche, dit le docteur en l'observant. Asseyez-vous, monsieur Forester.

Robert s'assit.

— Votre mère habite à New Mexico?

Le docteur prenait la brosse à dents et le rasoir de Robert dans la salle de bains.

— Non, elle habite Chicago, mais ils possèdent, elle et son mari, une résidence d'été près d'Albuquerque. Une sorte de petit ranch. Ils y ont installé un couple qui garde la propriété pendant leur absence.

Robert avait envie de se recoucher.

— Tout cela a l'air bien agréable. Y aller quelque temps vous ferait sans doute beaucoup de bien. Prenez ceci.

Le docteur allongea la main.

— Qu'est-ce que c'est?

— Un Dexamyl. Simplement pour vous remonter, le temps d'arriver à Rittersville. Vous pourrez vous reposer tout l'après-midi.

Quelques minutes plus tard, Robert sortit accompagné du docteur, et le suivit en voiture jusqu'à Rittersville.

La maison, au bout de l'allée dans laquelle le docteur tourna, était vraiment une résidence ancien style. Elle semblait construite en meringue d'un blanc neigeux : décorée de fenêtres en saillie aux étages. Toutes les vitres étincelaient au soleil, comme si elles venaient d'être lavées. Sur la pelouse fraîchement tondue s'élevait un énorme saule pleureur dont les branches se balançaient doucement. Le saule et les massifs d'hydrangea conféraient à l'endroit l'aspect plus souriant d'une demeure du Sud et la distinguaient des autres maisons de la rue. Robert rangea sa voiture dans la partie du garage restée libre au bout de l'allée.

Le docteur ferma les portières :

– Je ne me suis pas arrêté pour acheter quelque chose à manger parce que j'avais dit à Anna-Louise de le faire. Et nous allons voir maintenant si elle s'en est occupée, dit-il en ouvrant la porte du fond avec une des clés de son trousseau.

Robert portait une petite valise. Ils pénétrèrent dans une large cuisine carrée recouverte de linoléum à carreaux noirs et blancs. L'égouttoir près de l'évier était plus qu'usé. Le docteur poussa un « Ah! » de satisfaction en ouvrant le réfrigérateur. Il regarda dans le freezer et annonça qu'Anna-Louise avait fait son devoir.

– Je vais d'abord vous installer au premier, dit le docteur en faisant signe à Robert de le suivre.

Il traversa un living-room, longea un couloir recouvert de moquette et grimpa un escalier bordé d'une rampe en bois ciré massif. L'intérieur était impeccable, sans le moindre grain de poussière, et pourtant imprégné de chaleur humaine. Robert imagina que chaque meuble, chaque tableau, chaque bibelot avait son histoire et revêtait une signification particulière pour le docteur et pour sa femme. Il espérait seulement qu'on ne le mettrait pas dans la chambre de malade de la défunte; mais le médecin, poussant une grande porte, déclara :

– Voilà notre chambre d'ami... je pense que ça ira. Il manque quelques fleurs pour réchauffer l'atmosphère, mais...

Il marqua une pause, attendant que Robert manifestât sa satisfaction et lui fît un compliment.

– Il n'y manque rien du tout, affirma Robert. C'est une pièce magnifique. Et ce lit...

Le docteur rit.

– Croyez-moi ou non, ce sont des plumes. Un lit de plumes. C'est ma belle-mère qui a fait l'édredon. Le motif est inspiré de la fleur emblème de l'Etat d'Oregon : la plante vivace appelée *Mahonia aquifolia*.

– Oh?

– Charmantes petites grappes bleues, n'est-ce pas? Ma femme raffolait de ce couvre-pied... c'est pourquoi elle l'a gardé pour la chambre d'ami. Elle était ainsi. Je vais vous abandonner à vous-même pendant quelques heures. Faites comme chez vous. La salle de bains est la première porte à droite.

Au moment de sortir, il se retourna : « Au fait, vous aimeriez peut-être autant dormir cet après-midi, et le Dexamyl va vous en empêcher. Je vais vous apporter un léger sédatif. Vous le prendrez ou non, comme vous voudrez, mais je vous conseille d'enfiler un pyjama et de vous laisser aller. »

Robert sourit.

– Merci. J'aimerais voir les journaux d'abord. Je vais descendre les chercher.

– Non, non, je vous les apporte. Restez ici.

Robert promena son regard une seconde fois autour de la pièce, un peu incrédule, puis il ouvrit la valise pour prendre son pyjama. Le docteur revint avec les journaux qu'il avait achetés en route, les posa sur une chaise recouverte de tapisserie gros point et disparut.

Il y avait également le *New York Times*. Une colonne d'une quarantaine de lignes rapportait, sur un ton modéré, que la police de Rittersville attendait l'arrivée du dentiste de Wyncoop, le Dr Thomas McQueen, et que Robert Forester, qui s'était battu le 21 mai avec Wyncoop, « avait été victime d'un attentat mercredi soir dans sa maison près de Langley ». Il s'agissait, bien entendu, de l'incident de la balle logée dans le saladier. *Le Courrier* de Rittersville et *La Gazette* de Langley faisaient entendre un tout autre son de cloche. Ils mentionnaient les cinq balles tirées la nuit précédente, « qui ont attiré une vingtaine de voisins alarmés jusqu'à la maison de M. Forester. Ce dernier a été blessé au bras et soigné par le Dr Albert Knott de Rittersville.

C'est la seconde fois que l'on fait feu sur M. Forester. Le ou les agresseurs sont supposés être des amis de Gregory Wyncoop... » Aucun des journaux ne laissait entendre que l'agresseur pourrait être Wyncoop lui-même.

Le Dr Knott revint, tenant un verre d'eau.

– Que faites-vous par terre?

Robert se leva.

– Cela m'a paru être l'endroit le plus pratique pour regarder les journaux.

– Tss-tss.

Le docteur secoua la tête : « C'est une vieille maison, pour vous. Rien de très confortable, si l'on y regarde de près. »

Robert sourit et accepta le verre d'eau avec le comprimé – un comprimé blanc – que lui offrait le docteur.

– Je crois que je vais avaler ça.

– Parfait. Je m'en irai un peu avant 15 heures. Si vous avez faim, il y a du fromage dans le réfrigérateur. Nous prendrons quelque chose de plus substantiel ce soir.

– Docteur, n'aimeriez-vous pas lire les journaux?

– Si. Vous avez terminé?

Robert les ramassa.

– Oui.

Les yeux du docteur rencontrèrent les siens. Ils étaient bienveillants, mais les minces lèvres contractées semblaient démentir le regard. Doutait-il de lui, se demanda Robert, le soupçonnait-il ou n'était-ce là qu'un souvenir de son propre deuil? Les soupçons du docteur n'existaient peut-être que dans l'imagination de Robert.

Il enfila un pyjama et s'endormit.

Lorsqu'il s'éveilla, la lumière entrait à flots dans la pièce. Le soleil se couchait. Il était 19 heures moins le quart à sa montre. Robert alla dans la salle de bains, se lava, se brossa les dents et s'habilla. Du couloir lui parvenaient faiblement des bruits de cuisine au rez-de-chaussée. Une cuillère tintait contre un bol. Robert ne parvenait pas à imaginer le docteur occupé à la cuisine, bien qu'il eût parfaitement réussi ses œufs brouillés du matin. En pressant sur son bras, il sentit que la douleur était revenue. Il eut un sursaut d'énergie et de confiance et dévala les escaliers en laissant courir sa main sur la rampe. Un instant, il se souvint du temps où il dévalait les escaliers de la même façon chez Nickie.

Le docteur avait passé un tablier et faisait en effet la cuisine.

– Prenez un whisky, dit-il. Cela vous tente-t-il? La bouteille est là.

Il lui désigna de la tête une planche près du réfrigérateur.

– Je ne dis pas non. Je vous en sers un?

– J'ai mon verre ici, merci. Du xérès. Bristol Cream.

Robert se versa un whisky, puis demanda s'il pouvait aider. Dans la salle à manger, remarqua-t-il, le couvert était déjà mis pour deux personnes. Le docteur répondit qu'il n'avait pas besoin d'aide car le menu était très simple : dinde froide accompagnée de purée d'airelles rouges (1) achetée chez le traiteur et macaronis au fromage sortant tout droit du réfrigérateur.

Dès qu'ils furent à table, le docteur ouvrit une bouteille d'amontillado (2). Lui et sa femme, dit-il, avaient été de grands amateurs de xérès. De xérès et de thé. Il possédait seize variétés de thé chinois dans sa cuisine.

– Je ne puis vous dire quel plaisir j'éprouve à me trouver en votre compagnie, dit le docteur.

Il venait d'interroger Robert sur son travail, et Robert lui avait parlé de l'album qu'il avait terminé

(1) Les airelles rouges servies en purée accompagnent traditionnellement la dinde aux Etats-Unis. (*N.d.T.*)
(2) Vin de Xérès sec et léger. (*N.d.T.*)

278

pour le professeur Gumbolowski. Il avait dû refaire six ou sept croquis, mais tout avait été fini en mars.

– Vous savez, vous êtes mon premier invité depuis la mort de ma femme. Plusieurs personnes m'ont demandé de sortir, naturellement, mais c'est gênant car on sent tellement qu'elles font des efforts pour vous être agréables. Aussi bizarre que cela paraisse, j'avais envie d'inviter toute une bande de vieux copains chez moi pour faire un bon repas. « Mais, me suis-je dit, ils vont penser que j'ai perdu la tête. » Vouloir m'amuser si tôt après la mort de ma femme! Aussi, n'ai-je absolument rien fait. Jusqu'à ce jour.

Il sourit d'un air heureux en sirotant son xérès, puis alluma un petit cigare : « Et vous êtes un étranger. C'est drôle. »

C'était à peu près la même chose après un divorce, pensa Robert. Il ne trouva rien à répondre, mais le docteur ne parut pas s'en offusquer. « *Jusqu'à ce jour* », se répéta Robert. Lui que ses voisins détestaient et voulaient chasser, lui qui était responsable d'un suicide, lui qui pouvait avoir jeté un homme dans la rivière sans vouloir l'avouer. Que pensait au juste le docteur, que pensait-il de lui? Etait-il obsédé par son propre chagrin? Robert ne représentait-il qu'une simple distraction, une espèce de programme de télé qu'il regarderait pour détourner un instant son esprit de la disparition de sa femme? Robert supposa qu'il ne connaîtrait jamais la réponse à ces questions, ni ce soir ni même demain ou dimanche, et d'ici là un verdict aurait été prononcé sur le corps. Le docteur, se dit Robert, ne formulerait jamais de jugement, ne donnerait jamais son opinion. Mais il en avait une, certainement, et il était intéressé par la situation. Il avait même pris la peine de lire les journaux.

– Jouez-vous aux échecs? demanda le docteur.

Robert, embarrassé, se tortilla sur son siège.

– Un peu, mais mal.

Ils montèrent au premier, dans la chambre de Robert. Là se trouvait une table de jeu en bois de teck incrusté d'ivoire. Robert l'avait remarquée, mais il pensa que le docteur choisissait cette pièce parce qu'elle était située au premier, et à l'arrière de la maison. Il faisait nuit, maintenant. Avant de monter les escaliers, ils éteignirent toutes les lampes du rez-de-chaussée. Le docteur transporta sur un plateau les tasses et la cafetière. Robert connaissait les règles du jeu, et il avait même lu un ou deux livres à ce sujet quelques années auparavant; le problème était bien qu'il ne désirait pas gagner. Mais il fit de gros efforts pour donner satisfaction. Le docteur gloussait et se parlait à lui-même en contemplant son jeu. Il essayait avec bonhomie de faire Robert échec et mat le plus vite possible. Deux parties furent jouées en vingt minutes – perdues par Robert. La partie suivante, Robert se concentra un peu plus et le jeu dura presque une heure, avec toutefois le même résultat. Le docteur se renversa sur sa chaise en pouffant et Robert rit, lui aussi.

– Je ne peux pas prétendre que j'ai perdu la main, car je ne l'ai jamais eue, dit Robert.

Au loin, une voiture changea de vitesse. Mais tout était silencieux, et Robert pouvait même entendre le lent tic-tac d'une pendule au rez-de-chaussée.

– 22 h 20! Que diriez-vous d'une goutte de cognac?

– Pas de cognac, merci. Cela peut me...

– Oh! je sais. Un peu de mon xérès, alors? Réellement, il est délicieux.

Le docteur était déjà debout : « J'en ai pour une minute. »

Robert marcha jusqu'au lit à deux places, et se retourna pour tendre l'oreille. Il était si contracté que son bras gauche lui faisait mal, et il voulut se détendre. Il y avait eu un bruit à l'extérieur. Robert entendit une porte grincer, puis claquer; celle du bar, sans doute, que le docteur refermait.

Il guettait les pas, dans l'escalier.

Il y eut un coup de feu, puis un bruit de verre brisé.

Robert descendit rapidement.

Le docteur était étendu dans la large embrasure de la porte conduisant du living-room au couloir, à quelques pas seulement de l'escalier. Ses yeux étaient ouverts, sa tête appuyée légèrement de travers contre le montant de la porte.

– Docteur Knott?

Robert le secoua doucement par l'épaule, ne quittant pas des yeux sa bouche entrouverte qu'il s'attendait à voir bouger. Il ne vit aucune blessure.

Robert se leva, regarda dans le living-room éclairé sur une quinzaine de centimètres entre le rebord de la fenêtre et le châssis. Il alla dans le couloir, ouvrit la porte d'entrée et sortit sous la véranda. Dans le coin, près de la fenêtre en saillie, tout n'était que silence et obscurité. La pelouse déserte se teintait de vert pâle sous la lumière diffuse d'un proche réverbère, et s'assombrissait à l'endroit où les arbres et les massifs se projetaient. Robert retint son souffle, essayant d'entendre si quelque chose bougeait à droite ou à gauche de l'allée. Une fenêtre s'ouvrit alors dans la maison voisine.

– Qu'est-ce que c'est? cria une voix de femme. Docteur Knott?

Robert retourna près du docteur. Il n'avait pas bougé. Il voulut l'asseoir et sa tête roula en avant. C'est alors que Robert aperçut une balafre sanglante derrière la tête, d'où s'échappait le sang qui coulait à travers les cheveux clairsemés, jusqu'au col blanc. La blessure était celle d'une balle, pensa Robert, mais on aurait dit une simple égratignure. Le docteur aurait pu aussi bien perdre conscience en se cognant contre le montant de la porte. Il se mit en devoir de le soulever, mais le regard vitreux l'arrêta net. Il se pencha aussitôt pour écouter le cœur. On l'entendait encore.

Il transporta le docteur jusqu'au divan en le traînant à moitié, puis se précipita dans la cuisine, cherchant l'interrupteur à tâtons. Il passa quelques serviettes en papier sous l'eau froide, revint, épongea le sang qui coulait derrière la tête. Puis il nettoya le visage et le front. Mais les yeux restaient toujours vitreux et fixes; la bouche entrouverte laissait échapper maintenant quelques sons inarticulés. Robert grimpa les escaliers quatre à quatre jusqu'à la salle de bains et ouvrit l'armoire à pharmacie où une multitude de petites bouteilles s'entassaient pêle-mêle sur trois ou quatre étagères de verre. Il en fit tomber quelques-unes dans sa recherche hâtive : elles ne se cassèrent pas. Il trouva enfin ce qu'il voulait : de l'acétate d'ammoniaque aromatisé. Il lut l'étiquette deux fois pour être plus sûr. *Posologie : une 1/2 à 1 cuillerée à café diluée dans de l'eau. Stimulant rapide et efficace.*

Il renifla – cela devait être fort – et redescendit l'escalier en courant.

Il tint la bouteille sous le nez du docteur, mais ce fut sans effet. Robert craignait de l'étouffer en lui donnant de l'eau. Les mains du docteur étaient froides. Le pouls semblait plus faible. Robert saisit un châle à franges plié sur une causeuse et l'étendit sur le docteur. Puis il décrocha le téléphone et appela les renseignements. Il dit à la téléphoniste qu'il lui fallait un médecin d'urgence chez le Dr Knott, Waverly Avenue. Il ignorait le numéro.

– C'est une maison blanche. J'allumerai la lumière extérieure. Pensez-vous avoir un docteur immédiatement?

– Oh! oui, ce doit être possible. C'est près de l'hôpital de Rittersville. Je vais appeler sur-le-champ.

Robert retourna près du docteur et lui tint le poignet pour sentir le pouls. Les yeux bleus et luisants semblaient le regarder.

– Docteur Knott?

On aurait dit qu'il allait parler, mais il ne fit pas un mouvement.

On frappa à la porte.

Robert se trouva devant une forte femme, dans la cinquantaine, accompagnée d'un homme du même âge : « Nous avons cru entendre un coup de feu.

– Oui. Entrez. Le docteur a été blessé. Je crois seulement... Il a perdu connaissance.

– Docteur Knott! » rugit la femme en se précipitant.

Puis elle s'arrêta net, regarda son mari : « Oh, George!

– S'est-il tiré une balle dans la tête, ou bien... Où a-t-il été touché? » demanda l'homme.

Robert raconta ce qui s'était passé et dit qu'il venait d'appeler un médecin.

– Vous êtes un ami? questionna l'homme en le regardant de travers. Dites donc, vous ne seriez pas...

– Robert Forester, dit Robert.

La femme le dévisagea, bouche bée.

– Le rôdeur!

– Nous avons lu dans les journaux que le Dr Knott vous avait soigné la nuit dernière, dit l'homme.

– Oui. C'est vrai.

L'homme et la femme semblaient s'éloigner de lui, et la femme se dirigeait vers la porte d'entrée.

Robert jeta un coup d'œil au blessé, toujours inerte.

– Nous pourrions attendre que le docteur vienne, Irma. Je voudrais savoir si c'est grave, dit l'homme.

– Oui, George.

Personne ne s'assit. Personne ne dit mot pendant trois ou quatre minutes. Robert tâta de nouveau le pouls du docteur. Ses yeux grands ouverts l'exaspéraient. Ils avaient l'air de l'accuser, maintenant, et ils semblaient morts. Mais le pouls battait toujours. Robert entendait encore la voix du docteur :

Je ne puis vous dire quel plaisir j'éprouve à être en
votre compagnie... vous êtes mon premier invité...

Le nommé George fumait une cigarette qu'il
tenait fortement serrée entre deux doigts. Il envoya
à Robert un regard provocant et plein de mépris,
comme s'il avait le droit de se trouver dans la
maison et que Robert ne l'eût pas. Puis il s'assit sur
une chaise recouverte d'une tapisserie, disant :

– Assieds-toi, Irma.

– Non, ça va bien, George.

L'homme aspira une bouffée de sa cigarette, puis
demanda :

– Vous avez appelé la police, aussi?

– Non, dit Robert. Pas encore.

– Et pourquoi?

Robert reprit son souffle.

– Je pensais qu'il était plus important d'appeler
un médecin.

L'homme le regarda fixement.

– Qui a tiré le coup de feu? demanda-t-il froidement.

Robert lui rendit son regard avec calme. Il lui
semblait drôle que l'homme ait pu rester assis là, le
dos tourné à la fenêtre, sans demander plus tôt d'où
venait le coup.

– Je ne sais pas, dit Robert. C'est peut-être la
même personne qui a tiré sur moi la nuit dernière.

– Vous avez été touché?

– Oui, au bras.

Le pansement se trouvait dissimulé sous la manche de chemise, qui était baissée. Robert détestait
cet homme et cette femme et aurait voulu les
chasser.

– Ne croyez-vous pas que vous feriez mieux
d'avertir la police? questionna l'homme comme s'il
voulait insinuer que Robert s'y refusait.

Le ton était si malveillant que même sa femme lui
adressa un « George! » réprobateur. Et pourtant,
contrairement à son mari, son regard trahissait une

frayeur intense chaque fois qu'il se posait sur Robert.

– Pourquoi ne l'avertissez-vous pas vous-même? demanda Robert. Je pense que vous obtiendrez de meilleurs résultats que moi.

– Meilleurs? reprit l'autre, agressif.

– Plus rapides, corrigea Robert.

L'homme lança un coup d'œil à sa femme, puis se dirigea vers le téléphone.

On frappait de nouveau. Cette fois-ci, c'était le médecin, et une femme qui disait habiter en face. Robert répondit aux questions de la voisine tout en observant le médecin. Ce dernier ouvrit la chemise du Dr Knott pour l'ausculter. Robert remarqua qu'il prêtait à peine attention à la blessure de la tête. Puis le médecin ôta la veste du blessé, retroussa sa manche et lui fit une piqûre.

– Il faut transporter cet homme à l'hôpital, dit-il à Irma.

Irma était restée debout, tout près.

– Oui, docteur. Nous nous en occuperons.

– Dans une ambulance, ajouta le médecin pour lui-même, en allant vers le téléphone.

Robert s'approcha :

– Qu'est-ce que c'est? Comment est-il?

– Coma, répondit le médecin. Je ne sais pas si son cœur tiendra le coup, voilà l'ennui. Il n'a pas l'air très solide.

Il regardait avec irritation autour de lui : « C'est une blessure causée par une balle. Pourquoi la police n'est-elle pas là?

– Elle arrive. »

Le médecin décrocha le téléphone, composa un numéro et demanda une ambulance d'un ton sec.

Robert contemplait le plateau renversé, les petits verres à porto brisés en mille morceaux au milieu desquels deux pieds étaient restés intacts, la bouteille de xérès qui avait roulé dans le couloir sans se casser, les gouttes de sang dans l'entrée. Puis il se tourna vers la fenêtre, cette fenêtre dont le rebord arrivait juste à hauteur du menton de Greg si Greg s'était tenu sur la pelouse. Où était-il maintenant? Vers quelles ténèbres s'éloignait-il?

– Quel est le dernier bulletin de santé du docteur? s'enquit Jack Nielson.

– Le même. Il est toujours dans le coma, répondit Robert.

Jack refusa de s'asseoir. Il restait planté d'un air gauche au milieu du living-room de Robert, tenant son imperméable, les mains croisées devant lui. Robert fit lentement le tour de la pièce, tournant autour des valises et des cartons. La plante verte de Jenny, « les langues de belle-mère », dépassait d'une vingtaine de centimètres de l'un des cartons. On était samedi, et il était 10 h 25 du matin. Robert regardait sa montre toutes les cinq minutes. Il voulait rappeler l'hôpital à 11 heures.

– Vous êtes sûr que vous ne voulez pas de café? demanda Robert.

Il n'avait jamais vu Jack refuser de café auparavant.

Jack secoua la tête.

– Non. Bob, je suis venu vous dire... Betty et moi ne voyons pas tout à fait les choses de la même façon dans cette affaire. Elle est un peu effrayée. Trop effrayée, je crois, pour vous garder à la maison. Je vous avais invité, vous vous souvenez.

– C'est inutile, Jack. Je vous ai déjà remercié.

Robert continuait à marcher à pas lents, les yeux rivés au sol.

– Je crois que le fait que vous ayez rôdé autour de chez Jenny l'a impressionnée plus que tout. De la façon dont vous me l'avez expliqué... j'arrive à vous comprendre. Je lui ai dit que, elle aussi, elle vous aurait compris si elle vous avait entendu. Mais vous savez comme sont les femmes... et avec tous ces coups de feu.

Cette conversation hérissa Robert.

– Je comprends très bien, et je n'ai pas l'intention d'aller me réfugier chez qui que ce soit. J'ai été idiot d'accepter l'invitation du docteur, mais c'est qu'il insistait. Et puis c'était un médecin, et j'étais blessé au bras.

Robert jeta sa cigarette dans la cheminée. Elle s'y consuma lentement, laissant quelques cendres sur les pierres soigneusement balayées : « Le docteur peut mourir, et ce sera ma faute », ajouta Robert.

Jack se tut, comme s'il observait déjà un silence poli à la mémoire du défunt.

Robert lui jeta un coup d'œil.

– Bien, je vais m'en aller, Bob.

Après ce départ, Robert se rendit compte que Jack ne lui avait pas demandé comment ni où il passerait la nuit. Il n'avait pas dit qu'il irait, contre la volonté de sa femme, le cacher dans la cave ou le grenier, ce soir. Jack finirait par se ranger à l'avis de son épouse, tôt ou tard, se dit Robert, aujourd'hui même, peut-être. On attendait le dentiste à midi, Lippenholtz l'avait annoncé la veille.

Robert appela l'hôpital de Rittersville.

– L'état du Dr Knott est stationnaire, dit la voix de l'infirmière.

– Merci.

Et à quoi s'attendait-il? Il avait quitté l'hôpital seulement deux heures plus tôt.

Robert vida son café froid dans l'évier. Il reprit la lettre qu'il avait commencée pour les parents de Jenny. En rentrant, la nuit dernière, il l'avait retirée de la machine à écrire, puis l'avait pliée et posée sur sa table de travail. Il la jeta dans le sac-poubelle de la cuisine. Leur adresse était : 4751 Franklin Avenue, Scranton. Il l'avait lue dans les journaux.

Robert prit une douche et se rasa.

Il arriva à Scranton juste avant 13 heures. Durant tout le trajet, il s'était demandé s'il téléphonerait d'abord ou sonnerait simplement à la porte d'entrée. Il n'était pas plus décidé à l'arrivée qu'au départ. Il s'arrêta néanmoins dans un *drugstore* et pénétra dans une cabine téléphonique. Il appela le commissariat de Rittersville. Le détective Lippenholtz était absent, mais le policier que l'on mit en communication avec Robert put lui donner la réponse qu'il souhaitait.

– Le Dr McQueen était là à l'instant avec ses radios. Il avait seulement une radio de la mâchoire inférieure. Il a dit qu'il n'avait jamais soigné la mâchoire supérieure de Wyncoop, et qu'il ne pouvait rien affirmer... Non, il n'a pas pu identifier le corps.

– Je vois... je vois.

Robert remercia. Il regardait autour de lui, ébloui, apercevant le désordre du *drugstore* comme dans un nuage.

– Puis-je quelque chose pour vous, monsieur? demanda une jeune fille blonde en tablier blanc.

Robert secoua la tête.

– Non, merci.

Il regagna sa voiture et demanda à un agent de la circulation où se trouvait l'avenue Franklin. On le renseigna, mais il dut demander encore à un poste d'essence. L'avenue était située dans un quartier résidentiel de maisons à deux étages avec pelouse, et les arbres se trouvaient juste en bordure de la route, car il n'y avait pas de trottoir. Le n° 4751 était une maison de briques rouges dont la porte et les fenêtres étaient peintes en blanc. Il n'y avait pas de couronne sur la porte. Jenny ne lui avait jamais décrit la maison, mais il fut frappé comme s'il la connaissait déjà, comme s'ils y étaient venus ensemble. Il s'arrêta près de l'allée au bord de la route, descendit de voiture et grimpa le sentier escarpé, pavé de dalles. Il entendit le rire d'un enfant, hésita une seconde puis poursuivit son chemin. Il donna un coup avec le marteau de fonte.

Une femme souriante apparut à la porte. Un enfant s'agrippait à ses jupes.

— Oui?

— Madame... Est-ce ici la maison des Thierolf.

Le sourire de la femme s'évanouit.

— Oh! non, c'est la maison d'à côté, dit-elle en la désignant du doigt. Quarante-sept-cinquante-trois.

— Oh! merci. Excusez-moi.

Il fit demi-tour sous le regard étonné de la femme et redescendit l'allée. Les journaux, selon toute évidence, avaient fait une faute d'impression.

La maison voisine était entièrement construite en briques d'un rouge plus pâle. Elle était plus grande et plus banale que l'autre, et il ne ressentit aucune émotion à sa vue. Mais sa volonté fléchit, il crut un moment qu'il n'irait pas jusqu'au bout de sa résolution. Il se força.

Un homme de haute taille aux cheveux grisonnants, dont les joues affaissées commençaient à se creuser de poches, vint lui ouvrir.

— Bonjour. Bonne après-midi, rectifia hâtivement Robert. Je m'appelle... je m'appelle Robert Forester.

Robert vit dans les yeux de l'homme que celui-ci avait ressenti un choc.

— Oui. Eh bien...

— Je suis venu vous voir... je voulais vous voir, parce que je...

— Qui est-ce, Walter? appela une voix de femme.

Sans quitter Robert des yeux, l'homme se tourna légèrement de côté.

— Ce monsieur... c'est Robert Forester.

La femme ouvrit la bouche, de surprise. Elle avait la même forme de visage que Jenny, un visage long et ovale, et les mêmes lèvres minces. Ses cheveux poivre et sel étaient tirés en arrière et ramassés en chignon.

– Bonne après-midi, madame Thierolf, dit Robert. J'espère que vous m'excuserez d'arriver à l'improviste. Je voulais vous voir.

– Eh bien..., commença la femme, avec une expression aussi embarrassée et douloureuse que celle de Robert.

Ses yeux étaient tristes et fatigués, mais on n'y lisait aucune hostilité : « Jenny, c'est certain... nous a beaucoup parlé de vous. »

Ses yeux se remplirent de larmes.

– Entre, chérie, dit l'homme en faisant un signe à sa femme. Je vais lui parler.

– Heu... non.

Elle posa son regard sur Robert, redevenue maîtresse d'elle-même : « Je suppose... Vous ne correspondez pas tout à fait à ce que nous avions imaginé. »

Robert était immobile et tendu.

– Je voulais vous exprimer personnellement... vous exprimer mes regrets pour...

La femme poussa un profond soupir.

– Voulez-vous entrer? prononça-t-elle avec effort.

– C'est inutile, merci.

Robert avait remarqué le visage toujours réprobateur du père de Jenny. Il avait les yeux de la même couleur que ceux de sa fille : « Je ne peux rien dire, je m'en rends compte, qui soit...

– Entrez », dit la femme.

Robert la suivit dans un living-room soigneusement rangé où moquette et tapisseries étaient parsemées à foison de motifs floraux. Son cœur bondit à la vue d'une photographie posée sur la cheminée et qu'il crut, un instant, être celle de Jenny. Mais il s'agissait d'un jeune homme. Sans doute de son frère, qui faisait ses études à l'université.

– Voulez-vous vous asseoir?

Robert remercia, mais il resta debout. M. Thierolf

se tenait à mi-chemin entre lui et la porte du living-room. La mère de Jenny s'assit sur un petit canapé.

– Nous n'arrivons pas encore à le croire. Je sais que c'est ainsi, dit-elle en effleurant rapidement ses yeux.

Mais elle ne pleurait plus. Elle leva la tête et regarda Robert : « Vous a-t-elle dit quelque chose? Quelque chose qui puisse expliquer pourquoi... pourquoi elle a fait cela? »

Robert secoua la tête.

– Pas vraiment. Je l'ai vue le lundi soir. Lundi dernier. Elle m'a dit qu'elle ne voulait plus me revoir. Je lui ai demandé pourquoi et elle n'a pas voulu me répondre. J'ai pensé... j'ai tout de suite pensé que c'était parce qu'elle me croyait... elle me croyait coupable de la mort de Greg. Ce qui est faux. Il ne m'est jamais venu à l'esprit qu'elle voulait se tuer, ni même qu'elle y pensât... je veux dire, réellement.

Il lança un regard au père de Jenny qui l'écoutait avec une attention sévère : « Quoique...

– Oui? » l'encouragea à poursuivre M. Thierolf.

Robert s'humecta les lèvres.

– Elle parlait très souvent de la mort et de mourir. Vous le savez peut-être.

– Oh! nous savons, nous savons, dit Mme Thierolf d'un ton désespéré. Notre petit lapin... qui parlait de la mort.

– Je ne prétends pas que c'est une explication. Ce n'en est pas une. Mais elle parlait de la mort comme d'une chose qu'elle était impatiente de connaître. Je ne sais comment m'exprimer.

Mme Thierolf gardait la tête penchée. Son mari s'avança vers elle.

– Je suis désolé, leur dit Robert. J'en ai assez dit. Je devrais m'en aller.

Le père de Jenny le regarda. Il était toujours penché sur sa femme, la main posée sur son épaule.

– J'ai cru comprendre qu'on allait identifier aujourd'hui le corps trouvé dans le fleuve?

Une rudesse germanique perçait dans sa voix, bien qu'il n'eût pas d'accent.

– Je viens de me renseigner à ce sujet, dit Robert. Le dentiste – le Dr McQueen d'Humbert Corners – ne sait rien. Il a soigné Greg seulement pour les dents du bas et... l'identification est impossible. Il n'en restait plus.

M. Thierolf inclina la tête et ne répondit rien.

– Monsieur Thierolf, je voudrais vous dire maintenant... aussi... que je n'ai pas poussé Greg dans la rivière. Je suis absolument certain qu'il est vivant. D'après ce que Jenny m'a dit, je sais que vous l'aimiez beaucoup.

– Oh! je ne l'aimais pas tant que cela, dit M. Thierolf. Il n'était pas...

Il s'interrompit avec un haussement d'épaules, comme si la question n'avait plus aucune importance maintenant.

– Voilà, nous en avons perdu deux, dit Mme Thierolf en levant les yeux vers Robert, mais il nous en reste encore un, notre Don.

Elle fit un signe de tête en direction de la photo posée sur la cheminée, et un faible sourire erra sur ses lèvres : « Il va obtenir son diplôme le mois prochain. Asseyez-vous. »

Robert s'assit comme si ces douces paroles eussent été un ordre. Il resta encore dix minutes environ. M. Thierolf finit par s'asseoir sur le canapé à côté de sa femme. Ils posèrent à Robert des questions sur lui-même, lui demandant s'il avait l'intention de rester à Langley ou non. Robert leur fit part de son projet : rendre visite à sa mère, à New Mexico. Avec une franchise et une simplicité qui lui rappelèrent Jenny, Mme Thierolf lui raconta que, dix jours avant sa mort, Jenny l'avait soupçonné d'avoir tué Greg le soir du combat. Elle s'était laissé influencer par ses amis. Les Thierolf lui avouèrent qu'ils n'avaient su que croire. Leur attitude maladroite mit Robert mal à l'aise, comme s'ils découvraient chez Jenny un manque de discernement. Il se sentit à l'écart, prêt à défendre Jenny, honteux de lui-même. Ils n'essayèrent même pas de lui poser indirectement des questions sur ses sentiments à l'égard de leur fille; ils semblait savoir que Jenny tenait plus à lui que lui à elle. Lorsqu'il se leva pour partir et que Mme Thierolf lui proposa une tasse de thé « pour le soutenir sur le chemin du retour », Robert fut touché, puis, assez singulièrement, ennuyé. Il déclina poliment. Il eut l'impression de n'avoir pas communiqué avec eux. L'attitude de M. Thierolf fut plus amicale au moment du départ. Quant au comportement de sa femme, c'était celui d'une personne foncièrement bonne, chez qui la douleur ne laissait aucune place à la rancune. Et il crut deviner que Mme Thierolf l'avait toléré peut-être, avait suspendu son jugement, parce qu'elle savait que Jenny avait éprouvé de l'affection pour lui, de l'amour même.

Longtemps après les avoir quittés, Robert gardait présente à l'esprit leur conversation, accompagnée de l'étrange et inexplicable sentiment d'insatisfaction que lui laissait cette visite. Il ne regrettait pas d'être allé les voir. Mais sinon, quelle eût été la différence? La seule, se dit-il, c'est qu'il eût fait preuve de grossièreté et de manque de courage. Mais il avait espéré de sa visite autre chose que la satisfaction du devoir accompli. Il décida que la raison de cette énigme s'expliquait par le fait que les Thierolf ignoraient son caractère et connaissaient mal celui de leur fille.

Il était plus de 17 heures lorsqu'il rentra chez lui et pénétra dans cet intérieur dénudé où les lugubres valises et les cartons semblaient attendre depuis des semaines, entassés pêle-mêle sur le sol. Il téléphona à l'hôpital. On lui fit encore la même réponse : « Etat stationnaire », et lorsqu'il demanda à parler au Dr Purcell, le médecin qui soignait le Dr Knott, on lui dit qu'il était occupé.

Robert avait le sentiment que le Dr Purcell savait que Knott ne s'en sortirait pas, mais qu'il ne voulait pas le dire. Il était bien vrai que le Dr Knott n'avait pas changé. Ses yeux avaient la même expression depuis le moment où Robert avait dévalé les escaliers pour le trouver étendu sur le sol.

Il prit un whisky à l'eau et s'endormit profondément sur le divan rouge. Lorsqu'il s'éveilla, il faisait nuit et il entendit quelques *katydides* (1) chanter. C'était tôt pour les *katydides*, pensa Robert, et cela laissait présager un été sec. Il alluma, puis sortit. *Katy-dit... Katy-dit pas.... dit-dit-dit... Katy-dit-pas...* Il s'imaginait encerclé de milliers d'insectes qui le fixaient. Un quartier de lune brillait à sa droite, à mi-chemin dans le ciel sombre. Son pied buta sur un morceau de bois et il se baissa pour le ramasser, le serrant dans sa main comme un gourdin. Il se dirigea vers l'ombre obscure du massif d'hydrangea et en fit lentement le tour. Rien, évidemment. Pourquoi s'était-il donné la peine de regarder? Rien n'arrivait jamais au moment où il le désirait. Pas à lui. Une voiture passa lentement et tourna dans l'allée des Kolbe, à une centaine de mètres de là. Seule une fenêtre brillait chez les Kolbe, mais, au bout d'une minute, une deuxième s'alluma au rez-de-chaussée, puis une troisième au premier étage. Kolbe était ce grand type qui était venu le premier dans la maison de Robert le jeudi soir où l'on avait tiré les cinq coups de feu. C'était lui qui avait informé délibérément l'assemblée que « la jeune fille qui s'était suicidée » avait l'habitude de venir passer ses nuits chez Robert. Robert aurait pu s'en faire un ami dès les premières semaines : Kolbe n'aurait peut-être pas manifesté autant d'hostilité. Mais voilà, il ne s'en était pas soucié. Pourtant, il se souvint que, peu après son déménagement en février, il avait aidé deux fois Kolbe à déblayer la neige devant sa boîte à lettres. En effet, si la voiture

(1) *Katydides* : sorte de sauterelle verte d'Amérique. (*N.d.T.*)

postale ne pouvait accéder aux boîtes, le courrier n'était pas distribué, car rien n'obligeait les employés de la poste à descendre de voiture pour déposer les lettres dans la boîte. Mais Kolbe pouvait aussi bien avoir oublié ce petit service, et sans doute l'avait-il réellement oublié.

Robert entendit soudain comme un bruit de chaussures traînant sur le gravier de la route. Il fit retraite derrière le massif d'hydrangea. Durant quelques secondes, il n'entendit et ne vit plus rien, puis des pas lents lui parvinrent, sans erreur possible, à travers le chant des sauterelles. Enfin un policier? « Peu probable », pensa Robert. Il n'était même pas sûr que la police sût qu'il était de retour chez lui ce soir. Il se baissa, tendu, et crispa la main sur son bâton.

Il apercevait maintenant la haute silhouette sombre en bordure du jardin, juste à côté de l'allée. C'était Greg. Il se dirigea vers la maison, regarda à droite et à gauche, puis repartit en direction de la fenêtre latérale – celle qui donnait sur la route dont le store tiré dessinait un carré sombre encadré d'un fin liseré de lumière. Greg marcha vers la porte, sur la pointe des pieds. C'est par la fenêtre située à gauche de la porte qu'il avait tiré, les deux fois précédentes.

Robert évalua qu'ils étaient séparés par une distance de cinq à six mètres. Il fallait encore deux mètres à Greg pour atteindre la fenêtre et, à ce moment-là, il se trouverait à l'angle de la maison, hors du champ de vision de Robert. Juste au moment où les *katydides* l'auraient servi, ils semblèrent retenir leur chant, comme s'ils observaient la scène avec le plus grand intérêt.

Il apercevait Greg de profil maintenant. Il avait l'air crispé. Son revolver était posé sur l'appui de la fenêtre, entre ses mains, et il essayait de soulever la vitre avec ses deux pouces. Elle monta légèrement, mais Robert savait que le store descendait plus bas que la fenêtre. Greg reprit son revolver. Robert franchit alors en courant les quelques mètres qui les séparaient et abattit son gourdin sur Greg au moment précis où il se retournait.

Le coup partit.

Greg restait étendu à terre, gémissant, essayant de se relever.

Robert avait lâché le morceau de bois. Il fut sur le point d'envoyer un direct à Greg, puis se retint. Greg n'était pas en mesure de se relever. Robert ramassa le revolver noir près de ses genoux, tandis que Greg lançait des invectives en tournant ses regards vers le sol. Robert entendit quelqu'un courir sur la route, depuis la maison des Kolbe.

– Holà! monsieur Kolbe! appela Robert.

Kolbe avait son fusil de chasse à la main.

– Que se passe-t-il?

Greg se remettait debout en chancelant, s'appuyant contre la maison comme un ivrogne.

– Espèce de salaud, grommela-t-il en haletant. Salaud...

– C'est Wyncoop, dit Robert.

– Que faites-vous avec ce pistolet? questionna aussitôt Kolbe en louchant sur le revolver que Robert tenait dans sa main droite.

– Je l'ai pris à Wyncoop. Pouvez-vous le tenir en joue le temps que j'aille chercher quelque chose pour le ligoter?

Robert planta là Kolbe, éberlué, et entra dans la maison.

La corde à linge qu'il cherchait n'était pas dans le premier carton, ni dans le second. Il la trouva finalement dans celui qui contenait ses caoutchoucs et la plupart de ses chaussures. Il déroula la corde rose tout en regardant la porte. Kolbe se tenait dans la lumière près de la véranda, les yeux rivés sur lui, tenant son fusil en travers du corps, prêt à le brandir. Greg était debout à quelques mètres de là.

– Où est son revolver, monsieur Forester? demanda Kolbe.

— A l'intérieur, répondit Robert en faisant un signe de la tête.

— Voudriez-vous aller le lui chercher? dit Kolbe.

Il fallut un certain temps à Robert pour réaliser.

— Diantre non, je n'irai pas le lui chercher, dit-il en s'avançant avec la corde vers Greg qui recula d'un pas.

Les muscles de Greg se contractèrent, il s'apprêtait à combattre. Robert, lui aussi, serra son poing et, au moment où il s'apprêtait à frapper, la voix de Greg s'éleva :

— Restez où vous êtes, Forester!

Robert se retourna vers Kolbe et recula de quelques pas afin d'apercevoir à la fois Kolbe et Greg.

— Vous n'avez peut-être pas bien compris, monsieur Kolbe? C'est Greg Wyncoop, le type qui a tiré les coups de feu. Il a beau être coiffé en brosse, vous pouvez voir...

— Vraiment? rétorqua Kolbe. Et puis, que ce soit vrai ou non, qui êtes-vous pour vous permettre de ligoter quelqu'un?

Les sourcils broussailleux et grisonnants de Kolbe s'abaissèrent : « Entrez et prenez son revolver. Ou c'est moi qui vais me servir de mon arme à vos dépens. »

Robert voulut répondre, mais aucun son ne sortit de sa bouche. Kolbe pointa son fusil contre lui, le tenant toujours au travers de son corps.

— Pourquoi ne me laissez-vous pas appeler la police? dit Robert. Laissons-la décider. D'accord?

Kolbe eut un sourire en coin. Il lança à Robert un regard sournois.

— Allez prendre ce pistolet, Forester. *Il* dit qu'il n'est pas Wyncoop. Pourquoi devrais-je vous croire sur parole?

Kolbe fit alors pivoter sa pesante silhouette et se dirigea vers la maison en gardant son fusil dirigé contre Robert : « Allez! »

Robert gravit les quelques marches qui conduisaient à l'intérieur. Le revolver était posé sur le bureau.

– Je vous surveille. Prenez-le par le canon, ordonna Kolbe d'un ton menaçant.

Robert sourit nerveusement. A quoi servirait de le prendre par la crosse et de le pointer contre Kolbe? Kolbe lui ferait sauter la cervelle, Robert enverrait une balle dans l'estomac de Kolbe, et qu'en résulterait-il de bon? Robert prit l'arme par le canon.

– Maintenant, franchissez cette porte et rendez-le-lui.

Robert franchit la porte. Greg était au même endroit que tout à l'heure, ou quelques pas plus loin, peut-être. Robert s'arrêta à mi-chemin.

– Continuez, dit Kolbe.

Greg s'avança pour prendre le revolver, comme s'il avait peur. Les coins de sa large bouche pendaient légèrement.

– Assassin, dit-il en s'emparant du revolver.

Robert laissa retomber sa main droite sur le côté. Il regarda Greg placer le revolver dans la poche de son imperméable noir. Puis Greg fit demi-tour et partit en direction de la route, marchant à vive allure et vacillant quelque peu. Robert se retourna vers Kolbe, lança un coup d'œil à son fusil et passa devant lui pour gagner le perron. Kolbe lui emboîta le pas avec impudence et posa le pied le premier sur les marches.

Robert fit halte.

– Voyez-vous une objection à ce que je téléphone à la police? Ou trouvez-vous quelque chose à redire?

– Non, je ne trouve rien à redire, répondit Kolbe d'un ton hargneux.

« Bien. Mais, après tout, se dit Robert, qu'avait-elle fait de bon, la police? »

Kolbe n'entra pas dans la maison. Il restait sous la véranda, observant Robert par la porte ouverte.

Peut-être attendrait-il seulement de savoir si la

police viendrait ou non, pensa Robert. Et peut-être préparait-il à l'avance des phrases du genre : « D'après *moi*, il ne ressemblait pas à Wyncoop, et il a dit qu'il ne l'était pas... C'était Forester qui tenait le revolver lorsque je suis arrivé. »

Le téléphone sonna juste au moment où Robert allait s'en saisir. Il décrocha.

– Ici l'hôpital de Rittersville, dit une voix de femme. Est-ce M. Forester à l'appareil?

– Oui.

– Nous regrettons de vous informer que l'état du Dr Knott a empiré au cours de la dernière heure. Son cœur est beaucoup plus faible. On lui a mis un ballon d'oxygène maintenant, mais les médecins lui accordent moins de cinquante pour cent de chances...

La voix continua d'un ton uni et posé.

Robert ferma les yeux, répondant : « Oui... Oui, merci. » Il raccrocha et porta son regard sur Kolbe, qui venait de pénétrer dans la pièce, sur son imposante charpente d'un mètre quatre-vingts, sur son visage rougeaud et épais de paysan, sur ses yeux qui avaient l'air moins intelligents que ceux du chien tué l'autre nuit.

– Qu'est-ce que c'était? demanda Kolbe.

– Rien, dit Robert, et il souleva l'écouteur pour appeler la police de Rittersville. Puis il changea d'avis et appela celle de Langley.

– Robert Forester à l'appareil, route Gursetter. Inutile de noter. Gregory Wyncoop était chez moi à l'instant et il sera probablement... il se peut qu'il arrive à Langley dans quelques minutes, à la recherche sans doute d'un autobus ou d'un taxi. Il porte un imperméable noir et il a les cheveux coupés en brosse. Il est armé.

Il reposa l'écouteur et regarda de nouveau Kolbe. Ce dernier n'avait pas bougé et continuait à fixer Robert comme s'il craignait de le voir bondir au dehors ou faire un mouvement contre lui.

– Voulez-vous vous asseoir, monsieur Kolbe?

– Non. Non, merci.

Robert regardait le téléphone et, bien qu'il eût le sentiment que ce fût inutile, il décrocha et donna à la téléphoniste le numéro du commissariat central de Rittersville, dont il venait de se souvenir. Il demanda à parler à Lippenholtz, mais Lippenholtz n'était pas là.

– Que se passe-t-il, monsieur Forester?

– Gregory Wyncoop vient tout juste de s'en aller d'ici, dit Robert. J'ai appelé la police de Langley il y a quelques minutes, car il est probablement parti dans cette direction.

– Etes-vous sûr que c'était Wyncoop? Vous l'avez bien regardé?

– Je l'ai très bien regardé.

– Cela fait combien de temps?

– Deux ou trois minutes.

– Hum-m. Bien... nous allons lancer l'alerte. Et nous vous enverrons quelqu'un pour vous interroger également, ajouta-t-il.

Robert raccrocha. Quand allaient-ils envoyer quelqu'un? se demanda-t-il. Tout de suite? Dans une heure?

– La police va venir, dit Robert à Kolbe. Celle de Rittersville.

– D'ac, marmonna Kolbe.

Robert avait espéré que Kolbe relâcherait sa surveillance puisque les policiers devaient arriver, mais il continua sa faction comme un imposant volontaire de l'armée, le fusil prêt à partir.

– Vous voulez boire quelque chose? demanda Robert en soulevant son verre de whisky à moitié vide et sans glace.

– N'y touchez pas, ordonna Kolbe.

Robert avança une chaise, s'assit et alluma une cigarette.

– Neddie? Tu es là, Neddie? appela une voix de femme.

– Je suis à l'intérieur, Louise! cria Kolbe par-dessus son épaule.

Robert entendit les pas précipités de la femme. Elle s'arrêta net sur le seuil, les yeux écarquillés. C'était une femme dans la cinquantaine, corpulente et massive, le visage enfariné et les mains enfoncées dans les poches d'une vieille veste.

– Qu'est-il arrivé, Neddie?

– Ce type avait un revolver à la main quand je suis arrivé, dit Kolbe. Il prétend qu'un autre type qui était là est ce Wyncoop qu'on recherche.

– Dieu du ciel! murmura la femme, dévisageant Robert comme si elle ne l'avait jamais vu, bien qu'ils eussent échangé une douzaine de « bonjour » ou de « bonsoir » accompagnés d'un léger signe de tête depuis que Robert s'était installé dans la maison.

Robert continua à fumer en silence.

– Et ivrogne, par-dessus le marché, ajouta Kolbe.

Il y avait un bus pour Trenton à 23 heures un quart, le dernier, et, à partir de Trenton, Greg pensait prendre le train jusqu'à New York. New York était encore le meilleur endroit pour se cacher, près de Nickie, au cas où il aurait besoin d'argent. Il voulait se reposer un peu et préparer son prochain déplacement. Il avait une bosse énorme sur la tête mais, heureusement, elle ne saignait pas, ou très peu, une simple égratignure, qui n'était pas suffisante pour tacher sa chemise. Il n'avait qu'un seul désir : se jeter sur un lit.

Il restait encore une quinzaine de minutes à tuer avant le départ du bus, et Greg traversa la rue pour entrer dans un café. C'était plus sûr, se dit-il, que de rester assis sur un banc dans la salle d'attente, bien qu'il ne fût pas certain que Forester eût déjà pu le signaler à la police. Son sympathique voisin au fusil ne l'avait peut-être pas laissé faire. Greg sourit en pensant à la bienveillance de tous les voisins de Forester. Il avait appris très facilement, par exemple, où il se trouvait le samedi soir. Il avait téléphoné à l'un des voisins de Forester dont il avait lu le nom sur la boîte à lettres : Huxmeyer. Greg avait prétexté qu'il habitait à côté pour demander si Forester était toujours chez lui. Mme Huxmeyer avait été trop heureuse de lui dire – sans même lui demander son nom – que sa voiture était passée devant leur maison le matin même vers 11 heures, précédée de celle du Dr Knott, de Rittersville, qui avait été assez fou pour l'inviter à passer la nuit chez lui. Elle espérait, avait-elle ajouté, qu'il n'avait pas l'intention de revenir, car elle avait vu, la veille, que toutes les valises étaient faites. Bon débarras! Les journaux disaient aujourd'hui que l'état du docteur se maintenait. Greg regrettait d'avoir blessé le vieux. Il avait voulu attendre que Forester vienne après le coup de feu, mais le bruit de la détonation résonnant dans ce quartier résidentiel l'avait terrorisé et il s'était enfui.

Lorsque Greg se regarda dans la glace accrochée derrière l'étagère de sandwiches, en face de lui, son léger sourire s'évanouit. Il trempa une serviette en papier dans son verre d'eau et essuya la boue, sur sa joue. Ses yeux étaient cernés de noir. Il était mal rasé. Il se rappela, avec un petit pincement de regret, qu'il avait jeté sa valise non loin de chez Forester. Il n'avait pas voulu s'en encombrer. Mais, après tout, elle ne contenait aucun objet de valeur, un rasoir de deux sous, une brosse à dents, quelques chemises sales. Il possédait toujours son revolver. Il mangea son *hamburger*. C'était un minable petit *hamburger*, maigre et puant la graisse rance, mais il l'inonda de *ketchup* et l'avala. Puis il sortit en direction de l'arrêt d'autobus, en laissant cinquante *cents* sur le comptoir afin d'éviter que la serveuse ne le regarde une seconde fois.

Il s'aperçut que l'autobus serait loin d'être complet. Il n'avait pas acheté son billet et il comptait le payer au receveur. Au moment où il allait poser le pied sur la marche du véhicule, une main toucha son épaule. Greg se retourna et vit deux hommes qui le regardaient intensément. L'un était habillé d'un complet bleu et coiffé d'un chapeau. Il sentit ses genoux fléchir, une seconde, puis se crispa de nouveau.

– Passez, dit Greg, faisant signe à l'homme de monter le premier dans l'autobus.

– Wyncoop? interrogea l'homme qui avait gardé la main posée sur son épaule.

– C'est lui, c'est lui! affirma le second.

Greg tourna la tête à droite et à gauche. Inutile, maintenant, d'essayer de s'enfuir, de brandir son revolver. Il sentit une crise de larmes hystériques le gagner, un cri monter dans sa gorge.

– Vous êtes fait, Wyncoop. Venez.

La main de l'homme descendit le long de son bras et l'empoigna solidement.

Le second type les suivit, une main dans la poche de son veston. Ils se dirigèrent vers une voiture stationnée devant un trottoir peint de bandes jaune vif. Là, ils lui demandèrent son revolver, et Greg le sortit de sa poche pour le leur donner. Ils lui firent signe de pénétrer dans la voiture et il monta dans le fond, en compagnie du second type. Un troisième les rejoignit en souriant, s'assit sur le siège avant, à côté du conducteur. Ils se mirent alors à parler de lui comme d'un animal qu'ils auraient capturé. Le conducteur gloussa. Il les entendit citer le nom d'un certain Lippenholtz.

– Je crois bien que le docteur va mourir, dit l'un.

– Hum-m.

Celui qui était assis à côté du chauffeur se retourna pour fixer Greg quelques secondes, avec une expression calme et souriante.

Greg soutint son regard. Il avait encore son mot à dire. Il avait, même, beaucoup de choses à dire.

– Vous vous apprêtiez à prendre la route de New York, Wyncoop?

– Vouais, dit Greg.

– Et qu'y a-t-il donc là-bas? demanda l'autre d'un ton enjoué et farceur.

– Des amis. Des tas d'amis, répondit Greg.

– Qui ça?

Greg ne répondit pas.

Il n'avait jamais vu le commissariat de Langley.

Ils le firent entrer, passèrent devant un officier de

police assis à une table dans le hall et pénétrèrent dans une salle sur la gauche où plusieurs policiers en manches de chemise travaillaient derrière un long bureau.

– Gregory Wincoop, annonça l'un des types qui accompagnaient Greg. Nous venons de le piquer à l'arrêt de l'autobus.

Toutes les têtes se levèrent.

– Avertissez les copains à Rittersville, dit un autre des flics en civil. Avertissez Lippenholtz.

Puis, l'un des policiers assis derrière la grande table posa un énorme registre sur un bureau situé au fond de la salle. Greg dut décliner ses nom, âge, adresse, lieu de travail et nom de l'employeur. Deux des officiers en civil restèrent à l'écouter, tandis que le troisième s'éloignait avec une expression d'ennui. Puis on invita Greg à s'asseoir sur un banc et l'interrogatoire commença. Où était-il ces derniers jours ? Dans un hôtel de Plympton. C'était une ville à vingt-cinq kilomètres de Langley. Etait-ce lui qui avait tiré le coup de feu dans la maison du docteur l'autre nuit ? Oui. Etait-ce lui qui avait tiré chez Forester à Langley ? Oui. Par deux fois ? Oui. Etait-il retourné chez Forester ce soir ? Oui. Greg répondait sur un ton bourru, ponctuant chacune de ses réponses d'un hochement de tête. Etait-il resté à New York pendant les quinze jours où il s'était caché ? Oui. Où avait-il séjourné ? Dans un hôtel. Lequel ? Greg en avait assez de ces questions fastidieuses. Il se tortillait au cours de l'interrogatoire comme il se tortillait, enfant, lorsqu'on l'interrogeait en classe sur le nom des cinq grands fleuves d'Amérique du Sud ou des principales chaînes montagneuses des Etats-Unis. Il parlait d'une voix monocorde qui lui était inhabituelle.

– Je peux avoir un whisky ? demanda-t-il. J'en ai besoin. Je me sentirai mieux après un whisky.

Le type qui le questionnait sourit légèrement et s'adressa à l'officier qui notait derrière le bureau :

– On peut lui donner un whisky, Stew? Je suppose que oui, hein?

– *In vino veritas*, dit-on, répliqua le policier en manches de chemise. Il doit y en avoir dans ce placard.

L'agent en civil se dirigea vers l'angle opposé de la pièce et revint en versant du whisky dans un gobelet en carton.

– De l'eau?

– Non, répondit Greg en s'emparant du gobelet.

– Maintenant, la question du banco, déclara le flic en civil. Que s'est-il passé la nuit du combat avec Forester près de la rivière?

Greg resta un moment sans répondre.

– Qui a attaqué le premier? Vous avez eu votre whisky, Wyncoop, cela devrait vous délier la langue. Si vous en avez assez de mes questions, pensez que la police de Rittersville vous en posera encore bien plus. Qui a attaqué le premier?

– C'est moi qui l'ai attaqué, dit Greg. Je voulais lui flanquer une rossée, mais il a essayé de me tuer. Il m'a fait plonger deux fois dans la rivière. La seconde fois... je suis tout juste arrivé à m'en sortir. Forester était parti. Je pense que j'ai dû me cogner la tête sur quelque chose, parce que, une fois sur mes pieds, je me suis senti tout... Lorsque j'ai vraiment repris mes esprits, j'étais quelque part sur la route...

– Quelle route?

– La route de la Rivière. Je n'ai pas vu ma voiture. Je ne sais même plus si j'ai essayé de la chercher. J'ai marché au hasard. Et puis... d'un seul coup, la colère m'a pris. Je me suis dit : « Forester a voulu me tuer, eh bien! je vais faire croire qu'il l'a fait. Comme ça, on l'accusera et ce sera bien fait pour lui. »

La colère, s'ajoutant à l'alcool, venait à sa rescousse, en l'échauffant.

– Mais je n'ai pas combiné tout ça à l'avance, poursuivit-il. Pendant longtemps, je suis resté comme un type en proie à une amnésie temporaire.

La phrase était rassurante et sonnait bien. Il se l'était souvent répétée au cours des trois semaines écoulées, se disant qu'il aurait peut-être à la prononcer un jour.

Mais l'officier en civil se contentait de regarder, en souriant, l'homme aux manches retroussées qui s'était arrêté d'écrire et restait bras croisés.

— En fait, je suis resté dans une semi-inconscience pendant des jours, insista Greg.

— Et où étiez-vous pendant ce temps-là?

— A New York.

— Où avez-vous pris l'argent pour vivre durant cette période?

— J'en avais sur moi.

— Combien?

— Oh!... deux cents dollars, disons.

— Deux cents? Vous avez l'habitude de vous promener avec deux cents dollars sur vous? Je ne vous crois pas quand vous me dites que vous avez eu assez d'argent pour vivre pendant deux semaines en descendant à l'hôtel et ainsi de suite.

Greg ne voulait pas être traité de menteur et rabaissé plus bas que terre.

— Et pourquoi n'arrêtez-vous pas Forester? Il a séduit une jeune fille et puis... et puis l'a poussée à se suicider! Pourquoi vous en prenez-vous à moi?

Il vida le fond de son verre.

Le policier en civil gardait toujours son calme, l'air vaguement amusé.

— Qui vous a donné de l'argent? Quelqu'un de New York? Un ami à Langley? à Humbert Corners? à Rittersville?

Greg se taisait.

— Parlons un peu de New York. Vous avez des amis là-bas?

— J'ai des amis partout.

— Qui à New York, par exemple? Pourquoi êtes-vous d'abord allé là?

– Une dame, en particulier, dit Greg. Je préfère ne pas dire son nom.

– Allez, voyons. Je ne vous croirai pas, si vous ne me dites pas son nom.

– D'accord, je vais le dire. C'est Mme Veronica Jurgen, l'ex-Mme Forester, dit Greg en se redressant sur son siège. Elle connaît Forester à fond. Elle devrait, en tout cas. C'est elle qui m'a donné de l'argent, et des conseils aussi.

– Quel genre de conseils?

– De tenir bon, dit Greg. De tenir bon jusqu'à ce qu'on enferme Forester à la place qu'il mérite – dans un asile de fous ou en prison.

– Hum-m. Vous a-t-elle caché dans son appartement de New York? Pas du tout? Dépêchez-vous de répondre, Wyncoop.

– Non, mais elle m'y a invité.

– Que voulez-vous dire par « invité »? demanda le policier avec énervement. Pour dîner?

Les autres officiers gloussèrent.

– Oui, par exemple. Je n'y suis jamais allé.

– Hum-m. Quel est son numéro de téléphone?

Greg hésita. Mais ils trouveraient le numéro de toute façon. Il répondit donc. Le policier en civil se dirigea vers le bureau et appela chez Nickie.

Il n'y eut pas de réponse.

– Qui encore? questionna le policier en revenant. Qui d'autre vous a aidé à New York?

Greg fronça les sourcils.

– Quel intérêt de savoir qui m'a aidé?

– Oh! par simple curiosité, Wyncoop. Nous avons besoin d'étoffer un peu l'histoire.

Le policier eut un rire sarcastique.

Greg s'aperçut que plus personne ne prenait de notes, maintenant. On le questionnait seulement pour le plaisir. Il vit alors entrer trois hommes, deux agents de police et un individu en tenue de ville, mais avec la démarche arrogante du flic. Il était de petite taille, portait un costume gris et un chapeau de même couleur posé en arrière de la tête. Tous le saluèrent en l'appelant Lippy. Ainsi, c'était donc Lippenholtz. Greg avait lu son nom dans les journaux. Il était détective. Le policier qui l'avait interrogé s'entretenait à voix basse avec Lippenholtz, tandis que ce dernier contemplait Greg en hochant la tête.

– Ouais, je quitte Forester à l'instant, dit Lippenholtz, et il se mit à rire. Les voisins de Forester...

Greg ne comprit pas la suite. Puis Lippenholtz ajouta :

– Oh? Voilà qui est intéressant. L'ex-Mme Forester.

– Nous avons voulu lui téléphoner. Ça ne répond pas.

Sur un signe de Lippenholtz, l'un des agents qui étaient entrés avec lui s'avança vers Greg et tendit une paire de menottes.

– Ce n'est pas pour moi, ces engins-là, dit Greg, et il fit mine de s'en aller.

– Allez, donnez-moi votre poignet, ordonna le flic.

La menotte se referma.

Le trajet jusqu'à Rittersville fut lugubre, interminable. Il n'y avait que vingt kilomètres, Greg le savait, mais il crut en compter le double. Les policiers discutaient avec Lippenholtz d'un match de base-ball. Au commissariat de Rittersville, une bâtisse encore plus sinistre et plus ancienne que celle de Langley, on reposa à Greg les mêmes questions. Il s'était attendu à y rencontrer Forester et fut soulagé de voir qu'il n'était pas là. On lui demanda une seconde fois si c'était lui qui avait tiré chez Forester, et Lippenholtz vérifia les dates. Greg répondit par l'affirmative à toutes les questions.

– De quoi suis-je coupable? demanda-t-il. Pourquoi me traitez-vous de la sorte?

Il était assis, le poignet toujours emprisonné dans la menotte.

La fumée s'échappa de la bouche de Lippenholtz tandis qu'il éclatait de rire.

– Voies de fait, récidive et meurtre, si ce docteur meurt.

– Meurtre? Homicide, peut-être, reprit Greg.

– Meurtre. Vous vouliez atteindre Forester et vous avez atteint quelqu'un d'autre qui va peut-être mourir. Cela s'appelle un meurtre, Wyncoop.

Greg sentit son cœur chavirer.

– Il n'est pas encore mort.

– Non, pas encore.

– Ce n'est pas à cause du coup de feu qu'il est en train de mourir, insista Greg. J'ai lu les journaux. Il a eu une commotion cérébrale.

– Oui, c'est ça, il a glissé et il est tombé, railla Lippenholtz avec une expression de dégoût. Alors, une fois à New York, qu'avez-vous fait?

– J'ai pris une chambre d'hôtel.

– Où ça?

– Au Sussex Arms.

– Ça colle, approuva Lippenholtz en contrôlant sur un carnet. Du 17 au 20 mai. Si j'ai bien compris, vous receviez de l'argent et... le soutien moral de l'ex-Mme Forester.

– C'est exact, dit Greg.

– Donnez-moi son numéro de téléphone.

– Je ne comprends pas pourquoi vous voulez lui causer des ennuis. Elle n'y est pour rien.

Lippenholtz se contenta de sourire, excédé. L'un des policiers éclata de rire. Ils étaient là cinq ou six, à écouter.

– Donnez-moi son numéro de téléphone, répéta Lippenholtz.

Greg le donna.

Cette fois, il y eut une réponse. Lippenholtz prit l'appareil.

– Oh! monsieur Jurgen? Puis-je parler à votre femme, s'il vous plaît? Ici le commissariat central de Rittersville... Mais c'est très important... Oui. Merci.

Il regardait Greg avec un sourire plein d'assurance.

Greg tira le poignet du policier en voulant prendre une cigarette. Il n'en avait plus, mais l'un des flics avait posé un paquet de Lucky à moitié vide sur la table, près de lui.

– Allô! madame Jurgen. Le détective Lippenholtz à l'appareil. Nous venons de retrouver Gregory Wyncoop... Oui... Hé bien, il était en train d'attendre l'autobus à Langley il y a quelques instants. Comme vous voyez, il est loin d'être mort, madame Jurgen, dit Lippenholtz en adressant un sourire et un clin d'œil à l'un des policiers qui écoutaient. Pourquoi? Parce qu'il prétend qu'il est un de vos amis, ou que vous êtes une amie à lui.

Sans cesser d'être attentif, Lippenholtz éloigna un peu l'écouteur de son oreille.

De sa place, Greg pouvait entendre le son de la voix, mais il ne distinguait pas les paroles. Lippenholtz hochait la tête et lançait des sourires à ses camarades, tout en écoutant.

– Je vois. Mais est-ce vrai que vous lui avez donné de l'argent pendant qu'il était à New York?... Hum-m. Donné ou prêté?... Je vois... Bien...

Elle l'interrompit. « Je ne suis pas au courant de cela, madame Jurgen. J'espère que vous ne le ferez pas, dit-il en plaisantant. Madame Jurgen, vous aurez l'occasion de... »

Lippenholtz regarda l'un des policiers en secouant la tête et soupira. Il posa sa main sur l'écouteur avant de déclarer : « Cette femme, quel moulin à paroles, je vous jure! »

Puis, il prononça dans l'appareil : « *Madame Jurgen*, tout cela est très intéressant, mais nous nous occupons ici de problèmes juridiques bien définis. Il vaudrait mieux que vous veniez à Rittersville et... Entendu, c'est nous qui irons vous voir... Non, je ne peux pas, mais très bientôt... Nous n'y manquerons pas, je vous assure. Au revoir, madame Jurgen! »

Lippenholtz raccrocha et regarda Greg : « Drôle d'amie que vous avez là, Wyncoop.

– Que voulez-vous dire?

– Elle assure qu'elle vous a donné de l'argent parce que vous étiez fauché, mais à condition que vous rentriez en Pennsylvanie dire à la police que vous étiez encore vivant. »

Greg se redressa.

– Jamais de la vie! C'est elle qui voulait que je reste à New York. Elle a peur, ou je ne sais quoi, sinon elle n'aurait jamais dit une chose pareille.

– Ouais, vous êtes tombé pile, elle a peur. Elle peut être arrêtée pour complicité... Ah! au diable tout cela! Hé bien, Wyncoop, cette fois-ci, je pense que je vais vraiment vous croire. Mais elle prétend que vous n'êtes pas amis et qu'elle voulait que vous retourniez chez vous.

– Ah!

Greg lança son bras gauche en l'air et sa cigarette s'échappa de ses doigts : « Elle voulait que je reste indéfiniment à New York. Mais Forester est venu la voir en lui disant qu'il était sûr qu'elle savait où je me trouvais. Alors elle m'a dit de partir de New York et m'a redonné de l'argent.

– Hum-m. Elle ne l'a pas présenté tout à fait de cette manière. Elle a dit que vous étiez un incapable, un voyou...

– Ah! ouais? Elle a couché avec moi, dit Greg. Deux fois.

– Vraiment? C'est intéressant peut-être, mais hors de propos.

Lippenholtz s'avança vers lui, les mains dans ses poches de derrière, sous le veston : « Quelles sont vos relations avec M. Jurgen? Un autre de vos amis?

– Oui, dit Greg avec fermeté.

– Il accepte que vous couchiez avec sa femme, hein? »

Greg réfléchit, et Lippenholtz se détourna pour entamer une conversation avec l'un des policiers en civil. Ils parlaient de mettre Greg en prison pour la nuit. On lui permit de donner un coup de fil, et il pensa d'abord appeler Nickie, puis il décida de téléphoner à ses parents pour qu'ils demandent sa mise en liberté sous caution.

Vingt minutes plus tard, Greg était étendu dans sa cellule, couché à plat ventre sur un lit dur et étroit. Il était seul. Un triangle de lumière s'allongeait entre les barreaux de la porte. D'une cellule voisine, lui parvenait un puissant ronflement. Celui d'un ivrogne? Greg enfouit son visage dans sa couverture rugueuse, et il entendit, de nouveau, la conversation qu'il venait d'avoir avec ses parents. « *Comment as-tu pu?... Pourquoi, Greg?* » hurlait la voix stridente de sa mère après son premier cri de soulagement. Elle lui avait tout de suite demandé : « Tu es sain et sauf, chéri? Tu n'es pas blessé? » Puis : « *Comment as-tu pu?... Pourquoi, Greg?* » Comme s'il pouvait expliquer pourquoi au téléphone, avec une dizaine de flics autour de lui en train d'écouter. On ne l'avait même pas autorisé à utiliser la cabine téléphonique du commissariat. Il avait dû téléphoner du bureau, de l'endroit même où Lippenholtz avait appelé Nickie. « *J'ai des amis, 'man, cesse de te faire du souci, je t'en prie!* » avait crié Greg dans l'appareil, et tous les flics avaient éclaté de rire. « *J'étais amnésique!* » Puis son père, sur ce ton neutre de colère rentrée que Greg lui connaissait si bien qui, lorsqu'il était gosse, laissait présager le martinet, avait dit : « *Je vais tâcher de te voir le plus tôt possible, Greg.* » Son père était fou de rage, mais il se débrouillerait quand même pour réunir l'argent nécessaire. Il le lui apporterait immédiatement, ce soir même s'il le pouvait, car, pour lui, aller en prison était la honte suprême. Greg se tordit sous la couverture en grinçant des dents. Son patron, Alex, allait, lui aussi, prendre un air offusqué, supposa Greg. Qu'ils se moquent donc de lui, qu'ils fassent de grands discours, quelle importance? Il n'avait rien fait de si mal. C'était ridicule de le coffrer. S'il était tellement à blâmer, Nickie l'était aussi. Elle avait trempé dans l'affaire.

Nickie l'aiderait. Elle l'aimait, elle l'aimait beaucoup, Greg en était sûr.

Il entendit des pas dans le couloir. Un de ces maudits gardiens, pensa Greg, ou peut-être son père, qui avait déjà pu faire quelque chose pour le sortir de là. Combien de temps s'était écoulé? Il allongea sa main dans le rai de lumière. Il n'était que 1 h 10 à sa montre.

– Je viens de parler une seconde fois à Mme Jurgen, dit Lippenholtz en entrant. Votre amie. Je lui ai rapporté que vous disiez avoir eu une aventure avec elle. Elle n'avait pas l'air très contente, je vous assure.

– Non? Je suppose qu'elle a nié?

– Hum-m, et elle est furieuse contre vous. Je suis venu justement vous avertir : vous allez la voir.

Greg le regarda.

– Quand? Cette nuit?

– Vouais. Pour vous dire combien elle est furieuse. Je lui ai répondu que vous ne pouviez pas recevoir de visites ce soir, mais cela ne l'a pas arrêtée. Puis je l'ai rappelée pour la prévenir que nous allions lui envoyer quelqu'un, tôt dans la matinée. Elle a répondu : « Ça m'étonnerait que je sois là, aussi ne gaspillez pas votre énergie pour rien », ou quelque chose dans ce goût. Alors je lui ai dit : « Merci. Cela nous évitera le déplacement. » Dormez bien, Wyncoop.

Greg imaginait Nickie demandant à le voir dans la salle d'entrée du commissariat... On ne la laisserait pas venir, bien sûr. Il lui faudrait attendre 6, 7 heures ou même 8 heures du matin – l'heure à laquelle son père viendrait lui apporter l'argent – pour lui parler. Ils pourraient, enfin, avoir une conversation en tête à tête. Décidément, il ne voulait pas lui parler ici, au poste de police, où, à chaque instant, une douzaine de flics étaient prêts à tendre l'oreille. Il défit sa cravate, la laissa tomber et essaya de se détendre. C'est alors que le souvenir de Forester vint le frapper comme une bombe. Il n'avait cessé d'y penser, depuis qu'on l'avait arrêté à la station d'autobus, mais maintenant, dans l'obscurité de la cellule, ce souvenir se faisait plus cuisant et l'obligeait à se retourner sans répit sur sa couche. A cette heure, Forester devait savoir qu'il était en prison à Rittersville.

Mais il avait couché avec Nickie deux fois... oui, deux fois, et personne ne pouvait le contester. Même Ralph était au courant ou, du moins, avait des soupçons. Deux fois, et Nickie serait venue le voir plus souvent s'il avait pu rester à New York. Il éprouva un sentiment de triomphe, mais qui le quitta vite. Il fallait qu'il se préparât, qu'il préparât sa défense. Il dirait qu'il avait perdu l'esprit pendant quelques jours. Puis, lorsqu'il s'était rendu compte de ce qu'il tramait – faire passer Forester pour un assassin – il avait eu peur de réapparaître. Il avait alors joué le tout pour le tout. Nickie, certainement, confirmerait ses dires et reconnaîtrait qu'elle avait essayé de l'aider. Forester, non seulement méritait le titre d'assassin, mais il avait réellement tué un homme au cours d'une partie de chasse, affirmait Nickie. Un type serait venu jusqu'à leur campement, menaçant de les embarquer parce qu'ils avaient abattu trop de daims, et Forester lui aurait alors défoncé le crâne avec la crosse de son fusil, puis l'aurait enterré dans le bois. Nickie avait pleuré d'émotion en racontant l'histoire. Elle n'avait jamais eu le courage de la raconter avant, car Forester l'avait menacée. Greg se demanda s'il rapporterait ce meurtre à la police. Le seul ennui, c'est que Greg n'était pas *entièrement* sûr de la sincérité de Nickie, et une calomnie dirigée contre Forester risquait de lui faire plus de tort que de bien.

Nickie ne se montra pas. Le père de Greg arriva à 6 heures et demie du matin, muni d'un chèque de vingt mille dollars représentant le montant de la caution. Il avait également apporté à Greg une vieille chemise de laine noire et verte que la mère avait retrouvée à la maison, dit-il, et un pantalon usé, mais propre.

Lippenholtz n'était pas au commissariat, ce qui facilitait un peu les choses.

Le père gardait un silence de pierre, même lorsqu'il fut seul avec Greg, sur le trottoir. La torpeur mortelle du dimanche matin avait envahi les rues, comme si l'on avait exterminé toute la race humaine, à l'exception des policiers, bien entendu. Le père ne savait plus où il avait garé sa voiture. Puis, lorsqu'ils montèrent enfin dans la vieille Chevrolet noire, il demanda :

– Où veux-tu aller, Greg ?

– A la maison, bon Dieu ! répondit Greg. A la maison.

– Chez nous ?

– Chez *moi*. A Humbert Corners, papa. Excuse-moi, dit-il avec impatience. Je croyais que tu savais. Evidemment, je veux rentrer chez moi.

Nouveau silence pendant quelques secondes, puis le père dit :

– Tu n'as pas eu tellement l'air pressé de rentrer

chez toi pendant ces deux dernières semaines. Aussi comment voulais-tu que je sache?

— Ecoute, papa, ne commence pas, s'il te plaît, hein? D'accord?

— Sais-tu tout ce qu'il a fallu que je fasse, cette nuit, pour réunir l'argent de ta caution? Sais-tu que je n'y serais jamais arrivé si le notaire, un ami d'un ami, n'avait pas connu le juge de la région? C'est absolument contraire à la procédure judiciaire, a dit le juge. Il doit y avoir en principe cinq personnes présentes, l'avocat, le procureur...

— Oh, papa! tu l'as trouvé, de toute façon. Je ne veux pas savoir tout ça.

— Tu ne veux pas, peut-être, mais je pense que tu dois connaître tous les ennuis que j'ai eus pour rassembler chaque sou, afin que tu ne restes pas en prison!

Le tremblement qui perçait dans la voix de son père incita Greg au silence. Une nuit en prison était une tache dans l'histoire de la famille, Greg le savait. Le frère aîné, Bernie, avait déjà déçu ses parents en traînant d'un métier à l'autre, sans se marier jamais, pour devenir finalement alcoolique. Il habitait maintenant San Diego, y faisait Dieu sait quoi et aurait pu tout aussi bien être mort. Ses parents avaient fait une croix sur lui et reporté tous leurs espoirs sur Greg. C'était un fardeau trop lourd à porter, pensait-il. Ils étaient devenus intolérants pour la moindre faute.

— Et la caution aurait été cinq fois plus lourde si ce docteur était mort, ajouta son père. On m'a dit qu'il y avait de fortes chances pour qu'il meure.

— D'accord, papa, il...

— Je n'arrive pas à te comprendre, Greg. Et ta mère non plus. Nous ne te comprenons pas.

— D'accord, je vais t'expliquer! hurla Greg. Il a tué ma fiancée. Tu comprends? Il a essayé de me tuer. Il est détraqué. Il...

— Qui ça?

— *Qui?* Forester! Robert Forester! Bon Dieu,

papa, qu'est-ce que tu crois, que j'ai perdu la tête?

– Ça va, ça va. J'ai bien pensé que tu parlais de Forester, dit le père, nerveusement.

Greg le regarda.

Il était plus petit que lui d'une quinzaine de centimètres. Agé de cinquante-cinq ans seulement, il paraissait dix ans de plus. Son visage crispé, ses épaules affaissées trahissaient l'angoisse qu'il avait dû subir. En outre, il avait récemment souffert de maux de reins. Greg fut sur le point de lui demander comment il allait, puis il se retint. Sur les tempes, les cheveux gris étaient plus nombreux. Le père avait déjà commencé à travailler à mi-temps, et Greg savait qu'il se résignait à entrer rapidement dans la vieillesse. Il était contrôleur régional d'un entrepôt de marchandises.

– Tourne à gauche ici, dit Greg.

Ils prenaient le chemin le plus court pour Humbert Corners.

– Forester a essayé de te tuer? Près de la rivière, tu veux dire? demanda son père.

– Oui. Tu es tombé pile, affirma Greg en allumant la dernière cigarette du paquet de Lucky. Il m'a fait tomber dans la rivière et m'y a laissé. Je m'en suis tiré de justesse. Oh! j'ai raconté tout ça à la police, continua Greg, fatigué par cette histoire.

Et pourtant, il sentait qu'il y croyait, maintenant. Il lui semblait qu'il pourrait subir l'interrogatoire le plus serré, et même la torture, sans en démordre.

– Alors ce n'est pas vrai qu'il t'a sorti de l'eau? C'est ce que disait le journal.

Greg se mit à rire.

– Ce que disait le journal? Ce que disait Forester, plutôt. Bien sûr que non, il ne m'a pas sorti de l'eau. Papa, j'ai rencontré son ancienne femme à New York.

Greg raconta alors à son père combien cette femme était gentille, intelligente, sympathique, comment elle l'avait prévenu contre son ancien mari, comment elle lui avait prêté de l'argent afin qu'il puisse se cacher, parce que c'était le seul et unique moyen de se débarrasser de Forester – « en attirant l'attention publique sur lui », tels furent les termes qu'employa Greg. En effet, d'après Nickie, il faisait partie de cette catégorie de fous qui ne font jamais rien d'assez grave pour qu'on les enferme, mais qui jettent la pagaille dans la vie des autres.

– Il n'y a qu'à voir le suicide de Jenny, papa. Bon Dieu!

– Il me semble, dit le père, que s'il a vraiment essayé de te faire tomber dans la rivière de façon délibérée...

– C'est ce qu'il a fait.

– ... de te faire tomber dans la rivière avec l'intention que tu t'y noies, tu n'avais qu'à aller directement à la police après t'en être sorti.

– La police ne vous croit pas nécessairement, papa. Et puis... c'est vrai, c'est moi qui l'ai attaqué, ce soir-là. Je l'admets. Je voulais lui donner une raclée, à coups de poing. Un combat loyal, tu vois, d'homme à homme. Mais Forester a ramassé un bâton et m'en a donné un coup sur la tête. Ensuite, il m'a précipité dans l'eau. Il a cru que j'allais me noyer et il s'est enfui.

– Combien de temps es-tu resté dans l'eau?

– Je ne sais pas. Cinq minutes seulement, peut-être. Mais quand je suis remonté sur la route, j'étais encore tout étourdi. C'est pour ça que j'ai laissé la voiture.

Greg expliquait qu'il était devenu à moitié amnésique, puis qu'il avait choisi d'aller à New York, parce que l'ex-femme de Forester s'y trouvait et qu'elle s'était montrée compréhensive le jour où il avait téléphoné pour dire que Forester lui avait pris Jenny. Puis Greg raconta l'histoire du type qui rôdait autour de chez Jenny, et comment Forester avait reconnu que c'était lui. Jenny elle-même l'avait avoué à Susie Escham.

Le père fit claquer sa langue, en secouant la tête.

– Je ne dis pas que Forester avait raison...

Greg l'interrompit, car ils étaient arrivés à Humbert Corners et il fallait tourner. Le père était pourtant venu le voir une ou deux fois, mais il ne semblait pas reconnaître le chemin, du moins, pas ce matin.

– Je voulais acheter des cigarettes, et il n'y a pas un bureau de tabac ouvert, marmonna Greg.

Un tiède soleil jaune déversait sa lumière à travers les arbres qui bordaient la rue. C'était merveilleux de revoir cette vieille rue familière! Enfin de retour!

– C'est la maison suivante, avec cette fenêtre blanche en saillie. Va jusqu'au bout de l'allée.

Au moment où la voiture franchissait le trottoir, puis roulait sur le gravier entre la maison de Mme Van Vleet et le garage au-dessus duquel se trouvait l'appartement, Greg fut pris d'appréhension, une crainte l'envahit. Il redoutait de parler à Mme Van.

– Papa, qu'a dit maman?

– Oh! elle est contente que tu sois vivant et en bonne santé, répondit son père d'une voix lasse, en tirant le frein à main.

Greg était à peine descendu de voiture que la porte de la cour de Mme Van Vleet grinçait. Elle était sortie sous le porche en peignoir, les cheveux pris dans un filet.

– Qui est-ce? *Greg?* demanda-t-elle, avec des trémolos dans la voix.

– Salut, madame Van! fit Greg.

– Pour l'amour du ciel! s'écria-t-elle en ouvrant la porte de la véranda, pour mieux le voir.

Elle avait posé un pied sur la première marche : « Vous êtes en bonne santé, Greg?

– Vouais. Je vous présente mon père. Vous l'avez déjà rencontré une fois, je crois.

– 'jour, dit vaguement Mme Van Vleet à M. Wyn-coop.

– 'jour, m'dame.

– Où étiez-vous, Greg? demanda Mme Van Vleet.

– Heu... »

Greg fit quelques pas vers elle, puis s'arrêta : « J'ai été frappé d'amnésie, madame Van. Pendant deux semaines. Je vous en parlerai plus tard. J'ai hâte de retrouver mon domicile. D'accord? »

Il fit un signe de main et tourna les talons.

– Vous étiez dans la rivière, Greg? demanda-t-elle, le pied toujours sur la marche.

– Pour sûr que j'y étais. Je suis tombé dedans. Je vous en parlerai plus tard.

Il était en train d'ouvrir son porte-clés, la seule chose qui lui restait, avec deux photos de Jenny dans son portefeuille : « Je vous dois le loyer, je sais, madame Van, dit-il. Monte, papa. »

Ils grimpèrent les marches.

La cafetière était sur le réchaud, et Greg s'aperçut en la secouant qu'il restait un peu de café, au fond. Pendant qu'il la nettoyait, il vit sur l'étagère, en face de lui, un paquet de Kent tout neuf. Il l'avait posé là un jour, par mesure de précaution, et cela faisait si longtemps qu'il l'avait oublié. Il aurait voulu découvrir une bouteille de whisky quelque part. Il n'y en avait pas. D'ailleurs, s'il avait pris un verre, son père lui aurait fait quelque remarque désobligeante.

– Le café sera prêt dans quelques minutes, papa. Mais il n'y a rien à manger. Même s'il y a quelque chose au réfrigérateur, cela doit se faire vieux.

– C'est très bien ainsi, Greg.

Son père était assis sur le lit, penché en avant, les mains croisées.

– Tu veux t'allonger un peu, papa? Vas-y.

– Je crois que oui.

Greg entra dans sa minuscule salle de bains sans fenêtres, se nettoya la figure et se brossa les dents.

Puis il enleva sa chemise, étendit de la mousse sur son visage, se rasa.

Le père restait silencieux.

– Je regrette de t'avoir causé ce dérangement, papa.

– Oh! ce n'est rien. Tu dois téléphoner à la police aujourd'hui avant 6 heures du soir, n'oublie pas. On veut savoir où tu te trouves.

Gref fit un signe de tête affirmatif.

– Entendu, papa.

La sonnerie du téléphone retentit.

– Allô?

– Allô! Greg, prononça la voix ferme d'Alex. Votre propriétaire vient de me téléphoner. Elle m'a dit que vous étiez de retour.

– Vouais, je...

– J'ai alors téléphoné à la police de Rittersville. Parce que votre propriétaire n'était au courant de rien.

Alex avait sa voix froide et impersonnelle des moments de colère : « Ainsi, ils vous ont ramassé à Langley, m'ont-ils dit.

– C'est exact. J'ai été... heu... j'ai été frappé d'amnésie pendant un long moment, Alex.

– Ah! oui, vraiment? D'après ce que dit la police, vous êtes dans un drôle de pétrin, Greg.

– Ecoutez, Alex...

– J'en connais déjà un bon bout, pas tout peut-être. Je suis content de vous savoir en vie, mais si j'avais pu deviner que, pendant tout ce temps-là, vous faisiez tout simplement la bringue à New York...

– La bringue? De quoi voulez-vous parler?

– Oh! les policiers m'ont parlé de cette femme, là-bas. Et moi qui vous croyais mort ou... ou peut-être en train de vous ronger le cœur pour Jenny. Et maintenant je découvre...

– Alex, si vous voulez bien me laisser vous parler face à face...

– Je me disais que vous étiez peut-être mort, mais

en tout cas j'étais sûr que vous étiez fidèle à Jenny. Et puis ces coups de revolver, pour l'amour du ciel!...

– Qu'est-ce qu'il y a, vous me faites la morale maintenant, ou quoi? Etiez-vous un petit saint à vingt-huit ans?

– Greg, c'est ton patron..., commença son père, réprobateur.

– Greg, je vous souhaite bonne chance, mais je vous téléphone pour vous informer que vous ne travaillez plus à mon service, au cas où vous penseriez le contraire.

– Bon Dieu! Alex.

– Je ne veux pas d'une telle salade dans mes affaires. Avez-vous pensé à tous les gens qui me connaissent, et qui vous connaissent, dans la région? Je ne veux même pas en discuter. »

Greg imaginait Alex, debout près du téléphone mural de sa cuisine, tandis que sa femme, assise devant la table du coin-repas, l'encourageait du geste et du regard.

– Entendu, je ne discuterai pas non plus, Alex. Mais voyez-vous une objection à ce que j'aie un entretien avec vous?

– Oui, j'en ai peur. C'est inutile. Vous m'avez fait faux bond plus d'une fois, Greg. Je vous croyais un garçon bien. Vous m'avez fait faux bond au moment des deux plus grosses commandes de la saison, si vous vous en souvenez, le stock d'uniformes d'été et... Fallait-il que j'attende votre retour pour engager quelqu'un d'autre?

– D'accord, Alex. Je vois que ce n'est pas le moment de vous parler.

– Non, ce ne l'est pas. Au revoir, Greg.

Il raccrocha.

Greg reposa le téléphone et se tourna vers son père, qui continuait à froncer les sourcils. Son visage exprimait plus le reproche que la sympathie.

– Bon, entendu, il m'a renvoyé. Et puis, il y a d'autres métiers.

Greg était indisposé par le silence de son père. On aurait dit que ses pensées étaient trop honteuses pour qu'il pût les exprimer. En regardant sa montre, Greg s'aperçut qu'il n'était que 7 h 50. La journée serait interminable s'il ne pouvait la couper par un somme. Il désirait que son père s'en aille.

A 8 heures, le téléphone sonna de nouveau. C'était Nickie, et Greg fut si surpris qu'il resta sans souffle, un instant.

– Je voudrais passer vous voir, dit Nickie d'un ton brusque.

– Bien entendu, Nickie. Où... où êtes-vous?

– Je suis à Humbert Corners. Je téléphone d'une cabine dans la rue. Comment fait-on pour venir chez vous?

Greg expliqua en bégayant. Il vit son père se lever, puis le regarder, d'un air sombre.

– Comment avez-vous su que j'étais là? demanda Greg.

– J'ai téléphoné au commissariat. Pas plus difficile que ça, dit Nickie.

Elle paraissait légèrement ivre : « A tout de suite! »

Elle raccrocha.

– Qui est-ce qui vient?

– Nickie Jurgen, répondit Greg. La femme dont je te parlais, l'ex-femme de Forester. Elle est à Humbert Corners.

– Il vaut mieux que je m'en aille, déclara le père en prenant sa veste.

– Oh! papa, voyons. Elle est gentille. J'aimerais que tu fasses sa connaissance. Tu comprendrais beaucoup mieux tout cela si...

– Non, Greg.

– J'ai besoin de toi, papa. Vraiment. Ce serait mieux si tu restais.

– Ta mère a besoin de moi, elle aussi.

Il était inutile d'insister. Greg abandonna la partie. Après tout, il valait peut-être mieux qu'il s'en aille, se dit-il. On ne pouvait prévoir le comportement de Nickie. Son père lui rappela une dernière fois qu'il devait téléphoner à la police, et Greg lui dit d'embrasser sa mère pour lui. Puis il disparut au bas de l'escalier. Le bruit du moteur résonna dans l'allée.

Il lui sembla qu'une minute à peine s'était écoulée lorsqu'il entendit une voiture arriver à toute allure, puis des pneus crisser sur le gravier. Il regarda par la fenêtre et vit Nickie descendre d'une Thunderbird noire décapotable, en claquant la portière. Elle leva les yeux, l'aperçut et se dirigea vers la porte sans un sourire ni signe de tête. Greg se précipita au bas des marches, pour ouvrir.

— Salut! dit-elle. Tout seul, j'espère?

— Bien sûr, Nickie. Montez.

Elle passa devant lui et, une fois dans la chambre, se retourna, lui fit face.

— Ainsi... vous avez fait du propre, n'est-ce pas?

— Ecoutez, Nickie, puisque nous en parlons, convenons de ce que nous allons dire à la police...

Elle éclata de rire.

— A ce qu'il semble, vous en avez déjà pas mal dit vous-même. Avez-vous l'intention d'en ajouter? Que croyez-vous que mon mari pense de tout cela? Qu'est-ce qui vous prend de raconter au premier imbécile venu que je vous ai entretenu à New York? Belle façon de me récompenser!

Greg jeta un coup d'œil inquiet à ses fenêtres, puis referma celle qui était restée ouverte. Nickie parlait d'une voix forte. Il n'arrivait pas à placer un mot. Il s'était attendu à la trouver énervée, en colère, mais on aurait dit un vrai volcan, et il comprit qu'il ne pourrait plus la calmer maintenant, ni l'avoir à son côté désormais.

— Vous êtes le plus infâme des salauds...

Il voulut l'interrompre, mais elle se contenta d'élever le ton, et lorsqu'il essaya de nouveau, elle

noya ses paroles dans un flot de cris suraigus :
« *...taratata... taratata!...* » comme si elle avait vraiment perdu l'esprit. Elle parlait de son ingratitude, de sa stupidité, de sa malhonnêteté, de son indifférence totale vis-à-vis d'elle. Greg tremblait maintenant de colère et de peur. Elle ne ferait qu'empirer les choses. Elle en avait déjà raconté pas mal aux policiers, lui dit-elle, et elle était loin d'avoir terminé.

– *Il ne vous est pas venu à l'esprit que mon mari pouvait demander le divorce pour un cas pareil?* hurla-t-elle au comble de la fureur. Il ne vous est pas venu à l'esprit que c'est *justement* ce qu'il va faire?

Tout en parlant, elle nouait et dénouait ses mains aux ongles peints, gesticulait, mettait les poings sur les hanches. Elle portait le pantalon noir qu'elle avait le jour où ils avaient couché pour la seconde et dernière fois ensemble, au Sussex Arms. Il revit son sourire de ce jour-là. Elle lui avait parlé sur un ton plein de confiance. En ce moment ses yeux étaient injectés de sang, et son rouge à lèvres était à moitié effacé.

Il parvint finalement à hurler à travers ses paroles :

– Mais qu'est-ce que j'ai donc fait de si abominable?

– Vous êtes une telle canaille que vous ne comprendriez même pas! Vous avez saccagé ma vie, espèce de salaud. Mais je m'en vais saccager la vôtre, faites-moi confiance!

Elle alluma une cigarette et ferma son briquet d'un coup sec : « Je sais me venger, ne croyez pas que j'en sois incapable. Salaud », répéta-t-elle d'une voix sourde, en oscillant, agitée, avant de reprendre son souffle.

Puis elle éclata de nouveau, avec la violence d'un torrent : « Vous auriez dû entendre la dispute que j'ai eue cette nuit avec Ralph. Il veut entamer le divorce, *à mes torts*, vous comprenez? Qu'est-ce que je vais devenir? Cela paraîtra dans les journaux, parce que Ralph le veut ainsi. Il refuse d'acheter la presse. Savez-vous tout l'argent qu'il a?

– Bon, bon, et alors? rugit Greg. Que voulez-vous que j'y fasse?

– D'abord vous devez aller à la police retirer ce que vous avez dit... sur moi. Prenez votre sale manteau ou je ne sais quoi, et allons-y, dit-elle en se détournant de lui avec violence.

Il vit ses yeux lancer des regards furieux à droite et à gauche de la pièce.

– Ecoutez, Nickie, je ne peux pas...

– Ne parlez pas de ce que vous pouvez et de ce que vous ne pouvez pas. Allons-y, à Rittersville ou je ne sais quel maudit patelin.

– Nickie, j'ai perdu mon boulot. Que voulez-vous me faire de plus?

– Votre boulot? Votre boulot minable? Si vous croyez que c'est tout ce que vous allez perdre! Allez.

Elle s'avança vers la porte.

Greg, rigide, avait le souffle coupé. Il la regardait ouvrir et se retourner vers lui, la main sur la poignée.

– Je n'irai pas, dit-il rapidement.

– Ah! c'est ainsi?

Elle hocha la tête d'un air railleur : « Vous n'irez pas. D'accord, restez. Je peux parler à votre place.

– *Vous* n'irez pas! » cria Greg, l'obligeant à pivoter.

Le mouvement la projeta contre l'évier de la cuisine et elle fixa Greg un instant, les yeux agrandis de frayeur, puis elle plongea de nouveau en direction de la porte.

Il allongea le bras pour lui barrer le chemin et la coinça au niveau de la poitrine, son dos contre lui. Ses poings battirent l'air quelques secondes, mais il enserra un poignet dans une étreinte qui l'arrêta net.

– Très bien, haletait-elle. Très bien, vous allez l'écrire. Asseyez-vous et écrivez.

Elle libéra son poignet : « Vous avez une feuille de papier? »

Docilement, il sortit un bloc à lettres et dénicha un stylo à bille, parmi une multitude de crayons entassés dans un verre, sur une étagère de la cuisine.

– Ecrire quoi?

Il s'assit sur le lit et tira le guéridon vers lui.

– Ecrire qu'il est faux que vous ayez couché avec moi à New York. Affirmer que l'argent était destiné à votre retour en Pennsylvanie.

– Quel jour sommes-nous?

– Le 31 mai.

Il écrivit la date, puis commença :

« Il est faux que... »
et s'arrêta.

« Ma main tremble trop, il faut que j'attende, marmonna-t-il. Bon Dieu! je voudrais bien qu'il y ait quelque chose à boire ici.

– J'ai ce qu'il faut dans la voiture. » Elle sortit.

Greg entendit le klaxon retentir, et Nickie pousser un juron. Puis la bouteille tinta contre le métal et la portière claqua bruyamment. La voix de Mme Van Vleet lui parvint alors, aiguë et plaintive. Greg se mit à la fenêtre.

– Entendu, je le lui dirai, répondait Nickie à Mme Van.

Mme Van était debout sous la véranda, derrière la porte grillagée.

Nickie revint avec une bouteille de White Horse.

– Votre propriétaire veut vous parler.

Greg se passa la main dans les cheveux et descendit. Mme Van allait justement rentrer dans sa maison, mais elle se retourna en l'entendant venir.

– Vous vouliez me parler, madame Van?

– Oui, Greg.

Elle s'éclaircit la voix et se contenta de parler à

travers la porte grillagée : « Je voulais vous dire, Greg, que vous ferez aussi bien... vous ferez aussi bien de chercher un autre appartement pour le mois prochain.

— Très bien, madame Van. Je comprends. »

Greg avait réglé son loyer le 15 du mois, mais il n'avait pas encore payé ce mois-ci. Il lui devait deux semaines de retard et il lui restait encore deux semaines pour trouver un autre endroit.

— Je regrette, Greg, mais c'est ainsi que je l'entends, dit-elle avec douceur.

Puis sa bouche se figea en une ligne sévère. Son menton pointait en avant d'un air outragé tandis qu'elle dirigeait son regard de la voiture de Nickie aux fenêtres de l'appartement de Greg.

— Je vais vous payer le loyer tout de suite, madame Van, et j'essayerai de libérer l'appartement avant le 15, dit Greg, trouvant qu'il agissait de façon très loyale.

Mais Mme Van se contenta de répondre froidement : « Ça ira ainsi », et rentra chez elle.

— Bon Dieu! s'écria-t-il. Ma propriétaire veut que je m'en aille.

— Surpris?

Nickie était assise dans le fauteuil de Greg, un verre à la main.

Il alla prendre la bouteille posée sur l'égouttoir et se versa un whisky bien tassé. Il en avala quelques gorgées avant de retourner dans la pièce. Puis il reprit la feuille de papier, sur le guéridon. Il savait ce qu'il devait dire, mais il lui fallut longtemps pour l'écrire. Il remplit les deux côtés de la feuille et signa : *Gregory Parcher Wyncoop*. Nickie s'était relevée deux fois pour se servir à boire, et elle fredonnait maintenant, comme si elle était de meilleure humeur.

— Fini? Lisez-moi ça, dit-elle.

Il lui lut le papier et, lorsqu'il eut terminé, Nickie déclara :

– Le style n'est pas très recherché, mais ça vous ressemble. C'est bien.

Greg se servit un autre whisky et fit glisser dedans un des cubes de glace du bac que Nickie avait posé sur l'égouttoir. Il se sentit mieux. Encore un ou deux verres et son angoisse disparaîtrait.

– Et... que fait M. Forester aujourd'hui ? demanda Nickie.

– Comment le saurais-je ?

Greg s'assit sur le lit de son studio et s'appuya contre un coussin : « Je suppose qu'il est en train de fêter mon arrestation. »

Nickie émit un son entre le rire et le grognement.

– Ce docteur... ce docteur de Rittersville peut mourir, dit Greg. C'est trop bête.

– Hum-m... C'est un ami de Bobbie ?

– On dirait.

– Il en a plein les bras, Bobbie !

– De quoi ?

– De gens qui meurent. Il en parlait souvent... jusqu'à ce que je lui dise d'aller voir un psychiatre et de me laisser en paix. Des gens qui meurent. La mort...

Greg se redressa :

– Faut-il vraiment que *nous* parlions de cela ? Forester n'est pas mort, lui. Il est bien vivant.

– Oh ! faites-lui confiance.

Nickie, renversée en arrière dans le grand fauteuil, semblait assoupie. Ses lèvres souriaient doucement.

– Si ce docteur meurt, je serai inculpé, m'a-t-on dit.

– Meurtre ?

Les yeux de Nickie s'agrandirent : « Pas homicide ?

– Non. Meurtre. »

Greg finit son whisky et regarda d'un air absent son verre vide. Puis, avec un vague sourire apeuré, il se leva pour aller prendre la bouteille.

– Meurtre, répéta Nickie.

– Ça va, j'ai entendu.

Il jeta un coup d'œil au papier qu'il avait écrit et se demanda s'il pourrait éviter de le montrer aux policiers. Nickie le lui confierait-elle, pour qu'il le leur remette? Greg en doutait fort. Et, de toute façon, à quoi cela l'avancerait-il, s'il était accusé de meurtre?

– Je vous accompagnerai à la police un peu plus tard, pour que vous puissiez leur remettre ça, dit Nickie. De toute manière, vous devez vous présenter à eux aujourd'hui?

– Simplement... leur téléphoner.

– Hé bien, nous irons ensemble. Mais appelons d'abord M. Forester pour voir ce qu'il devient.

Elle se leva en titubant. Mais elle arborait un sourire radieux.

– L'appeler, pourquoi?

– Parce que j'en ai envie. Il habite à combien d'ici?

– Oh!... vingt-cinq kilomètres environ.

– Pas plus? Quel est son numéro?

Greg réfléchit un instant :

– Milton 6-9491.

– Il faut demander à la téléphoniste?

– Heu... oui, il faut le demander.

Greg contemplait Nickie, mal à l'aise. Elle avait dû boire toute la nuit, se dit-il.

– Milton... *Mil-ton*, disait Nickie à la téléphoniste. Ça vous paraît bizarre? Milton 6... Qu'est-ce que c'est, déjà, Greg?

Il répéta, et elle répéta après lui, puis se tourna pour dire :

– Milton, Miltown... c'est kif-kif. Allô! Bobbie? C'est ta petite femme qui t'aime... Hé bien, je suis à Humbert Corners, cet endroit si folichon, et je me trouve avec Greg... Oui, nous nous demandions justement si tu aimerais venir prendre l'apéritif.

Elle éclata de rire.

Greg traversa la pièce d'un pas hésitant, bifurqua devant l'évier et remit du whisky dans son verre.

– Oh! tu es occupé? Pas *trop* occupé, quand même? Nous avons envie de te voir, n'est-ce pas, Greg?

Greg secoua la tête lentement, d'un air morne.

– Greg dit que non, mais j'insiste... Pourquoi te sauves-tu maintenant, Bobbie? demanda-t-elle, dans un éclat de rire.

Elle tint l'écouteur à une certaine distance de son oreille, voulut rétablir le contact, puis raccrocha : « Il a coupé. J'essayerai encore dans une minute, déclara-t-elle à Greg, avec un clin d'œil. En attendant, je vais essayer d'avoir mon mari pour l'informer... l'informer de ça », dit-elle en montrant du doigt la feuille de papier sur le guéridon.

Ralph n'était pas chez eux. Nickie essaya un autre numéro, mais il n'était pas là non plus, et elle en fut contrariée.

Le coup de téléphone de Nickie dérangea Robert vers 10 heures, et, après avoir raccroché, il retourna balayer le balcon, une des dernières petites tâches avant son départ. Il balayait lentement, car son bras recommençait à lui faire mal. La veille, on avait changé le pansement à l'hôpital et il avait fallu sonder la blessure. Cela lui donnait le vertige et le faisait un peu délirer. Il avait l'impression que le coup de fil de Nickie n'avait pas été vraiment donné. Il semblait si invraisemblable, si incroyable qu'elle fût chez Greg, à Humbert Corners, ivre à 10 heures du matin, ... et que Greg fût avec elle, ivre et joyeux, lui aussi, probablement.

Une fois qu'il eut nettoyé le premier étage, il s'assit sur le divan. Le téléphone se remit à sonner, et Robert ne répondit pas. Puis il se dit que c'était peut-être quelqu'un d'autre.

— Bobbie, chéri, nous aimerions que tu viennes, dit la voix de Nickie. Nous t'invitons à casser la croûte... si tu apportes les œufs.

Cette fois-ci, Robert entendit le rire de Greg.

— Allons, je suis sûr que vous pouvez très bien vous passer de moi. J'allais quitter la maison, j'ouvrais la porte.

— Oh! ce n'est pas vrai, le taquina Nickie. Tu n'as pas envie de voir Greg? L'homme que tu as... que tu as vaincu?

– Merci, je l'ai assez vu, ces derniers temps.

Robert raccrocha, furieux. Il était 10 h 17. Il avait dit aux Nielson qu'il arriverait vers 11 heures avec les deux valises et les cartons qu'ils s'étaient proposés de garder, mais il décida de les emporter dès maintenant. Plus tôt il quitterait la maison, mieux ce serait. S'il ne répondait pas au téléphone pendant plus d'une demi-heure, Nickie se découragerait peut-être.

Il chargea valises et cartons dans sa voiture et démarra. Ainsi donc, Greg était de retour chez lui, en train de se soûler avec Nickie. Cela paraissait impossible. Greg devait être en liberté sous caution, supposa Robert, et il se demanda si c'était Nickie qui avait versé l'argent nécessaire. Tout semblait si facile pour ces deux-là, aux yeux de Robert. La police, les voisins, les gens se donnaient le mot pour aplanir leurs difficultés. La police, par exemple, ne s'était pas souciée de l'avertir qu'on avait retrouvé Greg la nuit dernière. Robert était resté au chevet du docteur, à l'hôpital, de 23 heures à minuit, et lorsqu'il était rentré, ce n'était pas la police, mais les Nielson qui lui avaient téléphoné pour l'informer de la capture de Greg. Ils l'avaient appris aux informations de minuit, lui avaient-ils dit.

Betty Nielson faisait cuire quelque chose au four lorsque Robert arriva. La vue de leur petit living-room ensoleillé, l'odeur de pâtisserie, tout cela fit venir sur son visage un sourire presque douloureux.

– Où est Kathy? demanda Robert.

Kathy était la petite fille des Nielson.

– A l'école du dimanche. Puis elle dînera avec une amie, répondit Jack en souriant. Avez-vous toujours l'intention de partir aujourd'hui?

– A Rittersville seulement. Je descendrai dans un hôtel... jusqu'à ce que le docteur...

– Quelles sont les dernières nouvelles?

– C'est toujours pareil, dit Robert.

– Hum-m. Vous n'avez pas l'air dans votre assiette, Bob. Asseyez-vous, asseyez-vous.

Il poussa Robert vers le canapé comme s'il était
infirme : « Mince! cette nouvelle, hier soir!... Betty
et moi, on allait justement éteindre la lumière
lorsqu'elle me dit : « Si on écoutait les informations de minuit pour savoir le temps qu'il fera
demain? »

Jack se mit à rire.

Au même instant, Betty sortait de la cuisine,
tenant à la main un soulève-plat.

– Bob, nous étions si... excités. C'était comme
quelque chose qui nous serait arrivé à nous. Vous
comprenez ce que je veux dire?

Et en fait, c'était un peu cela, se dit Robert. La
découverte de Greg avait effacé les petits soupçons
qui pesaient sur Robert Forester – du moins en ce
qui concernait le « meurtre » de Greg. Restait néanmoins l'histoire du rôdeur. Il la sentait présente
dans ses rapports entre lui et Betty, et même entre
lui et Jack. Betty leur servit le café.

– Comment va le Dr Knott? demanda Betty. Je
n'ai pas entendu ce que vous avez dit à Jack.

– Pas de changement, répondit Robert. J'ai téléphoné vers 10 heures.

– Toujours dans le coma?

– Oui. Il...

Robert se sentit faible, tout à coup, comme s'il
allait s'évanouir. Il revit les yeux bleus du docteur
avec leur regard fixe, ses lèvres entrouvertes qui
avaient pris une teinte bleutée maintenant, malgré
le ballon d'oxygène. La veille, il avait semblé à
Robert que ses yeux avaient perdu leur expression
de reproche et de frayeur, et qu'ils s'étaient
empreints de bonté, de tristesse. Il s'imaginait que
le docteur, à travers son coma, pouvait voir et
entendre tout ce qui se passait autour de lui.

– Prenez, cela ne vous fera pas de mal, dit Jack en
mettant un verre de whisky entre les mains de
Robert.

Il but à petites gorgées.

– Vous avez dû vous éreinter à tout emballer et mettre en ordre, dit Jack. Je suis content que vous ne vous mettiez pas en route aujourd'hui. Où allez-vous descendre, à Rittersville ?

– Un endroit appelé le « Buckler Inn ».

– Ah ! oui, je connais.

Jack s'assit dans un fauteuil près du canapé : « Heu... les médecins devraient pouvoir se prononcer sur l'état du docteur d'ici... vingt-quatre heures, ou moins, ne croyez-vous pas ?

– Je suis sûr qu'ils savent déjà, dit Robert. Il ne va pas s'en tirer.

– C'est un homme âgé, après tout, Bob, remarqua Betty. Ce n'est pas vraiment de votre faute. Vous ne devriez pas le prendre comme si... comme si vous étiez responsable de sa mort... s'il meurt. »

Robert ne répondit pas. Ce n'était pas ainsi qu'il le prenait.

– Quelqu'un m'a dit – ou j'ai lu dans les journaux – qu'il avait perdu sa femme juste deux semaines auparavant, dit Jack. Est-ce vrai ?

– Oui, répondit Robert.

– La volonté de vivre est quelque chose qui existe réellement. J'imagine que le docteur n'a pas particulièrement envie de vivre. Il n'essaye pas de livrer un combat contre la mort.

Et quelle serait sa mort à lui, se demanda Robert. Mourrait-il âgé, après un long coma ? Ou jeune encore, dans un accident de la route ? Ou serait-il tué par une balle qui lui était destinée ? Ou qui ne lui était pas destinée ? Serait-il frappé par la foudre ? Ecrasé au sol dans un avion en flammes ? Aurait-il le temps, pendant ces dernières secondes, de penser aux choses qu'il n'avait pas faites et qu'il aurait dû faire, à celles qu'il avait faites et qu'il n'aurait pas dû faire ? Aurait-il la possibilité de se souvenir des actes de bonté qu'il avait commis à l'égard des autres pour faire valoir son courage et pour donner un sens aux trente, quarante ou cinquante années

338

passées sur terre? Il lui semblait que rien n'avait d'importance excepté la bonté. Et pour le docteur, ce dernier vendredi avait été, en quelque sorte, le résumé en vingt-quatre heures de toute sa vie de dévouement. La bonté qu'il lui avait témoignée s'était brusquement éteinte dans le coup de feu qui l'avait conduit à la mort.

– Bob? interrogea Jack.

Betty lui tendait une assiette. Au milieu de la table à thé trônait un gros gâteau doré, décoré de prunes coupées en deux, et saupoudré de sucre. Un nuage de vapeur s'en échappa au moment où Betty le coupa. Jack parlait de ce « salaud de Kolbe », et Betty le pria assez vertement de surveiller son vocabulaire. L'incident de la veille – au cours duquel Kolbe l'avait obligé à rendre son revolver à Greg, et qu'il avait raconté à Jack par téléphone à minuit – lui paraissait maintenant aussi irréel qu'il semblait l'être pour Betty, encore plus irréel qu'une scène de violence à la télévision. En avait-il été vraiment l'un des acteurs principaux? Robert se força à sourire.

Avant même que Betty et Jack eussent terminé leur part de gâteau, il se leva, disant qu'il allait commencer à rentrer ses affaires. Les Nielson lui avaient dit qu'il pourrait les ranger dans la cave.

– Attendez une seconde, je vais vous aider, lui dit Jack, la bouche pleine.

– Non, merci, ce n'est pas la peine.

– Vous ne devriez rien transporter avec votre bras blessé, protesta Betty.

Robert n'attendit pas. C'était peut-être impoli, mais il voulait en finir rapidement pour retourner chercher ce qui restait chez lui et s'en aller, car il avait l'impression que Greg et Nickie pouvaient venir jusqu'à sa maison. C'était une impression horrible, et il ne pouvait tenir en place s'il y pensait trop.

Jack l'aida malgré tout, et ils charrièrent ensemble, jusqu'à la cave, les cinq ou six paquets.

– Comment faire pour les objets qui sont encore chez vous? demanda Jack. Je vais vous aider à les charger dans votre voiture.

– Non, merci, Jack.

– Voyons, je prendrai ma voiture. Ainsi, vous n'aurez pas besoin de me ramener.

– J'aime autant être seul, franchement, dit Robert d'un ton si ferme que Jack leva les yeux vers lui. Je n'emporte pas grand-chose, ajouta-t-il.

– Très bien, dit Jack, en haussant les épaules.

Robert le remercia et lui dit qu'ils se reverraient sûrement avant son départ pour New Mexico, puis il sortit, regagna sa voiture. Il conduisait à vive allure. Le chemin était court, et en moins de cinq minutes il se retrouva chez lui. Il fut soulagé en ne voyant pas d'auto dans son allée. Il fit couler de l'eau dans l'évier et but une gorgée, puis fixa d'un air absent le rebord vide de la fenêtre où se trouvait habituellement la plante de Jenny. Il avait emporté toutes ses plantes dans un carton chez les Nielson, et il imaginait Betty maintenant, en train de vider le carton qu'il avait laissé dans la petite entrée. Il était 11 heures un quart. Il avait promis à sa mère de lui téléphoner ce matin, mais il ne voulait pas perdre de temps en l'appelant d'ici. Il l'appellerait de Rittersville. Et il devait également faire couper le téléphone demain.

Au moment où Robert franchissait la porte avec sa première valise, il entendit une voiture sur la route. Il s'arrêta pour l'observer. C'était une Thunderbird noire, et il crut qu'elle allait passer son chemin, mais elle tourna rapidement dans l'allée. Nickie était au volant, et Greg était assis près d'elle.

– Hé bien, Bobbie, tu t'en vas? Nous arrivons juste à temps, alors?

Elle reprit son aplomb en s'appuyant contre la portière.

Greg sortait avec lenteur de l'autre côté, arborant un sourire niais d'ivrogne.

« Ou bien continue sans faire attention à eux, se dit Robert, charge la voiture et va-t'en, ou bien tâche d'être poli et renvoie-les avec ménagements. Ou encore, essaye de combiner les deux attitudes. »

– Non, vous arrivez trop tard, répliqua Robert. Je pars maintenant.

– C'est ce que tu disais déjà il y a une heure. Tu ne nous invites pas à boire quelque chose? Nous sommes... crevés, n'est-ce pas Greg?

– C'est vrai, ça, monsieur Forester.

Greg s'avançait vers lui d'un pas chancelant mais décidé, toujours le sourire aux lèvres.

– C'est possible, mais moi aussi, je suis crevé. Pourquoi n'allez-vous pas à Jersey prendre quelque chose? dit Robert en continuant à marcher vers sa voiture.

Il dut faire un détour pour éviter Greg qui lui barrait délibérément le passage. Son cœur battait la chamade. Une boule douloureuse empêchait l'air de passer dans sa gorge. Il se pencha au-dessus du coffre de la voiture, essayant de mettre la lourde valise en place avec son seul bras droit. Soudain, il se sentit saisi par l'épaule et le poing de Greg lui arriva en plein visage.

Robert fut projeté au sol, à quelques mètres de la voiture. Greg le releva en le tirant par le bras gauche et Robert poussa un hurlement de douleur.

– Ne le mets pas K.O.! cria Nickie en riant. Je veux lui parler!

Robert parvint à se remettre debout. Sa mâchoire l'élançait, comme si elle se préparait à le faire souffrir encore plus, et son oreille gauche résonnait du coup qu'il venait de recevoir. Greg ne l'aurait plus, se jura-t-il, et cette fois, il n'avait pu l'atteindre que parce qu'il avait le dos tourné. Greg avait tellement bu qu'il devait se déplacer constamment pour ne pas tomber. Robert repartit vers la maison.

– Attends une minute, dit Nickie.

Robert prit la seconde valise et sortit. Greg était maintenant sous la véranda, cramponné au montant de la porte. « Il n'y a qu'à les laisser entrer », se dit Robert. De toute façon, il ne restait plus rien à l'intérieur. Nickie suivit Robert. Il ouvrit la porte de sa voiture et posa la valise. Un fracas retentissant lui parvint de la maison, puis un bruit de verre brisé.

– Nom de D...! Arrêtez les dégâts! rugit-il en franchissant la porte.

Greg était dans la cuisine. Devant la cheminée, une chaise avait été renversée.

Robert évita de justesse un plat lancé par Greg.

– Des soucoupes volantes! hurla Nickie, secouée d'un rire convulsif.

Greg s'arrêta un instant, comme s'il avait été frappé par une idée ou qu'il ne sût plus quoi prendre dans la cuisine.

– Et alors-ors? fit Nickie en dévisageant Robert, les mains sur les hanches.

Elle ondulait, décrivant de petits cercles, comme si elle se livrait à des exercices de gymnastique, bien qu'elle fût à moitié ivre : « Tu te souviens de ce que tu disais toujours de moi, Bobbie? Je vide la bouteille et je tombe sur le tapis. C'est mon style à moi. C'est peut-être ce qui va m'arriver. »

Robert s'approcha et dit :

– Vous perdez votre temps, Greg. Ces objets ne m'appartiennent pas.

Greg fit volte-face, le dos à l'évier, inactif maintenant, peut-être parce qu'il n'y avait plus rien en vue qui puisse être cassé. Il avait fait voler en éclats les quelques assiettes laissées par Robert sur l'égouttoir.

Le téléphone sonna.

– Ne t'en inquiète pas, dit Robert en regardant Nickie.

Elle se dirigeait d'un air nonchalant et pensif vers la cheminée, la tête baissée.

Robert ramassa les éclats les plus gros, car ils représentaient des armes en puissance pour le premier venu, et les jeta dans la cheminée. Le téléphone sonnait toujours.

– Réponds, Bobbie.

– Ne t'inquiète pas, je sais ce que c'est, dit Robert.

Si c'était les Nielson, cela pouvait attendre, et si c'était l'hôpital, il savait ce qu'on lui dirait.

– C'est *moi!* déclara Nickie avec un large sourire en fondant sur l'appareil. Allô?... Qui ça?... Bien entendu. Bobbie? Une *femme* te demande.

Robert prit l'écouteur.

C'était l'hôpital. Le docteur s'était éteint paisiblement, il y avait un quart d'heure, à 11 h 30.

– Vous n'êtes pas un parent, est-ce exact, monsieur Forester?

– Oui, c'est exact. Mais... je crois qu'il y avait un cousin à lui la nuit dernière, un homme d'un certain âge. Quelqu'un a déclaré être son cousin. J'ignore son nom. Le docteur avait reçu plusieurs visites, parmi lesquelles George et Irma, le couple de la maison voisine, mais il ne semblait pas avoir de proches parents.

– Je vois. Nous vous avons demandé cela uniquement parce que vous êtes venu le voir très souvent.

– Merci... d'avoir appelé, dit Robert, et il raccrocha.

– Alors... mauvaises nouvelles? demanda Nickie.

Greg quitta la cuisine, entra lentement dans la pièce. Il avait toujours son sourire idiot. Robert contracta tous ses muscles, écarquillant les yeux, comme pour se convaincre que ce n'était pas là un fantôme. Il ignorait ses intentions et se demandait s'il allait l'attaquer ou se contenter de passer devant lui. C'est alors que dans la main droite de Greg qui pendait le long de son corps, il aperçut le couteau – un petit couteau de cuisine, mais bien affûté.

– Mauvaises nouvelles, Bobbie? répéta Nickie.

– Le docteur est mort, répondit Robert.

Greg s'arrêta net, levant légèrement la main qui tenait le couteau. Il n'était plus qu'à un mètre de Robert.

– Voyons, Greg, pas de couteaux! Qu'est-ce que c'est, une bagarre de voyous?

Nickie se mit à rire : « Je veux voir un vrai combat.

– Il est mort? dit Greg. Vous mentez.

– Téléphonez-leur et vous verrez, répondit Robert avec emportement, désignant le téléphone de son bras malade.

– Hé bien... c'est vous qui l'avez tué! » dit Greg en grimaçant.

Il brandit son couteau.

Robert esquiva le coup et empoigna l'adversaire à la taille. Greg tomba en arrière sur le sol. Un instant, Robert sentit les mains de Nickie sur ses épaules et l'entendit crier : « Holà! Arrêtez maintenant! » Mais Greg était sous lui, désormais, coincé entre ses genoux. Il eut le temps de lui envoyer deux directs dans la mâchoire avant que Greg le fasse basculer par-dessus sa tête. Robert s'écorcha le visage en tombant. Il sentit alors la pointe du couteau sur ses côtes. La main droite de Greg était encore libre et essayait d'enfoncer le couteau. Robert frappa du poing puis se remit debout, en chancelant.

– Oh! arrête, Greggie, arrête! s'écria Nickie en se laissant tomber sur les genoux au-dessus de lui. Aïe!... *Greg!*

Robert les contempla. Greg continuait d'agiter mollement son couteau dans l'air, les yeux clos, et Nickie, assise en travers de ses jambes, venait de porter la main à sa gorge.

C'est alors que Robert aperçut le sang qui jaillissait d'entre ses doigts. Greg laissa retomber son bras et le couteau rebondit bruyamment sur le sol.

– Nickie, il t'a blessée?

Robert tomba à genoux, à côté d'elle, et écarta sa main de son cou. Le sang sortait d'une blessure située au-dessous de l'oreille.

– Mon Dieu, disait Nickie. Oh! mon Dieu, mon Dieu!

Robert la saisit par l'épaule et lui pressa le cou, juste au-dessus de la clavicule. Mais le sang venait de plus haut et sa pression semblait n'avoir aucun effet. Ce devait être la carotide, se dit Robert. Le trou ressemblait à une petite bouche d'où le sang rouge vif s'échappait par saccades. Robert arracha sa cravate, puis ne sut que faire en guise de garrot. Il fit une boule de son mouchoir, le plaça sur le côté de la gorge et enroula sa cravate autour en serrant aussi fort qu'il put. Le sang continuait à sortir.

– Bobbie... Bo-b-bie, aide-moi! dit Nickie.

Ses genoux glissèrent dans le sang au moment où il voulut se relever. Il agrippa le téléphone, et dès qu'il entendit la voix de la téléphoniste, il dit précipitamment :

– Je veux un docteur immédiatement. Gursetter Road. La maison de M. Forester, le nom est sur la boîte à lettres...

Il dut donner encore d'autres indications stupides, comme la couleur de la maison, la distance du tournant à la route, avant de pouvoir raccrocher.

La tête de Nickie reposait à terre, maintenant, bouche ouverte. Le garrot semblait faire son effet car le sang jaillissait plus faiblement. A moins qu'il ne restât plus à Nickie beaucoup de sang à perdre. Il appuya avec ses doigts contre le mouchoir. Il pensa que Nickie s'était évanouie. Le sang s'était répandu au sol en une horrible flaque gigantesque qui teintait une grande partie de la moquette d'un rouge épais et sombre. Il prit le poignet gauche pour tâter le pouls et ne le sentit pas tout de suite. Il le trouva finalement, mais il était très faible.

– Nickie?

Pas de réponse. Il essaya de presser le cou en différents endroits, au-dessous et à côté de la blessure. Le sang ne sortait plus qu'à intervalles très lents, dépassant tout juste les bords de la plaie.

– Nickie?

Sa bouche était légèrement entrouverte. Ses yeux semblaient vitreux. Il lui effleura la joue, puis la paupière, de son pouce, et retira sa main avec horreur. Il bondit, ôta précipitamment son veston et s'aperçut que tout le côté gauche de sa chemise, de la manche jusqu'au bas, était également rouge de sang. Il traîna Nickie jusqu'au divan, tenta d'y appuyer la tête et les épaules. La tête roula sur le côté.

– Nickie?

Il lui saisit à nouveau le poignet. Cette fois, le pouls avait disparu. Il tâta l'autre poignet. Le sang écarlate dessinait comme une fleur sur la soie blanche du corsage, entre les seins. Elle était morte. Robert se dressa en la regardant d'un air égaré. Les mains étaient posées à plat sur le sol, paumes ouvertes, dans une attitude d'attente et d'acceptation.

Un instant, il fut pris de panique, eut envie de s'enfuir, de hurler. Puis son regard se porta sur Greg, et sans savoir au juste ce qu'il faisait, il s'accroupit auprès de lui, l'oreille tendue, jusqu'à ce qu'il parvînt à discerner le bruit de la respiration. Puis il se leva, alla jusqu'au téléphone et composa rapidement un numéro.

– *Jack!* Jack, venez ici, voulez-vous?... Merci... Je ne peux rien dire maintenant.

Il raccrocha et enfouit son visage dans ses mains. Sa voix avait pris un timbre suraigu. Il avait appelé Jack parce que c'était lui qui se trouvait le plus près, uniquement pour cette raison.

Robert imagina que lorsque Jack entrerait, il s'arrêterait net au seuil de la porte, dirigerait son regard de Nickie vers Greg, de Greg sur lui. Et il savait que Jack penserait un instant que c'était Robert Forester qui avait fait cela, qu'une fois de plus c'était lui l'auteur du crime. Robert pourrait lire le doute sur son visage.

Il laissa retomber ses mains et partit en direction de la porte. Il voulait sortir. Mais le soleil l'aveugla et il rebroussa chemin. Il évita de regarder une seconde fois Nickie, mais où qu'il tournât ses yeux, le blanc du corsage, le noir du pantalon restaient gravés comme une image indélébile. Le couteau, à ses pieds, n'avait pas une seule tache de sang. Il se baissa pour le ramasser, et se retint subitement. « N'y touche pas, se dit-il, n'y touche pas! »

IMPRIMÉ EN FRANCE PAR BRODARD ET TAUPIN
Usine de La Flèche (Sarthe), le 09-02-1988.
1944-5 - Nº d'Éditeur 3043, février 1988.

PRESSES POCKET - 8, rue Garancière - 75006 Paris
Tél. 46.34.12.80